임헌영의
유럽문학기행

임헌영의 유럽문학기행

초판 3쇄 발행 2020년 10월 8일
초판 1쇄 발행 2019년 7월 24일

지은이 임헌영
펴낸이 정순구
책임편집 조수정
기획편집 정윤경 조원식
마케팅 황주영

출력 블루엔
용지 한서지업사
인쇄 한영문화사
제본 한영제책사

펴낸곳 (주) 역사비평사
등록 제300-2007-139호 (2007.9.20)
주소 10497 : 경기도 고양시 덕양구 화중로 100(비전타워21) 506호
전화 02-741-6123~5
팩스 02-741-6126
홈페이지 www.yukbi.com
이메일 yukbi88@naver.com

임헌영의

유럽문학기행

George Gordon Byron

Johann Wolfgang von Goethe

Friedrich Hölderlin

Leo Tolstoy

Victor Hugo

Hermann Hesse

D. H. Lawrence

Stendhal

Maxim Gorky

Alexander Sergeyevich Pushkin

역사비평사

차례

책을 펴내며

어디서든지, 그대의 도시로부터, 그대의 가정으로부터, 그대의 방으로부터, 그대
의 사상으로부터 탈출하라.

Sortir de n'importe où, de ta ville, de ta famille, de ta chambre, de ta pensée.

—앙드레 지드, 『지상의 양식』 서문.

대문만 나서면, 그래서 국경만 넘으면, 지상의 모든 업으로 짓누르던 저
시시포스(Sisyphos)의 바위를 굴려버리고서 바람이나 구름처럼 해방된 절대
자유인 조르바가 된다. 나그네의 눈에는 세상의 온갖 번뇌와 잡사, 심지어
는 가난과 남루조차도 그저 로맨틱하게 보인다. 용서와 관용과 여유가 이
토록 쉽게 실현될 수 있다니! 이 지상을 유토피아로 만들 수 있는 가장 빠
른 비결은 남의 나라 여행객이 되는 것이다.

원래 내 의도는 문학과 역사의 접점을 찾아보려는 '세계인문학기행'이었
다. 실제로 이 책에 담아낸 대문호를 비롯하여 헤겔, 니체, 마르크스, 프로

이트, 베토벤, 차이콥스키, 쇼팽, 고흐, 세잔, 뭉크, 조지 워싱턴, 마오쩌둥과 같이 문학뿐 아니라 정치·철학·사상·음악·미술 등 모든 분야에 걸친 인물들의 생가, 묘지, 작품 무대는 물론이고, 보로지노, 워털루, 노르망디, 벙커힐, 포트 매켄리 등 역사를 바꾼 격전지를 찾아다녔다.

현지에 도착하면 가장 먼저 그곳의 지기地氣와 주인공 인물의 기운(人氣), 문기文氣까지 단전호흡으로 깊숙이 들이마시면서 나는 홀연히 박수무당이나 귀신이 된다. 그리하여 이 지상에서 누렸던 권세와 명성으로부터 완벽하게 육탈된, 그러나 여전히 위대한 혼령들과 격의 없는 너나들이 대화를 시작한다.

이렇게 차곡차곡 쌓인 그들과의 대화를 바탕으로 언젠가는 '세계인문학기행'을 나라별로 쓰리라 작정했는데, 마침 전진식·안수찬 님의 호의로 우선 역사적인 사건과 관련된 유명 작가들만 선택하여 『한겨레 21』에 연재하게 되었다(2016년 2월 8일 자 1098호부터 2016년 5월 30일 자 1113호까지). 주간지의 특성상 정해진 원고 매수를 반드시 엄수했던 것이 아쉬웠던 참에 역사비평사의 정순구 대표가 이를 바탕으로 단행본을 만들어보자는 제안을 해왔다. 그에 따라 러시아와 유럽의 대가급 문인 10명만 골라 구성한 것이 바로 이 책이다.

단행본으로 엮는 글이라 지면의 여유가 넉넉할 줄 알았는데 막상 책으로 펴내려다 보니 그렇지도 않았다. 여전히 지면은 제한적이었다. 이 때문에 특정 사건을 중심에 두고 간략하게 소개하는 형식을 취했다. 유럽 문학 독자라면 이 정도는 풍월로라도 읊어야 될 대목들을 쉽고 재미있게 엮는 데 초점을 맞췄다.

참고삼은 자료 중 국내 문헌은 출처를 명기했다. 스마트폰 하나면 지구

위의 어디든 갈 수 있는 시대라, 기행문에 공식처럼 따르는 지도나 찾아가는 길, 교통수단을 정리한 일람표는 따로 정리하지 않았다. 갈 때마다 현장의 모습이 달라지기 때문에 너무 자세히 묘사하지도 않았다. 그러나 작가의 삶 그 자체의 역사적 팩트는 그대로다. 지명이나 인명, 박물관(기념관) 명칭 등 고유명사는 여행할 때 활용할 수 있도록 영문과 해당 국어를 병기했다. 다만 널리 알려진 경우나 특별히 외래어 병기가 필요하지 않다고 판단한 경우에는 생략했다.

역사적 격변에 직면한 문호들이 그 위기에 어떻게 대응했는가를 삽화처럼 펼쳐보고 싶었다. 작품으로만 보는 위대한 모습이 아니라 삶의 실체에 한층 가까이 다가서고 싶었다. 사마천이 공자를 '상갓집 개'라고 했듯이 한 작가의 숨기고 싶은 사생활을 들여다보는 일은 단순히 절시증 차원의 재미가 아니라 역사 앞에서 지식인이 어떻게 살아야 하는가를 찬찬히 따져보고자 함에서였다.

외국문학 전공자가 아닌 데다 꼬부랑 말도 서툰 나로서는 만용에 가까운 모험이기도 해서 오류도 있을 터이나, 여로 중의 잡설로 소납笑納해주시길 바란다.

햇수로 25년여에 걸쳐 왜 그토록 헤매고 다녔던가?

우리네 인생길 중반 고비에서,
올바른 길을 잃어버리고서
눈을 떠 보니 어두운 숲속에 처해 있었다.

—단테, 『신곡』 「지옥편」 서두.

피렌체에서 추방당한 단테가 위와 같이 한탄한 것은 그의 나이 37세 때였다. 유신독재 2년차였던 1974년 겨울, 34세의 나 또한 어두운 숲속에 처해 있었다. 내 인생행로는 그때부터 16년간 아예 해외 나들이를 단념토록 한 상황이었기에 여권을 다시 마련한 건 1990년이었다.

그 잃어버린 청춘을 메우려고 유별나게 해외 나들이를 밝혔다. 밥벌이 때문에 아무리 용을 써봤자 1년에 한두 차례 나가는 것이 고작이었고, 게다가 식견의 한계를 통감했지만 호기심을 멈출 수는 없었다.

20여 년에 걸친 세계문학기행에 적극 참여해준 '한국산문' 회원들이 없었다면 여행 자체가 아예 불가능했을 것이다. 여행에 동참하며 사진도 제공해주신 여러분에게 거듭 감사드린다.

역사비평사의 여러 일꾼들, 특히 완벽을 기하느라 원고 내용과 다양한 사진까지 꼼꼼히 챙겨준 조수정 님에게 각별히 감사드린다.

오랜 세월에 걸쳐 이 여행에 동반하고 사진을 찍어준 아내에게도 고맙다는 인사를 보낸다.

이제 독자 제현의 애호와 혜량을 바라며 이 책을 맡긴다.

2019년 6월
임헌영

일러두기

1. 외래어 표기는 최대한 국립국어원의 외래어표기법을 따랐으나 몇몇 단어는 그렇지 않은 경우도 있다. 이는 외래어 표기에 관한 저자의 소신을 반영한 것이다. 이에 대해서는 본문 30쪽 참고.
2. 단행본의 제목이나 잡지, 신문은 겹낫표(『 』)로, 책 안의 단편, 시 제목, 잡지·신문의 기사는 홑낫표(「 」)로, 그림·오페라·노래·연극·영화 등 예술 작품은 홑화살괄호(〈 〉)로 표기했다.
3. 인용문의 출처는 처음에만 서지 사항을 모두 밝히고, 이후부터는 도서명과 쪽수로만 표기했다.
4. 이 책에 실린 도판은 저자에게서 제공받은 사진 및 위키미디어 공용(https://commons.wikimedia.org), 각 나라 기념관과 박물관 홈페이지에서 갖고 온 것이다. 사진 중에는 저작권을 미처 확인하지 못한 경우가 더러 있는데, 저작권자가 확인되는 대로 통상의 기준에 따라 사용료를 지불하고 게재 허락을 받는 등 사후 조처할 것이다.

01. 푸시킨

: 삶이 그대를 속이면 쓸개즙을 마시라

Alexander Sergeyevich Pushkin

알렉산드르 세르게예비치 푸시킨

Alexander Sergeyevich Pushkin / Александр Сергеевич Пушкин
1799. 5. 26 ~ 1837. 1. 29(구력)
1799. 6. 6 ~ 1837. 2. 10(신력)

오쟁이 진 불명예: 결투로 죽은 시인

결투장은 항상 외진 곳을 선택한다. 푸시킨이 최후를 맞은 결전장은 페테르부르크 지하철 2호선의 초르나야 레치카(Чёрная речка, Black River, '검은 강'이라는 뜻) 역 부근이다. 대형 버스로 가면 주차할 만한 변변한 주차장도 보이지 않는다. 제대로 된 길도 없어 신발에 진흙을 묻혀가며 산림 속으로 들어가노라면 푸시킨이 근위대 소위였던 제비족 조르주 단테스(Georges-Charles de Heeckeren d'Anthès, 1812~1895) 남작과 결투를 치른 장소가 나온다. 내가 이곳엘 처음으로 갔던 때가 1990년대 후반인데, 그때는 두 결투자의 동상이 서 있었지만 그 흔한 꽃묶음도 방문객도 없어서 얼른 들풀을 엮어 푸시킨의 목에 걸어주니 여름 바람이 '발리쇼에 스빠시바(Большое спасибо, 매우 고마워요)'라면서 시인을 대신해 인사하는 듯했다. 바람조차 얼마나 무료했겠는가. 그로부터 20여 년 뒤인 2012년에 다시 가보니 결투 현장 유적을 알리는 탑만 무심한 듯 솟아 있고, 인적은 없으나 시든 꽃다발이 놓여 있어 방문객들이 이따금 찾는 듯했다.

푸시킨 결투 현장 유적비
푸시킨은 자신의 아내와 단테스에 관한 염문을 치욕스럽게 여겨 단테스에게 결투를 신청했고, 그 결투에서 총상을 입어 이틀 만에 죽었다. 푸시킨이 단테스와 결투를 치른 곳은 페테르부르크 외곽의 초르나야 레치카 역 근처인데, 현재 이곳에는 기념비가 세워져 있다.

게르만인이 당당하게 시작한 '승인된 결투(Sanctioned duel)'는 가톨릭 윤리에 따라 라테라노 공의회(Lateran councils, 1215년 제4차 회의)에서 불법화한 데 이어 트리엔트 공의회(Council of Trient, 1545~1563)에서는 참관조차도 파문 대상이라고 엄금했지만 근절되지 않았다. 귀족의 명예를 걸고 벌어지는 결투(duel, дуэль)는 주로 영국과 프랑스에서 성행하다가 러시아에까지 극성을 부렸다. 표트르 대제(Peter the Great, 1672~1725, 재위 1682~1725)는 1715년 결투자에 대한 교수형으로써 결투를 금지했으나, 이미 그것은 귀족 사회에 깊숙이 뿌리내려 위대한 두 시인의 목숨을 잃게 했다.

세계인들에게 가장 널리 애송될 뿐만 아니라 우리나라 각종 학용품에 공짜로 인용되고 있는 「삶이 그대를 속일지라도」의 시인 푸시킨은 1837년 1월 27일(구력, 러시아는 레닌의 혁명 이후에야 신력을 사용했다. 신력으로는 2월 8일) 결투 끝에 하복부의 오른쪽에 치명상을 입고 쓰러진 지 이틀 만인 1월 29일 서른여덟 살로 숨졌다.

이 장면을 생생하게 재현한 실록영화로는 여배우이자 감독인 나탈리야 본다르추크(Natalya Bondarchuk, Наталья Бондарчук, 1950~)가 만든 〈푸시킨, 마지막 결투(Pushkin: The last duel, Пушкин: Последняя дуэль)〉(2006)가 있는데, 유튜브를 통해 관람할 수 있다. 러시아 말을 몰라도 결투의 현장감과 권력층이 꾸미는 음모의 분위기를 감지할 수 있다.

1837년 1월 27일, 만 38세인 푸시킨은 비록 차르 독재 치하의 엄혹한 감시를 받는 상황이 굴욕적이긴 했으나, 러시아문학사에서 누구도 갖지 못한 명성을 누리고 있는 데다 아름다운 아내에 네 아이(2남 2녀)의 아버지로서 무모하게 결투 따위나 할 처지가 아니었다. 필시 치욕의 극치에 몰려 있었을 터였다.

당시 러시아 남자, 아니 세계의 모든 남자에게 참지 못할 치욕 중 하나

가 '오쟁이를 진 사내'라는 조롱을 듣는 것이었다. 영어로는 cuckold 또는 wear the horns, 중국말로는 왕바(王八)·구이궁(龟公)·우구이(乌龟), 일본말로는 네토라레루(寝取られる), 러시아말로는 로고노세쯔(poroнoceц, '뿔 단 남자'라는 뜻) 또는 노시찌 로가(Носить pora, '뿔을 달다'라는 뜻) 등의 술어는 남성 지배적 가치관이 내재된 남녀 간의 연애와 성의 불평등을 상징하기에 페미니스트들이 가장 먼저 없애야 할 비속어 중 하나다. 푸시킨 시대에는 아내에게 추근거리는 외간 남자를 묵인할 남편을 찾기란 페테르부르크에서 코끼리 찾기 만큼이나 어려웠다. 그런데 푸시킨이 바로 그 오쟁이를 지게 되어 결투에 내몰렸고 끝내 죽음에 이른 것이다.

자신의 운명을 예견한 운문소설, 『예브게니 오네긴』

그로부터 불과 4년 뒤, 미하일 레르몬토프(Mikhail Yuryevich Lermontov, 1814~1841)가 27세의 나이에 역시 결투로 숨졌다. 가수 안나 게르만의 아련한 목소리로 널리 알려진 〈나 홀로 길을 가네(Vihozhu Odin Ya Na Dorogu)〉는 그의 시에 곡을 붙인 노래다. 레르몬토프는 악마파 낭만주의로 '러시아의 바이런'이라는 평을 받은 인물이었다. 두 번째로 추방당해 머물던 곳인 캅카스의 퍄티고르스크에서 사관학교 친구와 한 여인을 두고 다투다가 결국 들판에서 결투 끝에 즉사했다. 레르몬토프는 죽기 4년 전인 1837년에 「시인의 죽음(Death of the Poet; Смерть Поэта)」이라는 시를 썼는데, 잡지에 실리지는 않았으나 지하활동을 하는 사람들에게 널리 읽혀 정부 당국의 요주의 인물로 찍혔다.

"시인은 죽었다!—명예의 노예—/헛소문과 비방으로 쓰러졌다"로 첫 연이 시작되는 이 작품의 주인공은 바로 푸시킨이었다. "그의 살인자는 냉정하게 / 시인을 겨냥했다. (…) 망설임도 없이"라고 푸시킨을 쐈던 자를 맹비난하고, 마지막 연에서는 "당신들, 옥좌 옆에 탐욕스런 무리를 이루어 서있는 / 자유와 천재와 영광을 사형에 처한 망나니들이여!" 조주관 편, 『러시아 시 강의』, 열린책들, 1993, 251~255쪽라고 절규하며 푸시킨의 결투가 단순한 우발 사건이 아닌 권력의 치밀한 음모였음을 폭로했다.

푸시킨이 숨을 거둔 페테르부르크의 모이카 운하로 12번지는 아내와 함께 1년 동안 살던 전셋집이었는데, 지금은 푸시킨박물관(Pushkin Apartment Museum, Мемориальный Музей-квартира А.С.Пушкина)으로 꾸며져 결투 때 입었던 양복 조끼, 최후를 마친 침대, 머리칼, 데스 마스크(death mask) 등 가장 많은 볼거리를 보유하고 있다.

결투는 푸시킨에게 매우 익숙하여, 한 통계에 따르면 29회나 관련되었다고 한다. 그만큼 정열적이고 다혈질이었던 이 문호는 자신의 운명을 예견이나 한 듯이 대표작 운문소설 『예브게니 오네긴(Eugene Onegin)』(1830)과 단편 『일발-發』에서 결투로 명예를 지켜낸 러시아풍 귀족 청년의 기백을 그려냈다.

『예브게니 오네긴』은 당대 최고 평론가인 벨린스키(Vissarion Grigoryevich Belinsky)가 "러시아 생활의 백과사전"이라고 격찬한 작품으로, 주인공 오네긴은 1820년대 러시아 귀족의 전형인 '잉여 인간상(superfluous man, лишний человек)'의 원형이다. 쓸모없는 인간상, 한량 또는 건달, 권태와 변덕이 그들의 속성이다. 귀족 출신으로서 재능, 학식과 교양, 무술과 예능까지 골고루 갖췄지만 먹고살 걱정이 없는지라 일할 필요조차 없다. 연회장에 들어서면 모든 여인의 시선이 쏠릴 만큼 인기가 높지만, 한 여인이 다가서면 애타게 만들어놓고는 다른 여인에게 가버리는 '심심풀이 땅콩'식의 유

푸시킨박물관 페테르부르크 모이카 운하로 12번지는 푸시킨이 결투로 쓰러진 뒤 마지막 숨을 거둔 집인데, 현재 푸시킨박물관으로 다양한 유물을 전시하고 있다. 위 사진은 박물관 바깥 전경이며, 아래 사진은 박물관 뜰에 세워진 푸시킨 동상이다.

오네긴과 푸시킨 두 그림 모두 푸시킨이 직접 그린 것이다. 왼쪽은 에브게니 오네긴의 초상이고, 오른쪽은 1829년에 그린 자화상이다.

회에 능숙한 사람들이다. 에브게니 오네긴 역시 "최신 유행에 따라 머리를 깎고; / 런던 댄디처럼 차려입고 - / (…) / 프랑스어를 나무랄 데 없이 / 구사하고; / 날아갈 듯 추는 마주르카에 / 인사하는 맵시는 한없이 매끄러우니; / 무엇을 더 바라겠는가? 세상 사람들은 그를 보고, / 영리하고 아주 호감이 가는 사람이라 했다."

　페테르부르크에서의 삶이 권태로워진 오네긴은 부유한 숙부의 유산을 상속하기 위해 시골로 내려갔다가 이웃 마을 지주의 순진한 딸 타치아나의 극진한 사랑을 받는다. 그런데 그녀의 여동생 올가의 애인으로 독일에서 갓 돌아온 낭만파 시인인 렌스키가 눈에 거슬려 손을 보고 싶어지자 오네긴은 올가를 유혹하여 렌스키로 하여금 결투 신청을 하지 않을 수 없도록 유도한다. 이 장면은 매우 중요하다. 나중에 푸시킨 자신이 권력의 음모에 말려들어 결투를 하지 않을 수 없는 상황이 되도록 핍박당했을 때와 똑같기 때문이다. 결투장에서 오네긴은 렌스키를 죽음으로 몰아넣고 유랑의 길

〈오네긴과 렌스킨의 결투〉 러시아 리얼리즘 회화의 거장인 일리야 레핀이 푸시킨의 운문소설 『예브게니 오네긴』의 결투를 소재로 1899년에 그린 일러스트다.

을 떠난다. 세월이 흐른 뒤 모스크바로 돌아와 화려한 연회장에 가보니 아름답고 우아한 여인이 있어 유혹의 손길을 뻗었다. 바로 타치아나였다. 백작 장군의 귀부인이 된 그녀는 비록 남편이 "전쟁에서 불구가 되어" 자신이 울고 지내며 "아직도 당신을 사랑하고" 있지만, "그러나 저는 이미 다른 사람에게 몸을 맡긴 입장;/그분에게 일생을 바칠 것입니다"라면서 오네긴을 내쳤다. 허승철 옮김, 『대위의 딸』, 한길사, 1991. 여기에 「예브게니 오네긴」도 실려 있다.

타치아나는 톨스토이의 소설 『전쟁과 평화』의 나타샤와 함께 러시아 어머니상의 전형으로 평가받고 있다. 어떤 유혹과 쾌락의 부추김에도 넘어가지 않고 현실을 극복해 나가는 강인한 러시아적 여인상으로, 사랑과 남편과 가족과 조국을 지킬 수 있는 자질을 갖춘 여성으로 해석된다.

러시아 최고의 화가 일리야 레핀(Ilya Yefimovich Repin, 1844~1930)은 오네긴과 렌스키의 결투 장면을 〈오네긴과 렌스키의 결투(Eugene Onegin and Vladimir Lensky's duel)〉라는 그림으로 남겼다.

푸시킨은 『예브게니 오네긴』의 원고 말미에 애초 쓰고자 했던 결말을 첨부했다가 신변의 위험을 느껴 태워버린 뒤 암호로 메모해두었으나, 그나마도 온전히 보관되지 못했다. 여러 정황으로 미뤄 볼 때 오네긴은 모스크바의 사교장을 떠난 뒤 데카브리스트 반란에 투신하게 되었다는 주장이 설득력을 갖는다.

만약 오네긴이 혁명에 투신했다는 결론으로 『예브게니 오네긴』이 완성되었다면, 이제까지 그를 일컬었던 '잉여 인간상'이라는 평가도 달라지지 않을까? 아마 푸시킨의 생애가 그 실마리를 제공해줄 것이다. 차이콥스키는 '예브게니 오네긴'의 제목을 그대로 따서 오페라로 창작하여 1879년 모스크바의 말르이 쩨아뜨르(Maly Theatre, Малый театр, 소극장)에서 초연했다. 대중성을 염려했던 차이콥스키의 예상을 뒤엎고 2년 뒤에는 대극장인 볼쇼이 극장(Bolshoi Theatre, Большой театр)에서 재공연하게 되었고, 이후 유럽과 미국으로 뻗어 나갔다. 한국 관광객들은 이 오페라를 굳이 볼쇼이 극장에서 관람하기를 고집하지만, 초연했던 극장인 말르이의 공연도 볼 만하다.

살인자는 행복하게 살고…

러시아 국민문학의 아버지인 대시인을 쏜 상대는 조르주 단테스였다. 프랑스 알자스 지방 출신 귀족의 후예였으나 1830년 7월혁명 후 조국을 등진 그는 주駐페테르부르크의 네덜란드 공사 헤케른(Heeckeren) 남작을 만

조르주 단테스
1837년 1월 27일 눈이 수북이 쌓인 상트페테르부르크 외곽에서 푸시킨과 결투를 치러 끝내 숨지게 한 인물이다. 러시아 근위대 소속의 프랑스인 장교로, 결투를 치를 당시 25세의 젊은이였으며 푸시킨의 부인과 서로 정을 나눈 사이라는 소문이 상트페테르부르크 사교계에 파다했다.

나 부자지간의 연을 맺고, 그 연줄로 러시아 근위대 소위가 되었다.(두 사람이 동성애 관계라는 주장도 있다. 엘레인 페인스테인 지음, 손유택 옮김, 『푸쉬낀 평전』, 소명출판, 2014, 414~424쪽 참조) 이 때문에 근위대에서는 불만이 들끓었으나, 계급장이란 한 번 달면 떼기가 더 어렵다. 그는 이국땅에서 출세할 길이라고는 자신의 장기인 제비족으로 살아가는 것이라 여겨 사교계에 드나들었다. 그즈음 그는 푸시킨의 아내 나탈리아(결혼 전 이름은 나탈리아 니콜라예브나 곤차로바Natalia Nikolayevna Goncharova, 결혼 후 이름은 나탈리아 니콜라예브나 푸시키나 란스카야 Natalia Nikolayevna Pushkina-Lanskaya, 1812~1863)에게 필이 꽂혀 치근덕거렸다. 그러자 평소 푸시킨의 재능과 명성과 그 까탈스러운 성질에 반감을 가진 무리가 갈까마귀 떼처럼 들떠서 푸시킨을 '오쟁이 진 못난이'로 매도해대기 시작했다. 갈까마귀들이 작심하고 그 추문을 과장해서 모욕적인 편지로 알려주며 푸시킨을 부추겼는데, 바로 그들이 차르와 그의 측근들이라고 본 것이 앞서 소개한 레르몬토프의 시 「시인의 죽음」이다.

온갖 추문에 시달리다 못한 시인이 결국 단테스에게 결투를 신청했다. 그러자 단테스는 되레 자신이 좋아한 여인은 푸시킨의 처형(예카테리나 곤차로바)였다고 둘러댔다. 이 말을 증명하기 위해 단테스는 동생보다 미학적으로 차이가 나는 예카테리나와 1837년 1월 10일 결혼함으로써 시인과 동서지간이 되었고, 결투는 취소되었다. 궁지에 몰리면 진솔해져야 하건만 위기를 모면하고자 거짓말로 둘러대면 새로운 매듭이 생겨나게 마련이다. 임기응변으로 위험한 고비를 일단 넘긴 단테스는 두 가지 불명예를 씻어내야 할 새로운 궁지로 내몰렸다. 아내에게는 푸시킨과의 결투가 겁나서 한 결혼이 아니라 사랑 때문임을 입증해야만 했고, 그때까지 따라다녔던 나탈리아에게는 자신의 마음이 거짓이 아니라 진정한 열정이었음을 보여주어야 했다. 예나 지금이나 이런 사건이 나면 귀부인들과 신사들이 갈까마귀로 표변하여 소란스럽게 재잘대며 싸움판을 키운다. 귀족 사회는 그들 둘로 하여금 결투를 하지 않을 수 없도록 들쑤셨고, 결과는 시인의 죽음을 가져왔다. 『예브게니 오네긴』과 흡사했다.

결투의 법칙은 도전을 받은 자가 선발사권을 갖는다. 대개 유럽에서는 25~30보 간격을 취했지만, 푸시킨과 단테스는 명중률을 높이려고 10보로 했다. 단테스의 첫 발이 푸시킨의 하복부 오른쪽을 명중했다. 푸시킨은 쓰러지면서 간신히 응사했지만 상대는 총알이 오른손을 스친 경상에 그쳤다.

그 후 단테스는 어떻게 되었을까? 결투가 불법인지라 그는 러시아판 바스티유였던 페트로파블롭스크 요새(Peter and Paul Fortress)에 두 달간 감금되었다. 이 요새야말로 페테르부르크 관광에서 빼놓을 수 없다. 체르니솁스키, 도스토옙스키, 고리키 등 유명 작가와 정치적·사회적 혁명에 투신했던 인물들이 갇혔던 감방을 볼 수 있는 이 요새는 러시아 민주화혁명운동

페트로파블롭스크 요새 1703년 표트르 1세가 상트페테르부르크 네바(Neva) 강의 작은 섬에 지은 요새
다. 처음에는 방어 시설로 지었으나 이후 정치범을 수용하는 시설로 바뀌었다. 위 사진의 요새 중앙에
보이는 성당은 예수의 제자인 베드로(페트로)와 바울(파울로)을 기념하기 위해 세워졌으며, 이로부터
'페트로파블롭스크'라는 이름이 유래했다. 아래 사진은 요새 안의 감옥인데, 죄수를 감시하는 관리를
밀랍인형으로 만들어놓았다. 푸시킨과 결투를 치른 단테스도 이 감옥에 감금된 바 있다.

푸시킨의 묘 페테르부르크의 남서쪽에 위치한 프스코프 부근 스뱌토고르스키 수도원 내에 있다. 그가 죽자 헌병과 경찰의 주도하에 시신을 외가의 가족묘가 있는 곳으로 부랴부랴 멀리 옮겨 묻어버렸다.

사의 조감도이다.(☞고리키가 갇혀 있었던 감방은 140쪽에서 볼 수 있다) 단테스 같은 속물은 이 감옥의 품성을 다양하게 해준 셈인데, 그는 형법 절차에 따라 중형을 선고받았으나 얼마 후 차르가 그의 계급장을 떼고 영원히 러시아에 못 오도록 추방령을 내렸다. 그는 아내 예카테리나와 함께 프랑스로 귀국하여 네 자녀를 얻었고, 상하 국회의원을 세 번이나 지냈다.

위대한 시인과 팜므 파탈 아내의 다른 운명

이렇듯 살인자에게는 관대했던 황제가 죽은 푸시킨에게는 어떻게 했을까? 헌병과 경찰과 스파이들의 치밀한 감시 아래 그의 시신을 페테르부르크에서 멀리 떨어진 프스코프(Pskov) 부근의 스뱌토고르스키 수도원(Monastery Svyatogorsk)으로 극비리에 옮겨 안장해버렸다. 현재 그의 묘지(The tomb of Alexander Pushkin)는 푸시킨 언덕(Pushkinskiye Gory)에 있다.

이 일대는 푸시킨국립박물관 지역(The State museum-reserve of Alexander Pushkin 'Mikhailovskoye')으로, 푸시킨과 관련된 많은 유적을 볼 수 있다. 프스코프에서 남쪽으로 130km 떨어진 이 광대한 지역은 푸시킨의 외증조부 아브람 간니발(Abram Gannibal, or Hannibal, Абраа́м Ганниба́ал, 1696~1781)이 엘리자베타 페트로브나 여제(Elizabeth of Russia, Елизаве́ета Петро́овна, 재위 1741~1762)로부터 하사받은 영지였다. 외증조부는 에티오피아(혹은 아프리카)계 혈통인데, 노예로 러시아에 잡혀 왔으나 출신 성분을 따지지 않았던 표트르 대제(페테르부르크를 건설한 황제)에게 발탁되어 귀족이 된 인물이다. 푸시킨은 미완성 소설인 『표트르 대제의 흑인』에서 그의 외증조부를 연상시킬 만한 주인공을 내세웠으나 조상을 미화하기 위한 허구라고 알려져 있다.

푸시킨은 어느 책갈피에다 "현명한 사람들은 / 조용히 살아간다"라고 썼는데, 차르는 그가 죽은 뒤에도 가만두지 않았다. 그럼에도 불구하고, 비밀리에 안장된 그의 묘지를 찾은 사람이 당시에만 1만~5만 명이라는 설이 있을 정도로 푸시킨의 명성은 러시아혁명의 횃불로 되살아났다.

푸시킨의 아내 나탈리아는 미색이 출중했다고 한다. 강력한 철권통치 탓에 '유럽의 헌병'이란 별명을 얻은 니콜라이 1세(Nicholas I, Nikolay I Pavlovich, 재위 1825~1855)가 아름다운 그녀를 보기 위한 속셈으로 푸시킨을 9등관직 시종보로 임명할(1833) 정도였다. 통상 18세가량의 귀족 자제를 임명하는 그 직책에 34세의 대시인을 앉힌 건 누가 봐도 조롱거리였지만, 모면할 방도가 없었다. 일설에는 푸시킨의 작품 검열 및 감시 책임자가 이런 위험 분자는 차라리 가까이 두고 자주 살펴보는 게 가장 효과적이라고 건

의하여 내린 감투라고도 한다. 어쨌든 니콜라이 1세로서야 감시도 하고, 그
의 아리따운 아내도 보고, 민중의 존경을 받는 시인에게 어울리지 않은 감
투를 씌워 치욕감도 주는 일석삼조가 아닌가. 궁중 연회 때 예복을 차려입
고 부부가 동반 참석하여 우아하게 춤추는 것 말고는 아무런 업무도 없는
이 감투를 피하려고 머리를 굴려보았지만 별 묘책이 떠오르지 않았다. 그
는 아예 연회에 가지 않겠다고 배짱을 부렸는데, 친구들이 예복을 구해 입
혀 강제로 들여보냈다. 자칫 차르의 눈 밖에 나면 푸시킨이 또 추방당할까
싶은 염려 때문이었다. 남편의 속도 모른 채 궁중 파티를 즐기는 그녀에게
시인이 간곡히 타일렀지만 허사였다.

　푸시킨 부부가 입궁하면, 차르가 시선은 나탈리아를 향하면서 푸시킨에
게는 근황을 묻곤 했는데 시인은 태연하게 그즈음 집필 중이던 푸카초프
반란사(1773~1774)를 화두로 꺼냈다. '러시아의 전봉준'이라 할 만한 푸카초

프(Yemelyan Ivanovich Pugachev, 1742~1775)를 언급함으로써 차르를 비웃는 거나 진배없었다.

푸시킨은 만년에 농민항쟁을 다룬 장편소설인 『대위의 딸(The Captain's Daughter; Капитанская дочка)』(1836)을 썼는데, 여기서 그는 푸카초프 반란을 당시로서는 최선을 다해 동정적으로 접근했다. 오렌부르크(Orenburg)와 거기서 40km 떨어진 벨로고르스크 요새(Fort Belogorsk, Belogorsk fortress)가 무대다. 이런 변두리 요새로 자원한 그리뇨프(Pyotr Grinyov)를 화자로 삼아 이야기가 전개된다. 소설은 대위 이반 미로노프의 딸 마샤(마리야 이바노브나)를 둘러싼 삼각관계를 다룬 연애담이다. 음모가인 고참(쉬바브린) 중위가 마샤를 강압적으로 차지하려는 것과 대조적으로 그리뇨프는 그녀와 청순한 사랑을 엮어 나간다. 이런 와중에 푸카초프 반란군이 이 부대를 점령함으로써 위기일발인 가운데 마샤가 어떻게 순결을 지키느냐는 대중적인 긴장감을 고조시킨다.

『대위의 딸』은 실바나 망가노(Silvana Mangano)가 주연한 〈템페스트(La tempesta)〉(1958)라는 엉뚱한 제목을 달고 이탈리아에서 영화로 만들어져 인기를 끌었다. 이런 좋은 영화는 꼭 재상영되었으면 좋겠다.

푸시킨의 아내 나탈리아는 어떤 여인이었을까? 당시 궁중 연회 때 최고의 미녀로 꼽혔다는 그녀는 팜므 파탈(femme fatale)인가? 푸시킨의 죽음에 책임은 없었을까? 단테스와는 어떤 관계가 있었을까? 일설에 따르면 푸시킨이 죽은 뒤 니콜라이 1세는 시인의 빚을 갚아주었을 뿐만 아니라 일시불로 1만 루블을 보상해주고 연금도 지급했으며, 두 아들을 시동으로 삼았다고 한다. 그러나 권력이 베푸는 자선 행위에 쉽게 감동해서는 안 된다. 교활한 차르는 나탈리아와 염문도 뿌렸다고 한다. 차르로서야 푸시킨의 죽음으로 앓던 이빨 빠진 격이었으니 무엇인들 못했으랴. 남편이 죽었을 때 스물다섯 살이던 그녀는 7년간 독신으로 지내다가 표트르 페트로비치 란스코이(Petr Petrovich Lanskoy, 1799~1877)와 재혼하여 해로했다.

슬픈 사연의 눈동자가 의미하는 것

러시아에서 푸시킨은 문학인 가운데 동상銅像이 가장 많이 세워졌을 뿐만 아니라 도시, 거리, 학교, 카페 등 각종 이름에 빈번하게 등장한다. 그의 생일 6월 6일은 러시아 '시詩의 날'이자 유엔이 정한 '러시아어의 날'이기도 하다. 우리나라의 소월이나 만해를 합친 것만큼 애송되는 그는 러시아 여행 중 웬만한 도시에서 기념관과 공원, 광장, 식당 등의 이름으로도 만날 수 있다. 서울에도 그의 이름을 딴 러시아 교육문화센터인 '뿌쉬낀 하우스'가 있을 정도다. 독일 문화의 중심에 괴테가 있다면, 러시아 문학의 중심에는 푸시킨이 있다.

'뿌쉬낀'은 러시아 원음에 최대한 충실하게 적은 한글 표기로, 러시아어를 비롯한 프랑스어·이탈리아어·스페인어 등에서 '쁘'·'쯔'·'뜨'가 올바른 발음인데도 영어식 표기인 '프'·'츠'·'트'로만 쓰도록 규정한 우리의 외래어 표기법 때문에 생긴 부정확함을 바로잡은 표기로 보면 된다. 국립국어원에서 제공하는 「외래어표기법」(문화체육관광부 고시 제2017-14호)이 있음에도 러시아 원음의 표기를 최대한 그대로 쓰고자 노력하는 일부 러시아문학 연구자들이 있는데, 나도 전적으로 동의하지만 이 책에서는 독자의 편의를 위해 되도록 외래어표기법에 따르되 부분적으로는 원음을 살려 표기하기도 했으니 오해 없기 바란다. 하기야 사실과 규칙이 어긋나서 심통을 건드리는 어깃장 놓기가 세상살이에서 어디 한둘인가.

푸시킨 동상
모스크바 크렘린 궁에서 북서쪽 2km 지점에 있는 푸시킨 광장은 푸시킨 동상으로 유명하다. 이 동상은 국민적인 모금을 통해 1880년에 세워졌다.

어쨌든 그 많은 푸시킨 유적 중 제일 북적대는 곳은 모스크바 중심가의 푸시킨 광장(Pushkin Square, Пу́шкинская пло́щадь)일 것이다. 이곳에는 국민 모금으로 세운 푸시킨 동상이 있는데, 1880년의 제막식 때 도스토옙스키와 투르게네프도 참석했다. 아담한 공원이기도 한 이곳에 세워진 푸시킨 동상은 좀 우울해 보일 정도로 고개를 약간 옆으로 숙여 땅을 내려다보고 있어 「삶이 그대를 속일지라도」의 시구를 연상토록 만든다. 이 광장을 안내해준 러시아의 교포가 "모스크바 여행 중 어려운 일을 당했을 때 당황하지 말고 오후 5시를 전후해 이곳에 찾아오면 해결된다"고 했던 말이 잊히지 않는다. 유학생들의 약속 장소가 대개 푸시킨 광장이므로 그 시간대에 찾아오면 한국인 몇 명쯤은 만날 수 있다는 뜻이었다.

그룹 투어가 아닌 개인 여행으로 처음 러시아를 갔던 때가 1990년 봄이었는데, 소비에트사회주의공화국연방(1922~1991)의 마지막 모습을 볼 수 있었다. 마침 고리키세계문학연구소에서 푸시킨 심포지엄이 열려 가보니 청중이 30명도 채 안 되었던지라 러시아 국민들이 문학을 좋아한다던 말도 옛날이구나 싶었다. 하지만 여전히 대다수 국민들은 시를 몇 십 편씩 암송할 수 있다는 자긍심이 대단했다. 실제로 러시아 사람들은 술자리에서 푸시킨의 유명 시작품들을 줄줄 외워대며 건배사를 대신했다.

키가 169cm로 약간 작았던 것 말고는 곱슬머리와 검은 피부를 지닌 미남에다 600년 전통의 유서 깊은 가문의 후예로서 탁월한 재능을 발휘하며 최고의 명성을 누렸던 푸시킨이건만, 그의 동상은 왜 이토록 우울하게 보일까? 그 표정은 서른여덟의 짧지만 다난했던 생애를 반추하는 듯하다. 문학적 재능과 재기 발랄에 총명함을 인정받아 차르까지도 익히 그의 이름을 알았을 정도라 양양한 앞길이 보장되었던 학창 시절, 졸업 후 외무부에서 근무할 때 부패와 독재에 항거하여 썼던 여러 시들이 익명으로 지하에 떠돌면서 입소문이 퍼지자 귀족들과 차르의 미움을 받아 남러시아로 좌천(흔히들 추방이란 단어를 쓰지만 엄격하게 따지면 좌천이다)당했을 때, 그 뒤 무신론적 성향이 들통나면서 파직당해 진짜로 추방되어 험난하게 살아가던 때, 새 차르에 의하여 사면·복권되었으나 신작 발표는 물론이고 여행과 결혼 등 모든 활동에 사전 허락을 받아야 했고 그나마도 준엄한 감시를 당했던 나날들……. 그런 가운데서도 뭇 여인들과 농도 짙은 사랑에 빠져 속 태웠던 순간들도 떠오르리라. 그러나 끝내 혁명의 꿈을 포기하지 않자 결국은 간계를 부린 권력이 쳐놓은 그물망에 걸려들었고 그에 결투에서 쓰러져 죽어간 파란만장한 생애를 그 동상의 눈동자는 품고 있는 듯하다.

일생을 고난으로 내몬 시 「자유」

푸시킨으로 하여금 행복했던 시절에 종지부를 찍고 고난의 생애로 내딛게 만든 출발점에는 혁명을 향한 분노의 시가 한 편 있었다. 1817년 열여덟 살 때 쓴 시 한 편 때문에 죽을 때까지 차르의 직접적인 감시 아래 살아야 했던 위대한 혁명 시인 알렉산드르 푸시킨을 떠올린다면, 푸시킨 광장의 동상에 어린 우수에 젖은 모습과 표정을 이해하게 될 것이다.

문제의 시는 「자유」였다.

세계의 독재자들이여! 두려움에 몸을 떨라!
그리고 그대들, 엎드린 노예들이여,
용기 내어 그 노래 새겨듣고 떨쳐 일어나라!

아아, 눈길을 어디에 두어도
어디서나 채찍과 족쇄들,
법에 대한 치명적인 모독,
굴욕스런 무력한 눈물들이 보이고,
불의의 권력은
선입견들의 농밀한 안개 속에
즉위하였네, 노예제의 무서운 천재
타고난 명예욕의 화신이.

(…)

군주들이여! 그대들에게 화관과 왕관을 준 것은

법이지, 자연이 아니다,

그대들은 민중 위에 서 있지만

영원한 법은 그대들 위에 있노라.

(…)

전제 정치의 악인이여!

그대를, 그대의 왕관을 나는 혐오한다.

그대의 파멸, 후손들의 죽음을

내 잔혹한 기쁨 가지고 보노라.

사람들은 그대 이마에서

민중의 저주의 낙인을 읽노라.

그대는 세상의 공포, 자연의 치욕,

그대는 신에 대한 지상의 모독.

(…)

황제들이여, 이제 배우라 –

형벌과 포상,

감옥과 제단, 그 어느 것도

그대들의 믿음직한 방책이 되지 못함을.

미더운 법의 보호아래

먼저 고개 숙이라,

민중의 자유와 평안이

왕관의 영원한 보초가 되리라.

—박형규 옮김, 『삶이 그대를 속일지라도——푸쉬킨 탄생 210주년 기념』, 써네스트, 2009.

짜르스꼬예 셀로의 리체이 1937년 푸시킨 서거 100주년을 기념해 '짜르스꼬예 셀로'는 '푸시킨 시'로 이름이 바뀌었다. 이곳에는 푸시킨이 공부했던 기숙학교인 리체이가 있는데, 바로 옆에는 예카테리나 궁전이 이어져 있어 학생들이 궁전을 넘나들기도 했다.

1817년 이 시를 썼을 때 푸시킨은 리체이 학습원을 졸업한(6. 9) 뒤 외무부에서 공직으로 복무하면서, 다른 한편으로는 공공연하게 절대 권력자와 고위 관료들을 야유하는 익명의 글을 발표하여 그 필사본이 인기 속에 나돌던 분방한 시기였다.

노 백작부인에게 키스한 말썽꾸러기

리체이(Lyceum, 러시아어 원음은 '리쩨이') 학습원은 '제국 짜르스꼬예 셀로 리체이(The Imperial Tsarskoye Selo Lyceum)'의 약칭으로, 황제 알렉산드르 1

리체이의 강의실과 푸시킨의 방　푸시킨은 문학 성적이 우수했고 강의실에서 늘 앞자리에 앉았다고 한다. 기숙학교인 만큼 학생들이 기거하는 방이 따로 있었는데, 푸시킨의 방은 14번 방이었다.

세(재위 1801~1825)가 고급 관료를 양성하기 위해 명문가 자제들을 대상으로 황실마을(짜르스꼬예 셀로)에 1811년 10월 19일 개교한 특별교육기관인데 푸시킨은 그 1기생이었다. 개교 이듬해인 1812년, 러시아는 오래전 13세기 초 몽골의 칭기즈칸(1162~1227) 침략에 이어 역사상 두 번째 외침인 나폴레옹의 침공으로 홍역을 치렀다.

러시아 관광 코스에서 빠지지 않고 들르는 페테르부르크 근교의 페트로드보레츠(Petrodvorets 혹은 Petergof)는 분수대로 유명하며 여름궁전이라는 별칭이 붙은 도시다. 관광객의 대부분이 페트로드보레츠의 화려한 궁전과 분수만 구경하고 페테르부르크로 다시 발길을 돌리지만, 거기서 약간 떨어진 곳에는 푸시킨이 꿈을 키웠던 리체이가 있으니 놓치지 말기를 바란다. 푸시킨 시('짜르스꼬예 셀로'라는 마을 이름을 1937년에 푸시킨 시市로 개명)의 예카테리나 궁전 안에 건립된 리체이가 지금은 이 학교를 세운 황제보다 푸시킨을 기념하는 시설로 그득하다. 푸시킨박물관, 푸시킨이 공부했던 교실과 기숙했던 방, 거닐었던 정원 등등 이러저러한 사연과 이름을 붙여 자꾸 유적이 늘어나고 있지만, 그보다 정작 더 중요한 것은 학창 시절 6년간(1811~1817) 푸시킨이 꽤나 말썽꾼이면서도 탁월한 재능을 인정받은 재동才童이었다는 사실이다.

궁전 한쪽과 리체이는 긴 복도로 연결되어 있으나 통상 학생들에게는 출입금지 구역이었다. 특별 행사가 있는 날이면 차르를 비롯한 황실 소속 관료들도 모두 참석했는데, 한 시종여관侍從女官(황비의 비서장 격)의 젊은 시녀가 학생들에게 인기였다. 어느 날 밤 푸시킨이 어둠 속의 복도를 걸어가다가 여인의 치마 끌리는 소리를 듣자 학생들에게 인기 높은 그 젊은 시녀로 착각하여 덥석 껴안고 입을 맞췄다. 마침 방문이 열려 환한 불빛이 비쳐서 쳐다보니 뚱뚱하고 늙은 시종여관이었다. 혼비백산한 푸시킨은 도망쳐 나와 절친 푸신(Ivan Ivanovich Pushchin, 1798~1859)에게 이 사실을 실토했다. 푸신은 그에게 당장 교장에게 달려가서 백배사죄하라고 조언했다. 그러나 교장을 싫어했던 푸시킨은 차마 용기가 안 나서 미적댔는데, 이미 소문은 알렉산드르 1세의 귀에까지 들어갔다. 이튿날 황제가 교장을 불러들여 학생들이 담장을 넘어와 궁정의 사과를 따 먹는 등 장난이 심하다고 나무라자, 교장은 푸시킨이 직접 시종여관에게 사죄 편지를 쓰겠다고 했다면서 두둔했다. 그러자 황제는 자신이 푸시킨의 변호를 맡아주겠다며 관용을 베풀더니 교장에게 귓속말로 필시 그 노부인은 황홀했을 거라고 농지거리를 했다.

저항의 기운이 감돌았던 청년 시절

이런 해학적인 일화와는 달리 리체이의 학생들은 온통 혁명의 열기에 달아올라 있었고, 졸업 후에도 여전히 상당수가 각종 공직과 군 장교로 있으면서 혁명파로 활동했다. 러시아는 특이하게도 군인들이 개혁과 혁명의 선두에 섰다.

이 시절 푸시킨의 재기 발랄한 모습은 레핀이 남긴 그림에 생생하게 담겨 있다. 1815년 1월 8일 리체이 학습원 시험에서 시를 낭독하는 푸시킨의 모습은 시험관과 참석자들의 탄성을 자아냈다. 푸시킨 이전의 러시아 시단에서 가장 유명했던 가브릴라 데르자빈(Gavrila Derzhavin, Гавриил Державин, 1743~1816)이 이때 격찬한 덕분에 푸시킨은 곧바로 문명을 날리게 되었다.

재학 시절부터 시인으로 명성을 얻은 푸시킨은 졸업 후 외무부에서 근무하면서 여러 비밀결사 회원들과도 무척 친하게 지냈다. 특히 1819년에 가입한 '녹색 램프'는 그 지도부가 나중에 데카브리스트 반란에 적극 참여했

시 낭송을 하는 푸시킨 리체이에서 공부하던 시절, 푸시킨의 문학적 재능은 남달랐다. 진급 시험 때 열여섯 살의 어린 나이로 시 낭송을 하는 푸시킨을 보면서 당대 최고의 시인 데르자빈이 크게 칭찬했다. 일리야 레핀은 이 장면을 1911년 그림에 담아냈다.

던 인물들로 이루어진 조직이었다. 그런데 이상하게도 진짜 비밀결사에서는 용감한 이 시인을 받아들이지 않았다. 말이 많고 성격이 급해 걸핏하면 결투로 치닫기에 그냥 시인으로서 혁명을 기록하고 노래하도록 두는 게 더 낫다고 판단했다는 설과, 행여 비밀이 탄로될까 예방 차원으로 가입시키지 않았다는 설이 엇갈린다. 조선시대 단종 복위를 함께 꾀하던 성삼문成三問과 박팽년朴彭年이 만류하는 바람에 거사를 연기했다가 결국 의금부에 끌려간 무장 유응부兪應孚가 고문을 받는 와중에 일갈했다는 '서생불가여모사書生不可與謀事'(선비와는 모사를 함께 못한다)가 떠오르는 대목이다.

러시아 민담을 다룬 신비적 분위기의 서사시 「루슬란과 류드밀라(Ruslan and Lyudmila; Руслан и Людмила)」는 학창 시절부터 계속 손보며 다듬어오다가 1820년에 완성한 작품인데, 나중에 미하일 글린카(Mikhail Glinka)가 오페라로 창작하여(1842년 초연) 더욱 유명해졌다. 알렉산드르 1세가 푸시킨의 시 「자유」를 읽고 분노한 게 이때(1820)였다. 여러 친구들이 구명 활동을 해준 덕분에 푸시킨은 외무부 관직을 유지한 채 남러시아 캅카스로 전근 형식의 추방 길에 올랐다. 차르가 익히 푸시킨의 재능을 알아채고 그러한 조처를 내리기까지에는 이미 많은 징조가 있었다. 시내에 불온한 시가 나돌면 그 첫 번째 용의자는 푸시킨이었기에 경찰은 그의 행동을 추적하고 있었다. 실제로 그는 온갖 풍자와 야유, 말장난으로 권력층을 비방해댔다. 1820년 3월에는 그의 집에 낯선 사나이가 나타나서 하인에게 푸시킨의 시를 좀 보여달라고 하자 하인이 거절했다. 그 말을 듣고 푸시킨은 갖고 있던 글을 모두 태워버렸다.

이 일로 푸시킨은 충격을 받아 자살할까도 생각하다가 가장 선망하던 선배인 표트르 차다예프(Pyotr Chaadayev, Пётр Чаадаев, 1794~1856)를 찾아가 자문을 구했다. 그는 '위대한 사람은 비방을 무시하고 자기 뒤를 쫓아다니는 사람보다 더 높은 곳에 있어야 한다'고 충고했다. 철학자요 지하서클의 지도자 격인 그를 너무나 존경했던 터라 푸시킨은 「차다예프에게」라는 시를 두 편(1818, 1821)이나 썼다.

파멸로 이끄는 권력의 압제 밑에서
참을 수 없는 마음을 애태우며
조국의 부름에 귀를 기울이자.
(…)
친구여, 영혼의 아름다운 충동을
조국에 바치자!

친구여, 믿게나—

마음을 사로잡는 행복의 별이 떠오르고,

러시아는 잠에서 깨어나리라,

그리하여 절대 권력의 파편 위에

우리들 이름이 적혀지리라!

　　　　　—『삶이 그대를 속일지라도— 푸쉬킨 탄생 210주년 기념』, 58~59쪽.

이 시는 앞서 다른 또 한 편의 문제작 「자유」와 함께 황제의 비위를 건드렸다.

「삶이 그대를 속일지라도」의 탄생지

1820년 5월, 페테르부르크를 떠난 푸시킨은 수도에서 로비 활동을 잘 해준 친구들 덕분에 깡촌이 아닌 키시뇨프(Kishinev, Кишинёв), 오데사(Odessa) 등지로 옮겨 다니며 추방 생활을 보낼 수 있었다.

키시뇨프는 현재 몰도바공화국의 수도 키시너우(Chisinau, '키시네프'로도 표기)인데, 여기에는 1820~1823년간 푸시킨이 머물렀던 기념으로 푸시킨 하우스와 박물관(Pushkin House and Museum)이 세워져 있다. 이 시기에 그는 바이런을 열심히 읽었고, 이곳의 주둔군 장교들과 혁명을 위한 온갖 담론도 나눴으며, 『예브게니 오네긴』 집필도 시작했다.

특히 16사단장이었던 오를로프의 집은 푸시킨이 단골로 드나들던 곳이었다. 오를로프는 이미 황실에서 찍힌 인물이라 아예 대놓고 모반의 분위기가 팽배했는데, 결국은 사단장에서 해임당했다. 푸시킨과 논쟁을 벌일 때

미하일롭스코예 푸시킨의 외가가 소유했던 영지이자 푸시킨이 유배 생활을 했던 곳이며, 죽어서 묻힌 곳이다. 현재 '보호구역'으로 지정되어 관리되고 있다.

오를로프는 이렇게 주장했다. 나폴레옹은 전쟁의 악마이며, 그를 추방하기 위한 연합은 승리 후에 반동화되었으므로 빈회의(Congress of Vienna, Wiener Kongress, 1814~1815)는 자유사상에 대한 억압을 강화하고 있다. 따라서 혁명은 불가피하며, 국가이익을 위한 전쟁은 혁명을 통해 조국에 자유가 확고해진 이후에 해야 한다는 것이었다. 그는 관료란 비열한 도둑놈이며 장교는 짐승이고 오로지 농민만이 존경받을 계급이라면서 독재자 살인 사상도 수용했다. 이에 대해 푸시킨은 전제군주의 연합으로 이룩된 평화를 거부하고 루소에 근거한 혁명정부들의 연합으로 평화를 쟁취해야 된다고 주장했다. 유리 미하일로비치 로트만 지음, 김영란 옮김, 「푸시킨—작가의 생애」, 고려대학교출판부, 2013, 118~120쪽.

푸시킨은 오데사로 전근을 가서도(1823. 7~1824. 8) 여전히 남부 지역의 비밀결사 회원들과 교류하며 자유사상을 담은 시들을 계속 써내려갔다. 그러

미하일롭스코예에서 푸시킨이 살았던 집 미하일롭스코예 박물관 구역의 '메인 하우스(Main house)'로, 푸시킨이 유배 생활 중 기거했던 집이다. 「삶이 그대를 속일지라도」가 이곳에서 탄생했다.

나 모스크바 경찰이 편지를 검열하여 푸시킨의 무신론적 성향을 발견한 사건을 빌미로 황제는 1824년 7월 직위해고령을 내렸고, 시인은 오데사를 떠나 1824년 8월 9일 최후의 유형지인 미하일롭스코예(Mikhaylovskoye)에 도착했다. 여기서 푸시킨은 바이런과 셰익스피어의 영향을 받아 리얼리즘으로 작풍을 전환했다. 연구자들이 푸시킨의 작풍을 그 이전과 이후로 구분할 정도로 이곳은 그의 작품 세계에서 중요하다.

미하일롭스코예는 농노를 200이나 거느린 어머니의 영지로, 푸시킨이 무시로 드나들었던 고향이나 다름없는 곳이지만 유형당한 처지라 의기소침했음은 불문가지다. 세계적으로 유명한 「삶이 그대를 속일지라도」는 이때 가까이 지내던 옆 마을(트리고르스코예) 여지주(프라스코비야 알렉산드로브나 오시포바)의 딸이 갖고 있던 앨범에 끄적거려 준 시다.

삶이 그대를 속일지라도

슬퍼하지 말라, 노여워도 말라!

설움의 날을 참고 견디면―

기쁨의 날이 오리라 믿어라.

마음은 미래에 사는 것,

오늘은 언제나 슬픈 것―

모든 건 한순간에 지나가나니,

지나간 일은 다시 그리워지는 것을.

―「삶이 그대를 속일지라도」

　이 여지주의 조카딸 안나 페트로브나 케른과는 그리 떳떳하다고 할 수만 없는 사랑도 했지만, 여지주에게 바친 다른 시를 통해 볼 때 이곳에서 시인의 삶은 외국으로 도망칠 생각을 했을 만큼 갑갑해 못 견딜 지경이었던 것 같다. 이들 시에는 시인의 심경이 담담하면서도 잔잔하게 수놓여 있다.

　푸시킨의 시를 사랑하면서도 우리는 과연 삶에서 속을 때 슬퍼하거나 노하지 않을 수 있을까? 그건 가히 공자나 노자의 경지이고, 차라리 푸시킨처럼 쓸개즙을 핥은 듯이 새로운 역사를 꿈꾸는 게 정상이리라. 와신상담臥薪嘗膽은 결코 오왕吳王 부차夫差와 월왕越王 구천勾踐의 전매특허가 아님을 푸시킨의 후반부 인생이나 문학작품들은 여실히 보여준다.

　아무도 감히 찾아갈 생각조차 못했던 이 한촌 미하일롭스코예로 리체이 학습원 시절의 가장 절친했던 동지 푸신이 나타난 것은 1825년 1월 11일 무척 추운 날이었다. 재학 시절부터 비밀결사의 지도급 인물이었던 그는 제대 후 법원에 근무하면서 억울한 사람들을 도왔다.

혁명가 푸신은 이웃 농노의 딸들이 푸시킨의 집에서 바느질하는 걸 보다가 유난히 예쁜 하녀에게 시선이 갔다. 그녀는 임신 중이었다. 그의 눈길이 다시 푸시킨에게로 향하자 푸시킨은 얼굴을 붉히고 당황했다. 푸신은 알았다는 듯이 눈만 찡긋했다. 청년 귀족들이 농노의 딸을 예사로 범하고도 죄의식조차 갖지 않던 시절이었지만, 푸시킨으로서는 절친한 친구이자 혁명 동지인 푸신에게만은 부끄러웠을 터였다.

오랜만에 회포를 풀고 푸신은 돌아갔는데, 이때의 만남이 이 세상에서 그들의 마지막이었다. 푸신이 데카브리스트 반란에 참여했다가 잡혀 20년 유형을 선고받고 네르친스크, 치타(Chita) 등지에서 고생하는 동안 푸시킨은 세상을 떠나버렸다.

푸신이 돌아간 뒤 그해 12월 초 푸시킨은 그에게서 페테르부르크로 서둘러 오라는 편지를 받았다. 추방자 신분인 푸시킨은 차르의 허가도 받지 않은 채 무작정 집을 나서 말을 타고 달렸는데, 얼마 가지도 않았을 때 산토끼가 갑자기 그의 앞길을 가로질러 갔다. 주춤거리는 말을 다시 몰아 달렸지만 산토끼가 두 번이나 더 나타나서 그의 길을 방해하더니 네 번째에 이르러서는 승려까지 등장했다. 그러자 뭔가 징조가 안 좋다는 생각에 되돌아오고 말았다. 이 극적인 사건은 '믿거나 말거나' 할 이야기로 치부되는데, 출처가 푸시킨 자신의 말뿐이기 때문이라고 전한다. 이와마 토오루 지음, 이호철 옮김, 『뿌쉬낀과 12월혁명』, 실천문학사, 1987, 참고.

데카브리스트 반란의 한가운데

세상은 어지럽고 민심은 흉흉했다. 한때는 총애했던 푸시킨을 추방의 역

데카브리스트의 난 '12월당반란'이라고도 일컫는다. 1825년 12월 14일 청년 장교들이 농노제 폐지, 민주적 자유, 국민개병제 등을 주장하며 일으켰다. 푸시킨은 유형지 미하일롭스코예에 있었기 때문에 참가하지 못했으나 그의 벗들이 대거 가담했다. 그림은 독일 화가인 카를 콜만(Karl Kolman)이 그린 것이다.

경으로 내몰았던 알렉산드르 1세가 1825년 11월 19일(신력 12. 1) 흑해 연안의 타간로크에서 후계자 없이 급사하자, 순리대로라면 바로 밑의 동생 콘스탄틴이 승계해야 되지만 극구 사양하여 그 아래 동생인 니콜라이가 황위를 이어받았다. 이에 1825년 12월 14일(신력 12. 26) 페테르부르크의 원로원 광장에서 신임 황제를 위한 충성서약식이 거행될 예정이었다. 이미 오랫동안 혁명을 예비해왔던 장교들은 약 2주 동안의 황위 공백기를 틈타 새 차르의 충성서약식 날을 D-Day로 잡아 혁명을 일으켰는데, 이것이 곧 데카브리스트의 반란이다.

만약 푸시킨이 토끼들의 방해에도 불구하고 그냥 예정대로 달려갔다면 13일에 페테르부르크에 도착하기가 무섭게 바로 혁명 시인이자 동지인 릴레예프(Kondraty Fyodorovich Ryleyev, 1795~1826. 7. 25)의 집으로 갈 작정이었다. 그날은 D-Day를 하루 앞두고 마지막으로 점검하는 자리였다. 푸시킨

이 참석했다면 데카브리스트 광장에서 앞장섰을 터였고, 다른 주동자와 달리 추방 중인 그에게는 가중처벌이 내려져 필시 처형당했을 것이다.

12월당반란(Decembrist revolt, Decembrist uprising) 거사 날 아침 릴레예프가 집을 나서려 할 때 아내와 여섯 살짜리 딸이 막아섰다. 만류해도 안 되자 부인은 까무라쳤고 어린 딸은 아버지의 다리를 두 팔로 감싸 안고 걷지 못하게 했지만, 시인은 부인을 일으켜 의자에 앉히고 딸의 팔을 뿌리친 뒤 광장으로 향했다.

3,000여 군인들이 일으킨, 세계 역사상 희귀한 이 군사반란은 새 황제 니콜라이 1세의 즉위에 반대하며 농노제 폐지, 법 앞의 평등, 민주적 자유, 배심재판의 도입, 국민개병제, 관리들의 선거제, 인두세 폐지, 입헌군주제 또는 공화제로의 전환 등을 요구했다. 참가자들은 용감했으나 정작 지휘부나 향후의 계획은 치밀하지 못했다. 설득하려고 나선 고위 관료와 한 사령관

이 시위대의 총에 맞아 죽고 대주교의 중재도 소용없어지자, 한 장군이 앞에 나서서 시위 군인들에게 당장 병영으로 돌아가지 않으면 처벌하겠다고 엄포를 놓았다. 그러자 군인들은 도리어 "장군! 헌법을 지참하셨습니까?"라며 야유를 퍼부었고, 그와 동시에 총격이 시작되었다. 충성 다짐을 받으려다가 도리어 반역을 당한 니콜라이 1세는 화가 단단히 치밀었다. 결국 해가질 무렵 3문의 대포를 끌어내게 하여 점점 늘어나는 군중을 향해 발사하도록 조처했다. 온통 아비규환이었다.

청동기마상(The Bronze Horseman)으로 유명한 원로원 광장(Senate Square)은 이날 이후 데카브리스트 광장(Decembrists' Square, Площадь Декабристов)으로 개칭되었을 정도로 러시아 역사의 방향을 바꾼 일대 혁명이었다. 역사에는 실패한 혁명이란 없다. 강압적으로 진압되어 아무것도 이룬 것이 없어 보이지만 그 정신은 면면히 승계되기 때문이다. 모든 러시아혁명사의 제1장은 데카브리스트에서 시작된다. 그러나 역사는 돌고 돈다. 2008년 이후 이 광장의 이름은 도로 원로원 광장이 되었다.

혁명 세력은 남부 결사와 북부 결사로 나뉘었는데, 북부의 투사들이 데카브리스트 반란을 시도할 즈음 남부 결사도 별도로 혁명을 준비하고 있었다. 그러던 중 지도자들이 연이어 체포되자 남부 결사 역시 반란에 돌입하여 키예프 부근까지 진격했으나 결국 진압군에게 궤멸되고 말았다(1826. 1).

유형지에서 이 소식을 들은 푸시킨은 착잡했다. 자신을 추방한 알렉산드르 1세가 죽고 새 황제가 등극했으니 사면을 기대해볼 만도 했지만 데카브리스트에 가담한 거의 모든 인물이 자신의 벗이라서 오히려 동참 못한 죄책감도 컸다. 체포자들과 자신의 관련 여부 등으로 불안한 마음도 없지는 않았으나 "자네들에게 확실히 말해두지만 절대로 나에 대해 책임을 지거나 도와줄 생각들은 말게나"『푸시킨—작가의 생애』라고 당당하게 말했다.

차르와 시인의 가시 돋친 대화

  자신의 코가 석 자인 푸시킨에게 새 차르인 니콜라이 1세가 접견을 허용하여 1826년 9월 8일 모스크바의 크렘린 궁 안에 있는 유서 깊은 추도프 수도원(The Chudov Monastery, 1918년 폐쇄 후 허물어버림) 서재에서 첫 대면을 했다. 등극하면서 피비린내를 풍긴 황제로서는 1826년 8월 2일 대관식을 크렘린의 우스펜스키 사원(Uspensky sobor, 성모승천대성당Cathedral of the Dormition)에서 마친 뒤라 이미지 쇄신이 절실한 시점이었다. 둘만의 독대는 1시간가량 이어졌다. 니콜라이 1세는 푸시킨보다 세 살 연상에 키가 크고 늘씬한 호남이었다. 그는 당시 유럽 황제 중 미남으로 유명했다. 그러나 황제에 대한 평가는 인물로 따지지 않는다.

  니콜라이는 푸시킨을 향해, 시베리아로 유배된 많은 음모가들이 친구였지 않느냐고 물었다.
  "그렇습니다. 폐하."라고 푸시킨은 받았다. "저는 그들 중의 여럿을 사랑했습니다. 또 존경했습니다. 그리고 지금 현재도 이 점은 변함이 없습니다."
  니콜라이는 다시 물었다.
  "자네가 만일 12월 14일에 페테르부르크에 있었다면 어떡했겠나?"
  "그들 패거리 속에 끼어 있었을 것입니다."
  푸시킨의 대답은 솔직했다.

  —『뿌쉬낀과 12월혁명』, 126쪽.

  진솔하고 거짓 없는 대답에 황제는 발끈하는 대신 오히려 감사하면서 시인에게 거주와 창작의 자유를 허락하되 자신이 직접 검열하겠다고 했으며,

'그대야말로 가장 현명한 시인'이라고 추켜세웠다. 그러나 따지고 보면 서
로의 말에는 가시가 숨겨져 있었다.

차르는 릴레예프의 아내에게 금일봉을 보냈고, 이에 그 가족들은 고마운
마음과 선처될 수도 있다는 희망에 황제를 위해 기도까지 올렸지만 다 허
사였다. 릴레예프를 비롯한 5명은 처형, 120여 명은 유형, 그 외에도 혹독
한 탄압이 잇따랐다. '유럽의 헌병'이란 별명답게 니콜라이 1세는 교활했
다. 나라를 온통 헌병 관구 체제로 옥죄어서 직속 비밀정치경찰국 제3부를
전 국민 감시 사령탑으로 삼았다.

제3부의 책임자인 알렉산드르 벤켄도르프(Alexander von Benckendorff,
1783~1844)는 헌병대장을 겸임하면서 푸시킨의 감시도 맡았다. 기병 장군
출신인 이 으스스한 인물이 맡은 제3부는 문학과 음악·미술·연극 등 모든
예술을 총괄 감시했는데, 푸시킨에게는 웬만한 여행은 다 불허했고, 유언

비어나 이상한 글이 나돌면 그 창작 용의자 제1호로 푸시킨을 찍어 추궁을 했다. 심지어 그의 미발표 작품을 남들 앞에서 읽는 것조차 금지했다.

그러던 중 예전에 썼던 시 복사본이 밀고장과 함께 벤켄도르프에게 들어갔다. 푸시킨은 차르에게 호출되어 모스크바 경시총감으로부터 심문을 받았다. 하지만 당국은 그에 대한 취조를 질질 끌었다가 결국 '푸시킨 감시 위원회'를 조직했다. 또, 어느 장교의 하인이 자기 주인이 낭독하는 서사시 「가브릴리아다(Gavriiliada; Гавриилиада)」가 불순하다며 신고했는데, 그게 푸시킨의 작품이라고 하여 푸시킨은 페테르부르크 지사에게 소환당해 조사를 받기도 했다. 푸시킨은 자기 작품이 아니라고 잡아떼면서, 다만 이 시를 처음 본 건 1815~1816년 무렵의 리체이 시절이라고 둘러댔다. 그러고는 이미 죽은 고르차코프의 작품이라고 우겼다. 자기 작품임에도 아니라고 우겨야 했던 이 진풍경! 이 시는 기독교의 신성을 풍자했다는 이유로 페테르부르크의 주교가 문제 삼았다.

차르는 푸시킨에게 '교육에 대한 보고서'를 써내라고 했다. 아무짝에도 쓸모없는 이런 보고서를 요구하여 정신적인 강제징용을 시키면서, 또 다른 한편으로는 '반골 시인이 황제에게 봉사한다'는 어용의 이미지를 덧씌우려는 속내였다. 감시의 눈이 모든 것을 지켜보고 황제의 얼토당토않은 요구까지 들어야 했던 절망적인 상황이라 푸시킨은 잠시 카드놀이에 빠지기도 했지만, 곧 마음을 다잡고 데카브리스트가 왜 실패했는가를 곰곰이 따지기 시작했다. 여러 궁금증을 풀기 위해 캅카스로 유형당한 동지들을 찾아 당국의 허가도 없이 훌쩍 떠났으나 그때마다 감시의 눈이 먼저 기다리고 있었다.

데카브리스트들은 수동적인 군중을 영웅이 지도해서 역사 발전을 가속화해야 한다고 주장했는데, 푸시킨은 "영웅들이여, 먼저 인간이 되어라", "영

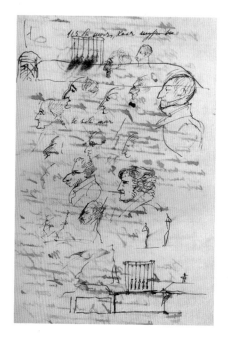

웅에게 따스한 마음을 남겨줘라! 그것이 없다면／도대체 그가 무엇을 할 수
있겠는가? 폭군이 되는 것 외에"『푸시킨―작가의 생애』, 206쪽라며, 선구자가 너무
앞서 나가지 말고 역사적인 합법칙성을 인식하여 민중과 보폭을 맞추기를
주장했다.

　푸시킨은 데카브리스트 다섯 명이 교수대에 매달린 모습을 스케치한 그
림도 그렸으며, 릴레예프 가족을 돕고자 모금운동에도 나섰다. 이런 활동은
시인의 영혼을 더욱 단단히 벼리게 해주었다.

　　시인이여! 민중의 사랑을 소중히 여기지 마라.

　　열렬한 칭송도 순간의 소음이리라;

　　어리석은 자의 심판과 군중의 냉소를 듣더라도,

그대 굳세고, 침착하고, 우울하라.

그대는 짜르; 혼자 살아라. 자유의 길을 가라,

자유로운 지혜가 그대를 이끄는 대로,

좋아하는 사색의 열매를 영글게 하며,

고상한 공적의 보상을 요구하지 마라.

보상은 그대 마음속에 있다. 그대 자신이 최고의 심판관이다;

그대는 누구보다도 엄하게 자기 작품을 평가할 줄 안다.

그대는 이에 만족할까, 준엄한 예술가여?

만족하오? 그러면 군중이 그것을 욕하도록 하라.

그대의 불빛이 타오르는 제단에 침을 뱉게 하라,

어린애 시샘으로 그대의 성단을 흔들게 하라.

　　　　　　―「시인에게」, 1830년 작, 조주관 편, 『러시아 시 강의』, 열린책들, 1993, 199쪽.

아내와의 생활은 불과 6년

　1831년 2월 18일, 감시 속에서도 푸시킨은 자신의 심미안에 흡족한 나탈리아 곤차로바와 결혼하고 모스크바의 아르바트 거리에서 짧은 신혼을 즐겼다. 그는 아내와 불과 6년밖에 살지 못했지만 2남 2녀를 낳았다. 어렸을 적 별명이 '볼품없는 오리 새끼'였던 푸시킨은 모스크바에서 태어났으나 현재 그 생가는 사라져버렸고 신혼 시절의 집만 남아 있는데, 그 집에서 바로 아르바트 거리와 이어지기에 산책로로도 적격이다.

푸시킨의 생애 중에서 가장 행복했던 신혼 생활의 터전은 푸시킨기념박물관(Pushkin Memorial Museum, 크로포트킨스카야 街 12-2, 흐루시초프카야 모퉁이)으로 꾸며져 있다. 이 박물관의 '예브게니 오네긴' 코너에는 귀족들의 일용품을 전시하고 있다. 소설 속 여주인공인 타치아나의 것이라고 하는데, 실제 그녀의 모델은 한 장군의 딸인 마리아 라에브스카이다. 푸시킨이 추방당했을 때 그녀는 아버지와 함께 크림반도 여행을 하던 중이었으며, 시인은 그때 이 15세의 소녀를 보고 무척 반했었다고 한다.

삼엄한 감찰로 생활은 불편했지만, 그런 가운데서도 푸시킨은 기지를 발휘하여 상황을 역이용해 감시자를 놀리기도 했다. 서신 검열을 알아챈 그는 아내에게 쓴 편지에다 모스크바의 우체국장은 파렴치한 놈으로 남의 편지를 뜯어보거나 자기 딸을 흥정하는 짓에 대해 전혀 벌 받을 일이라고 생각하지 않기 때문에 당신도 편지를 쓸 때는 조심하라고 적었다. 당시 우체국장 불가코프의 둘째 딸은 소문난 미녀로 니콜라이 1세와 가까웠다. '딸을 흥정하는 짓' 운운은 푸시킨보다 3주 먼저 결혼한 그녀가 첫딸을 낳자 황제가 그 아이의 대부가 된 사실을 빗댄 말인데, 우체국장이나 감시자가 편지를 개봉해서 읽고 날뛴다 해도 차마 차르에게 보고할 수는 없으리란 계산이 깔려 있었다. 푸시킨은 이 편지를 벤켄도르프의 개인 비서로 있는 리체이 시절의 친구에게 보여주기도 했다. 치밀한 골탕 먹이기였다. "아마 당신 편지도 뜯어보고 있을 테니까. 이런 게 바로 국가 안보라나." 이러고도 점잖은 척하는 젠틀맨들이 사는 변소, 그게 페테르부르크다, 살다 보니 익숙해진다고 시인은 썼다. 『푸시킨—작가의 생애』.

독재자 밑에서는 늘 충성 경쟁이 그치지 않는다. '러시아의 안녕과 행복은 차르의 절대 권력, 그리스정교, 농민들의 국민성으로부터 나온다'는 반

푸시킨기념박물관
푸시킨이 나탈리아 곤차로바와 결혼하고 모스크바 아르바트 거리에 신접살림을 차렸던 집이다 (맨 위 사진). 아래 오른쪽 사진은 신혼 집을 알려주는 명판인데, 이렇게 씌어 있다. "В этом доме жил А. С. Пушкин с начала февраля до середины мая 1831г.(이 집에서 А. S. 푸시킨이 1831년 2월 초순부터 5월 중순까지 살았다.)" 아래 왼쪽 사진은 아르바트 거리에 세워진 푸시킨 부부의 동상이다.

혁명 이데올로기의 창출자로 악명 높은 우바로프(Count Sergey Semionovich Uvarov, 1786~1855, 교육부장관 등 역임)가 벤켄도르프와 충성 경쟁 중에 푸시킨에게 다가섰다. 푸시킨을 꼬드겨 어용으로 만들려고 온갖 술수를 써도 안 되자 이내 본색을 드러내고 모략에 앞장서서 해코지를 하려 들었다.

그러자 시인은 "이제는 더 이상 이 귀족 집에서 / 애나 보는 짓은 하지 않아도 되리라. / (…) / 계산할 때 마누라를 속이면서 몰래 챙기는 짓을 하지 않아도 되며, / 국가 소유의 장작을 / 몰래 도둑질하는 짓도 그만둬야지!"『푸시킨―작가의 생애』, 302쪽, 재인용라는 시로 응수했다. 우바로프를 풍자한 시였다. 우바로프에게는 굉장히 부유하지만 상속자가 없는 사촌 처남이 있었는데 그가 위독해졌다는 소식을 듣고 우바로프는 유산을 착복할 음모를 꾸몄다. 하지만 처남이 되살아나는 바람에 도로아미타불이 된 것이다. 시를 읽은 사람들은 누구나 우바로프를 연상했으므로 물의가 빚어지는 것은 당연했다. 우바로프의 경쟁자 벤켄도르프는 속으로 잘코사니라고 여기면서도 감독 책임자로서 푸시킨에게 해명을 요구했다. 푸시킨은 천연덕스럽게 그분이 정말 그런 짓을 했느냐고 반문해서 이 일은 일단락되었다.

서른여덟의 생애 중 자유를 누린 건 20년뿐이고 그 나머지는 국가권력과 맞서야만 했던 푸시킨은 엄청난 창작으로 러시아 국민문학의 아버지가 되었다. 감시와 탄압이 도리어 창작욕에 불 지폈을 것이다. 푸시킨의 문체는 성서처럼 러시아어 학습의 교재로 안성맞춤이다. 시, 소설, 희곡 등 장르를 가리지 않고 집필했으며, 다 성공작으로 남았다. 그의 작품은 글린카, 차이콥스키, 무소륵스키, 다르고미즈스키, 스트라빈스키, 림스키 코르사코프, 라흐마니노프 등에 의해 오페라와 발레로 창작되어 널리 알려져 있다.

02. 톨스토이
: 파문당한 성인의 꿈

Leo Tolstoy

레프 니콜라예비치 톨스토이 / 레오 톨스토이(영어권 나라에서 통용되는 이름)
Lev Nikolayevich Tolstoy (Leo Tolstoy) / Лев Николаевич Толстой
1828. 8. 28 ~ 1910. 11. 7(구력)
1828. 9. 9 ~ 1910. 11. 20(신력)

『전쟁과 평화』의 무대, 보로지노

킹 비더(King Vidor) 감독의 208분짜리 영화 〈전쟁과 평화〉(1956)는 할리우드식 멜로드라마지만 보로지노 전투(The Battle of Borodino, Бородинское сражение, 프랑스에서는 '모스크바 전투-Bataille de la Moskova'로 호칭. 영어 Borodino 의 'd'는 러시아에서 '드'가 아닌 '즈'로 발음) 장면과 오드리 헵번의 청순한 연기 덕분에 돋보인다. 톨스토이의 소설을 그대로 촬영했다는 세르게이 본다르추크(Sergei Bondarchuk) 감독의 431분짜리 영화(1966)는 아무리 보고 싶어도 허사다. 누군가 이런 명화를 볼 수 있는 자리를 마련해줬으면 좋겠다. 소비에트사회주의공화국연방이 상업성을 고려하지 않은 채 톨스토이의 원작을

영화 〈전쟁과 평화〉(1966)의 한 장면 세르게이 본다르추크가 감독과 공동 각본을 맡아 제작한 영화다. 전4부작으로, 1966년 3월에 1부(147분), 4월에 2부(100분)가 개봉되고, 이듬해 7월에 3부(84분), 11월에 4부(100분)가 개봉되었다. 엄청난 스케일의 전투 장면이 압권이다.

충실하게 반영했다는 이 작품은 보로지노 전투 장면을 공군의 지원을 받아 공중촬영한 것으로 유명하다. 다행히 맛보기나마 이 영화를 볼 수 있었던 건 210분으로 축약하여 1988년 한국에서 '공산권 영화 수입 1호'로 상영되었기 때문이다. 세계 영화사상 가장 훌륭한 전투 장면의 하나일 것이다.

보로지노로 가는 길은 러시아의 대평원이 주는 넉넉함이 일품인데, 여기에다 할리우드판 〈전쟁과 평화〉의 사운드트랙, 특히 영화 속 오드리 헵번을 떠올리며 〈나타샤 왈츠〉나 격조를 살려서 차이콥스키의 〈1812년 서곡〉을 배경으로 깔아주면 보드카를 마신 것처럼 알딸딸해진다. 일행과 죽이 맞으면 진짜 보드카를 한 잔쯤 마시는 것도 금상첨화다.

모스크바에는 모스크바 역이 없다. 행선지의 종착지명이 곧 역으로 표기되어 있기 때문에 차를 잘못 탈 염려가 없다. 우리 식으로 설명하면 서울에서 부산엘 가고자 할 때 서울역에서 부산행 기차를 찾아 타는 게 아니라 역 이름이 아예 부산역으로 되어 있다는 뜻이다. 모스크바에서 페테르부르크에 가려면 페테르부르크 역을 찾으면 된다. 보로지노에 가려면 벨라루스 (수도 민스크) 역으로 가야 한다. 벨라루스에서 더 서쪽으로 달리면 폴란드의 바르샤바와 독일의 베를린으로 통한다. 언제쯤 우리는 기차로 이런 여행이 가능해질까?

벨라루스 역에서 장거리나 국제선이 아닌 교외선 전철로 2시간가량이면 보로지노 역에 도착, 국립 보로지노 군사역사박물관의 100km² 이르는 격전지 보존 지역의 대평원을 전망할 수 있다. 자동차는 한결 편하다. 모스크바에서 민스크행 고속도로를 따라 서쪽으로 가다가 스몰렌스크(모스크바 서남 362km. 나폴레옹 침공 때 중요 지점)로 가는 길로 빠진다. 120km라 1시간 30분이면 넉넉하다. 이 길을 거꾸로 거슬러 가면 나폴레옹의 모스크바 침공 경로가 된다.

스파스 네루코트보르니 1867년 톨스토이는 '전쟁과 평화'의 집필 취재를 위해 55년 전 일어났던 보로지노 전투의 현장 답사에 나섰다. 그 답사길에 여장을 푼 곳이 스파스 네루코트보르니 수도원이었다. 수도원 옆에는 톨스토이가 방문했다는 것을 기념하여 세워진 『전쟁과 평화』 기념관(Museum "War and Peace")이 있다.

1867년 9월 말쯤 서른아홉 살의 톨스토이는 반세기 전 전투의 현장성을 체득하기 위해 이 길을 열두 살짜리 막내 처남인 스테판을 데리고 수렁투성이의 옛길을 골라 배를 쫄쫄 곯아가면서 하루를 꼬박 걸려 마차로 갔다. 이왕이면 톨스토이가 갔던 그 옛길을 더듬어 마차로 가보고 싶었지만, 지금은 그런 여건도 안 되려니와 나 같은 탐방객으로서는 언감생심이다.

톨스토이는 스파스 네루코트보르니 수도원에 여장을 풀었다. 보로지노 전투에서 부상당해 3주 뒤에 죽은 니콜라이 투츠코프 장군의 아내(마르가리타 투츠코프)가 1824년에 세운 이 수도원의 원장과는 아는 사이였다.

격전이 끝나고 시신들로 뒤덮였던 들판과 오두막들은 평상으로 되돌아가 평화로운 광활한 평야가 되었다. 대지는 전쟁을 싫어하여 어떤 잔혹함도

보로지노 전투 1812년 9월 7일, 나폴레옹의 러시아 원정 중 가장 큰 격전을 치른 곳이 보로지노다. 프랑스군이나 러시아군 모두 엄청난 피해를 입었지만, 나폴레옹은 이 전투 이후 바로 모스크바에 입성했다. 이 그림은 루이 프랑수아 르죈(Louis François Lejeune)이 1922년에 그린 것이다.

부드러운 흙으로 변모시킨다. 발을 딛는 곳마다 전부 송장으로 즐비했었던 땅이라 귀신의 곡소리가 난다 한들 놀랄 일도 아니다. 이 들판을 톨스토이는 이틀간 증언자와 전투 흔적을 찾아 쏘다니며 취재했다.

1812년 9월 7일(『전쟁과 평화』에서는 구력으로 8월 26일), 나폴레옹 군대 13만 5,000 군사와 러시아군 12만 6,000 병사가 15시간의 치열한 격전을 벌여 총 10만여 명의 사상자를 낸 게 보로지노 전투다. 사상자가 통계 기록마다 제각각일 뿐 아니라 서로 이겼다고 우기며, 두 나라 장군들의 전략·전술에 대한 논평과 역사 교과서 서술까지 깡그리 평가가 엇갈리는 게 이 전투의 특징이다. 어쨌든 나폴레옹이 승승장구하여 러시아 영토 깊숙이 진격하던 중 가장 엄혹한 전투를 치렀던 곳이다.

보로지노 전투 현장의 러시아 전승 기념비 보로지노 전투 때 조국 러시아를 위해 싸운 병사들을 기념하며 1912년에 세운 기념비(A Grateful Russia to its Defenders Monument)다. 1920년에 파괴되었으나 1995년에 복원했다.

1912년 보로지노 전투 100주년 기념으로 조성한 도로를 사이에 두고, 100년 전 그날 러시아군은 동쪽(왼쪽), 프랑스군은 서쪽(오른쪽)에 3km쯤 떨어져 대치했었다. 이곳 보로지노 평야 일대에는 1839년에 세운 입구의 승전기념탑을 비롯하여 각종 기념비와 탑, 묘지들이 많은데, 거의 모두 길 왼쪽의 러시아군 진지 쪽에 있다. 나폴레옹 캠프의 기념 오벨리스크는 남서쪽에 있으며, 1913년 프랑스가 지불해서 세운 것이다.

수도원 뒤 약간 높은 언덕이 러시아군 진지였고, 바로 옆에 톨스토이 방문 기념관이 있는데 『전쟁과 평화』에 관한 최고의 자료들을 보관하고 있다.

모스크바 시내의 '보로지노 전투 파노라마관'은 전투 150주년 기념으로 1962년 10월에 건립된 전시관이다. 이곳은 워털루의 파노라마 전시관(☞ 05

장 빅토르 위고 편 230쪽 참조)처럼 거대한 시설을 통해 전투 장면을 보여준다. 그러나 이보다는 웬만하면 보로지노 현지를 둘러보고, 돌아오는 길에 페레델키노(Peredelkino, Переделкино, 모스크바 남서쪽 17km)의 보리스 파스테르나크(Boris Leonidovich Pasternak, 1890~1960) 문학관과 묘지를 찾아보길 권한다. 그래야 훨씬 인문학적인 여행이 될 것이다.

아우스터리츠 전투

소설 『전쟁과 평화』의 첫 장면은 1805년 7월이다. 알렉산드르 1세(재위 1801~1825, 푸시킨을 추방했던 황제) 시대가 배경인 이 소설은 러시아가 나폴레옹의 침략을 어떻게 물리쳤는지를 다룬 전쟁소설이자 역사소설이고, 연애

아우스터리츠 전투의 현장 1805년, 오늘날 체코의 슬라프코프 지역인 아우스터리츠에서 나폴레옹이 이끄는 프랑스군과 알렉산드르 1세가 이끄는 러시아군, 그리고 신성로마제국군이 격전을 벌인 곳이다. 나폴레옹은 아우스터리츠 전투에서 러시아·신성로마제국의 동맹군을 격파하여 대승을 거두었다.

소설이자 철학소설이기도 하다. 황제와 장군, 귀족부터 농노에 이르기까지 559명의 등장인물을 통해 인간 세상에서 일어나는 모든 삶을 총체적으로 다루면서 톨스토이는 인간의 운명과 역사를 움직이는 원동력이 무엇인가를 궁구한다. 거대 담론부터 미시 담론까지 지상에서 일어나는 모든 쟁점을 두루 통섭했다. 문학도든 아니든 누구나 반드시 읽었으면 하는 소설 한 권을 추천해달라고 한다면 나는 주저 없이 『전쟁과 평화』를 꼽겠다.

나폴레옹이 연전연승으로 유럽을 제패하는 과정에서 그 절정을 이룬 게 1805년 12월 2일의 아우스터리츠 전투(The Battle of Austerlitz, La grande bataille d'Austerlitz)였다. 유럽에서 반프랑스(반나폴레옹) 동맹의 맹주는 영국이었고, 이에 적극 동조한 나라는 러시아와 신성로마제국이었다. 나폴레옹으로서는 섬나라를 침공하려면 먼저 대륙을 안정시켜야 했기에 말머리를 동쪽으로 돌렸는데, 이에 알렉산드르 1세가 신성로마제국과 연합작전을 펴고자 쿠투조프(Mikhail Illarionovich Golenishchev-Kutuzov, 1745~1813) 장군과 함께 원정길에 올랐다. 이처럼 러시아에 국가적인 위기가 근접해 있음에도 페테르부르크와 모스크바의 귀족들은 흥청망청 연회를 즐기는 데 여념이 없었다. 그들은 연회장에서 고담준론이랍시고 국제 정세를 논했는데, 이 같은 풍조를 톨스토이는 『전쟁과 평화』에서 가감 없이 담아냈다.

아우스터리츠 전투에서 프랑스를 물리치고 승리할 것이라는 러시아 국민들의 기대와 달리 나폴레옹의 우회 기만전술로 단칼에 작살난 차르는 동맹국인 신성로마제국 황제와 상의도 없이 귀국해버렸다. 이틀 뒤 12월 4일, 신성로마제국 황제는 나폴레옹 막사로 찾아가 무릎을 꿇을 수밖에 없었고, 그 결과는 신성로마제국의 해체였다(1806. 8. 6). 이로써 신성로마제국은 망했지만 그 황제 가문은 오스트리아의 황제로 명맥을 이어갔다.

아우스터리츠는 현재 체코의 남모라비아 주 브르노 동쪽에 있는 슬라프코프 우 브르나(Slavkov u Brna)로, 매년 12월에 1805년의 전투 재현 축제가 열린다고 하는데, 내 생각에는 그 비용이 마냥 아까울 뿐 가볼 마음은 전혀 생기지 않는다.

나폴레옹은 아우스터리츠 전투 이후 전 유럽을 말발굽 아래 굴복시켰지만 영국과 러시아만은 예외였다. 이에 대륙봉쇄령(1806. 11. 21, Continental System 혹은 Continental Blockade, 프랑스어로는 Blocus continental)을 내리는 등 대영對英 압박을 가하기 시작했다. 그런 판에 러시아는 전과 다름없이 밀수 등으로 유연하게 대처하다가 1812년 6월 영국과 동맹을 맺으면서 전쟁광 나폴레옹의 역린을 건드렸다.

그러잖아도 러시아를 눌러야 영국도 제압할 수 있다고 여기던 터라 나폴레옹은 영러동맹 이전인 1812년 5월부터 군사를 동원하여 러시아 침공에 나섰다. 그러나 작전의 천재였던 그로서도 어찌할 수 없는 상황이 벌어졌다. 45만 대군과 10만여 필의 군마를 먹여 살릴 보급품 운송만으로도 원정이 벅찼는데 러시아 대륙의 혹심한 더위까지 겹쳐 진군에 자꾸 차질이 생겼다. 7월 초에 이르러서는 현지에서 조달한 말먹이가 맞지 않아 3,000여 필의 군마가 죽어버렸고, 8월 초가 되자 병사들은 기진맥진하여 주력부대가 23만여로 줄어들었다. 설상가상으로 러시아의 능구렁이 쿠투조프는 정면 대결을 피하고 후퇴만 거듭하여 자국 군사력의 희생을 최대한 줄이는 한편, 나폴레옹 군대가 현지에서 보급품을 조달할 수 없도록 용의주도하게 철수 작전을 폈다. 그 결과 처음이자 마지막으로 대혈전을 벌인 곳이 보로지노였다. 톨스토이는 『전쟁과 평화』에서 이 전투를 근대 러시아 역사상 국가 존폐 여부를 결정지은 중차대한 사건으로 접근했다. 전쟁에 관한 내용은 육군사관학교 戰史學科, 『세계전쟁사』, 일신사, 1993, 124~131쪽 참고.

나폴레옹의 코감기와 러시아의 운명

소설에 따르면 그해(1812) 8월 24일(구력, 소설에 따름) 보로지노 일대에는 비가 내려 땅이 질편했는데, 나폴레옹은 장화로 바꿔 신지 않은 채 단화로 산책에 나섰다가 아랫도리가 흠뻑 젖어 심한 코감기에 걸렸다.

격전 하루 전인 25일, 침략군과 러시아군 사이에는 총 한 방 오가지 않았다. 오전 11시쯤, 소설의 중요 인물인 피에르는 보로지노가 훤히 바라보이는 전망 좋은 자리를 차지했다.

그날(25일) 밤 나폴레옹은 "한가하게 농담"을 즐겼다. "마치 환자를 수술

나폴레옹과 그의 참모들 러시아 원정에 나선 나폴레옹이 보로지노 전투를 앞두고 인근의 언덕에서 그의 참모들과 함께 있는 모습을 러시아의 화가 바실리 베레시차긴(Vasily Vereshchagin)이 묘사한 그림이다.(1897년 작)

대에 동여매고 있는 동안 이름 있고 자신만만한 외과 의사가 소매를 걷어 올리거나 수술복을 입거나 하면서 하는 태도와 흡사했다."

결전의 날 새벽 3시, 그는 콧물감기가 더욱 심해져서 크게 코를 풀었다. 8월 26일의 결전에서 그는 패배했는데, 톨스토이는 이렇게 쓴다.

만약에 그가 콧물감기를 앓지 않았던들 그는 전투 전이나 전투 중에 한층 탁월한 명령을 내릴 수 있었을 것이다. 그 결과 러시아는 오래전에 멸망되어 '세계지도도 바뀌었을 것이다'라고 (…) 따라서 24일 나폴레옹에게 방수화를 신길 것을 잊었던 시종이 러시아의 구세주였다고 할 수도 있을 것이다.

—박형규 옮김, 『전쟁과 평화』, 제3권 제2부 28장.

하지만 톨스토이는 이런 역사관을 비판하려고 『전쟁과 평화』라는 대하소설을 썼다. 그는 '신의 섭리'에 의한 역사관, 개인의 운명이 결정되는 메커니즘을 "왕(군주)은 역사의 노예다"라는 짤막한 공리公理로 정립한다. 명분은 '신의 섭리'라지만 그가 논구하는 역사의식은 민중사관에 닿아 있다. 지금식으로 풀자면, 대통령이나 수상이 역사를 움직이는 듯 보이지만 그 권력이란 다 '역사의 노예'라는 관점이다. 외형상 러시아를 침공한 것은 나폴레옹이지만 톨스토이가 보기에 "보로지노 전투에서 러시아 군대를 죽였던 것은 나폴레옹이 명령한 때문이 아니라 (자원이든 강제 동원이든 전투에 참가한 모든 병사들) 자기 자신의 희망에 따른 것이었다."

군 전체, 해진 군복을 몸에 걸치고 지쳐빠지고 굶주린 프랑스인이나 이탈리아인이나 독일인이나 폴란드인의 무리는 모스크바로 가려는 자기들의 진로를 막고 있는 군대를 보았을 때 술병의 마개가 열린 이상 마시지 않을 수 없다고 느꼈던 것이다. 이때 와서 만일 나폴레옹이 싸우지 못하게 했더라면 그들은 나폴레옹을 죽이고서라도 러시아와 싸웠을 것이다. 이것은 그들에게 있어서 피할 수 없는 일이었기 때문이다.

—박형규 옮김, 『전쟁과 평화』, 제3권 제2부 28장.

톨스토이의 '신의 섭리' 사관은 겉보기엔 기독교적 신의 섭리이지만 그 내용으로 들어가보면 민중적 필연사관인데, 이를 그는 "왕은 역사의 노예다"라는 말로 명백히 규정했다. 많은 사람에게 『전쟁과 평화』의 주제가 뭐냐고 물어보면 대부분 제목 그대로 '전쟁과 평화'라고 쉽게 답하곤 한다. 그러나 이 소설이 말하고자 하는 바는 '역사와 인간을 움직이는 힘은 과연 무엇인가? 그리고 우리는 그 힘을 어디에서 추구해야 하는가?'라는 것이다.

황제를 속인 농노의 지혜

보로지노 전투와 같은 대격전장을 서술하면서도 병사 하나하나의 운명을 놓치지 않은 데서 『전쟁과 평화』의 위대성이 드러난다. 안드레이 니콜라예비치 볼콘스키는 약혼녀 나타샤(나탈리아 일리치나, 로스토프 집안의 둘째 딸)에게 배신당한 뒤 방황하다가 마음을 다잡고 보로지노 전투에 참전했다. 전투 전날 밤 나폴레옹이 코감기에 걸렸음에도 들뜬 기분에 수다를 떨었던 장면과는 대조적으로 안드레이는 "지금까지의 생애에 있어서 겹쳐온 세 가지 슬픔"을 반추한다. 그 첫째는 사랑 문제로, "동화에 나오는 착한 비둘기같이 내가 없는 동안 그 처녀는 나만을 생각하고 애태우고 있을 줄로만 믿었다. 그러나 이런 생각이 얼마나 단순했던가. 모든 것은 너무나 단순하고 추악했었다!" 이어 두 번째 떠오른 것은 아버지 문제였다. 옹고집과 귀족적 자존심과 수구적인 애국심으로 뭉친 이 노인의 허망한 죽음은 결국 아무런 가치도 의미도 남겨주지 못했다. 이어 그는 이미 영토의 반을 빼앗긴 조국 러시아의 처지를 생각하며 이번 전투에서 자신은 왠지 죽을 것 같다는 예감을 느낀다. 그것도 적군 프랑스군이 아닌 "우리 편 손에 의해 죽게 될지도 모른다"는 불길한 예견 때문에 잠을 이루지 못한다. 지휘관과 병사 간의 믿음이 없는 전쟁은 나라를 위기로 몰아넣게 마련이다.

소설은 안드레이와 같은 귀족 출신 장교의 처지를 보여주는 한편, 나폴레옹 황제보다 한 수 위인 "산전수전 다 겪은 듯한 거만하고 파렴치한 하인" 하나를 부각한다.

스몰렌스크에서 보로지노로 행군 중이던 나폴레옹 앞에 끌려간 카자크 포로 라브루시카는 자신을 심문하는 이가 희대의 영웅 나폴레옹임을 곧바로 알아챘으나 모르는 척 시치미를 뗀다. 러시아가 보나파르트를 이길 수 있겠냐는 나폴레옹의 물음에, 그는 승부가 바로 가려진다면 당신네들이 이길 것이지만 사흘 이상 지나면 오래 끌 거라고 말끝을 흐렸는데, 그 속뜻은 러시아가 이긴다는 암시다. 그러나 아차 실수했다 싶은 하인이 "우리는 당신들에게 보나파르트가 있다는 것을 압니다. 그는 세상의 모든 자들을 무찔렀죠. 하지만 우리를 상대할 때는 상황이 다를 걸요……"라고 찬사인지 경고인지 모를 모호한 말을 했다.

요행스럽게 통역자는 끝부분을 생략한 채 나폴레옹에게 전했고, 이를 찬사로 듣고 솔깃해진 나폴레옹은 우쭐대면서 "'돈 강의 아들'에게 함께 이야기를 나눈 사람이 바로 황제라는 점을, 피라미드에 영원히 사라지지 않을 승리의 이름을 쓴 바로 그 황제라는 점을 알리면 그 돈 강의 아들이 어떤 반응을 보일지 시험"해보고 싶어졌다. 영웅도 칭찬 앞에서는 나긋나긋해지는 법이다. 통역을 통해 농노에게 자신의 말 상대가 바로 나폴레옹 황제임을 알려주도록 일렀다. 라브루시카는 황제의 속내가 자기를 깜짝 놀라게 해서 혼비백산시키려는 것임을 간파하고는 새 주인의 비위에 맞춰 마치 태형장에 끌려가는 것처럼 깜짝 놀란 표정으로 눈을 커다랗게 떴다. 이에 만족한 황제는 느긋해지고 관대해져서 그 카자크 농노에게 "상을 내리고 사람들이 새를 그것이 태어난 들판으로 돌려보내듯 그에게 자유를 주라고 지시했다." 연진희 옮김, 『전쟁과 평화』, 민음사, 2018, 제3권 제2부 7장.

황제를 속이고 살아난 농노의 지혜, 이것을 톨스토이는 민중이 역사를 움직이는 힘, 즉 '신의 섭리'로 본 것이다.

전쟁이 끝난 이듬해인 1813년 이른 봄에 나타샤는 피에르와 결혼했고, 1820년 세 딸과 한 아들의 어머니가 되어 "살이 찌고 펑퍼짐"해진 데다 "오직 강인하고 아름다운 다산多産의 암컷"으로 보였다. 연진희 옮김, 『전쟁과 평화』, 제4권 에필로그 제1부 10장. 이런 그녀는 "밀월이 이러니저러니, 가장 큰 행복은 처음 얼

마 동안뿐이라느니 하는 것은 엉터리예요. 오히려 지금이 가장 좋은 때에
요."박형규 옮김, 「전쟁과 평화」, 에필로그 제1부 16장라고 선언한다. 페미니스트의 관점으로
볼 때 그녀의 말은 비판의 대상이 될 소지가 없지 않지만 그 시대엔 삼라만
상의 섭리로 저항 없이 수렴되는 분위기였다.

『전쟁과 평화』는 소설 전편에 감동적인 장면이 넘쳐난다. 이 글에서 나는
두 역자의 번역을 번갈아 인용했다. 똑같은 원서라도 역자에 따라 글맛이
다르게 마련이다. 미세하게 다른 두 번역서를 선택해 읽는 것은 독자의 판
단이다.

톨스토이가 보로지노 전투와 나폴레옹의 사적인 대화, 그리고 농노 이야
기까지 세밀하게 소설에 삽입할 수 있었던 것은 티에르(Louis Adolphe Thiers,
1797~1877)의 저서 덕분이었다. 필연사학파이자 정치가였던 그는 『통령 정
부와 제정사(Histoire du Consulat et de l'Empire)』(전20권)에서 나폴레옹 시대의
역사를 집대성했고, 톨스토이는 이를 십분 활용했다.

쿠투조프의 신격화

마지막으로 꼭 언급해야 할 인물은 쿠투조프인데, 바로 그의 신격화에 관
한 문제다. 톨스토이 이전에도 논란의 여지는 있었으나 대체로 긍정적인
평가를 받았던 이 장군을 톨스토이는 『전쟁과 평화』를 통해 러시아 역사상
최고의 명장으로 확고하게 만들어버렸다. 보로지노 전투에서 쿠투조프는
나폴레옹 군대의 진로를 잘못 예상하고 우측에 포병을 집중 배치했으나, 나
폴레옹의 주력군이 좌측으로 접근하는 바람에 러시아가 우위에 있던 포병
전력의 과반 이상이 전투가 벌어지는 동안 포 한 번 제대로 쏴보지도 못했

쿠투조프 페테르부르크의 카잔 대성당(Kazan cathedral) 앞에 서 있는 쿠투조프의 동상이다. 쿠투조프는 보로지노 전투 때 러시아군을 이끌고 나폴레옹의 프랑스군과 격전을 벌인 장수다. 톨스토이는 그를 명장名將으로 평가했다.

다. 이 때문에 보로지노 전투는 러시아군의 패전으로 평가되면서 쿠투조프도 군사역사가들에게 호된 비판을 받았다.

이에 대하여 톨스토이는 보로지노 전투 자체가 워낙 규모가 크고 우연적인 요소가 중첩된 혼전의 연속이었기 때문에 사전 전략이나 계획 같은 요소가 거의 의미 없었다고 주장하며 쿠투조프를 면책해주었다. 그의 실책을 변호하기 위해 톨스토이는 나폴레옹의 군사행동 계획과 지시 사항들 역시 현장감이 없었기 때문에 전투에 아무런 실질적인 영향을 미치지 못했음을 지적했다. 톨스토이에게 중요한 것은 쿠투조프의 신묘한 기략이나 군사적·기술적 업적 따위가 아니라 러시아 덕장으로서의 지도력이었다.

톨스토이가 쿠투조프를 명장으로 내세운 것은 1860년대 러시아 지성사에서 전개된 논쟁 구도와 관련 있다는 해석이 있다. 인간의 이성과 과학적 법칙의 사회적 적용을 통한 진보적 신사상의 유입으로 서구파(혁명파)가 대두하자, 톨스토이는 맹목적 서구화에 대해 러시아적인 주체성(보수적인 슬라브파와는 다름)—우리 식으로 표현하면 민족주체성—확보를 위해 쿠투조프를 긍정적 인간상으로 형상화했다는 것이다. Dominic Lieven, *Russia Against Napoleon: The True Story of the Campaigns of 'War and Peace'*, New York: Viking, 2009 참고.

문학의 성지, 야스나야 폴랴나

톨스토이는 대대로 명문가였던 백작 집안의 넷째 아들로 태어났다. 세칭 금수저 집안 출신이지만, 유년기에 부러져버렸다. 두 살에 어머니를, 아홉 살에 아버지까지 잃은 것이다. 이후 두 고모 집을 번갈아 옮겨 가면서 생활했지만 특이한 콤플렉스가 없이 자라난 건장한 천재였다. 그가 태어난 야스나야 폴랴나(Yasnaya Polyana, Ясная Поляна, '숲속의 밝은 풀밭'이라는 뜻)는 세계적인 명소이자 러시아문학의 성지로, 모스크바 남동향 200km쯤에 있다. 모스크바에서 50km쯤 달리노라면 안톤 체호프(Anton Pavlovich Chekhov, 1860~1904)가 32~38세까지 살면서 『갈매기』, 『외삼촌 바냐』 등을 썼던 멜리호보(Melikhovo)로 빠지는 표지판이 나타난다. 얼마나 볼 게 많고 멋진지 놓치면 후회할 것이다.

야스나야 폴랴나로 가는 길은 러시아의 정취를 만끽할 수 있는 풍정을 담고 있다. 톨스토이가 마차로 달렸던 그 옛날 도로 그대로 너비를 유지하고 있으며(다만 지금은 아스팔트가 깔려 있다), 도로 양 옆으로는 멀찌감치 자작나무들이 밀집해 있다. 러시아의 가로수들은 한 그루씩이 아니라 밀집해

아스나야 폴랴나 모스크바에서 남동쪽으로 약 200km 떨어진 곳에 위치한 야스나야 폴랴나는 러시아어로 '숲속의 밝은 풀밭'을 뜻한다. 이 지역에 많이 자라는 활엽수에서 유래한 이름이다. 톨스토이가 태어난 곳이자, 나중에 결혼한 뒤 귀향하여 산 곳이기도 하다. 아래 사진은 야스나야 폴랴나의 자작나무 숲으로, 톨스토이가 생전에 거닐었던 산책로이다. 이 자작나무 숲길은 그의 집과 이어진다.

있어 아예 그 너머의 풍경은 보이지 않는다. 그래서 그냥 달리지만 말고 적당한 곳에 차를 잠시 세운 뒤 자작나무 숲을 뚫고 나가보면 러시아의 대평원에 압도당한다. 하늘도 구름도 더 넓고 풍성해 보여 대지가 너무나 우람스럽게 느껴진다.

러시아 최고의 민요 〈까쮸샤(Katyusha, КАТЮША)〉를 여러 버전으로 준비해서 바꿔 들으며 그 길을 달리면 좋다. '카츄샤'라고 하면 흔히 『부활』의 여주인공을 연상하겠지만, 사실은 제2차 세계대전 때 유행했던 군가이자 다연발 로켓포의 이름이다. 6·25 때 인민군들은 이 노래를 "(1절) 산과 들에 만발한 미는/흐르는 물 위에 아롱거린다/(후렴) 카츄샤 가는 높은 언덕 위에/노래 소리 명랑한 봄빛//(2절) 나라 국경 지키는 병사/순진한 처녀 사모하리"라고 번안하여 불렀다. 원문 가사는 이보다 훨씬 문학적인 서정미가 풍긴다. 유럽뿐 아니라 중국과 일본에서도 가사가 번안되어 널리 불려졌을 만큼 이 노래의 전파력은 강하다. 평화주의자의 고향엘 가면서 하필 군가냐고 딴지를 걸 필요는 없다. 『부활』의 카츄샤가 유형살이 중에 정치범과 사랑한 것으로 미뤄 보면 필시 그녀도 평화를 위한 민주투사형이기 때문이다.

군가가 아닌 진짜 『부활』의 여주인공을 노래한 건 우리나라의 〈카츄샤의 노래〉다. 역시 다양한 버전이 있는데, 러시아 여행 중에 들으면 괜히 네흘류도프가 되는 듯한 기분에 빠진다. 이럴 때면 일행 중에 꼭 보드카 한 잔을 찾는 사람이 나온다.

현청縣廳이 있는 툴라(Tula)부터는 시골 외길로 12km를 더 가야 야스나야 폴랴나가 나온다. 이제 얼마 안 남은 거리니 걸어가고 싶어진다. 그러나 아무리 급해도 시장기를 면할 요기는 여기서 하고 가야 한다. 여기에는 구경할 만한 옛 포대도 있고, 톨스토이 또한 고향과 모스크바를 오갈 때면 반드시 여기서 휴식했다. 톨스토이의 아버지는 툴라 거리에서 졸도한 뒤 바로 사망했는데, 농노들의 독살설이 유력하다. 도스토옙스키의 아버지는 마차를 몰고 나갔다가 시신이 마차에 실린 채 돌아왔다. 역시 농노들의 보복으로 추정된다. 농노들의 원성을 사서 죽임을 당했다는 것은 그만큼 러시아 귀족들이 농노에게 가혹했음을 반증한다.

야스나야 폴랴나는 현대적 개념으로 보면 작은 마을이다. 톨스토이는 여기서 태어나고 여기에 묻혔다. 내가 그곳에 처음으로 갔던 1990년대에는 톨스토이박물관 말고는 아무것도 없는 한적한 들판이었다. 그 뒤 두 차례나 더 방문했는데, 찾아갈 때마다 몰라보게 변화하더니 지금은 온 동네가 상가가 되어버린 듯했다. 오늘날 남아 있는 박물관 건물은 원래 톨스토이의 저택으로, 절반가량이 헐려 없어진 규모다. 톨스토이가 영지 경영에 실패하여 빚더미에 몰리면서 저택의 반을 팔아버렸는데, 그때 헐린 것이다.

관람객들이 워낙 많아 관광철에는 오랫동안 기다려야만 박물관 입장이 가능하다. 1층 첫째 방이 집필실로 『전쟁과 평화』의 집필을 시작했던 곳이고, 두 번째 방은 『안나 카레니나』를 쓴 곳, 그 옆은 손님에게 제공했던 침실이다. 톨스토이의 후반생은 세계에서 몰려든 숭배자들로 늘 북적댔다. 2층 첫 방은 응접실과 식당, 세 번째 방은 40세 이후의 집필실, 그 옆방은 침실이다. 그는 언제나 아침 6시에 기상했다. 아내 소피아가 직접 만든 담요, 손잡이 끝을 펴서 어디서나 앉을 수 있는 의자를 겸한 지팡이, 아령을 비롯한 운동기구도 있다. 15개국어가 가능했다는 이 희귀한 천재는 2만 3,000여 권의 도서를 갖추고, 세상을 향하여 자주 울분을 토하곤 했다. 생전에 녹음해둔 카랑카랑한 그의 목소리도 이 박물관에서 들을 수 있다. 이곳을 방문했다면 박물관만 관람하는 데 그치지 말고 주변의 넉넉한 들판도 마음껏 거닐어보자. 주위의 울창한 수림이 톨스토이가 거닐었던 들판이다.

야스나야 폴랴나의 톨스토이 집필실 위 사진은 현재 박물관으로 꾸며져서 복원된 집필실이고, 아래 사진
은 1908년 바로 그 방에 있던 여든 살의 톨스토이다. 벽면의 책꽂이, 원탁 테이블, 의자 등 모든 물건
이 그대로다. 살아생전의 모습을 담은 이 사진을 보고 박물관을 관람하면 더 각별할 것이다.

카잔 대학 중퇴, 그리고 자진 입대

일찍 부모를 여읜 톨스토이는 후견인인 고모를 따라 13~20세까지 카잔 (Kazan, Казань)에서 지냈다. 기독교도와 회교도가 공존하는 이곳의 카잔 대학은 1804년 개교한 러시아 제2의 전통을 가진 명문으로, 톨스토이와 레닌 이라는 두 중퇴생(둘 다 법학과) 때문에 유명하다. 레닌(Lenin, Ленин. 본명은 블라지미르 일리치 울리야노프Vladimir Ilyich Ulyanov, 1870~1924)은 1887년 다른 대학으로의 전학도 금지한다는 조처와 함께 제적당해 혁명가의 길로 나섰다.

톨스토이는 카잔 대학에 입학했던 열여섯 살 때 선배들에 의해 사창가로 끌려가 "거기서 해야 할 일을 처음 겪었다. 나는 일을 끝내고 침대에 걸터앉아 정신없이 마구 울어버렸다."라고 회고했다.

그는 애초 아랍 터키어를 전공했으나 낙제하는(17세) 바람에 좀 더 쉬워 보이는 법학과로 옮겼지만 결국 중퇴했다. 야스나야 폴랴나 영지와 350여 농노를 법적으로 정식 상속했기에 먹고사는 데는 지장이 없었지만 귀족 체면을 차리기엔 궁한 편이었다. 이 시대에 최고 지주는 20만 농노를 소유하고 연간 70만 루블의 수익을 올렸으며, 상층 지주는 1,000명의 농노, 중간 지주는 500, 하류는 100여 농노를 소유했다고 하니, 톨스토이는 중·하류급에 속했다. 당시 열아홉 살의 그는 악덕 지주가 아닌 이상적인 농촌 경영을 도모했으나, 결국 실패하고 좌절에 빠져 도박과 방랑과 방탕으로 빚이 늘어나 저택을 반토막 내고 말았다.

떠돌이가 되어 집안에서 '건달' 취급을 받을 정도로 3~4년 동안 방탕한 생활을 하다가 1851년(23세) 그는 캅카스(Kavkaz, Кавказ)에서 군 장교로 복무 중이던 맏형을 찾아가 입대했다. 무료한 병영 생활 중에 틈틈이 글을 써서 익명으로 투고한 성장소설 『유년시대』(1852)가 발표되자 일약 유명 작

카잔연방대학교 러시아에서 두 번째로 오래된 대학으로, 1804년에 설립되었다. 소비에트사회주의공화
국연방이 들어선 이후 이 대학 출신인 레닌의 이름을 따서 '울리야노프 레닌 카잔 국립대학교'로 이름
이 바뀌었으나, 소비에트연방 해체 후 2012년에 다시 카잔연방대학교로 개명했다. 톨스토이는 1844년
16세 때 이 대학에 진학했지만 강의 방식에 회의를 느끼고 1847년 중퇴했다.

가가 되었다. 그 이듬해에 크림전쟁(Crimean War, крымская война, 1853. 10.
8~1856. 10)이 발발하여 혹독한 전투를 치렀던 경험이 나중에 『전쟁과 평화』
의 전투 장면 묘사에 큰 도움이 되었다.

　우리나라에서는 플로렌스 나이팅게일(Florence Nightingale, 1820~1910)의
인도주의적 간호 활동의 배경으로 널리 알려져 있는 크림전쟁은 크림반도
와 흑해 일대를 차지하려는 터키·영국·프랑스·프로이센·사르데냐 연합
군과 러시아가 맞붙은 잔혹한 국제전이었는데, 특히 세바스토폴(Sevastopol,
Севастополь) 공방전(1854. 9)이 유명하다. 영국·프랑스·터키 연합군 6만과
러시아군의 11개월에 걸친 격전 끝에 1855년 8월 말 세바스토폴 남쪽이
연합군에 함락되었다. 1854년 1월에 장교로 승진한 톨스토이는 이때의 체

크림전쟁 세바스토폴은 크림전쟁 당시 11개월간의 전투가 치러진 격전지였다. 사진은 세바스토폴을 방어하기 위해 쌓은 보루로, 총과 대포 등이 파괴되어 어지러이 널려 있는 폐허의 모습이다. 크림전쟁 은 현대식 기술을 사용한 최초의 전쟁으로 알려져 있다. 왼쪽 상단 원 안의 사진은 1854년 군 제복을 입은 26세의 톨스토이다.

험을 바탕 삼아 『세바스토폴 이야기(Sevastopol Sketche)』(1855~1856)라는 단 편집을 썼는데, 이 책에서 그는 영웅 정신이란 민중들에게는 존재하나 귀족 들에게는 없으며, 그들은 전쟁을 공적 세우기 작전으로 전개한다고 날카롭 게 비판했다.

이 전쟁을 마무리 짓지 못한 채 1855년 2월 니콜라이 1세가 사망하자 그 의 장자 알렉산드르 2세(Alexander II, Александр II, 재위 1855~1881)가 즉위했 다. 새 차르에게 당면한 문제는 패색 짙은 크림전쟁을 끝내고 개혁을 이루 어야 하는 절실한 과제를 수행해야 하는 일이었다. 실제로 그는 자유주의 적 개혁 정책을 추구하여 많은 진보를 이룩했는데, 특히 1861년 3월 17일 에 발표한 농노해방령은 일대 혁명이었다.

톨스토이는 이 격변의 시대인 1856년 여름에 잠시 귀향하여 309명의 남자 농노들을 모아놓고 농노 해방을 제안했다. 다만 자신의 토지가 저당 잡혀 있는 탓에 당장은 1.25에이커(약 5,059m²/1,530평)씩밖에 못 주지만 앞으로 12에이커씩 줄 예정이며, 향후 30년간 매년 20루블씩 지불토록 하자는 조건이었다. 그런데 농민들은 시큰둥했다. 이미 그들은 새 차르가 곧 자신들을 해방시켜줄 것이라는 확신을 갖고 있었기 때문인데, 이 사건은 『전쟁과 평화』의 농노 라브루시카를 연상케 한다.

유럽 여행 중 프루동을 만나다

그래도 그는 농노들에게 실망하지 않았다. 1856년 11월 제대한 뒤 고향에 돌아와 1859년에 농민을 위한 학교를 건립하고, 이듬해에는 교육제도 관찰이란 명목으로 유럽 여행을 떠났다(1860~1861).

이 여행에서 돌아오는 길에 톨스토이는 브뤼셀에 들러 프루동(Pierre-Joseph Proudhon, 1809~1865)을 만나 의기투합했다. 빅토르 위고와 같은 고향인 프랑스 브장송 출신의 프루동은 마르크스보다 아홉 살 연장자로, 한때는 혁명 동지였으나 마르크스가 『철학의 빈곤』(1847)을 발표하면서 갈라선 무정부주의 사상가요 정치인이었다. 프루동은 국회의원이 되었으나 나폴레옹 3세의 쿠데타를 반대하다가 투옥되었고, 석방 후 다시 체포 위기를 피해 브뤼셀에 망명해 있을 때 톨스토이를 만났다. 둘의 화두는 프루동이 막 집필을 끝내가는 『전쟁과 평화(War and Peace; La Guerre et la Paix)』(1861)에 대한 것으로, 이 반전사상은 톨스토이에게 영향을 끼쳤다고 평가된다. 앤드류 노먼 윌슨 지음, 이상룡 옮김, 『톨스토이』, 책세상, 2010, 230~232쪽.

나는 톨스토이의 소설 『전쟁과 평화』 제목도 이로부터 왔으며, 특히 프루동의 『소유란 무엇인가?(What is Property?; Qu'est-ce que la propriété?)』(1840)에 담긴 사상은 톨스토이의 후기 활동에 큰 영향을 주었다고 본다. 프루동은 이 저서에서 소유의 문제를 민법, 노동, 정의와 불의의 문제 등 다각적으로 검토하면서 "소유, 그것은 도둑질이다!"라는 결론을 내리며, 이건 "1793년(프랑스대혁명의 공포정치 시기)의 구호일세! 혁명의 나팔일세!"라고 부언한다. 이용재 옮김, 『소유란 무엇인가』, 아카넷, 2003, 32쪽.

육욕에서 해방되지 못한 번뇌

애욕적인 측면에서 보면 톨스토이의 생애는 크게 세 시기로 나뉜다. 첫째는 총각 시절의 방탕기이고, 둘째는 결혼으로 안정된 시기(34~60세 무렵까지), 마지막은 그리스정교로 개종한 뒤 육욕을 죄악시하여 기독교인은 임신을 위해서가 아니라면 육체관계를 금지해야 된다고 주장한 『크로이체르 소나타』를 쓸 무렵(61세) 이후다.

총각 시절의 그에게 여인이란 "그냥 유흥에 탐닉하기 위해서가 아니라 건강을 위"한 필수 조건이어서 하녀, 농노의 아내, 집시 여인, 유부녀, 심지어는 친척 아주머니뻘 여인에 이르기까지 그 상대도 다양하거니와 관계의 빈도수 또한 엄청났다. 그중 관계가 가장 심각했던 여인은 자기 농장의 일꾼으로 있는 사내의 아내로, 그 남편이 군에 나가 있던 악시니아였다. 톨스토이에게 이 "구릿빛 육체와 그녀의 눈동자"는 모든 생활을 지배하여 "오늘도 숲속에서 그녀와 관계를 가졌다. 나는 바보다. 그리고 짐승이다. (…) 나는 이전에 가져보지 못했던 사랑에 빠져 있다. 다른 생각은 하지 말자."라고 일기(1858. 5)에 쓸 지경이었다. 그녀에게 쏠리는 집착을 떨쳐버리기 위해 이듬해 첫날 일기에다 "금년에는 꼭 결혼을 해야겠다"고 쓰기도 했다. 톨스토이가 결혼한 후에도 계속 야스나야 폴랴나에 머물며 집안 청소를 맡는 등 주변에 어리대다가 아내 소피아의 질투를 사기도 했던 그녀와의 사이에는 티모페이라는 아들까지 있었는데, 나중에 그는 톨스토이의 적자 가운데 둘째 아들의 마부가 되었다. 다른 많은 모델이 있지만 『부활』의 카츄샤를 비롯한 여러 유형의 여인상에 악시니아가 투영되어 있는데, 가장 직접적으로 반영되어 있는 글은 『악마』란 중편일 것이다.

톨스토이가 『악마』를 쓴 것은 61세 때였다. 악시니아와 사랑에 빠졌던 때로부터 이미 30년이 지났건만 톨스토이가 그 육욕의 유혹과 이로부터 비롯된 죄의식에서 헤어나지 못했음을 이 소설은 입증해준다. 주인공 예프게니는 출세와 행운이 기다리고 있는 귀족으로, 기운이 넘치는 26세의 "난봉꾼은 아니었지만 그렇다고 해서 그가 스스로 말하듯이 수도사도 아닌" 청년이다. 16세 때(톨스토이와 같은 나이) 동정을 버린 이후 "육체적 건강과 정신적 자유를 위해 필요한 한도에서, 그 방면에 몸을 바쳐온" 그는 아버지가 남긴 빚과 허물어져가는 농장을 다시 일으키고자 시골에 묻혀 두 달가량 지내던 중 "그 방면의 일을 어떻게 하면 좋을지 도무지 알 수 없"어 고민하다가 산림지기에게 넌지시 떠본다. "다만 건강하고, 그리고 덜 귀찮은 계집"이면 좋겠다는 예프게니의 제안에 산림지기는 아무개에게도 자신이 1루블을 받고 소개해줬다는 등 너무 쉽게 받아들인다. 마침내 예프게니는, 남편이 모스크바에서 마차꾼으로 일하고 있어 군대 간 거나 마찬가지인 처지의 스쩨빠니다라는 '계집'을 소개받는다.

그들의 밀애는 숲속에서 무르익어 "싱싱하고 힘찬 그 무엇인가의 냄새, 앞치마를 밀어 올리는 부푼 가슴이 그의 눈앞에 떠오르곤 했다." 관계가 깊어지는 한편으로 그는 그녀를 잊기 위해 '이번이 마지막'이라고 번번이 다짐했지만, 이내 다시 그녀를 불러내 관계를 지속하다가 결국 그 탈출구로 결혼을 선택했다.

한동안 잊었는가 싶던 그녀가 어느 날 청소부로 눈앞에 나타나자 예프게니는 관리인에게 그녀를 다른 곳으로 보내도록 조처했으나 "마음속에 나타난 그 추잡한 감정"은 자꾸만 되살아나 몰래 그녀를 보러 가거나 외딴 곳에서 기다리다가 남의 눈에 들키곤 하는 일이 반복되었다. 예프게니는 자신이 정욕에 사로잡혀 파멸할지도 모른다는 위기 속에서 세 가지 해결책을 구상한다. 그 첫째는 일에 몰두하기, 그 다음은 강한 육체적인 운동과 절식, 마지막은 자신의 불륜이 세상에 알려지면 당할 치욕을 상상하는 일이었는데, 그 어느 것도 큰 효험이 없었다.

견디다 못해 그는 숙부에게 "정욕의 벌레가 저의 마음에 파고들어" "저를 꽉 잡아, 꼼짝도 못하게" 한다고 고백하고서 "저를 혼자 내놓지 말도록 해주세요"라고 애원했지만 역시 소용없었다. "'뭐, 언제든 원할 때에 손을 뗀다구? 그는 중얼거렸다. '뭐, 건강을 위해서 깨끗하고 건강한 여자와 관계했다구! 아니다. 분명 그렇게는 여자와 놀 수가 없는 모양이다. 나는 내가 그녀를 점령했다고 생각했지만, 반대로 그녀가 나를 점령했던 것이다. 그리고 놓지 않았다. 나는 내가 자유자재라고 생각했었다. 그러나 그것이 아니었다. 나는 결혼했을 때 자신을 기만하고 있었다. 만사가 다 엉터리며 기만이었다. 그녀와 관계한 이후로 나는 새로운 감정을 경험한 것이다. 남편으로서의 진정한 감정을 말이다. 그렇다. 나는 그녀와 같이 살아야 했던 것이다.' (…) '정말 그녀는 악마다, 틀림없는 악마다.'"

이 같은 자기 "파멸"에 직면한 고뇌 속에서 그는 새로운 해결책을 찾았는데, 그 첫 번째가 그녀를 죽여 없애는 일이고, 두 번째는 아내를 없애는 일이었다. 그러나 이 두 가지 모두 실천할 수 없다는 것을 깨달은 예프게니는 마지막 세 번째 방안인 자신이 죽어 사라지는 길을 택하여 권총으로 자살하고 만다는 것이 1889년 11월 19일 자로 일단 마무리 지은 『악마』의 내용이다.

이런 소설을 써놓고 발표는커녕 아내에게도 보일 수 없어서 소파 밑에다 숨겨놓았는데, 아내가 소파 거죽을 수선하다가 발견해 읽어보고는 질색했다. 그런데 톨스토이는 그 뒤 이 소설의 끝부분을 개작했다. 예프게니는 자신에게 겨눴던 권총을 들고 마침 탈곡장에서 일하고 있는 스쩨빠니다에게 다가가 그녀를 쏴 죽였는데, 재판에서는 그에 대해 "일시적인 정신착란으로 인정"했다. 그리하여 예프게니는 "감옥에서 9개월, 수도원에서 1개월"을 지낸 뒤 풀려났으나 알콜 중독자가 되어버렸다는 게 개작의 결말이다. 이런 마무리는 현실의 악시니아를 향한 정욕과 죄의식의 이중주나 다름없다. 바로 여체가 지닌 마력의 공포다. 고일·함영준 옮김, 「악마」, 『톨스토이 중단편선 Ⅲ ─레프 니콜라예비치 톨스토이 문학전집 8』, 작가정신, 2010.

성적 욕망에 관한 톨스토이의 고뇌는 소설 외에 그의 일기에서도 발견된다. 거기에는 "농노와 관계를 가진 여지주, 여동생과 정을 통한 오빠, 며느리와 관계를 가진 시아버지 등" 이웃 마을에서 벌어진 온갖 타락상에 대한 불신이 언급되어 있다. 앤 에드위즈 지음, 박지동 옮김, 『소냐』, 일월서각, 1981. 성욕과 결혼 생활에 관한 내용은 이 책을 참고 및 인용했다.

열여섯 살 연하녀와 결혼

체호프에게 고백했듯이 총각 시절 '방탕아'였던 톨스토이는 대개의 탕자와 마찬가지로 특유의 미녀 감식안을 가지게 되어 얌전한 아내 고르기에 부심했다. 도시 여인들의 경박성에 실망한 그는 집 가까이서 신붓감을 구하고자 근방의 어느 귀족 집안 처녀와 데이트를 하는 한편, 세 번이나 결혼한 경험이 있는 남작부인과 밀애를 즐기기도 했다.

그러나 톨스토이의 가슴 깊숙이 박힌 상대는 모스크바의 황실 외과의사인 독일인 베르스의 둘째 딸 소피아 안드레예브나 베르스(Sophia Andreyevna Behrs, 1844~1919, 애칭 소냐Sonya)였다. 시의侍醫 베르스는 "의학적 재능을 사교술 그리고 연애의 기술과 잘 결합시킨 사람"으로, "투르게네프의 어머니와 불륜 관계를 가졌으며, 투르게네프의 여동생의 친아버지임이 거의 확실했다."앤드류 노먼 윌슨 지음, 이상룡 옮김, 『톨스토이』, 책세상, 2010, 210쪽.

소냐가 어렸을 때부터 그 집에 자주 들락거려 친밀해진 톨스토이는 16년의 나이 차이에도 불구하고 그녀가 자라기만을 기다리는 듯했다. 그런데 그녀의 언니가 노골적으로 톨스토이에게 접근하여 부모 역시 그런 딸의 접근과 두 사람이 교제하기를 은근히 수긍하는 분위기인 데다, 소냐는 한 사관생도와 어느새 눈이 맞아 있었다. 소냐에게 구혼한 풀리바노프라는 사내는 20세의 젊은이로 "키도 크고, 몸도 (톨스토이보다) 더 날씬하고, 치아도 더 깨끗했다. 그는 모든 젊은 여인의 시선을 한 몸에 받기에 조금도 부족함이 없는 멋진 남자였던 것이다."

계기는 항상 뜻밖에 찾아온다. 소냐네 가족이 외갓집에 가는 길에 잠시 야스나야 폴랴나에 들렀다가 떠났는데, 톨스토이가 그들을 뒤쫓아가서 환대를 받았다. 소냐의 외가에서 열린 연회에서 춤을 추다가 몰래 휴게실로 빠져나온 톨스토이는 소냐에게 "내가 쓰는 걸 읽어봐"라면서 게임 테이블에다 백묵으로 알파벳 첫 글자만 써나갔는데, 더듬거리는 그녀를 도와 완성시킨 문장은 "당신의 젊음과 당신의 행복에 대한 기대, 나로 하여금 너무도 생생하게 행복에 대한 나의 무능력을 생각나게 만든다"였다. 그간 마음속에만 묻어두었던 사랑을 교묘히 고백한 것이었다. 감격한 소냐는 냉큼 톨스토이의 구애를 받아들이겠다면서 당장 부모님에게 말씀드리자고 서둘렀다. 소냐 언니의 눈물 속에서 청혼은 받아들여졌다. 소냐의 어머니가 울며 겨자 먹기로 언제 식을 올릴 거냐고 묻자 톨스토이는 "내일 합시다!"라며 얼굴을 붉혔다. 그로서는 상당히 양보하여 1주일 뒤인 9월 23일(1862년. 신랑 34세, 신부 18세)로 결혼식이 잡혔다. 양심적인 이 사내는 청순한 신부를 속일 수 없다는 판단에 자신의 일기를 소냐에게 맡겼는데, 그녀는 이를 읽어본 뒤 "용서는 했어요. 그러나 그건 끔찍스러워요!"라고 반응했다. 하기야 거짓말로 숨기는 것보다야 백 번 낫겠다.

용의주도한 톨스토이는 그 응답에 만족하지 않고 결혼식 날 아침에 관습을 어기고 신부 집으로 가서 "지금이라도 그만둘 수 있어요!"라고 소냐에게 결혼 재고를 요청했다. 가벼운 말다툼 끝에 울음을 터뜨린 신부 앞에서 무릎을 꿇고 그녀의 손에 키스하는 동안 소냐의 가족이 들이닥쳐 사태는 수습되었다. 그런데 모스크바의 성모마리아탄생 교회에서 저녁 8시에 올리기로 한 예식에 30분이 지나도록 신랑이 나타나지 않았다. 소냐는 그가 아침에 벌인 다툼으로 멀리 가버렸구나 하는 불길한 생각과 결혼 생활 중 줄곧 따라다닐 두려움으로 초조해졌다. 게다가 소냐의 아버지가 갑자기 병이 나는 바람에 어머니가 간병을 해야 해서 부모가 결혼식에 참석하지 못하는 상황이 벌어졌다. 필시 병은 핑계였을 것이다. 어쨌든 밤 9시에야 간신히 예식을 올릴 수 있었다. 톨스토이가 늦게 온 사연인즉, 그의 형이 야스나야 폴랴나에서 치를 행사에 대비코자 가방을 챙겨 미리 떠났는데 거기에 신랑의 예식용 와이셔츠를 넣어버린 것이다. 부랴부랴 새로 구입하려 했지만 공교롭게도 일요일이라 모든 상점이 문을 닫아버렸기 때문으로 밝혀졌다.

결혼 무렵의 톨스토이와 소냐 1862년 톨스토이 34세, 소냐 18세 때의 모습이다.

　이 결혼식으로 가장 깊은 상처를 받은 소냐의 언니와 사관생도가 식장에 참석하여 신랑 신부의 머리에 관을 씌워주는 순서에서 톨스토이는 약간 동요했다. 젊은이에게 상처나 불명예를 남겨주지 않으려는 소냐 어머니의 배려로 결혼식에 참석하게 된 사관생도는 너무나 딱딱하게 굳어 있어 주위 사람들이 눈치챌 지경이었으므로 소냐는 그의 참석을 응낙한 걸 후회했지만, 다행히 결혼식은 성스럽고 장엄하게 끝났다. 처갓집의 연회 때 소냐의 아버지 베르스 박사가 칭병하고 서재에서 나오지 않았는데, 필경 마지못해 승낙한 결혼이라 흔쾌히 인정할 수 없다는 의사표시였으리라.

　연회가 끝나자 신혼부부는 여섯 필의 말이 끄는 호화스런 마차를 타고 야스나야 폴랴나를 향해 떠났다. 별도 달도 안 보이는 어두운 밤길을 달리면서 톨스토이는 소냐에게 다가가 몸을 더듬었으나 그녀는 거세게 뿌리치며 떨어져 앉았다. 도중의 숙소에 도착한 신랑은 "자, 이제 당신이 나의 아내라는 사실을 보여주구려"라며 애무를 시작했으나, 소냐는 톨스토이의 거친 전희를 사양했다. 톨스토이는 일기에 "이건 아무것도 아닌데……"라고 썼다. 난봉꾼과 숫처녀의 첫날밤이었다.

결혼 당시 소냐는 "나는 언젠가는 질투 때문에 자살하고 말 거다"라고 썼다(소냐의 일기, 1862. 12. 6). 그러건 말건 둘 사이에는 13남매가 태어났고 넷은 일찍 죽었다.

악처와 양처 사이

악처 예찬론에서 으레 언급되는 여성이 둘 있다. 소크라테스의 아내 크산티페와 링컨의 부인 메리 토드이다. 이들은 가히 금메달감으로, 크산티페가 소크라테스로 하여금 세계 철학을 탄생시켰다면, 메리 토드는 링컨으로 하여금 흑인노예제를 폐지케 만들었다는 패러독스다. 만약 악처 선정을 은메달로 확대한다면 톨스토이의 아내 소냐가 그 유력한 후보가 될 수도 있을 것이다. 그러나 이런 악처조차 정작 남편이 최후를 맞았을 때 얼마나 슬퍼했던가를 기억해주는 사람은 드물다. 소크라테스의 처형 후 너무나 슬퍼했던 크산티페의 모습은 플라톤으로 하여금 한 인간이 다른 사람에게 저토록 슬프게 해서는 안 된다고 결심케 함으로써 아예 독신으로 살게 만들었다. 악처 예찬론은 나쁜 부모가 있을 수 없듯이 모든 아내 또한 양처로서 악처는 존재할 수 없다는 논리의 비약을 낳기도 한다.

소냐 역시 그렇다. 그 까다로운 천재, "싸구려 술집에서 술에 곤드레만드레 되는가 하면 장관 역을 맡아 일하기도 하고, 시장에서 싸구려 빵을 구워 파는가 하면 대주교의 미사복을 입고 무릎을 꿇는 신자들 머리에다 성호를

톨스토이와 그의 아내 소냐
1898년(톨스토이 62세, 소냐 46세)에
야스나야 폴랴나의 집 정원에서 찍은 사진이다.

그어주기도 하는" 천의 얼굴을 가진 톨스토이라는 사나이의 아내 역할이 쉽지는 않았을 것이다. 교정 완료한 작품을 고치기 위해 모스크바로 인쇄를 중지시켜달라고 전보를 치는 이 괴팍한 정력가가 대하소설 『전쟁과 평화』를 일곱 번이나 고쳐 쓸 수 있도록 정서를 해준 일만 해도 소냐는 세계 문학사에서 작가의 아내 중 양처의 금메달급이지 않을까? 매일 평균 네 명 이상의 방문자나 청원객을 접대했다니, 그 시집살이는 오죽했을까?

이런 사랑스런 아내 소냐를 톨스토이는 『전쟁과 평화』의 나타샤(처제 다치아나와 부인 소냐가 종합적으로 반영된 인물)를 비롯한 여러 작품의 여성에 투영했다. 결혼 초기에 이들 부부는 일기를 바꿔 보거나 번갈아 쓰기도 하는 등 숨김이 없었다. 요강과 귀부인의 공통점은 밤에만 사용하는 것이라면서 서로 농탕질도 오갈 만큼 화목했다. 별별 유형의 방문객과 제자들이 들락거리는 통에 부부가 별실을 쓰는 등 소냐로서는 약간의 불만이 없지 않았으나, 성관계에서는 톨스토이가 더 강하여 그녀의 욕망은 압도당했다.

　어떤 사랑에도 위기와 종말은 찾아온다. 톨스토이 부부에게 사랑의 위기는 세 가지 방향에서 조여들었다. 첫째는 톨스토이즘을 위해 모든 재산과 인세를 인류 사회에 환원하겠다는 톨스토이의 고집 때문에 빚어진 경제적 주도권 다툼이었다. 특히 톨스토이의 편집자이자 비서인 체르트코프(Vladimir Grigoryevich Chertkov, 1854~1936)는 남편과 지나치게 밀착하여 소냐가 '동성애 상대자'라고 몰아붙였는데, 그에게 일기의 판권까지 넘겨버린 뒤에는 부부 사이가 극도로 악화되었다. 공공연한 싸움이 이어지자 톨스토이는 농부의 아내 아무나와 도망가버리겠다는 식의 위협까지 했는데, 이건 단순한 말장난이 아니었다.

　페테르부르크의 최상류층으로, 체호프의 할아버지를 농노로 부렸던 집안 출신인 체르트코프는 기병대 출신이었다. 1883년 12월, 모스크바에서 두 사람이 처음 만난 후 인생행로를 전환한 체르트코프는 톨스토이와 공동으로 '중개(Intermediary)' 출판사 및 조직을 구성하여(1885) 민중적 작품을 저렴하게 출간했으나, 톨스토이의 저작권을 둘러싸고 소냐와 극한 대립으로 치달았다. 톨스토이가 "무미건조한 민화에 매달리고 보다 폭넓은 창작으로 나아가지 못한 점"은 체르트코프의 영향이라고 쉬클롭스키(Victor Shklovsky)는 주장했다. 빅토르 쉬클롭스키 지음, 이강은 옮김, 『레프 톨스토이』, 나남, 2009. 두 권으로 구성된 이 책은 톨스토이 평전의 필독서이다. 체르트코프는 톨스토이즘이 탄압받을 때 추방당해(1897) 영국에서 'Free Age Press(Свободное слово)'라는 출판사를 차려 활동하다가 1908년에 귀국했고, 톨스토이 사후에 그 전집을 출간했다.

　두 번째 요인은 『크로이체르 소나타』(1889)에서 내세운 금욕주의를 실천하려는 톨스토이의 사상적 변모였다. 바이올리니스트와 열애에 빠진 아내를 살해한 귀족의 후일담을 통해 톨스토이는 육욕을 죄악시하여 자신도 금

체르트코프와 톨스토이 톨스토이가 저작권을 개인 비서인 체르트코프에게 넘기자, 톨스토이 부부의 사
이는 더욱 악화되었다. 사진은 1909년 3월 29일 두 사람이 만나 이야기하는 모습이다.(왼쪽이 체르트
코프)

욕하겠다고 선언했으나, 며칠도 안 지나서 밤중에 몰래 아내의 침실 문을
두드려 소란을 피우기 일쑤였다. 더구나 톨스토이가 이 작품을 쓰는 동안
막내아들을 임신한 소냐는 그 사실을 들어 남편의 위선을 공박하기도 했
다. 관능적인 40대에 이르러서야 성적으로 원숙해진 소냐를 아랑곳하지도
않은 채 이때부터 톨스토이는 육욕을 죄악시하여 아내를 우울증으로 몰아
넣기도 했다.

　세 번째는 소냐와 그녀보다 열두 살 어린 40세의 총각 피아니스트인 타
네예프(Sergei Ivanovich Taneyev, 1856~1915) 간에 싹튼 사랑이었다. 남편으
로 인해 쌓인 불만을 소냐는 타네예프를 통해 해소하고자 했다. 타네예프
는 차이콥스키와 루빈스타인의 제자로 모스크바음악원의 원장을 맡고 있었

다. 그가 야스나야 폴랴나에 와서 머물기도 하고, 그녀가 모스크바로 찾아가기도 하는 등 두 사람의 간헐적인 사랑이 이어졌다. 이에 톨스토이는 '늙은이의 늦바람'이니 '콘서트에 미친 할망구'라는 따위의 천박한 말로 질투심을 폭발했다. 욕지거리를 들으면서도 소냐는 타네예프의 연주를 듣는 데 그치지 않고 피아노를 열심히 배우기도 했다. 어쨌건 그 덕분에 소냐의 우울증은 말끔히 가셨으나, 그와 비례해서 남편과의 거리는 점점 멀어져갔다. 톨스토이는 일기에다 "그녀는 병들었다"고 거침없이 썼으며, 이어 헤어지는 길밖에 없다는 편지를 보내기도 했으나, 피아니스트와 소냐의 사랑은 더욱 대담해져갔다.

이제 톨스토이 부부는 사랑의 종점에 이르렀다. 소냐가 마음 놓고 즐거워할 수 있는 순간이란 톨스토이가 아파서 누워 있을 때뿐이었다. 물론 그런 불화 속에서도 육체적인 관계는 계속되었지만 그것은 『크로이체르 소나타』에서 지적했듯이 신뢰에 기반한 사랑이 아니라 육욕에 이끌린 타성적인 성교였을 따름이다. 톨스토이는 1900년 1월의 일기에서 당시의 황량함을 아래와 같이 요약해서 썼다.

성적 욕구를 해결하는 가장 좋은 방법이란 (1) 자신이 그걸 완전히 없애버린다. 그 다음 방법은 (2) 현숙하고 당신 자신과 믿음을 나눌 수 있는 여인을 찾아 부부로 살며, 자녀를 기르며 아내가 돕는 만큼 당신도 그녀를 도와준다. 이보다 나쁜 경우는 (3) 욕정을 못 견뎌 사창가에 가는 행위. (4) 많은 여인들과 쉽게 관계를 가지면서도 아무것도 안 남기는 일. (5) 젊은 여인을 선택하여 관계를 가진 뒤 버리는 행위. (6) 보다 나쁜 것으로, 유부녀와 관계하기. (7) 가장 나쁜 것은 정결하지 못하고 도덕적이지 못한 여자와 함께 사는 것 등이다.　　　　　　　　　　　　　　　　　—1900년 1월 6일 일기.

톨스토이가 정신적으로 점점 황폐해갈 무렵 소냐는 "모스크바로 가야지. 모스크바에 가면 피아노를 한 대 세내어 치고 싶다. 타네예프더러 와서 연주해달라고 부탁해야지. 그 생각만 해도 생명이 연장되는 것 같구나"(1897. 9. 1. 일기)라고 할 만큼 감정이 부풀었다. 그러나 또 다른 한편으로는 "내 남편과 비교될 만한 사람은 이 세상에 아무도 없다. 그는 내 전 생애에서, 그리고 내 마음속에서 너무나 커다란 위치를 차지하고 있다."고도 썼다. 알 수 없는 여자의 마음이라니!

『안나 카레니나』의 위치

톨스토이를 만났던 청년 고리키는 이 노대가에 대해 "여성에게 뿌리 깊은 적대감을 지니고 있어 언제나 여성을 학대하고자 한다"고 논평했다. 실제로 톨스토이는 작품 속에서 미녀를 학대하는, 묘하게 뒤틀린 심사를 내비치곤 했다. 『안나 카레니나』가 그 대표적인 예이며 『전쟁과 평화』의 나타샤도 마찬가지인데, 그녀들로 하여금 정조에 대한 모독을 감행토록 만든다. 톨스토이 자신이 모독한 여성을 최고조로 찬미하는 이런 이율배반적인 수법은 본인이 저지른 불륜에 대한 자기 증오심과 회오가 여성에게 투영되어 나타난 일종의 악마성에 대한 노스탤지어이기도 하다.

1860~1870년대는 러시아혁명사에서 인민주의자들(Narodniks, народники)이 앞장선 브나로드운동(V narod movement, Хождение в народ)이 전개되던 때였지만 프랑스 문단에서는 부정한 아내에 관한 이야기가 성행했다. 톨스토이가 세계 불륜문학의 금자탑이라 할 만한 『안나 카레니나(Anna Karenina; Анна Каренина)』(1877)를 완성한 것도 이런 흐름과 무관하지 않다. "행복한

가정은 모두 비슷비슷하지만 불행한 가정은 그 불행의 모양이 나름대로 다 다르다"라는 첫 문장으로 시작하는 이 소설은 "관청의 기계"이자 나이 차가 많은 남편을 둔 안나의 대담한 불륜 행각을 통해 상류층 미녀의 비극을 그렸다. "저런 모습 속에는 뭔지 모르게 사람을 끌어들이는 기이하고 악마적인 그 무엇이 있다"는 묘사에서 느껴지듯 톨스토이는 안나의 비극을 아름다움이 자초한 운명으로 인식하고 있다. 그녀는 "페테르부르크의 도금鍍金 청년"의 본보기인 브론스키에 빠져들었다가 결국은 열차에 뛰어들어 자살하는 비극으로 생을 마감한다.

다시 톨스토이 부부의 이야기로 돌아가자. 야스나야 폴랴나는 이제 평화의 집이 아니라 아내와 남편이 서로 감시하고 "비밀회의와 협상이 난무하는 일종의 요새"로 변해버렸다. 실지로 소냐는 체르트코프와 예순 살 된 남편이 동성애에 빠졌다고 믿어 감시와 미행에 열을 올렸다.

이런 와중에도 톨스토이의 욕정은 시들지 않았다. 오죽했으면 새까만 후배 고리키에게 "남자들에게 최대의 비극은 지금이나 앞으로나 바로 침실이란 이름의 비극"이라고 털어놓았겠는가. 그의 노익장은 가히 세계 정상급이었다.

> 백발이 성성한 톨스토이는 벌겋게 얼어붙은 몸으로 헐레벌떡 얼음물에 뛰어들고, 정원을 가꾸고, 테니스를 하면서 재빨리 공을 쫓아다닌다. 자전거 타기를 배우려는 호기심이 67세의 노인을 유혹하는가 하면, 70세에는 스케이트를 타고 얼음판을 미끄러져 나가고, 80에는 체조를 하면서 날마다 근육을 단련한다. 죽기 바로 직전인 82세에도 그는 말을 타고 15마일가량이나 질주하다 그 말이 정지하거나 뒷걸음질 치면, 말 잔등에다 마구 채찍을 휘두를 정도였다.
> —슈테판 츠바이크 지음, 원당희·이기식·장영은 옮김, 『천재와 광기』, 예하, 1993, 579쪽.

말을 타고 있는 톨스토이
나이가 들어도 여전히 사그라들지 않는
욕정 때문에 톨스토이는 말을 타고 질주
하고는 했다. 사진은 1910년 82세의 모습
이다.

1910년 82세의 나이로 죽기 직전까지도 자제할 수 없었던 성욕으로 고
민한 그는 희대의 바람둥이 카사노바가 52세 때 은퇴했다는 사실을 상기하
면 우리시대 노인들에게 희망의 등불이 될 법하다.

이런 사연을 생각하면서 야스나야 폴랴나의 전모를 둘러봐야 진짜 톨스
토이가 보인다.

모스크바의 두 박물관

1882년, 54세의 톨스토이에게는 몇 가지 획기적인 사건이 있었다. 그 하
나는 모스크바 인구조사에 참여하여 빈민가를 둘러보고 그 생활상에 충격
을 받은 일이었다. 그는 백작 칭호를 버리고 보통사람으로 살면서 신앙심

톨스토이 동상
모스크바의 국립톨스토이박물관 정원에 세워
져 있다. 1913년 조각가 메르쿠로프(Sergey
Dmitrievich Merkurov)가 제작했으며, 1972
년에 이곳으로 옮겨 왔다.

을 돈독히 하고자 히브리어 공부를 시작했다. 또 하나는 모스크바에 집을
마련한 것이었다.

예나 지금이나 그리고 어느 나라에서나 다 그렇듯이 귀족 부호들은 저택
을 여러 채 소유했다. 톨스토이 일가도 그의 아버지 생전에 모스크바에 거
처를 마련한 적이 있어서 작가가 어렸을 때(8~13세) 그곳엘 오갔다. 성장소
설 3부작(『유년시대』, 『소년시대』, 『청년시대』)은 톨스토이의 전기에 그려진 그의
모습과 약간 다르지만 고향과 모스크바를 오갔던 기록이 생생히 묘사되어
있다. 만약 여러분이 모스크바와 야스나야 폴랴나 사이를 달리는 여행을
하게 된다면 그 길을 톨스토이가 얼마나 자주 다녔던가를 상상해보라.

모스크바에는 톨스토이박물관이 두 군데 있다. 하나는 국립톨스토이박물
관(Государственный музей Л.Н. Толстого)으로 1911년에 개관했으며, 일명 '자
료관'이라 일컬어질 만큼 톨스토이의 원고·서신·사진을 비롯한 여러 유품

톨스토이 집 박물관 톨스토이 가족이 1882년부터 20년간 모스크바에서 겨울을 보낸 집으로, 러시아의 전형적인 주택 양식으로 지어졌다. 이 박물관은 톨스토이의 유품을 그대로 보존하여 전시하고 있다.

을 볼 수 있다. 다른 하나는 1921년 개관한 톨스토이의 집 박물관(Музей-усадьба Л.Н. Толстого)으로, 아내 소냐가 강력하게 매입을 주장하여 1882년에 구입한 저택이다. 톨스토이 가족은 이후 20여 년간 주로 겨울에 이 집에서 살았다. 작가가 『이반 일리치의 죽음』, 『어둠의 힘』, 『크로이체르 소나타』, 『부활』 등을 집필한 집이기도 하다. 모스크바 대화재(1812, 나폴레옹 침공) 이전인 1808년에 지은 집이라 그 시대 저택 양식도 살펴볼 수 있다.

박물관은 2층 건물의 저택 외에 정원과 별채(당시 출판 관련 창고 겸 사무실)로 이루어져 있다. 주방을 골목 밖에 배치한 게 특이하다. 1층 첫째 방 식탁에는 톨스토이가 썼던 주발이 그대로 있고, 벽시계도 보이며, 네 아이가 죽어간 방이 있다. 2층에는 응접실이 있는데 사모바르(러시아의 전통 탁상용 주

톨스토이 집 박물관 내부 맨 위 왼쪽 사진은 2층 응접실에 있는 소녀의 모습이다. 이곳에 그랜드피아노 가 있는데, 옆의 사진이다. 위에서 두 번째 사진은 2층 집필실에 앉아 있는 톨스토이의 모습이다. 『부활』이 여기서 집필되었다. 책상 등의 집기가 온전하게 보존되어 있음을 볼 수 있다(맨 아래 사진).

전자)가 있는 곳이 톨스토이의 자리다. 어느 집엘 가든 사모바르가 있는 곳이 주인의 좌석이다. 문제의 피아노, 곧 소냐가 타네예프와 함께 연주했다는 그 피아노도 여기서 볼 수 있다. 진짜 둘이 연주했던 바로 그 피아노인지는 확인하지 못했지만 그걸 보면서 두 남녀의 모습을 그려볼 수는 있을 듯하다. 2층 끝 방이 서재다. 규모는 작지만 톨스토이가 썼던 일용품 등 온갖 볼거리로 가득 차 있다. 이 저택에는 그의 공작 작업실도 있다. 망치, 줄칼, 구두못 등이 널려 있는데, 여기서 톨스토이는 가죽구두를 만들곤 했다. 1909년 9월에 톨스토이는 이 집을 마지막으로 찾았다고 한다.

1920년 4월 6일, 레닌이 이 저택에 대한 국유화 법령에 서명하면서 원형 그대로 보존하라고 강조한 덕분에 우리는 생전 톨스토이의 작업실을 훼손되지 않은 상태로 둘러볼 수 있다. 국립톨스토이박물관에 비해 볼거리가 더 많아 관광객들은 거의 이 집 박물관으로 몰려들지만, 인터넷 홈페이지는 별도로 구축되어 있지 않고 국립박물관에 소속되어 있다. 이 집에 대해서는 빅토르 쉬클롭스키의 책 『레프 톨스토이 2』이강은 옮김. 나남. 2009. 276~291쪽에 자세히 서술되어 있으니 여행을 떠날 때 참고하면 좋겠다.

민중으로 다가서기

미국의 헨리 조지(Henry George, 1839~1897)가 쓴 『진보와 빈곤(Progress and Poverty)』(1879)의 토지공유론에 톨스토이가 감동한 것은 1885년으로 기록되어 있다. 프루동의 영향과 겹쳐 만년에 사유재산을 부정함으로써 아내와 불화를 자초했는데, 헨리 조지의 이 책은 더 나아가 그의 사상을 혁명적으로 바꾸는 데 크게 일조했다. 헨리 조지는 『진보와 빈곤』의 제사題詞에서 "부와 특권의 불평등한 분배에서 발생하는 / 죄악과 비참을 보면서 / 더 나은 사회를 이룩하는 것이 가능하다고 믿고 / 이를 위해 노력하려는 독자에게 바친다. / 샌프란시스코, 1879년 3월"이라고 적었다.

필라델피아에서 태어난 헨리 조지는 가난한 집안 형편 때문에 중학교를 자퇴하고 선원, 사금 채취 등의 잡일을 전전하다가 신문사 인쇄공으로 일하던 중 링컨 대통령의 피살(1865) 소식에 격분하여 쓴 글이 신문에 실리면서 기자가 되었다. 언론사의 특파원·편집인 등으로 부패와 불평등한 사회문제를 다루며 집필한 책 『진보와 빈곤』은 논픽션 부문 베스트셀러였고 10여개 국어로 번역되었다. 1866년 연합노동당 후보로 뉴욕 시장에 출마했으나 낙선했는데, '투표에는 이기고 개표에 졌다'는 평을 받기도 했다.

그의 주장은 토지를 공(국)유화하여 그 토지세만 잘 관리하면 국민들은 세금을 내지 않아도 국가 경영이 가능하다는, 이른바 토지문제의 혁명론이다. 김윤상 옮김, 「진보와 빈곤」, 비봉출판사, 1997 참조.

이런 생각을 황제들은 어떻게 보았을까? 장수한 톨스토이는 여러 차르를 경험했다. '유럽의 헌병'이라 일컬어지며 데카브리스트들을 잔혹하게 탄압했던 니콜라이 1세가 크림전쟁에서 패색이 짙은 가운데 1855년 객사하자, 그의 맏아들 알렉산드르 2세가 황위를 이어받아 농노제를 폐지하는 등 내정 개혁을 실시했으나 1881년 암살당하고 만다. 알렉산드르 2세의 장남이 이미 죽어 황태자의 자리에 있던 둘째 아들 알렉산드르 3세(Alexander III, 재위 1881~1894)가 곧 즉위했는데, 그는 선황이 단행했던 개혁 정책을 되돌려 버렸다. 역사는 꼭 이렇게 반동이 나타난다. 혁명과 톨스토이를 가장 무서워했던 알렉산드르 3세는 건강 악화로 휴양지에서 1894년 객사했다. 이후 장남 니콜라이 2세(Nikolai II, 재위 1894~1917)가 승계하여 러시아의 마지막 차르가 되지만 혁명의 와중에 처형당했다. 그러니 톨스토이는 총 4명의 차르를 겪은 셈이다. 니콜라이 2세는 즉위 후 바로 혁명 세력이 주장하는 토지 분배 문제에 대해 '토지는 신성한 재산'이라면서 분배하는 일은 결코 없을 것이라고 선언했다.

톨스토이는 이미 51세 때인 1879년에 『참회록』(출간은 1882)을 완성한 뒤 이듬해부터 예술적인 창작을 버리고 민중을 위한 문학으로 민담·설화 형식을 취하고 있었으며, 문호의 단계를 넘어 성인의 반열을 향해 가는 평화와 인류 구원의 세계적인 존재로 부상했다. 그래서 그의 작품들은 발매나 공연 금지를 당하기가 일쑤였고, 모든 활동에 제약과 감시가 따랐다. 그러나 그는 전혀 두려움 없이 권력과 사회적인 인습에 맞섰다.

러시아정교회의 한 분파인 두호보르(Doukhobor, Spirit-Wrestlers, 영혼을 위해 싸우는 자)파가 정부 당국으로부터 탄압을 받자, 이들을 돕고자 쓴 소설이 『부활(Resurrection; Воскресение)』(1899)이다. 톨스토이는 러시아에서 판매되

톨스토이와 안톤 체호프
폐결핵을 앓던 체호프가 크림반도의 얄타
에서 요양 생활을 하고 있을 때 고리키와
이반 부닌(Ivan Alekseevich Bunin) 등
많은 작가와 만남을 가졌는데, 톨스토이
도 그중 한 사람이었다. 사진에서 왼쪽이
체호프다.

어 받은 인세뿐 아니라 외국에서 번역판 판매로 들어오는 수입까지도 모두
그들에게 기부했다.

1901년 2월 22일 그는 73세의 나이에 러시아정교회에서 파문당한 뒤 지
금까지도 복권되지 않았다. 건강이 악화되자 그는 이해 9월 쿠르스코-하
리코프-심페로폴-세바스토폴을 거쳐 크림반도의 온천 휴양지인 가스프
라(Gaspra, Гаспра, 얄타 부근)로 요양을 떠나 파니나 백작부인(Countess Sofia
Vladimirovna Panina, 1871~1956)의 집에 머물렀다. 화가 일리야 레핀의 그
림 〈파니나 백작부인의 초상화〉의 주인공인 이 여인은 입헌민주당의 당원
으로 활동하면서 노동자와 여성의 권익 옹호에 앞장섰다. 1905년 2월혁명
으로 수립된 임시정부의 복지부·교육부 차관을 지냈지만 1917년 혁명 이
후 미국으로 망명하여 톨스토이의 딸 사샤(Alexandra [Sasha] Lvovna Tolstaya,

피의 일요일 사건 1905년 1월 22일 페테르부르크 겨울궁전 앞에서 개혁을 요구하는 시위가 평화롭게
진행되었으나, 니콜라이 2세가 발포를 명령함으로써 이날 하루 동안 수많은 사상자를 냈다. 말 그대로,
피로 물든 일요일이었다. 사진은 겨울궁전 앞에서 무장한 채 경계하고 있는 경찰들이다.

1884~1979)와 함께 톨스토이재단에서 활동했다.

톨스토이가 얄타에서 체호프와 고리키를 만난 사건은 널리 알려져 있는
데, 그와 관련된 유적을 나는 아직 찾아가보지 못했다. 톨스토이는 가스프
라에서 1902년 6월에 귀향하여 노구에도 불구하고 여전히 토지 분배와 평
화 정착을 위해 차르에게 탄원하는 등 활동을 멈추지 않았다.

그러던 중 러일전쟁(1904. 2. 8~1905. 9. 5)이 발발하자 불끈 솟는 애국심과
반전 의식이 교차하는 착잡함 속에서 아들을 자원입대시켰다(곧 귀향 조처).
그는 전쟁을 지켜보면서 일본이 수십 년 내에 기술적으로 유럽과 미국을
능가할 것이라는 가당찮은 전망도 했다.

역사는 톨스토이의 상상을 넘어버린다. 1905년 1월 22일(구력 1. 9) 일요
일, 20만여 군중이 가폰(Georgy Apollonovich Gapon, 1870~1906) 신부의 인솔

로 페테르부르크의 겨울궁전을 향해 대시위를 벌였다. 빵을 달라는 그들에게 황제는 총칼로 학살을 자행하는 끔찍한 참극을 벌였고,(☞ 이때의 참혹함이 묘사된 그림은 139쪽 참조) 이로써 러시아는 불연속적인 혁명으로 이어졌다.

이 같은 역사적인 격변 속에서 톨스토이의 혁명론은 당시 러시아의 진보적 지식인에 훨씬 못 미쳐, 기껏 데카브리스트를 최고로 여겼을 정도였다. 그는 반정부 투사들이 국가권력을 내놓으라고 요구하며 시위를 이끄는 것은 있을 수 없는 일이라며 혁명은 18세기 말~19세 초반에나 가능했다고 보았다. 그러나 반전 평화와 비폭력 저항, 사형제 폐지 등 인도주의의 대원칙과 경자유전耕者有田의 토지문제만큼에는 양보가 없었다.

바로 그런 이유로 그는 피를 토하듯이 차르의 탄압에 대한 격렬한 고발장인 『나는 침묵할 수 없다』와 사형반대론인 『그냥 둘 수 없다』를 썼다. 밧줄이 잘 옭아매지도록 올가미에 비눗물을 발라 교수형을 집행하는 전율스러운 묘사! 20여 년 전에는 단 한 명에 불과했던 사형 집행인이 1908년에는 사형수 1명당 100루블씩 받고 집행하더니 75루블을 거쳐 두당 50루블로 내려가기가 무섭게 15루블씩 처리해주겠다는 사형 대성황의 경지에 이르렀음을 고발한 이 치밀성에 세계는 경악했다. 『레프 톨스토이』 참조.

한편, 영국에 의해 배포 금지된 『인도에 보내는 편지』에서 톨스토이는 남의 나라 지배를 받는 인도인을 질책하며, 해방을 위해 비폭력 저항을 전개하라고 선동했다.

이러한 대외 활동과 그에 따른 대중의 존경심이 확산되는 상황과 달리, 이 무렵의 톨스토이와 아내 소냐는 저작권 문제 때문에 극한으로 치달았다. 소냐가 밤중에 연못에서 투신자살을 시도할 정도였다. 그녀는 남편과의 관계가 갈수록 소원해지는 까닭을 남편이 체르트코프와 동성애에 빠졌다고 오해하는 지경에까지 이르렀다.

가출, 그리고 죽음

1910년 9월 23일은 결혼 48주년이 되는 날이다. 둘은 의좋은 듯이 기념 촬영을 마쳤으나 이내 감시와 피신의 관계로 돌아섰고, 심지어 그 관계는 더 악화되어 닷새 후인 28일 새벽에 톨스토이는 의사만 대동한 채 행선지를 막내딸 사샤에게만 알리고 몰래 집을 탈출했다. 막내아들 바니치카가 죽었을 때 소냐는 "왜 하필 (신은) 바니치카를 데려가셨죠? 사샤라면 몰라도?"라고 중얼거렸는데, 사샤는 이 말을 들은 뒤부터 어머니와 철천지원수가 되어 식구들 중 유일하게 사사건건 아버지 편을 들어주었다. 그녀는 어머니가 아버지와 나란히 서서 걷는 모습조차 질투했고, 어머니를 괴롭히기 위해 아버지 편에 섰다. 사샤는 아버지를 위해 일생 독신으로 지내며 훗날 톨스토이에 관한 저서를 내기도 했는데, 일본을 거쳐 미국으로 건너가 톨스토이재단을 설립했다.

가출한 톨스토이는 3등 열차에 몰래 쭈그리고 앉았으나(2등에서 4등까지 옮겨 탔다), 세상에 이미 널리 알려진 작가인지라 그를 알아보는 사람들과 계속 감시하며 미행하는 경찰들 때문에 바로 행선지가 탄로났다. 집을 나간 지 3일 만에 위독해진 그는 아스타포보(Astapovo, Астапово) 역장 관사에서 하녀가 쓰던 방에 눕게 되었다. 1890년에 개통된 이 역은 러시아혁명 직후인 1918년에 역명을 리바 톨스토보(Lva Tolstogo, Льва Толстого)로 바꿨다가 1932년에 레브 톨스토이(Lev Tolstoy, Лев Толстой)로 개명했고, 관사는 톨스토이박물관(Дом-музей Толстого)으로 단장했다.

톨스토이의 상태가 위중하다는 소식을 들은 소냐가 서둘러 그곳으로 갔지만 한참 동안 남편을 만날 수조차 없었다. 톨스토이가 그녀를 보면 심장이 뛰어 생명에 지장이 올 수도 있기 때문에 피했다고도 하고, 그걸 핑계로

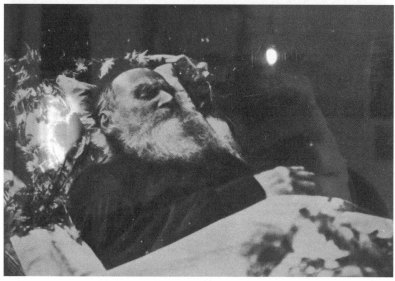

임종한 톨스토이 지금은 레브 톨스토이로 이름이 바뀐 아스타포보 역의 역장 관사 하녀가 쓰던 방에서 1910년 11월 20일 톨스토이가 눈을 감았다. 위 사진은 당시의 관사이고, 아래 사진은 영면한 톨스토이의 모습이다.

레브 톨스토이 역 오른쪽 건물이 역사驛舍이고, 철길 건너편 왼쪽에 조그맣게 보이는 건물이 톨스토이가 죽음을 맞은 역장 관사이다. 지금은 톨스토이박물관으로 이용되고 있다.

막내딸 사샤와 체르트코프가 소냐를 막았다는 주장도 있다. 아들에게 남긴 그의 마지막 말은 "진실…… 너무나 사랑한다…… 그들 모두가……" 그리고 "난 어디로든 아무도 방해하지 않는 곳으로 가겠다. 날 그냥 내버려둬."였다. 11월 20일(구력 11월 7일) 오전 6시 5분 임종 때 가까스로 침상 곁으로 갈 수 있게 된 소냐는 "용서해주세요…… 당신 외에는 아무도 사랑하지 않았어요"라는 말을 숨이 끊어지는 남편에게 속삭였다. 『소냐』, 470쪽.

이틀 뒤 11월 22일, 고향 야스나야 폴랴나 동산에 안장되었는데, 그 자리는 네 살 때 형과 '개미형제단'을 결성하여 지상의 행복의 비밀을 기록한 '파란 막대'를 묻어두었던 곳이다. 내가 처음 그곳에 갔을 때는 묘지가 어딘지 찾기도 어려울 정도였다. 흙바닥 위에 덜렁 놓인 채 만고풍상을 겪은 등신대의 목관 위를 풀뿌리가 얼기설기 얽혀 있었다. 지금은 한글 안내표

톨스토이의 묘 톨스토이는 그의 고향인 야스나야 폴랴나에서 어릴 적 뛰어놀았던 동산에 묻혔다. 묘비조차 세우지 않은 소박한 무덤인데, 이곳에 방문할 때마다 자꾸자꾸 치장이 더해져 있어 안타깝다. 톨스토이의 무덤을 찾은 날 마침 비가 조용히 내렸고, 나는 빗속에서 그를 애도했다.

지도 세워놓았을 만큼 관광객이 많이 몰려서인지 손질이 잘되어 있는 데다 윤기 나게 다듬어진 잔디와 꽃들이 너무나 인공적이라 애초의 소박성을 훼손당한 느낌이다. 세계 어떤 위인의 무덤에서도 유례를 찾기 어려운 그 원형이 복원되기를 바란다. 이 무덤 앞에 서면 죽어서는 누구나 평등으로 돌아가야 한다는 교훈을 듣는 것 같다.

　미국의 영화감독 마이클 호프만이 시나리오를 쓰고 감독도 맡은 〈톨스토이의 마지막 인생(The Last Station)〉(2009)은 사실에 기반하여 제작된 충실한 실록 작품으로, 일차 관람을 권한다.

03. 고리키

: 배반당한 혁명문학

Maxim Gorky

필명: 막심 고리키 / 본명: 알렉세이 막시모비치 페시코프

Maxim Gorky / Aleksey Maksimovich Peshkov

Максим Горький / Алексей Максимович Пешков

1868. 3. 28(구력 3. 16) ~1936. 6. 18.

어머니의 강 볼가를 따라

니즈니노브고로드(Nizhny Novgorod, Нижний Новгород)는 모스크바 동향 400km 떨어진 지역에서 오카 강을 품어 안으면서 수량이 더 늘어나 장관을 이룬 볼가 강을 낀 광활한 대지에 자리하고 있다. 볼가 강 중·상류쯤 되기에 볼가의 운치를 느끼기에는 적격이다.

아, 볼가(Volga, Волга)! 유럽인들이 지닌 라인 강의 로맨티시즘과 맞먹는 러시아의 역사와 영혼을 담은 볼가!

> 넘쳐 넘쳐 흘러가는 볼가 강물 위에
> 스텐카 라진 배 위에서 노랫소리 드높다 (…)
> 볼가 볼가 조국의 어머니
> 볼가 러시아의 강
>
> ─민요 〈스쩬까 라진(Stenka Razin, Степан Разин)〉

> 아, 너 어머니의 강 볼가여,
> 드넓고도 깊구나 (…)
> 오, 우리에게 가장 소중하도다.
> 볼가, 볼가, 어머니의 강.
>
> ─민요 〈볼가 강의 뱃노래(Song of the Volga Boatmen, Эй, ухнем!)〉

위 두 개의 민요 중 〈볼가 강의 뱃노래〉는 니즈니노브고로드 출신으로 '국민악파 5인'에 속한 밀리 발라키레프(Mily Alexeyevich Balakirev, 1837~1910)가 자기 고향에서 처음 채록한(1866) 노래다. 그러니 이 노래를 들을 때마다 니즈니노브고로드를 연상해주기 바란다. 두 곡 모두 우리의 〈아리랑〉

니즈니노브고로드 러시아 서부의 볼가 강과 오카 강 합류 지점에 위치해 있다. 이곳에서 태어난 고리키를 기념하기 위해 1932년 '고리키 시'로 개칭되었으나 1990년 현재의 이름으로 환원되었다.

처럼 다양한 버전이 있어 취향과 분위기에 맞춰서 들을 수 있다. 그런데 나는 유독 〈볼가 강의 뱃노래〉만은 고리키와 절친했던 표도르 샬리아핀(Feodor Chaliapin, 1873~1937)이나 그 후세대인 레오니드 하리토노프(Leonid Kharitonov, 1933~2017)의 격조 높은 독창을 선호한다.

이들 노래와 아주 잘 어울리는 명화도 꼭 챙겨보자. 바로 일리야 레핀의 〈볼가 강의 배 끄는 인부들(Barge Haulers on the Volga)〉이다. 또, 이왕 볼가 강 노래를 더 찾아 듣는다면 〈Down the Mother Volga〉나 〈River Volga〉도 빠트리지 말자.

자, 이제 니즈니노브고로드로 출발하자. 모스크바에는 모스크바 역이 없다는 것은 앞서 서술했다.(☞ 02장 톨스토이 편 60쪽 참조) 모스크바에서 쿠르스크 역(Kursk station)이나 카잔 역(Kazan station)에 가면 니즈니노브고로드행

막심 고리키 동상 니즈니노브고로드의 고리키 광장(Gorky Square)에 서 있는 동상이다. 고리키의 고향인 만큼 니즈니노브고로드에는 그와 관련된 유적이 많다.

기차를 탈 수 있다. 여유를 즐길 요량이면 고속도로(Russian Route M7, Volga Highway)를 이용하는 것도 좋다. 기차나 자동차나 걸리는 시간은 4시간 정도로 비슷하지만 볼가 강을 따라 음악을 들으면서 도로를 달려보는 것도 괜찮은 여행 방법이다. 모스크바에서 육로로 출발하여 이곳을 거쳐 페테르부르크로 바로 가도 좋다.

제21회 월드컵축구대회(2018. 6. 14~7. 15)가 러시아에서 열렸을 때 TV를 시청하던 나는 축구 중계보다 경기가 열린 11개 도시 중 한 곳인 니즈니노브고로드의 풍정에 흠뻑 빠져들었다. 한동안(1932~1990) '고리키 시'로 불렸던 이 고도古都를 다시 니즈니노브고로드라는 이름으로 환원한다는 소식을 듣고 고리키를 경애하던 나는 무척 서운하여, 미국과 유럽의 박수를 받으며 노벨평화상까지 얻어 챙긴 대머리 미하일 고르바초프 대통령(재임

1990~1991)이 이완용처럼 못마땅했다. 내가 처음으로 러시아 땅을 밟았던 때가 1990년이라 사회주의 러시아의 마지막 모습을 간신히 볼 수 있었다. 고르바초프의 뒤를 이은 보리스 옐친 대통령(재임 1991~1999)은 지구를 통째로 미국에 넘겨주고도 모자라 소비에트사회주의공화국연방을 서로마제국의 멸망 뒤처럼 '산산이 부서진 이름이여!'로 전락시켰다.

고리키 시가 니즈니노브고로드로 개명됐건 말건 그곳이 고리키의 고향이라는 사실은 변하지 않는다. '니즈니'란 낮은 곳이라는 의미다. 따라서 이 도시명은 노브고로드보다 낮은(아래) 곳에 있다는 뜻이 된다.

유럽보다 항상 몇 발자국 늦은 러시아는 동슬라브족이 862년 노브고로드에서 류리크 왕조를 세움에 따라 고대국가가 형성되었다. 따라서 노브고로드는 러시아에서 최고도最古都다. 그 다음의 고도가 키예프이며 882년에 수도가 되었다. 988년 그리스정교를 받아들인 러시아는 유럽에서는 가장 늦게 기독교 국가가 되었는데, 이후부터는 대주교가 있는 곳이 곧 수도였다. 그렇다고 대주교가 수도를 정하는 게 아니라 최고 권력자가 머무는 곳으로 수도도 자연히 옮겨간 셈이다. 첫 주교관은 키예프, 이어 12세기의 권력 혼란기에 잠시 블라디미르-수즈달 시대(1176년부터)를 거쳐 모스크바(1318년부터), 페테르부르크(1713년부터), 다시 모스크바(1918년부터)로 천도했다.

가장 오래된 고도의 이름 앞에 '니즈니'를 갖다 붙여 니즈니노브고로드라는 이름을 얻었으니 그 이름값을 충분히 할 만큼 볼거리가 많다. 구경할 것이 많다고 마냥 한눈 팔 수는 없고 바로 고리키의 유적을 찾아 나서야 될 처지다. 하지만 도시 전체가 바로 그의 유적지랄 수도 있다. 거리나 공원에 그의 동상이 여러 모습으로 서 있고 박물관도 여럿이다. 우선, 부자 상인의 저택을 개조하여 만든 고리키국립문학박물관(A. M. Gorky Literary Museum, Литературный музей А.М. Горького)은 이 지역 출신의 문학인들과 함께 고리키 유품을 전시하고 있다. 또, 그가 출세한 뒤에 잠시 세 들어 머물렀던 아파트는 『최하층(The Lower Depths; На дне)』(한국에서는 『밤주막』과 『밑바닥에서』로 번역·출판되었다)을 쓴 곳인데, 현재 박물관(Maxim Gorky Museum, Музей-квартира А.М. Горького)으로 꾸며져 많은 자료를 보유하고 있다. 그러나 이보다 더 소중한 볼거리는 알렉세이(고리키의 본명, 알렉세이 막시모비치 페시코프)가 고아로 자랐던 외갓집이다. 하도 이사를 자주 다닌 데다 떠돌이로 지냈던 탓에 그와 관계된 유적을 하나하나 찾아다니기에는 나그네 길이 너무 바쁘다.

넝마주이에 도둑질까지 했던 어린 시절

알렉세이의 성장기는 파란만장하여 일일이 쫓아다니기가 어렵기 때문에 성장소설 3부작에 나타난 감동적인 장면을 주마간산走馬看山 격으로 살펴보도록 하자. 성장소설이라면 괴테의 『빌헬름 마이스터』 2부작(『빌헬름 마이스터의 수업시대』, 『빌헬름 마이스터의 편력시대』)이나 톨스토이의 3부작(『유년시대』, 『소년시대』, 『청년시대』)이 널리 알려져 있지만, 내가 감히 말한다면 고리키의 3부작(『어린 시절』, 『세상 속으로』, 『나의 대학들』)이 단연 탁월하다고 보는데, 특히 1913년 카프리에서 집필한 『어린 시절』 이항재 옮김, 이론과 실천, 1987 은 대가들도 족탈불급足脫不及의 작품이다.

아홉 살에 아버지를 잃은 막심 페시코프(1839~1871)는 대부에게서 목공 일을 배우다가 도주한 뒤 말재간으로 맹인들을 꼬드겨 장바닥으로 데리고 다니면서 춤과 노래로 밥벌이를 했는데, 열여섯 살이 되었을 때 니즈니노브고로드로 흘러들었다. 하청 받아 증기선을 수선하는 목공소에 취업하여 지

고리키국립문학박물관(니즈니노브고로드) 부자 상인의 저택을 개조하여 만든 이 박물관은 니즈니노브고로드 출신의 작가들과 함께 고리키의 유품을 전시하고 있다.

막심고리키박물관(니즈니노브고로드) 고리키가 1902~1904년까지 니즈니노브고로드에서 세 들어 살던 집으로, 이곳에서 희곡 『최하층』을 집필했다. '고리키 집 박물관(House Museum of A. M. Gorky)'으로도 불리는데, 모스크바에도 같은 이름의 박물관이 있다. 건물 벽면에는 그의 얼굴을 새긴 부조가 있다.

내던 중 바르바라 바실리예브나라는 한 소녀를 사랑하게 되었지만, 염색업자 조합장인 그녀의 아버지는 외딸을 돈 많은 상인의 집으로 시집보내려고 놓아주지 않았다. 그러자 힘이 장사인 막심은 생짜로 바르바라를 보쌈해서 결혼식을 올려버렸다. 이 때문에 장인에게 의절을 당했으나 결국 처갓집으로 들어가 살게 되었다. 돈밖에 모르는 막무가내 처남들은 막심을 끔찍이 싫어해서 작당 모의한 뒤 어느 겨울날 꽁꽁 언 강물 얼음판에 구멍을 뚫고 그를 그리로 밀어 넣어버렸다. 억센 그는 간신히 빠져나와 파출소로 가서 도움을 받아 살아났다. 경찰들은 지역 유지인 조합장 집안의 복잡한 속사정을 꿰고 있었기에 막심에게 자초지종을 캐물었으나 그는 술에 취해 자신의 실수로 강에 빠졌다면서 끝내 사실을 숨긴 채 버텼다. 이를 알게 된 후부터 장인은 아들보다 사위를 더 신뢰하게 되었다.

막심과 바르바라가 바로 알렉세이의 부모로, 세 아이를 어릴 때 모두 잃은 뒤에 얻은 아들이 알렉세이인지라 아주 귀히 여겼다. 마침 아버지 막심이 볼가 강의 하류 아스트라한(Astrakhan)의 선창장船廠長으로 승진하여 살 만해졌는데 알렉세이가 네 살 때 콜레라로 그만 죽어버렸다.

『어린 시절』의 첫 장면은 아스트라한에서 치러진 아버지 장례식이다. 순경의 입회 아래 공동묘지에 매장할 때 외할머니가 "넌 왜 울지 않니?"라고 묻자 나(고리키 자신이 화자다)는 "울고 싶지 않아"라고 답했지만 "나는 이따금씩 울곤 했었는데, 그것은 고통 때문이 아니라 모욕감 때문이었다." 무덤 안에는 개구리들이 있었는데 묻혀버릴까봐 걱정되어 외할머니에게 "개구리들이 기어 나올 수 있을까?" 물었으나, 그녀는 "아니, 기어 나오지 못할 거다. 주여 저들을 도우소서!"라고 답했다. 배를 타고 다시 니즈니노브고로드로 가는 도중 배에서 태어난 남동생이 죽자 작은 상자에 담아 여객선 선반에 올려놓았다가 사라토프에서 묻었다. 알렉세이가 선원에게 아버지를 묻

고리키의 외갓집 고리키가 어렸을 때 살았던 외갓집이며, 현재 박물관으로 꾸며져 있다. 이 박물관은 그의 외가 쪽 성姓을 따서 '카쉬린 하우스(Kashirin House)'라고도 불린다.

을 때 보았던 개구리 이야길 하자 그는 "개구리들을 가엾게 여기지 않아도 돼. 그까짓 것은 뒈져버리라지! 엄마를 불쌍히 여기렴. 엄마는 슬픔으로 몹시 상심해 있어!"라고 했다.

빈털터리 신세로 외갓집으로 들어가자 외가 식구들이 노골적으로 천대했지만, 고아로 자란 외할머니만은 딸과 외손자를 아껴주었다. 외할머니는 정서가 풍부한 신앙인으로, 젊은 시절에는 손재간이 좋고 노래와 이야기에도 재능이 있어 알렉세이에게 많은 것을 가르쳐주었다. 한편, 새 염색 기술이 도입되어 외할아버지의 사업이 파산에 직면하자 집을 자꾸 줄여야 하는 상황이 되었다. 살림이 어려워지면서 외가는 독립된 경제 분담제로 전 가족이 각자 자기 밥벌이를 해야만 되었다. 외할아버지는 명성과 경력으로 돈을 넉넉히 벌어들여 이자놀이도 했지만 외할머니는 날품팔이와 고물 뒤지기로 연명하면서 외손자의 밥값까지 감당했다. 알렉세이는 외할머니를 따라 구걸과 도둑질을 예사로 했는데, "변두리 지역에서는 도둑질이 범죄로 여겨지지 않았다. 그것은 배가 고플 때 먹을 것이 없는 사람들에게는 거의 유일한 생존 수단이었으며 하나의 습관 같은 것이었다." 「어린 시절」, 13쪽.

이런 판에 어머니는 외할아버지가 권하는 돈 많은 남자를 버리고 가난뱅이 남자와 재혼하여 사라졌다가 한참 만에야 무일푼으로 다시 나타났다. 격노하여 당장 나가라고 소리 지르는 외할아버지에게 외할머니는 딸을 용서해달라며 이렇게 애원했다.

"영감, 제발 저 애를 용서하시구려! 우리보다 나은 사람들도 고통을 받는 법이에요. 지주나 상인들은 이런 근심이 없나요? 여자라는 게 어떤 건지는 당신도 알잖아요? 그러니 용서해주구려. 아무도 완전하지는 못해요……" (…)

"하나님께선 아무것도 용서하지 않으셔. 안 그래? 무덤가에까지 우리를 따라와서 우리의 마지막 날을 벌주시고, 평온이나 기쁨은 안 주시잖아! 내 말 명심하라구! 결국 우린 거지가 되어 뒈질 거야, 거지가 되어!"

외할머니는 외할아버지의 손을 잡고 나란히 앉아 조용하고 가볍게 웃기 시작했다.

"그게 뭐 그리 큰일이에요? 거지가 되는 게 뭐가 무서워요? 거지가 되면 되는 거지. 당신은 집에 앉아 있고, 내가 구걸하러 다녀 먹을 걸 많이 얻어올 테고, 우린 배불리 먹을 수 있을 거예요! 그러니 모든 걱정일랑 버려요!"

외할아버지는 갑자기 웃는가 싶더니 마치 염소처럼 몸을 돌려 외할머니의 목을 껴안은 다음 흐느껴 울었다.

"에이, 바보, 행복한 바보, 내 마지막 사람! 바보인 자네는 아무것도 애석해하지 않고 아무것도 이해하지 못해! 기억하나, 우리가 얼마나 많은 일을 했고,

내가 저 애들을 위해 얼마나 많은 죄를 지었는가? 그래, 이제나 조금 마음 편할까 했는데!"

이 대목에서 나는 더 이상 참지 못하고 온통 눈물범벅이 되어 난로 위에서 뛰어내려 외할아버지와 외할머니에게로 달려들었다. 생전 처음으로 외할아버지와 외할머니가 다정하게 얘기하는 모습을 보는 기쁨과 그들에 대한 슬픔, 엄마가 집으로 돌아왔다는 사실과 외할아버지와 외할머니가 동등하게 나를 당신들의 울음 속으로 끼어들게 하고 나를 껴안고 잡아끌고 눈물을 흘리는 것이 너무나 기뻐서 나는 흐느껴 울었다.

—『어린 시절』, 222~224쪽.

인정머리 없는 외할아버지는 그나마 살아가는 법에 대해서 알렉세이에게 철저히 일러주었는데, 그것은 "넌 스스로 모든 것을 하고 네 삶의 밥벌이꾼이 되어야 해, 알겠니! 넌 너 자신의 주인이 되는 법을 배워라. 다른 사람에게 속아선 안 돼! 말썽 피우지 말고 조용히 살아라. 뜻을 굽히지 말고! 먼저 모든 사람들의 얘기를 들거라. 하지만 네가 가장 좋다고 생각하는 것을 행하거라……" 이어 외할아버지는 말했다. "우리는 지주 귀족이 아니다. 아무도 우리를 가르치지 않았어. 우리는 모든 걸 스스로 깨우쳐야만 해. 다른 사람들을 위해 책들이 쓰여진 거고 학교가 세워진 거야. 그러나 우리는 그와 같은 것을 아무것도 가질 수 없었어. 스스로 모든 것을 취해야 해……"『어린 시절』, 293~297쪽. 외할아버지가 일러준 살아가는 방식, 그것은 천민들의 처세법이었다.

알렉세이는 초등학교 3학년 진급시험에 합격하여 상품과 상장도 받았으나 친구들이 넝마주이와 거지란 별명으로 놀려대서 중퇴해버렸다. 이런 와중에 어머니마저 폐결핵을 앓다가 아들에게 냉수 한 잔 갖다달라고 소리

지르더니 벌컥벌컥 들이키고는 그대로 쓰러져서 허망하게 세상을 떠났다. 그러자 외할아버지가 단호하게 말했다. "자, 알렉세이, 넌 내 목에 매달려 있는 메달이 아니다. 여긴 네가 있을 곳이 못 된다. 그러니 넌 세상으로 나 가거라……" 이렇게 『어린 시절』은 끝을 맺는다.

살기 위해서는 도둑질을 할 수밖에 없어

열한 살의 알렉세이는 이제 자기 밥벌이를 해야 될 처지로 내몰렸는데, 자전소설 『세상 속으로』이강은 옮김, 이론과 실천, 1987를 통해 이후의 상황을 엿볼 수 있다. 그를 염려해주는 사람은 오로지 외할머니밖에 없었다. 그녀는 "불우한 사람을 동정하지 않았기 때문에 우리는 돈을 잃게 된 것"이라며, 밤중에 외손자를 데리고 아주 가난한 집 앞에서 세 번 성호를 긋고 비스킷 3개를 담은 꾸러미를 나눠주기도 했다. 아, 세상에! 자기 먹을 것도 없으면서 이렇게 착할 수 있다니!

외할머니의 알선으로 구두 가게 점원으로 들어갔으나, 여주인을 도와 설거지뿐 아니라 국도 끓여야 하는 허드렛일을 했다. 그러다가 뜨거운 냄비를 엎질러 손에 화상을 입고 치료받은 뒤 결국 쫓겨났다. 한 성질 하는 알렉세이로서는 주인이 알미워 그의 금시계를 물에 넣어두는 등 자기 나름대로 화풀이도 했다. 그 뒤 건축설계사 사무소의 견습으로 들어갔지만, 역시 사장 부인의 잔심부름에 시달렸다. 그녀는 시어머니와 불화로 추악한 다툼을 하면서도 신앙심만은 돈독해서 하나님에게 기도하길 상대방에게 재앙을 내려달라고 빌었다. "친척들이란 서로서로 약점을 파고들며, 낯선 사람들에게 보다 더 함부로 대하고, 싸움질을 해대고, 욕을 해대는 사람을 일컫는 말이었다." 『세상 속으로』, 76쪽.

그 다음에는 윤선輪船의 식당 접시닦이로 들어갔는데, 요리사(미하일 스무르이)가 그에게 독서 지도의 첫 스승이 되어주었다. "나는 밤의 아름다움에 눈물이 나올 정도로 감동하였다." "우리 배의 모든 사람들은 남녀노소 가릴 것 없이 한결같이 고독해 보였다." 어느 항구에서는 "열두어 명의 회색빛 사람들이 족쇄를 찬 발을 철렁거리며 지나갔다." 알렉세이가 본 첫 죄수였다. 주방장과 친해지자 주변의 질투가 심해지더니, 결국 도둑 누명을 뒤집어쓰고 쫓겨나 다시 외가로 갔다.

외할아버지가 밤에 "주여, 당신의 분노를 사지 않게 해주십시오"라고 기도하자, 외할머니는 "저 양반이 또 하나님을 괴롭히는구나!"라고 한탄했다. 9월부터 그는 외할머니와 함께 방울새, 박새, 피리새, 동고비새 등을 사냥하여 내다 팔았다. 땡전 한 푼 도와주지는 않으면서 외할아버지는 교훈을 잘도 읊어댔다.

> "세상은 인간에겐 깜깜한 밤이야. 그 어둠 속에서 자신의 길을 찾아가는 것이 인생이란 말이다. 사람들에겐 똑같이 열 손가락이 있지만 저마다 더 많이 쥐려고 하지. 다른 사람에게 힘을 보여줘야 해. 힘이 없으면 꾀를 써야 하는 거야. 작거나 허약한 놈은 천당도 지옥도 못 가! 네 편이 많을 줄 알지? 천만에. 넌 언제나 너 혼자라는 것을 기억해야 할 거야. 여러 사람의 말을 잘 들어야 해! 하지만 아무도 믿어선 안 돼! 네가 네 눈을 믿는다면 넌 망하고 말 거다. 입은 언제나 닥치고 있어야 돼. 마을이 입으로 지어지겠어? 돈과 도끼로 지어지는 거야. 넌 지저분하거나 더러운 놈이 되어서도 안 돼. 언제나 깨끗하게 하고 다녀야 해!"
> —『세상 속으로』, 161~162쪽.

열네 살에 다시 여객선 식당의 설거지꾼으로 들어가 잘 지냈으나 겨울에 볼가 강이 얼어붙자 운항이 중단되어 이듬해에 성상聖像 제작 판매소의 판매보조원으로 들어갔다. 그런데 옆 가게의 판매원이 여우 같은 목소리로 "우린 형제입니다. 모피나 장화를 파는 것이 아니라 금은보화보다 고귀한 신의 은총을 팝니다."라고 손님을 유인하는 통에 고객을 다 빼앗기자 알렉세이도 이악스럽게 대처하면서 진짜 세상을 알아갔다. 성상이나 성화를 팔려는 사람과 사려는 사람들 중에는 별별 재주꾼이 많아, 그들로부터 온갖 진기한 지혜를 쌓을 수 있었다. 한 노인은 그를 시험해보려고 벌거벗은 500명의 남녀가 그려진 그림에서 아담과 이브를 찾아내라고 했다. 정답은 치부를 가리지 않은 남녀. 판촉만 하던 그는 성상 화가와 조각가들의 작업장 일도 겸하게 되어 한가할 때면 배 탔을 때의 이야기와 책 읽어주기 등으로 인기를 끌었다.

여자 생각에 담배도 많이 피우게 되었고, 어딘가로 떠나고 싶은 간절함이 그를 가만두지 않았다. 공사장 감독원으로 시장에서 여러 사람들을 만났는데, 한결같이 "살기 위해서는 도둑질을 할 수밖에 없어. 정직하게 번 것만 가지곤 하나님이나 차르에게 가고 나면 하나도 안 남아……"라고 했다. 여기까지 여러 장면들의 무대가 전부 니즈니노브고로드이니, 이곳 어디인들 그의 발길이 닿지 않았으랴.

이제부터는 어렸을 때 아버지를 따라갔던 볼가 강으로 발길을 돌려보자.

카잔에서의 지하조직 활동 시절

열여섯 살 알렉세이는 중학교로 진학한 고향 친구를 찾아 무작정 카잔으로 떠났다. 이곳은 톨스토이가 13~20세까지 지냈으며 잠깐 다니다가 중퇴한 카잔 대학이 있는 곳이기도 하다. 고리키의 카잔 생활은 성장소설 3부작의 마지막 권인 『나의 대학들』김은노 옮김, 까치, 1988에 고스란히 담겨 있다.

자신도 공부를 해볼 야무진 꿈을 가졌으나 실상 부두 노역을 해야만 될 처지였다. 만나는 사람이라곤 거지와 도둑들뿐이었다. 그러다가 운 좋게 신문사 교정원의 집으로 이사하면서 침대 하나에 교대로 잠을 자며 지하서클에 참가하게 되었다. 이후 진보적 지하운동가 출신의 주인이 경영하는 잡화점에 알음알음으로 들어가 비밀 도서관과 독서 모임에서 소조 활동을 시작했다. 그런데 그곳에서 이른바 먹물들(대학생들이 노동자를 계도했다)은 "러시아 농민들을 천성적인 혁명가이며 사회주의자로 인정"하는 인민파의 주장에 동조했는데, 밑바닥 인생을 살아본 그로서는 그 주장에 동조할 수 없었다. 그는 토론에서 왕따를 당했다.

1885년 17세 되던 해 가을에 어느 인색한 빵집 가게(정작 주인은 운동권이었다)에 들어가 일하게 되었는데, 반죽통과 화덕이 설치된 지하에서 40여 명이 함께 작업했다. 봉급날이면 다들 사창가로 몰려갔으나 그는 따라가기만 했을 뿐 여성 경험이 전혀 없어 어울리지 못했기 때문에 놀림을 받았다. 그는 빵집 노동자 계몽을 시도했지만 전혀 먹혀들지 않았고 오히려 따돌림만 당했다. 고리키의 작품 중 이 시절을 배경으로 삼은 소설로는 『주인』, 『꼬노발로프』, 『26명의 사내와 한 명의 처녀』 등이 있다.

1887년 19세 때 외할아버지와 외할머니의 사망 소식을 들은 그는 새삼 인생무상과 고독감으로 여자 생각도 간절했지만 허무감을 떨쳐버릴 뾰족한 수도 떠오르지 않았다. 이즈음 마르크스주의를 처음 접했으나 허망함에서 끝내 벗어나지 못해 12월 12일 밤 8시, 낡은 권총을 구입하여 가슴을 쏘았다. 심장을 스쳐 폐를 뚫고 척추 근처 근육에 탄알이 박혔다. 이로 인해 폐기능이 현저히 약화되어 평생 기침을 달고 살아야 했다. 달포가량 지나 회복될 무렵 다시 염산염을 마셔 제2의 자살을 기도했는데 위세척 후 의식을 회복했다. 유서에서 그는 "나의 유해를 해부하여 최근에 내 몸 안에 어떤 종류의 악마가 살고 있었는지 확인해주시기 바랍니다. 동봉한 여권으로부터 내가 알렉시스 페쉬코프임이 드러날 겁니다. 그리고 이 쪽지에서는 원컨대, 아무것도 드러나지 않을 겁니다."「나의 대학들」, 53쪽라고 썼다.

동료들이 병원에 찾아와 "바보 같은 녀석"이라고 경멸 조로 말했다. 그는 닷새 만에 회복하여 다시 빵가게로 복귀했다. 나중에 그는 "나의 일생 중 가장 수치스럽고 우둔한 짓"이었다고 반성했다. 지역 추기경 회의에서 이 사건에 대한 조사가 결정되어 그에게 소환령이 내려졌는데, 출두한 그는 끝내 해명을 거부하여 7년간 파문 선고를 받았다.

1888년 20세 때는 유배 경력이 있는 직업적 혁명가와 농촌계몽 차 볼가 강변 마을에 잡화점을 내어 활동했다. 그러나 농민들은 도리어 그들을 불순분자라고 밀고해버려 경찰과 유지들이 가게를 불사르고 테러를 가했다. 혁명가 로마스는 "농민을 원망하오? 그러지 마오. 그들의 사악함은 어리석음일 뿐이오."라고 타일렀으나 알렉세이는 농민에 대한 기대를 버리고 노동자에 희망을 걸기로 했다.

그래서 죽이 맞는 동지들과 배를 타고 심비르스크로 갔다. 1924년에 이 도시는 울리야놉스크(Ulyanovsk)로 바뀌었다. 레닌(1870~1924)의 고향이라 그의 본명인 블라지미르 일리치 울리야노프(Vladimir Ilyich Ulyanov)를 기념한 것이다. 고리키는 자기보다 2년 늦게 태어나 12년 먼저 죽은 이 혁명가와 똑같은 역사의 수레바퀴를 돌면서 협력하고 갈등하기를 되풀이했다. 이곳에는 레닌이 다녔던 고등학교와 울리야노프 일가 박물관(Ulyanov Family houses, Музей-мемориал В. И. Ленина)이 레닌의 추억을 고이 간직하고 있다.

레닌은 열일곱 살까지 여기서 살았다.

이 도시에서 틈이 나면 곤차로프(Ivan Alexandrovich Goncharov, 1812~1891) 박물관도 둘러보자. 허무감에 빠져 무기력해진 귀족 청년상(잉여 인간상)을 그린 소설 『오블로모프(Oblomov)』(1859)는 주인공의 이름을 딴 '오블로모프주의'(Oblomovism: 오블로모프적 무기력 / обломовщина: 무의지적인 생활 방식 또는 사람)라는 단어가 생겨났을 정도로 유명하다. 푸시킨의 『예브게니 오네긴』에서 보았던 '잉여 인간상'과 같은 개념이다. 이 작가의 집을 봐야 할 이유는 하나 더 있다. 그가 팔라다 함(Frigate Pallada, Фрегат Паллада)을 타고 세계일주 후 귀국길에 일본을 거쳐 동해안에 접근하여 한국을 관찰한 기록을 남겼기 때문이다.정막래 옮김, 『전함 팔라다』 I·II, 살림, 2016) 조선인을 선량한 야만인쯤으로 본 그는 오두막과 초가지붕을 언급하며 한국을 그리 좋게 묘사하진 않았다.

레닌의 고향 심비르스크에서 배를 공짜로 얻어 타고 알렉세이는 사마라(Samara)로 갔다. 사마라는 중년의 톨스토이가 1873년부터 건강 회복을 위해 자주 들러 쿠미스(Kumis, 말 젖으로 만든 발효유로 중앙아시아와 터키, 카자크인들의 음료)를 즐겨 마셨던 곳이다. 레닌 일가도 이사 와서 1889~1893년까지 살았던 곳이라 레닌박물관도 있다. 레닌은 1893년 가족들이 다시 모스크바로 이사할 때 혼자 페테르부르크로 향했다. 그는 볼가 강을 거슬러 올라가다가 니즈니노브고로드에 들렀던 것 같다. 인간의 인연이란 이렇듯 묘하게 얽혀 있다. 톨스토이, 고리키, 레닌, 이 셋은 혁명이라는 역사의 인연으로 얽혀 있는데, 어쩌면 사마라나 볼가에서 만났을 뻔도 했을 터였다.

알렉세이는 사마라에서 거룻배 막일꾼으로 고용되어 9일 만에 카스피해의 해안에 이르렀다. 거기서 그들 일행이 한 어장의 어업협동조합에 일자리를 얻는 것으로 소설 『나의 대학들』은 끝난다.

프롤레타리아의 본능을 다룬 첫 소설

알렉세이는 이후 수송선에 취업하여 7일 후 아스트라한까지 갔다가 본격적인 유랑의 시대를 열었다. 어디든 발길 닿는 대로 가다가 돈이 떨어지면 일자리를 구했고, 주머니가 차면 다시 떠났다. 볼고그라드(Volgograd)는 1925년부터 1961년까지 스탈린그라드(Stalingrad)로 불렸던 도시로, 제2차 세계대전 때 독소 공방전이 벌어진 곳으로 유명하다. 그 부근의 어느 기차역에서 그가 야간 경비 일을 할 때였다. 창고 책임자가 자기 가게를 차려두고 주민들과 직원들을 구슬려 화물차에서 밀가루나 설탕 등을 마대째로 빼돌리는 걸 보고 그는 크게 낙담했다.

1889년 봄에는 톨스토이를 만나려고 모스크바까지 거의 걸어서 갔으나 헛걸음만 했고, 야스나야 폴랴나에도 갔지만 역시 못 만나고 그의 아내 소피아가 내준 커피와 빵만 얻어먹은 뒤 니즈니노브고로드로 귀향했다. 고향에 돌아와보니 그곳은 이미 유형자들의 경유지가 되어 혁명 분위기가 고조되어 있었다. 그는 식당에서 일하는 한편 크바스(호밀을 발효시켜 만든 러시아의 전통 음료) 행상도 하면서 학습소조 모임을 꾸려 나가다가 경찰들의 추적을 당했다. 동숙자들은 다 도주해버리고 그만 피체되어 25일간 취조를 받았다. 이후 석방되어 유력한 변호사의 사무실 직원이 되었다.

이 무렵 그는 자신이 써오던 글 한 편을 들고 당시 유명 작가인 코롤렌코(Vladimir Korolenko, 1853~1921)를 찾아갔다. 우크라이나 출신의 이 작가는 『맹인 악사』(1886)로 널리 알려졌는데, 만년에 실명한 존 밀턴(John Milton, 1608~1674)과 함께 시각장애인 문학사에서 중요하게 다루는 소설가다. 코롤렌코는 비밀정치조직에 가담했다는 이유로 추방당해 니즈니노브고로드에 머물며 집필하고 있었다. 그 인연으로 코롤렌코의 문학박물관이 고리키박

톨스토이와 고리키
1889년 봄 고리키가 톨스토이(사진 왼쪽)를 만나기 위해 야스나야 폴랴나에 갔을 때는 못 만났지만, 그로부터 11년 후인 1900년 그의 나이 32세 때 두 작가는 처음으로 만나게 된다.

물관과 멀지 않은 곳에 있다. 알렉세이가 가져간 글을 본 코롤렌코는 산문도 시도 아니라는 악평을 했고, 이에 기가 죽은 알렉세이는 글을 안 쓰기로 결심하여 2년간 손도 안 댔다. 아무리 잘나도 함부로 말하는 게 아니다.

　1890년 22세의 청년 알렉세이는 10년 연상에 네 살짜리 딸을 둔 유부녀(올가)와 사랑에 빠져 동거를 제의했으나 거부당했다. 사랑에 실패해 좌절한 데다 당시 인민파 혁명가들의 주장이 마뜩지 않아 불만까지 생기자 그는 이듬해에 다시 볼가 강을 따라 고향을 떠났다. 나그네 길에 익숙한 그는 이제 볼가 강을 졸업하고 돈 강(Don River) 초원 지대를 지나 흑해 연안의 노보시비르스크(Novosibirsk), 드네프르 강 어구의 오차키프(Ochakiv), 우크라이나의 오데사(Odessa), 크림반도, 그루지아(1991년 소련연방에서 독립, 현 조지아)의

티플리스(Tiflis, 현 트빌리시Tbilisi) 등지를 떠돌아다녔다. 아, 따라잡을 수 없는 이 머나먼 여로들!

이곳저곳을 유랑하며 다양한 사람들에게 속고 속임을 당하기를 반복하면서 쓸 게 많아지자 우선 단편소설 『마카르 추드라(Makar Chudra)』(1892)를 고리키('쓰라린', '신랄한'이라는 뜻)라는 필명으로 〈캅카스 신문〉에 발표했다(1892. 9. 24). "당신들은 자유가 무엇인지 알기나 하오? 당신들은 세상에 태어나서부터 노예이며 또 한평생 노예로 지내지요."라면서 자유를 강조한 이 소설은 문단에 충격을 주었다. 미국을 방문하고 귀국한 코롤렌코도 이 소설을 찬양했으나(1893), "사람을 미화하지 말라"며 긍정적 인물을 너무 이상화하지 말라는 충고를 덧붙였다. 고리키의 소설에서 부정적 인물에 대한 묘사는 탁월하지만 긍정적 인물은 상투적으로 그려져 있다.

코롤렌코의 소개로 〈사마라 신문〉의 기자가 된 고리키는 니즈니노브고로드를 떠나 사마라에 정착하여 고정 칼럼도 맡는 등 활발하게 글을 썼다. 걸작 『첼카시(Chelkash; Челкаш)』(1895) 이후 그의 명성은 확고해졌다. 프롤레타리아를 선량하게만 믿어오던 혁명파와 달리, 고리키는 이 작품에서 빈농들이 얼마나 야비하고 기회주의적인가를 까발려 경악하게 만들었다. 1896년 8월, 그는 〈사마라 신문〉의 교정부 기자이면서 혁명파인 스무 살의 예카테리나(Yekaterina Pavlovna Peshkova, 1876~1965)와 사마라에서 결혼했다. 이후 고향에서 전국 공업박람회와 예술전람회 개최(1896)에 발맞춰 새 일간지 〈니제고로드 신문〉이 창간되자 그 특파 기자로 선임되어 금의환향했다.

그러나 신문사 업무와 창작으로 건강이 악화되어 1897년 아내와 함께 크림으로 요양하러 갔다. 그는 그곳의 한 마을에서 농민극단을 조직하여 연극을 공연하려 했는데, 농민들과 경찰이 충돌을 일으키는 바람에 1898년 1월 부득이 귀향할 수밖에 없었다.

고리키의 첫 번째 아내
예카테리나 페시코바는 고리키의 첫 번째 부인이며 러시아의 인권운동가이자 혁명파였다.

    1900년 7월에 레닌이 혁명의 전위인 사회민주노동당(Social Democratic Labour Party)의 기관지 〈이스끄라(Iskra, Искра, Spark)〉 창간 준비 차 니즈니노브고로드를 방문했는데, 당시 지하활동을 하던 처지이므로 안전을 위해 고리키는 만나지 못하고 500루블을 헌금했다. 〈이스끄라〉는 데카브리스트에 연루되어 시베리아 유형에 처해진 오도옙스키(Alexander Ivanovich Odoevsky, 1802~1839)가 푸시킨에게 답장으로 쓴 시 "From a spark a fire will flare up(Из искры возгорится пламя, 불꽃에서 화염이 타오른다)"라는 구절에서 따왔다. 독일 라이프치히(Leipzig)에서 창간된(1900. 12. 1) 이후 뮌헨 (1900~1902), 런던(1902~1903), 제네바(1903) 등지에서 발간되었으며, 1903년 볼셰비키와 멘셰비키가 분당한 뒤로는 멘셰비키로 넘어가 1905년까지 나오다가 폐간되었다.

얄타에서 톨스토이와 체호프를 만나다

1901년 20세기가 열렸다. 서른세 살의 고리키는 키예프 대학생 문제 (1900. 12. 반정부 학생 183명 강제징집)에 대한 항의로 페테르부르크의 카잔 성당 광장에서 열린 군중집회(3월)에 참가했다는 죄목으로 4월 초 고향에서 붙잡혔다. 그러나 9월에 이르러 고리키의 피체를 비난하는 여론이 들끓자 당국은 그를 크림으로 강제 요양을 보냈다. 11월 8일 니즈니노브고로드에서 출발하는 날에 맞춰 그를 송별하는 집회가 역 광장에서 열렸고, 시위 군중은 당국에 그의 모스크바 체재를 요구했으나 거절되었다. 크림으로 가는 도중 하리코프에서도 군중집회가 열렸다.

1902년 3월 5일까지 크림에 머물면서 고리키는 선배 톨스토이와 체호프를 만나 많은 일화를 남겼다. 톨스토이는 고리키의 소설 속 등장인물들이 '제조된 인물'이고 유치하다면서, 위고에 대해서는 "고함치는 사람"이라고 일갈하는 한편, 스탕달·발자크·플로베르 세 작가가 위대하다고 평하며, 모파상보다는 체호프가 더 낫다고 했다. 톨스토이가 고리키에게 물었다.

> "당신은 신을 왜 믿지 않소?"
>
> "신앙이 없습니다."
>
> "그건 그렇지 않소. 당신은 태어날 때부터 신자요. 그러니 당신은 신 없이 살 수가 없소. 곧 느끼게 될 거요. 당신이 신을 믿지 않는 것은 세상이 당신이 원하는 대로 되지 않는다는 것에 대한 분통함과 고집 때문이오...... 신앙이란, 사랑과 마찬가지로, 용기와 무모함을 필요로 하오. '나는 믿는다'고 자신에게 말해야 하오. 그러면 모든 것이 잘될 것이오......"
>
> —앙리 트루아야 지음, 이자경 옮김, 『소설 고리키』, 공동체, 1994, 115~116쪽.

안톤 체호프와 고리키
크림반도의 얄타는 러시아 대작가들의
만남이 이루어진 곳이다. 안톤 체호프
(사진 왼쪽)는 폐결핵이 악화되어 크림
반도로 거처를 옮겨 요양 중이었고, 고
리키는 당국에 의해 쫓겨났으며, 톨스토
이도 건강이 악화되어 요양 차 크림반도
에 갔었다. 이들의 만남은 러시아문학사
에서 자주 회자된다.

그러나 고리키의 생각은 '전혀 아니올시다'였다.

톨스토이는 사람들을 좋아하지 않습니다. 정말 그는 사람들을 사랑하지 않습
니다. 그는 냉혹하게 정말로 너무 지나칠 정도로 가혹하게 심판을 내리기만
합니다. 신에 대한 그의 개념은 제 마음에 들지 않습니다. 그것이 신이란 말
입니까? 그것은 톨스토이 백작의 일부분이지 신이 아닙니다. 사람들이 그것
없이는 살아갈 수 없을 때, 그것이 바로 신이지요. 그는 자신이 아나키스트라
고 말합니다. 어느 정도는 그렇지요. 하지만 그가 법규를 무너뜨린다 해도 그
는 사람들에게 그보다 덜하지도 않은 가혹하고 무거운 다른 법규를 강요합니
다. 그것은 아나키즘이 아니라 지방 총독으로서 갖는 권한일 겁니다.

—체호프에게 보낸 편지에서, 위의 책, 116쪽.

이미 시대는 고리키에게 손짓하고 있었다. 그는 신들린 듯이 희곡 『최하층』을 써서 1902년에 발표했는데, 그해 12월 18일 이 희곡으로 모스크바예술극장에서 초연하여 대성공을 거뒀다. "거짓은 노예와 주인들의 종교이며 진리는 자유로운 사람들의 하느님이다." "인간은 곧 진리이다! 모든 일은 인간을 위해 마련되었으며 또 인간에 의해 마련되었다."라는 대사가 유행하자 공연 때마다 특별 허가를 신청해야 됐으며, 민중극장 공연은 금지 조치를 당했다.

그런데 갑자기 출세하면 뒤탈이 나게 마련이다. 모스크바예술극장 배우들이 『최하층』 공연을 위해 연습하고 있을 때 고리키는 마침 공연에 함께한 당대 최고의 여배우 마리아 안드레예바(Maria Fyodorovna Andreyeva, Мария Фёдоровна Андреева, 1868~1953)를 만났다. 둘은 누가 먼저랄 것도 없이 동시에 사랑의 불꽃을 일으켰다. 3막이 끝나자 감격에 겨운 그녀가 고리키에게 첫 키스를 했고, 두 사람은 1904~1921년까지 부부로 살았다. 당시 마리아 안드레예바는 철도청 고위 관료와 결혼하여 살고 있었지만, 혁명파로 볼셰비키 당원이 된 그녀에게는 거리낄 게 없었다. 고리키는 모스크바에서 〈이스끄라〉의 임원을 만나 연간 5,000루블을 당에 내기로 약속했다.

그에게는 쉼 없는 감시와 테러가 잇따랐다. 한번은 볼가 강변을 거닐다가 극우파의 칼에 찔렸으나 요행히 담뱃갑으로 목숨을 건진 적도 있다. 이일로 그는 어느 집회에서 이렇게 말하기도 했다. "현 정권을 수호하려는 경찰 조직을 파괴하기 위해서는 필요하다면 권총이나 칼, 자신의 이빨이라도 사용하십시오. 그렇지 않으면 가두시위는 아무런 의미가 없습니다." 「소설 고리키」, 126쪽.

러일전쟁(1904~1905)은 중국 동북 3성(지린성·랴오닝성·헤이룽장성. 통상 우리는 만주라고 하는데, 중국은 일본이 조작한 나라라면서 '만주'라는 단어 자체를 금기시한다)과

고리키와 안드레예바, 그리고 일리야 레핀 왼쪽 사진에서 맨 왼쪽이 고리키이고, 가운데 모자 쓴 인물이 고리키의 두 번째 여인인 마리아 안드레예바이며, 앞쪽에 앉아 있는 사람이 화가 일리야 레핀이다. 레핀은 오른쪽 그림인 안드레예바의 초상화를 그렸다.

한반도를 누가 차지할 것인가를 두고 벌어졌는데, 정작 전투는 한 번도 그들 나라에서 전개하지 않고 남의 땅과 바다에서 법석을 떨었다. 영국과 미국은 노골적으로 일본 편을 들면서 프랑스와 독일의 러시아 지원을 막았다. 미국의 속셈은 이때부터 이미 일본의 조선 지배를 묵인하는 것이었음을 숨길 수 없다. 영국과 프랑스는 독일을 견제하기 위해 러시아가 건재하기를 바라면서도 러시아나 일본 그 어느 쪽도 강대해지는 것은 원하지 않았고, 미국은 일본의 조선 지배까지는 묵인하면서도 동아시아 전체를 지배하는 데는 반대했다.

우리에게는 안중근 의사가 최후를 맞은 감옥으로 유명한 뤼순旅順항을 일

본군이 기습하면서(1904. 2. 8. 밤) 승기를 잡았는데, 이때 뤼순 공방전을 지휘했던 일본군 장군이 노기 마레스케乃木希典(1849~1912)였다. 그는 러일전쟁 전에는 타이완 총독을 지낸 바 있으며, 러일전에서 육탄 인해전술로 엄청난 전사자와 부상자를 내고도 전쟁에서 승리했다는 이유로 침략주의 군부에 의하여 국민적 영웅으로 부각했다. 메이지 천황이 죽자 그를 따라 자결한 까닭에 일본에서 노기 마레스케의 우상화는 더욱 박차를 가했지만, 시바 료타로司馬遼太郎만은 대하역사소설『언덕 위의 구름(坂の上の雲)』에서 노기 마레스케의 전략적 무능을 지탄했다. 하지만 그의 비판도 찬양의 목소리에 묻혀버렸다.

카프리 섬: 건신주의 논쟁으로 레닌과 갈등

이러한 와중에 가폰 신부가 앞장서서 전개한 피의 일요일(Bloody Sunday, Кровавое воскресенье, 1905. 1. 22) 사건으로 러시아는 격변기에 접어들었다.(☞ 02장 톨스토이 편 105~106쪽 참고) 이 사건이 일어나기에 앞서 벌써부터 노동자들에 대한 무자비한 탄압이 고조된 데 따른 동조 파업이 확산되면서 청년 학생들의 항의 시위가 빈번해지자 고리키는 페테르부르크로 갔다. 혁명의 열기가 달아오르자 모스크바 보안부 장관 주바토프(Sergei Vasilyevich Zubatov, 1864~1917)는 유화책으로 봉급을 인상하는 등 노동운동의 격화를 차단하려고 갖은 술책을 동원했다. 사이비 노조운동으로 노동자의 혁명 의식을 마취시키려는 수작이었다. 가폰 신부가 노동자들을 동원하여 겨울궁전으로 청원하러 간다는 풍문이 나돌자 고리키 등 혁명론자들은 반대했으나, 시위는 강행되었다. 가폰 역시 주바토프주의자로 사이비였던 것이다.

피의 일요일 1905년 1월 22일 피의 일요일 사건이라 불리는 참혹했던 상황이 생생하게 묘사된 그림이다. 보이체흐 코자크(Wojciech Kossak)가 그렸다. 소설 『닥터 지바고』에 나오는 대학생 탄압 장면을 연상할 수 있다.

무장한 군대와 경찰의 발포로 '피의 일요일'이라 명명될 만큼 이 시위에서 노동자들은 무참하게 부서졌다. 이 과정에 적극 참여했던 고리키는 다른 집회에도 나서서 공개호소문을 쓰기도 했다.

고리키는 이 무렵 복막염으로 라트비아의 수도 리가에서 치료 중인 마리아 안드레예바에게 병문안을 갔다가 그곳에서 바로 체포되었다. 차르 정부의 만행을 규탄하고 타도하자는 호소문을 발표했다는 이유였다. 곧바로 페테르부르크로 압송되어 페트로파블롭스크 요새에 감금당했다. 감옥에서 그는 '피의 일요일'을 다룬 희곡 『태양의 아이들(Children of the Sun; Дети солнца)』 초고를 완성했다. 온 세계의 예술가들이 그의 석방을 강력히 요구하자, 1개월 만에 벌금 1만 루블을 내고 석방되었다. 1905년 11월 27일 페

페트로파블롭스크 요새 안의 감옥 피의 일요일 사건 당시 정부의 만행을 규탄한 글을 발표했다는 죄목으로 고리키는 페트로파블롭스크의 감방에 갇혔다. 현재 이곳은 유명 인사들이 갇혀 있었던 방을 보존하여 관광객들이 관람할 수 있게 하고 있다. 위 사진은 고리키가 갇혔던 감방 내부의 모습이고, 아래는 고리키가 감금되었던 방의 입구이다. 각 감방의 입구마다 갇혔던 인물에 대한 안내글이 붙어 있다.

테르부르크에서 레닌과 첫 만남을 가진 그는 페테르부르크와 모스크바를 계속 오가며 노동자 총파업 시위에 참여했다.

1906년 2월에는 핀란드 헬싱키에서 레닌과 만나 혁명 기금 모금 문제를 협의했는데, 이를 위해 고리키가 외유하기로 결정하고 곧 유럽을 거쳐 도미를 서둘렀다. 안드레예바가 통역 겸 비서로 동행하여 2월 중순에 베를린에서 「러시아 정부에 돈을 주지 말라!」를 발표하고, 2월 하순에는 프랑스로 가서 「프랑스 노동자들에게 보내는 글」을 발표했다.

1906년 3월 10일, 고리키는 기선을 이용하여 뉴욕에 도착했다. 이튿날 고리키 환영대회에는 마크 트웨인(Mark Twain, 1835~1910)도 참가하는 등 미국 내 러시아혁명 지지의 열기가 고조되었으며, 이는 언론 등을 통해 확산되기 시작했다. 러시아 정보 당국은 이 같은 흐름에 찬물을 끼얹고자 고리키가 혁명 세력이 아니라 여배우를 데리고 다니면서 불륜을 저지르는 무정부주의자라고 음해했다. 이 때문에 분위기가 표변하여 호텔 투숙도 거절당할 지경이 되었다. 고리키는 미국, 특히 뉴욕을 '황금 마귀의 도시'라는 제목으로 이렇게 풍자했다.

> 그 어느 거리 중심에서 큰 금덩어리 하나가 음탕한 소리를 내며 급한 속도로 회전하는 듯이 느껴졌다. 그 큰 금덩어리는 도시 중심에서 돌면서 그 부스러기들을 온 거리에 뿌리고 있는데 사람들은 온종일 그것을 찾으며 또 그것을 서로 빼앗느라고 싸우는 것 같았다. 이 황금덩어리는 곧 이 거리의 심장이다. (…) 이 간악한 요술은 인간들의 마음을 미혹시키고 있으며 온순한 도구가 되게 한다.
> —정판룡, 『민중의 벗 고리끼』, 공동체, 1989, 166쪽; 『소설 고리키』, 149쪽.

러시아 당국의 방해로 미국에서 전개한 모금운동이 좌절되자, 고리키는 1906년 10월 나폴리로 향발하여 1주일간 여러 행사를 치른 후 카프리 섬에 자리 잡고 1913년까지 7년간 체류했다. 이 천혜의 절경에서 그는 매일 14시간씩 집필에 몰두하여 『어머니』(1907, 영문판은 1906)를 비롯해 중편 6편, 단편 3권, 희곡 5편을 완성했다. 그는 이 섬에서 대환영을 받으며 거처를 몇 군데 옮겼는데, 모두 호화판 저택이다.

애초 그는 카프리 섬에 오래 머물 생각이 없이 관광 차 들렀다가 그 풍광에 반해 눌러앉게 되었다. 처음에는 초호화판 호텔(Quisisana)에 머물렀다가 빌라(Villa Blaeseus, 나중에 Villa Krupp로 개명하여 현재 영업 중)로 옮겨 정착했다. 이곳에는 레닌이 방문한 기념비(Lenin monument at Villa Krupp)가 서 있다. 1911년 그는 다시 새 빌라(Villa Pierina)로 이사하여 1913년 귀국할 때까지 살았다.

1908년, 레닌은 굉장히 분주했음에도 불구하고 고리키가 머물고 있던 카프리 섬을 찾아갔다. 레닌이 그곳까지 간 이유는 이 섬에 반反볼셰비키 사상이 팽배했기 때문이었다.

1905년의 혁명이 좌절된 후 일부 쟁쟁한 이론가들이 공공연하게 반볼셰비즘의 기치를 내걸고 건신주의建神主義(God-Building, богостроительство)를 주장했다. 워낙 러시아정교 신앙이 골수에 박힌 나라인지라 "낡은 기존의 종교를 버리고 새로운 종교로서 사회주의를 받아들이는 종교적 의례"로 접근하자는 주장이다. 건신주의는 고리키의 소설 『어머니』에서 어머니와 아들 사이의 대화를 통해 이렇게 나타난다. 신이 원하는 사회정의를 실현시키려면 성당에 가야 한다는 어머니의 주장에 대해 아들은 이미 자신들의 투쟁이 진리임이 밝혀졌기 때문에 성당에 갈 필요가 없다고 말한다. 그러자 어머니는 이 말에서 아들과 같은 노동자들이야말로 성모와 같다고 여기

카프리에서 고리키가 머물렀던 빌라 관광 차 카프리 섬에 들른 고리키는 그곳의 아름다운 풍경에 반해 7년간 머물렀다. 위 사진의 붉은색 건물이 고리키가 1909~1911년까지 살았던 빌라이다.

면서 신이란 개념도 민중 속에서 건설되는 것이라고 생각한다. 이강은, 「혁명의 문학 문학의 혁명 막심 고리끼」, 경북대학교출판부, 2004, 100~102쪽.

　무신론적 혁명을 주장하는 볼셰비키로서는 이런 종교적 외피가 자칫하면 신앙으로 환원될 위험을 갖고 있다고 판단했다. 그 때문에 레닌은 여러 차례 고리키에게 충고 편지를 보냈으나, 카프리 섬에서는 건신주의자들이 당의 허락도 없이 노동자 학교를 만들어 그 사상을 퍼트렸다. 제네바에 망명해 있던 레닌은 이 같은 상황이 몹시 우려스러운 나머지 만사를 제쳐두고 카프리를 향해 떠난 것이다. 건신주의자 일파와 레닌은 1908년 봄 카프리에서 만나 체스를 두거나 바다낚시를 하면서 간간이 토론도 섞었지만, 고리키는 완고했다.

고리키를 찾아간 레닌 카프리에 반볼셰비즘이 팽배해지는 것을 우려한 레닌은 그곳에 머물고 있는 고리키를 찾아갔다. 사진은 1908년 알렉산더 보그다노프(Alexander Bogdanov, 러시아의 물리학자·철학자, 사진 왼쪽)와 레닌이 체스를 두고 있는 모습이다. 고리키는 가운데(레닌 쪽에 가까이 있음) 앉아서 레닌을 쳐다보고 있다.

1주일간 폼페이 등지를 함께 관광한 뒤 레닌이 돌아가자 고리키는 소설 『참회(A Confession; Исповедь, '고백'으로 번역되기도 한다)』(1908)를 썼는데, 바로 건신주의 사상을 위한 내용이었다. 소설의 줄거리는 이렇다. 고아로 고생하며 자라난 마뜨베이가 늦장가를 들어 가정을 이뤘으나 아내와 자식을 다 잃은 뒤 구원의 길은 오직 성당밖에 없다고 여겨 그곳으로 간다. 하지만 그곳 역시 세속화되어버려 절망하고 만다. 마침 유랑하는 수도사 요나로부터 '하나님은 신비한 곳이 아닌 우리들 마음속에 있으며 선량한 인간만이 신을 창조할 수 있다'는 가르침에 감화된다. 바로 건신론 그대로다.

레닌은 건신주의에 대해 "가장 달콤하고 빛깔 좋은 색종이로 교묘하게

싼 독약으로, 소시민의 정신을 유혹하는 것"이라 비판했지만, 고리키에게는 '쇠귀에 경 읽기'였다. 『소설 고리키』, 158쪽. 그렇다고 레닌과 고리키가 불화했다고만 할 수 없다. 오히려 카프리에서의 만남 이후 두 사람은 정서적으로 무척 가까워졌다.

혁명의 와중에서 고리키와 레닌

1913년 3월, 로마노프 왕조 300주년을 맞아 일부 인사들에게 특사령이 내려졌다. 고리키도 이때 사면되어 7년 망명 생활을 청산하고 이듬해 1월 초 나폴리 영사관에서 귀국 수속을 밟았다. 또다시 체포될 가능성도 없지 않았으나 여론을 믿었다. 그해(1914) 7월 28일 세르비아에 대한 오스트리아의 선전포고로 시작된 제1차 세계대전으로 러시아는 더욱 뒤숭숭해졌다.

페테르부르크를 비롯한 주요 도시의 군중집회에서는 전쟁 참여를 독려하기보다는 차르의 타도로 혁명을 이룩하자는 주장이 점점 늘어났다. 드디어 1917년, 혁명의 해가 다가왔다.

러시아혁명은 2월혁명과 10월혁명으로 나뉜다. 구력에 따른 명칭이다. 2월혁명은 1905년 혁명과는 달리 노동자·농민·학생·군인·경찰 등이 모두 참여했으며 체제 전복을 위한 무장투쟁이었다. 2월 23일 혁명의 불꽃이 당겨진 지 불과 일주일 만에 정부군이 패배하여 마지막 황제인 니콜라이 2세도 물러났다. 새로이 구성된 의회는 레닌의 볼셰비키가 소수였고 사회혁명당과 멘셰비키가 다수를 차지했다. 이에 따라 수립된 임시정부는 레닌과 동향 출신인 케렌스키(Alexander Kerensky, 1881~1970, 레닌 집권 후 미국으로 망명)가 수상을 맡았다.

페테르부르크로 거처를 옮긴 고리키는 임시정부를 지지하며 제1차 세계 대전에도 참가해야 된다고 주장했다. 러시아 농민에겐 혁명 의식이 없고 노동자는 입영해버렸기 때문에 혁명 역량이 부족하다는 게 그의 생각이었다. 취리히에 망명 중이던 레닌은 독일이 제공한 봉인열차(옆 객차와 단절시 켰기 때문에 붙여진 이름. 치외법권 적용) 편으로 1917년 4월 3일(신력 4. 16) 페테르부르크의 핀란드 역에 도착하여, 다음 날 임시정부를 타도하고 사회주의 혁명을 수립하자는 취지의 역사적인 「4월 테제(The April Theses; апрельские тезисы)」를 발표했다.

고집 센 고리키는 「4월 테제」를 모험주의라고 비판하면서 "러시아의 유일한 이 적극적인 역량은 한 줌의 소금처럼 넓은 호수 물에서 녹아버릴 것이며, 또 러시아 인민의 정신과 생활, 그리고 그 역사에 아무런 흔적도 남기지 못하고 없어질 것이라고 여겼다." 나중에 그는 자신의 생각이 오류였음을 반성하며 "나처럼 자기관찰을 너무 믿고 급급히 결론을 짓는 사람들에게 나의 오류에서 교훈을 찾게 된다면 얼마나 좋을까"「민중의 벗 고리끼」, 239~240쪽, 「레닌에 대한 회상기」 재인용라고 했다. 그러면서도 욱하는 성깔은 여전하여 일생 동안 레닌과 티격태격하다가 그가 죽은 뒤에야 깊이 뉘우치고 참회했다. 글쟁이란 혁명가와는 태생이 다르다. 아무리 혁명적인 문필가라도 실천 혁명에서는 한계가 있음을 고리키는 보여준다.

고리키가 혁명 지지파로 돌아선 것은 무장봉기가 시작된 10월 25일(신력 11. 7) 저녁이었다. 그러나 이후에도 그는 사사건건 레닌과 대립하며 노골적으로 정책을 비판하길 서슴지 않았는데, 레닌은 그런 그를 끝까지 포용하며 우대했다.

1919년 고리키는 안드레예바와 헤어진 뒤 마리아 이그나티예브나 부드베르크(Maria Ignatievna Budberg, Мария Игнатьевна Закревская-Бенкендорф-

마리아 이그나티예브나 부드베르크 고리키의 세 번째 부인으로, 1920~1933년까지 부부로 살았다. 사진은 1920년에 고리키와 영국의 과학소설가 허버트 웰스(왼쪽), 마리아 부드베르크가 함께 찍은 것이다.

Будберг, 1893~1974)와 가깝게 지냈다. 서양 여성의 정식 이름이 긴 경우는 남편이 여럿이라는 뜻인데, 이 여인은 러시아의 마타하리라 할 만큼 영국과 러시아의 이중 첩자로 알려져 있다. 러시아 외교관의 부인이었으나 스물일곱 살에 남편을 잃고 영국 외교관과 재혼했다. 볼셰비키에 피체되었다가 석방되어 해외로 나가려 했으나 들통나서 또 체포되었다. 고리키가 그녀를 석방시켜주고 자기 집에 머물게 해주었는데, 그의 비서를 거쳐 정식 부인이 되었다. 그녀는 고리키와 1920~1933년까지 함께 살았다. 그런데 그녀는 허버트 조지 웰스(Herbert George Wells, 1866~1946)와도 연분을 맺어, 고리키와 헤어진 1933년부터 웰스가 죽을 때까지 결혼은 안 하고 사랑만 했다. 그녀는 문재文才도 뛰어나서 체호프의 『세 자매』와 『갈매기』를 각색하여 영화화되기도 했다.

코민테른 제2차 대회　공산주의 인터내셔널, 즉 코민테른은 1919년 레닌의 지도하에 모스크바에서 창립되었다. 혁명적 국제주의를 내세우며 세계 각국의 공산주의가 연대하여 혁명과 해방 투쟁을 이끌었다. 사진은 코민테른 제2차 대회 때 찍은 것이다(1920. 7. 19). 맨 앞줄 왼쪽에서 바지 주머니에 오른손을 집어넣은(새끼손가락이 나옴) 사람이 레닌이고, 그 뒤가 고리키다.

1920년, 코민테른(Comintern, 공산주의 인터내셔널Communist International의 약칭, 일명 제3인터내셔널Third International, 1919년 결성, 1943년 해체) 제2차 대회에 레닌과 함께 고리키도 참석했는데, 이 대회(1920. 7. 17~8. 7)는 우리에게도 낯설지 않다. 다큐멘터리 필름을 보면 레닌 바로 옆에 식민지 조선의 고려 공산당 대표 자격으로 박진순朴鎭淳(1897~1938, 사회주의운동가)이 앉아 있고, 만국기 가운데에는 태극기도 휘날린다. 그는 여기서 「동양의 혁명적 정세와 국제공산당의 당면 문제」라는 제목으로 발언했다.

고리키는 레닌과 화해한 뒤, 가난한 학자의 지원, 망명자의 중요 유품에 대한 국유화 문제, 에르미타주 박물관(Hermitage Museum)의 작품을 겨울궁

고리키박물관(모스크바) 원래는 러시아의 사업가이자 백만장자인 랴부신스키(Stepan Ryabushinsky)의 집이었다. 고리키는 1931년에 이 집을 스탈린으로부터 선물 받고 1936년 숨을 거둘 때까지 살았다. 위 사진은 건물 외관, 아래 사진은 다이닝 룸(dining room)이다.

전으로 옮기는 문제 등등의 견해를 레닌에게 건의했는데, 그때마다 레닌은 승용차를 보내서 그를 맞아들였다.

이해에 웰스가 러시아를 방문하여 페테르부르크에서 호화 접대를 받아 기분이 좋았던지 러시아혁명을 찬양했는데, 고리키는 "이곳에 있는 우리 모두가 웃옷을 벗으면 당신은 우리의 더러운 속옷을 보게 될 것입니다. 웰스 씨, 오랫동안 빨아 입지도 못했고 누더기가 다 되어버렸지요."「소설 고리키」, 209쪽 라고 대꾸했다. 마리아 부드베르크가 웰스와 첫눈이 맞은 건 이때였으리라.

러시아가 수도를 모스크바로 옮긴 뒤 고리키의 주요 활동 무대도 따라 옮겨졌다. 고리키는 백만장자의 저택이었던 곳에 5년가량 살았다. 현재 그곳은 고리키박물관(고리키 집 박물관)으로, 1만 2,000여 장서를 갖춘 서재를 비롯하여 화려한 거실과 대리석 계단 등 볼거리가 많다. 중국식 호화판 의자가 눈에 띄는데, 톨스토이가 고리키에게 준 선물이다.

의문의 죽음

고리키의 건강이 염려된 레닌은 그에게 해외 요양을 권유했다. 실은 딱히 그의 건강만 배려했다기보다는 서로의 의견 대립이 잦아 번거로워진 탓도 있었다. 고리키는 독일과 체코의 요양소를 거쳐 1922년 봄부터 나폴리 만에 있는 소렌토 요양소에서 7년간 지냈는데, 비용은 당이 부담했다.

1924년 56세의 고리키는 소렌토에서 레닌의 사망(1924. 1. 21) 소식을 듣고 그를 추도하는 화환에 "안식하라, 친구여!"라는 문구를 달아 보내며 애도했다. 1928년에 귀국한 그는 붉은 광장의 레닌 묘를 참배한 뒤 바쿠, 카잔 등 지방 도시와 고향 니즈니노브고로드를 여행했다. 이듬해 다시 소렌

고리키와 스탈린
1934년 8월 17일 고리키는 66세의 나이로
제1차 소비에트작가동맹 의장에 선출되었
다. 오른쪽 그림은 러시아의 잡지 『아고뇨크
(Ogoniok; Огонёк)』('등불'이라는 뜻) 1934
년 8월 20일 자에 실린 것이다.

토로 돌아가 지내다가 1931년에야 모스크바로 귀환하여 맹렬한 사회 활동
을 재개했다.

그의 뇌리에는 어지러운 문학예술운동을 바로잡아야겠다는 상념이 떠나
지 않았다. 이런 취지에서 그는 1932년 당 중앙위원회가 추진하는 '문학예
술단체를 개조하는 데 대한 결의' 채택에 동조하고, 1933년 소련작가동맹
주비위원회 확대회의에 참가했으며, 이어 전국 작가들에게도 참여를 호소
했다. 극좌문화운동을 막아야 한다는 것이 그의 신념이었다.

1934년 8월 17일 제1차 소비에트작가동맹 의장으로 선출된 그는 66세의
원로로서 회의를 진행했다. 대회가 열린 크렘린 궁의 회의실 네 벽에는 셰
익스피어, 세르반테스, 몰리에르, 발자크, 하이네, 푸시킨, 고골리, 톨스토이
등의 초상화가 걸렸다. 앙드레 말로, 루이 아라공 등은 몸소 참석했고, 루

로맹 롤랑과 고리키 로맹 롤랑은 『장 크리스토프』로 1915년 노벨문학상을 수상한 프랑스의 소설가이자 평론가이다. 제1차 세계대전 당시 평화운동에 진력했으며, 제2차 세계대전 때는 반파시즘 투쟁을 적극적으로 추진했다. 사진은 1935년에 모스크바에서 찍은 것이다. 이때 로맹 롤랑은 69세, 고리키는 67세였다.

쉰, 로맹 롤랑, 앙리 바르뷔스, 조지 버나드 쇼, 시어도어 드라이저 등은 초청했으나 참석하지 못했다.

이듬해 여름에 로맹 롤랑을 모스크바에서 만났는데, 그는 고리키에 대해 이렇게 논평했다.

> "내 눈은 못 속인다. 그의 지친 듯한 미소는 그 늙은 아나키스트가 죽지 않았음을 내게 말해준다. 그는 여전히 방랑자의 삶을 그리워한다. (…) 그는 여린 사람이다. 늙은 곰 같은 외모에 과격하게 펄펄 뛰는 성미이지만 본바탕은 아주 여린 사람이다. 그는 선량하고 다정하며 솔직한 사람이다."
>
> ─『소설 고리키』, 266쪽.

고리키 묘 붉은 광장의 크렘린 궁 외벽을 따라 이어지는 국립묘지에 고리키도 잠들어 있다. 이곳 묘에는 국가에 크게 기여한 인물이 안장되는데, 스탈린 등 몇몇 인물은 흉상이 따로 세워져 있지만 거의 대부분 묻힌 곳 위에 이름과 생몰년을 명기한 명판만 붙어 있다.

　1935년 여름, 고리키는 자신의 이름으로 바뀐, 즉 니즈니노브고로드에서 고리키 시로 개명된 고향에 마지막으로 다녀온 뒤 다시 크림반도로 요양을 떠났다. 이듬해 봄에 모스크바로 돌아왔으나 바로 독감에 걸려 건강이 악화되었고, 언론은 그의 건강 상태를 보도하기 시작했다. 1936년 6월 18일 일요일 오전 11시 10분, 그는 68세의 나이로 운명했다. 6월 20일, 붉은 광장에서 거행된 장례식에는 스탈린, 미하일 칼리닌, 뱌체슬라프 몰로토프 등 정계 거물들이 대거 참석했다. 그는 크렘린 붉은 광장의 벽 묘지(Kremlin Wall Necropolis, Некрополь у Кремлёвской стены)에 안장되었다.

　그의 죽음에 관해서는 후일담이 남아 있다. 첫 부인에게서 얻은 남매가 다 죽어버린 뒤 외로이 남은 고리키는 스탈린과 연계가 있었음 직한 비서가 당과의 갈등을 조정해주는 가운데 겉보기에는 평온하게 지냈다. 그러나 막상 그가 죽고 나자 시민들 사이에서는 스탈린에 의한 '독살설'이 유언비어로 떠돌았다. 그 진위는 밝혀지지 않았으나 정치적 고단수인 스탈린은 이 소문을 정적 퇴치에 역이용하는 데 성공했다. 즉, 트로츠키 잔당들에 의해 고리키와 그의 아들까지 억울하게 희생되었다는 각본을 재판정에서 훌륭하게 연출시킨 것이다. 이를 일러 『소설 고리키』에서는 "고리키는 무덤 저편에서조차 체제를 위하여 봉하는 일을 계속하고 있다"라고 비꼬았다.

일설에 따르면, 스탈린으로부터 선물 받은 과자를 고리키와 간호사들이 함께 먹은 뒤 셋 다 죽었다고 한다. 다른 소문에는 시신에서 독극물이 남아 있는 걸 확인했다고도 한다. 스탈린은 그 소문을 없애고자 독살 혐의자로 의사들을 체포하여 그들로 하여금 트로츠키 일당이 고리키와 그의 아들까지 희생시켰다고 재판정에서 밝히게 했다는 것이다. 이 주장이 다 옳다고 하더라도 왜 스탈린이 그렇게 했는지에 대한 이유는 불분명하다.

실로 세계문학사상 가장 파란만장한 생애였다. 그러기에 그의 작품은 더욱 고귀하다.

04. 스탕달

: 나폴레옹을 숭배했던 공화주의자

Stendhal

필명: 스탕달 / 본명: 마리 앙리 벨
Stendhal / Marie-Henri Beyle
1783. 1. 23 ~ 1842. 3. 23.

바스티유 요새에 올라가면 탁 트인 시야로 그르노블 전경이 들어온다. 이제르 강을 끼고 자리한 도시가 아담하면서도 무척 아름답다.

아름다운 도시, 그르노블

스탕달의 대표작 『적과 흑(The Red and the Black; Le Rouge et le Noir)』(1830)의 무대는 베리에르(Verrières)라는 가공의 지명이지만, 사실 그의 고향인 그르노블(Grenoble)이다. 프랑스 동남쪽의 스위스와 이탈리아 국경 가까이 산이 많은 도피네(Dauphiné) 지방에 자리한 이제르 주(Isère Département)의 중심 도시가 그르노블이다. 드라크(Drac)와 이제르(Isère) 두 강의 합류 지점에 있는 이 아름답고 서정적인 산악 도시는 겨울에는 스키를 즐기는 이들로, 여름에는 등산객들로 붐비기에 '프랑스 알프스 지역의 수도(Capital of the French Alps)'로도 불리며, 1968년 제10회 동계 올림픽 개최지였다.

『적과 흑』의 첫 구절은 베리에르를 "무척 아름다운 도시", "뾰족하게 솟아난 붉은 기와지붕을 이고 있는 하얀 집들이 비탈길에 연이어 펼쳐진 데다가, 여기저기 우람하게 솟아 있는 밤나무 숲들이 언덕"에 즐비한 풍경으로 묘사하고 있다. 폐허처럼 허물어진 성벽은 옛날 에스파냐 사람들이 쌓은 것인데 그 아래로는 강이 흐르고, 북쪽은 쥐라 산맥(Jura Mts)의 한 지맥으로 톱니 같은 봉우리들이 버티고 있다. 봉우리들은 10월 첫 추위부터 눈으로 덮이지만 그 산에서 흘러내리는 급류가 이 지역의 많은 제재소에 동력을 공급해준다는 풍경 묘사는 그대로 작가의 고향 그르노블에 해당된다. 산악 지역 도시인 까닭에 목재가 흔하고 제재소도 많은데, 『적과 흑』의 주인공 쥘리앵 소렐의 집안도 제재소를 운영한다.

『적과 흑』에서는 밤나무를 거론했지만 실지로 이곳의 명물은 그르노블 호두다. 프랑스 알프스의 고산준령에서 내려오는 차가운 계곡물을 자양으로 삼아 자란 호두는 세계 곳곳에 수출되는 특산물로, 기름, 샐러드, 꿀에 재어 먹기 등 온갖 먹거리로 활용된다. 날것으로 하루 5~8알씩 먹으면 건강에 좋다고 알려진 호두는 그르노블의 빅토르 위고 시장(Marché Victor Hugo)에서 싸게 살 수 있다.

어느 쪽에서 가든 그르노블에 들어서면 바로 보이는 게 바스티유 요새(Bastille)다. 이 요새 밑은 이제르 강이고 강을 건너면 시가지인데, 그 사이에는 아름다운 케이블카가 운행되고 있다. 1875년에 처음 설치된 케이블카는 20세기 초에 철거되었다가 1934년에 계란 모양의 케이블카(egg-shaped cable car)로 다시 등장하여 현지에서는 '물거품(the bubbles, Les Bulles)'이라고 불린다. 바스티유는 자동차로도 오를 수 있으나 차근히 보려면 걸어가는 게 제일 좋다. 올라가는 중간중간에 많은 굴이 있어 케이블카를 타거나 자동차를 타고 지나쳐버리면 자세히 볼 수 없기 때문이다.

바스티유 요새와 케이블카 '바스티유'라고 하면 보통 한국인들은 프랑스 파리의 바스티유 감옥을 떠올
린다. 그러나 프랑스어의 'bastille'는 원래 성채, 요새를 뜻하는 보통명사이다. 그르노블의 바스티유 요
새는 계란 모양의 케이블카를 타고 편하게 갈 수 있다.

나폴레옹의 그르노블 입성 나폴레옹이 엘바 섬에서 탈출하여 알프스 산길을 넘어 거쳐간 곳이 그르노블 이었다. 이곳에서 그는 자신을 지지하는 세력을 얻고 파리로 입성하여 다시 황제의 자리에 올랐다.

오늘날 그르노블이 자랑하는 건 원자력 연구소와 전자 칩을 만드는 나노 테크놀로지 연구센터(미나테크)지만, 그런 건 전문가들에게 맡기자.

그르노블은 나폴레옹이 귀양지인 엘바 섬을 1815년 2월 26일 탈출하여 600여 군사를 이끌고 칸 부근의 골프-쥐앙(Golfe-Juan)에 2월 28일 상륙한 뒤 알프스 산길을 타고 파리로 가던 중 일대 전환기를 이룬 곳으로 악명 높다. 3월 7일 그르노블에 도착한 그는 대담하게 루이 18세(프랑스대혁명으로 처형당한 루이 16세의 동생으로 나폴레옹 몰락 후 왕위 계승)의 군대 앞에 나타나 "여러분 중에 그대들의 황제(프랑스 역사에서 왕을 없애겠다고 공언한 나폴레옹은 쿠데타 후 황제가 되었다)를 죽이고 싶은 병사가 있으면, 내가 여기 있으니 나서라"고 말했다. 예상대로 아무도 나서지 않는 비겁의 단계를 넘어 아예 굴종의 자세로 표변해 모두 합세함으로써 반역자 나폴레옹은 보무도 당당하게 3월

나폴레옹 루트 프랑스 남동쪽의 칸에서 그르노블을 거쳐 중남부의 리옹까지 '나폴레옹 루트'라는 길이 나 있다. 트레킹을 즐기는 이라면 이 길을 따라가보는 것도 좋다.

20일 파리로 입성했다.

이런 역사적인 대사건 앞에서 프랑스의 언론들이 취한 자세는 후세에 두고두고 '권력의 시녀'라는 조롱거리가 되었는데, 그 보도의 변천상은 이렇다. "살인마, 소굴에서 탈출→코르시카의 아귀, 쥐앙 만 상륙→괴수, 카프에 도착→괴물, 그르노블에 야영→폭군, 리옹 통과→약탈자, 수도 60마일 지점에 출현→보나파르트, 급속히 전진! 파리 입성은 절대 불가→황제, 퐁텐블로에 도착하시다→황제 폐하, 튈르리 궁전에 드시다."

칸에서 그르노블을 거쳐 리옹까지 325km에 이르는 나폴레옹의 행적을 그대로 살려 산 정상으로 나폴레옹 루트(Route Napoléon, Route nationale 85)가 나 있다. 자동차로 달려가노라면 멀찌감치 산꼭대기로 난 길이 보이는데, 도보 여행가는 트레킹을 한번 시도해볼 만하다.

그르노블 주둔병이 저지른 불명예, 즉 왕의 군대가 반역자 나폴레옹을 지지해버린 치욕 때문에, 나폴레옹이 워털루 전투(Battle of Waterloo, la bataille de Mont-Saint-Jean)에서 패배하고 역사의 뒤안길로 사라지자 이 도시는 억울하게 고통을 당하기도 했다. 살인마 나폴레옹에게 협력했다가 혼난 경험에서 얻은 교훈 탓인지 제2차 세계대전 때는 전국 최고의 레지스탕스 도시로 맹활약했고, 이에 1944년 11월 5일 드골이 직접 방문하여 해방훈장(The Order of Liberation, Ordre de la Libération)을 수여했다. 프랑스 전체에서 도시에 이런 훈장을 내린 곳은 그르노블과 낭트, 파리 등 총 5곳밖에 없다. 이런 연유로 그르노블에는 거창한 레지스탕스 기념관이 세워져 있다.

국립 그르노블 제3대학(Grenoble III)은 이곳 출신의 작가 스탕달을 기념해서 스탕달 대학(Stendhal University, Université Stendhal)이라고도 불리며 외국어 문학과 프랑스 현대문학에 주력하고 있다. 그르노블 박물관(Museum of Grenoble)은 현대미술의 걸작을 많이 보유하고 전시하는 것으로 유명한데, 프랑스 국내를 넘어 유럽 전체로 볼 때도 작품의 수위가 꽤 높고 알차다. 화가 루벤스, 들라크루아, 르누아르, 고갱, 모네, 마티스, 피카소, 칸딘스키 등과 조각가 로댕, 자코메티 등 내로라하는 예술가들의 작품이 나그네의 발길을 잡아끈다. 그러나 우리는 오로지 호두처럼 고소한 스탕달을 보고자 그르노블을 찾은 게 아닌가.

여성이 근처에만 와도 어지러워지는 추남

슈테판 츠바이크(Stefan Zweig, 1881~1942)는 스탕달의 학창 시절 별명이 '걸어 다니는 탑'이었으며, 성장해서는 '도배장이', '약종상 얼굴의 외교관',

'이탈리아 푸주업자' 등으로 불렸고, "성교의 불안 때문"에 "여성이 근처에만 와도 어지러워진다"라고 밝히면서 그 얼굴을 이렇게 묘사했다. "불독처럼 투박하고 사나운 모습에, 둥글고 불그스레한 얼굴, 이 얼마나 천한 얼굴을 하고 있는가! 아, 이 촌놈 얼굴 한복판을 가로지르는 평퍼짐한 콧등은 얼마나 역겨우리 만큼 두툼하고, 주먹처럼 똘똘 뭉쳐 있는가!" 슈테판 츠바이크 지음,

원당희·이기식·장영은 옮김, 『천재와 광기』, 예하, 1993, 497~499쪽.

'촌놈'이니 뭐니 하는 이런 용모 위주의 차별 묘사에 부디 분개하지 마시라. 츠바이크는 오로지 용모와 창작 능력은 전혀 상관없다는 점을 강조하려고 풍자했을 뿐이다. 작가를 글이 아닌 외모로 접근하는 이에게는 '돼지를 얼굴 보고 잡아먹나'라는 말로 응수해줄 수 있을 것이다. '미남이 글 잘 쓴다'는 등식은 전혀 성립하지 않는데, 스탕달의 경우를 봐도 그렇다.

변호사의 맏아들로 태어난 스탕달은 풍수지리적으로 산악 지대 특유의 내향성과 소심증이 심했다. 뚱보 체격과 이기적인 성격은 아버지로부터, 낭만적 취향은 어머니로부터 물려받은 그는 일곱 살 때(1790. 11. 23) 어머니를 잃은 상처로 유독 유부녀의 사랑을 갈급한 오이디푸스 콤플렉스 환자였다. 언제나 여인의 사랑을 추구하며 애정에 목말라했지만 아이러니하게도 그는 평생 독신으로 지냈다. 스탕달의 생가는 그르노블의 장 자크 루소 가(街) 14번지(14 rue Jean-Jacques Rousseau)이지만, 그 현장은 그저 그가 태어난 곳임을 알리는 표지판만 붙은 건물이 있을 뿐이라 외관을 보는 것으로 만족해야 한다.

생가에서 그리 멀지 않은 옛 시청사에 자료관(Bibliothèque municipale de Grenoble)이 있는데, 말 그대로 전문 연구자를 위한 곳이다. 집 부근의 그르네트 광장(Place Grenette)은 어렸을 때의 놀이터였고, 다녔던 학교는 현재 스탕달 고등학교(Lycée Stendhal)로 이름이 바뀌었다. 그르노블은 온통 스탕

그르네트 광장 그르노블의 번화가인 그르네트 광장은 스탕달이 어렸을 적에 자주 노닐었던 곳이며, 또한 나중에 소설 『적과 흑』의 모태가 된 실제 인물이 1828년 기요틴 아래 사형 집행된 곳이기도 하다.

달의 도시다. 이 도시에서 특별히 그르네트 광장은 기억해두자. 나중에 끔찍한 사건이 벌어지는 중요한 장소이기 때문이다.

스탕달의 완고한 아버지는 고등법원의 서기에서 15년 만에 변호사가 되어 그르노블의 부시장까지 오른 자수성가형으로, 대체로 이런 인물이 지닌 고정관념으로서의 보수성은 난공불락이다. 왕당파의 가치관으로 굳게 다져진 탓에 나중에 반혁명 분자로 잠시 피체되기도 했다. 그 같은 아버지에 대한 미움 때문에 스탕달은 자코뱅(프랑스혁명기 공화정을 주장한 급진파) 기질로 자라났다고 실토했을 지경이었다. 어머니가 별세한 뒤 위선적이고 까다로운 이모가 집안을 돌봤는데, 스탕달은 그녀와 아버지의 관계를 의심하며 매우 증오했다. 게다가 가정교사로 융통성 없는 예수회 신부를 들이자, 굴욕적이고 증오에 찬 소년 시절을 보내면서 신앙에 대한 반감만 잔뜩 키웠다.

왕권을 유지하려고 반혁명 음모를 꾸민 주체 세력으로 스탕달은 예수회를 꼽았다. 종교개혁으로 약화되는 가톨릭을 부흥시키고자 결성된 예수회가 영국에서는 왕의 타도도 불사하는 비밀결사체가 되었지만, 프랑스에서는 왕권만을 가톨릭 신앙의 보루로 여겨 근왕파의 중추가 되었음을 『적과 흑』은 그려준다. 제2부 21장부터 전개되는 반혁명 비밀결사들의 회의는 왕권 유지를 위하여 군의 강화와 이웃 나라로부터의 지원 유치를 논의한다. 외세를 끌어들여서라도 권력을 장악하겠다는 추악한 야심은 동서고금이 불변이다.

독재 권력과 밀착한 신앙을 출세의 기반으로 삼은 게 소설의 주인공 쥘리앵 소렐의 비극이다. 호사가들은 Sorel(소렐)을 거꾸로 하면 l'eros(에로스)가 된다고 풀이한다. 프랑스 고전극을 비웃으면서 인간의 운명을 좌우하는 것은 정치라고 말한 건 나폴레옹이고, 이를 다룬 게 『적과 흑』이다.

한편, 스탕달의 외가 쪽은 친가와 분위기가 많이 달랐다. 의사였던 외할아버지 앙리 가뇽(Henri Gagnon, 1728~1813)은 도피네 지방의회의 의원도 지냈으며 볼테르와 루소를 좋아한 진보파였다. 어린 스탕달에게 가장 큰 영향을 준 외삼촌 로맹 가뇽(Romain Gagnon)은 여성들과의 관계를 적나라하게 가르쳐주기도 했다. 그래서 스탕달은 고향을 떠나기 전 외갓집에서 많은 시간을 보냈으며, 지금의 스탕달박물관(Musée Stendhal)도 외갓집인 아파트(L'appartement du docteur Gagnon 혹은 Maison Stendhal)를 더 넓혀서 박물관으로 개관한 것이다.

스탕달은 자신의 집안을 싫어한 나머지 고향을 떠날 수 있다면 뭐든지 하겠다는 심사였다. 그는 수학에 남다른 재능을 보였는데, 이는 바로 고향 탈출의 방법이 수학을 잘 하는 것이란 꼬임에 빠져서였다. "나는 1796년에서 1799년까지 내게 그르노블을 떠날 방법을 제공해줄 수 있는 것, 즉 수

스탕달박물관 스탕달이 그르노블을 떠나기 전 많은 시간을 보냈던 외갓집(가뇽의 집, APPARTEMENT GAGNON)으로, 현재 박물관으로 꾸며져 있다.

학에만 주의를 기울였다. (⋯) 게다가 내가 가장 혐오하는 두 가지, 즉 위선과 애매함을 용납하지 않는 학문 그 자체로서 나는 수학을 사랑했고 지금도 사랑하고 있다." 자서전 『앙리 브륄라르의 생애(Vie de Henry Brulard)』에 나오는 말이지만, 여기서는 원윤수, 『스탕달 ─ 정열적이고 자유로운 한 정신의 일대기』, 건국대학교출판부, 1997, 52쪽 인용 라고 했는데, 과연 수학 덕분에 그는 그르노블을 떠날 수 있게 되었다.

스탕달과 나폴레옹의 인연

스탕달이 눈물 한 방울 흘리지 않은 채 파리행 우편 마차를 타고 고향을 떠난 것은 1799년 10월 30일이었다. 로맹 가뇽은 생질 스탕달에게 에로스

스탕달박물관의 테라스와 내부 스탕달박물관은 테라스의 포도나무 넝쿨과 그것을 지지해주는 아름다운 구조물로 유명하다(위 사진). 박물관 내에는 초상화와 조각상 등이 전시되어 있다(아래 사진).

적 처세술을 설파해주었고, 스탕달은 이를 자신의 인생론으로 삼았다.

"세상은 오직 여자들을 통해서만 위로 올라갈 수 있다. (…) 앞으로 네 애인들
이 너를 버리고 떠날 텐데 (…) 버림을 받은 순간에는 누구나 자신을 우습게
여기기가 아주 쉽다. (…) 그러니까 버림을 받거든 24시간이 지나기 전에 얼
른 다른 여자에게 사랑을 고백해라. 더 나은 사람이 없을 경우에는 하다못해
하녀에게라도 괜찮다."

— 디터 벨러스호프 지음, 안인희 옮김, 『문학 속의 에로스』, 을유문화사, 2003, 87쪽.

그가 출향出鄕의 명목으로 내세운 것은 수학 성적이 좋아 에콜 폴리테
크니크(The École Polytechnique, 종합기술학교)에 진학하고 싶다는 이유였다.
에콜 폴리테크니크는 1794년에 건립된 프랑스 최고의 공학 교육기관으
로, 2007년부터는 파리 테크(Paris Tech)라는 파리 지역 공학 계열 그랑제콜
(grande école)의 연합체에 소속되었다. 개교 초기에는 파리 카르티에 라탱
(Quartier Latin)에 있었다고 한다. 집안에서는 아들의 대학 진학을 바라고 파
리 유학을 보냈을 터이나, 스탕달로서는 그저 그르노블을 떠나 파리로 바람
이나 쐬러 가자는 속셈이었다.

시골뜨기가 세상이 어떻게 돌아가는지도 모르는 동안 프랑스는 일대 격
변의 혁명기 속에 있었는데, 파리에 도착하기가 무섭게 그가 접한 것은 나
폴레옹이라는 사나이가 온 세상 사람들의 입에 오르내리는 것이었다. 스
탕달의 운명을 사로잡을 때까지 나폴레옹 보나파르트(Napoleon Bonapart,
1769~1821)의 행적은 가히 촌놈 출세 처세술의 교본이 됨 직하다.

코르시카 섬의 아작시오에서 나폴레옹이 태어난 해인 1769년은 이 팔자
사나운 섬이 이탈리아의 제노바 지배에서 프랑스 통치로 편입되고 난 이

아작시오에 세워진 나폴레옹 동상
프랑스 남동쪽 지중해에 위치한 코르시
카 섬은 나폴레옹 보나파르트가 태어난
곳이다. 중심 도시인 아작시오에는 나
폴레옹을 기리는 동상이 세워져 있다.

듬해였다. 어느 섬이나 마찬가지로 저항적 독립정신이 강한 코르시카는 나
폴레옹에게도 그런 정신을 심어줬다. 그는 브리엔느 군사학교와 파리 사관
학교에 진학했다(1784~1785). 58명 중 42등으로 졸업한 뒤 포병 장교로 임
관되어 있던 중에 대혁명(1789. 7. 14)을 맞았다. 파리에서 코르시카 촌놈이
라고 멸시받던 터였는데, 혁명 후 국민의회가 프랑스인과 코르시카인의 동
등권을 인정해주자 그는 혁명 지지파가 되어 반혁명 세력과 이를 부추기는
영국군이 집결해 있던 지중해의 군항 툴롱을 탈환하여(1793. 12. 17) 24세에
일약 장성으로 벼락출세했다.

　그러나 시어다골鰣魚多骨이랬다. 1794년 7월 '테르미도르(Thermidor, 熱月)
반동'이 터졌다. 대혁명 후 달력까지 개혁해서 만든 혁명력革命曆은 1792년
9월 22일(추분)을 설날로 삼아 1805년 12월 31일까지 12년간 사용하다가

폐지됐지만, 혁명정신을 동경할 때면 그때 만들어진 월별 이름 — 예컨대, 플로레알, 테르미도르, 프뤽티도르, 방데미에르, 브뤼메르 등 — 을 시적으로 사용하곤 한다. '열월熱月의 반동'은 혁명력으로는 테르미도르 9일(그레고리력으로는 7. 27)에 일어난 반란으로, 급진파 로베스피에르가 처형당한(28일) 사건을 말한다.

이때 장군 신분의 나폴레옹도 연루되어 투옥되었으나 이내 석방되었다. 하지만 정국은 요동쳐서 나폴레옹에게는 반전을 이루는 사태가 발생했다. 혼란을 틈타 왕당파 세력이 득세하려고 거센 시위를 벌인 것이다(방데미에르 vendémiaire 13일 쿠데타). 나폴레옹은 그들을 향해 대포를 발포하여 진압했고 (1795. 10. 5), 그 공으로 단번에 사령관급으로 승진했다. 이 장면은 많은 시사점을 던져준다. 아무리 꼴통 왕당파로 혁명파의 입장에서 보면 처벌의 대상이라지만 시위 군중에게 대포로 위협은 할지언정 발사하리라고는 아무도 예견하지 못했다. 실지로 다른 장군들은 그 역할을 다 피했다. 콤플렉스가 있거나 집권욕에 불타는 자만이 도전할 수 있는 비인도적인 처사일까, 아니면 혁명정신에 투철해서였을까?

이후 프랑스에는 다섯 명의 총재가 통치하는 총재정부總裁政府(Directory, 1795~1799)가 출범했다. 그즈음 군인 나폴레옹은 여섯 살 연상의 과부지만 절륜의 매력을 지닌, 목소리가 낮으면서도 음량이 풍부하고, 세련되면서 상냥하며 사뿐하고, 유연하면서 우아한 조제핀(Joséphine de Beauharnais, 1763~1814)과 결혼하고(1796. 3), 곧이어 이탈리아 원정(1796~1797)을 떠나 대성공함으로써 정치와는 상관없이 국민적인 영웅으로 떠올랐다. 그러나 군인으로 국민적인 영웅이 되는 건 정치인에게는 그냥 둘 수 없는 장애물이기도 했다.

정국은 왕당파, 온건 공화파, 로베스피에르파, 혁명파 등으로 나뉘어 이

〈스핑크스 앞에 선 보나파르트〉 군사적 업적으로 나폴레옹의 인기가 급상승하자 총재정부는 그를 견재하기 위해 이집트 원정을 보냈다. 1798년 5월 병력을 이끌고 이집트에 도착한 나폴레옹은 피라미드 전투보다 국내 정세에 신경을 썼다. 이후 국제 정세를 엿보던 그는 몰래 이집트에서 탈출하여 파리로 들어와 쿠데타를 일으켰다. 그림은 장 레옹 제롬(Jean-Léon Gérôme)이 그린 것이다.

전투구의 양상을 보였는데, 프뤽티도르(Fructidor, 결실의 달) 18일 쿠데타 (1797. 9)에 이어, 플로레알(Floréal, 花月) 22일 쿠데타(1798. 5)로 권좌가 엎치락뒤치락했다. 이런 가운데서도 정치 세력은 인기 높은 나폴레옹을 경계하여 이집트 원정(1798. 5. 19~1801)이라는 명목으로 멀리 내쳤다. 장군들을 전투에 보내놓고 보급품도 제대로 못 대주면서 또 프레리알(Prairial, 牧月) 30일 쿠데타(1799. 6)가 일어나는 등 정계는 안갯속을 헤맸다. 장군들이 아무리 전선에서 몸 바쳐 열심히 싸워봤자 정치인은 입과 혀만 바칠 뿐 거짓 애국심을 증권 가격 부풀리듯 높이기에만 분주했다. 자코뱅이 비록 처형당해 몰락했지만 그 혁명정신은 여전히 압도적인 다수에 흐르고 있었다.

'사회학(sociologie)'이라는 용어를 처음 사용한 시에예스(Emmanuel Joseph

Sieyès, 1748~1836)는 『제3계급이란 무엇인가』를 쓴 혁명파인데 정권 장악에 대한 야망이 생기자 슬그머니 쿠데타를 도모하기 위해 맞춤한 장군 물색에 나섰다. 여러 후보 중 나폴레옹이 적격이라고 보았으나 과연 이 야심 찬 사나이가 자신의 수하로 남아줄 것인가에 대한 회의가 씻기지 않았다. 그럼에도 달리 선택할 대상이 없어 그와 손을 잡기로 했다.

한편 코르시카의 사나이는 국내의 정치적 혼란을 간파하고는 아예 권력을 집어삼킬 야욕을 가지고 고전 중인 전투의 지휘권을 휘하에 맡긴 채 몰래 이집트를 탈출했다. 귀국해보니 이미 자신의 명성이 무슨 일을 도모해도 될 만한 위상임을 알아채고 곧 쿠데타를 위한 정치인 짝 찾기에 나섰다. 절묘하게 뜻이 맞아떨어진 두 음모가는 자코뱅의 국가 변란 음모가 발각되었다는 조작극으로 군사개입의 명분을 세웠다.

군인들 앞에서 나폴레옹은 말을 탄 채 외쳤다. "장병 여러분, 여러분에게 기대해도 좋은가?" 쿠데타 협조를 구했지만 분위기는 싸늘했다. 이때 동생 루시앙이 재치 있게 형의 가슴팍에다 칼을 들이대고 "만약 형이 프랑스의 자유를 해친다면 나는 맹세코 이 가슴을 찌르리라"라고 부르짖어 극적인 반전을 연출해냈다. 이로써 총재정부는 종막을 고했다. 통령정부統領政府(Consulat, 1799~1804)로 전환시킨 나폴레옹은 제1통령이 되었고, 시에예스는 예상보다 훨씬 빨리 장군의 허수아비가 되어버렸다.

그 뒷이야기는 역사적인 상식에 속한다. 제2차 이탈리아 원정으로 오스트리아군을 물리친 마렝고 전투의 승리(1800. 6), 하이든의 신작 오라토리오 〈천지창조〉 연주회에 가다가 겪은 암살 미수 사건(1800년 크리스마스 이브), 종신 통령 취임(1802), 마침내 노트르담 성당에서 교황 피우스 7세가 제관을 씌워준 황제 대관식(1804. 12. 2)에 이르러 그의 감투욕은 절정에 치달았다. 황제에 오른 뒤에도 유럽 각국에 대한 정복 전쟁은 끊임없이 이어져

서 트라팔가르(Trafalgar) 해전과 아우스터리츠(Austerlitz) 전투(1805), 대륙봉
쇄령(1806), 프로이센과 에스파냐 침략(1806/1808), 그리고 오스트리아를 점
령했다. 그 무렵 가정사에도 변화가 생겼다. 아이를 못 낳는다는 구실로 조
제핀과 정식 이혼하고(1810), 오스트리아의 황녀 마리 루이즈(Marie Louise,
1791~1847)와 재혼했다(1810).

　나폴레옹의 절정기는 피점령국의 강력한 저항(근대 전쟁사상 게릴라전의 시
발로 일컬어짐)에 부딪혔던 에스파냐 침략(1808) 이후 서서히 하강 곡선을 그
리기 시작하여 러시아 원정(1812)의 실패와 라이프치히 패전(1813)으로 급
락했다. 결국 그는 엘바 섬으로 유형당했는데(1814. 4), 그곳에서 탈출하여
(1815. 2) 파리에 입성한(1815. 3. 20) 후 황제 복위에 성공했다. 하지만 그것
도 백일천하로 끝나고 말았다. 워털루 전투에서 영국의 웰링턴 장군(Arthur
Wellesley Wellington, 1769~1852)과 프로이센의 블뤼허 장군(Gebhard Leberecht
von Blücher, 1742~1819)에게 패배한(1815. 6. 18) 뒤 폐위된 것이다. 주변에서
는 미국으로 피신할 것을 종용했으나 "남자로서 도망자라는 오명을 쓰는
것은 수치스럽다"라며 거절하고 영국 플리머스에 기항했지만, 여론이 악화
되어 세인트 헬레나 섬으로 유배되었다(1815. 10. 15).

　이 절해고도에서 그는 6년 동안 자신의 구술을 수행원에게 필기케 한 회
고록으로 그간 일그러진 자신의 이미지를 쇄신함으로써 나폴레옹 신화를
창조해두고, 위암을 앓다가 1821년 5월 5일 죽었다. "그리스도의 강림이라
는 기적은 인정하지 않지만 사회질서라는 기적은 인정한다"라면서, "성직
자들은 칸트와 같은 철학자나 독일의 온갖 몽상가들보다 몇 배나 더 유력
하다"는 생각으로 신앙을 이용만 했던 그였지만 임종 때는 가톨릭 집안에
서 태어났으므로 신자로 죽겠다는 소원을 이루었다. "나의 상비약은 맑은
물과 신선한 공기와 청결"이라며 하루에 내의를 두 번씩 갈아입었고, 피로

회복으로 열탕욕과 산소호흡을 즐겼던 이 기인은 식사를 서둘러 하는 버릇 때문에 40세 이후부터 위장이 나빠졌다.

영국의 호의로 그의 유해는 1840년 5월에 파리 앵발리드(Les Invalides, 애초 늙은 병사를 위한 병원이자 주택으로 지어졌으나 지금은 박물관이 들어서 있다)의 현재 묘지로 이장되었는데, 그때까지도 시체가 부패하지 않고 온전한 상태였다고 한다. 제2차 세계대전 후 머리카락 검사에서 비소가 검출되어 독살설이 제기되기도 했다. 영국의 비열한 조처였다고들 한다.

나폴레옹 침략전에 따라다니기

스탕달이 파리에 도착한 뒤 장안의 화제는 브뤼메르(Brumaire, 霧月) 18일 쿠데타(1799. 11)로 실권을 장악한 제1통령 보나파르트에 대한 찬반이라 이제 막 그르노블에서 올라온 시골뜨기로서도 그 세상사로부터 초연할 수 없었다. 더구나 나폴레옹의 측근이자 시인인 피에르 다뤼(Pierre Antoine Daru, 1767~1829)와 인연이 맺어져 그의 대저택에서 기숙했던 관계로 보나파르티즘(Bonapartism)에 환상을 가질 수밖에 없었다. 스탕달은 대학 진학을 포기하고 다뤼의 추천으로 육군성에 근무하다가 이듬해인 1800년 5월 나폴레옹이 이탈리아 원정을 떠날 때 따라갔다. 하지만 다뤼의 동생인 건달 마르시알과 함께 종군했기 때문에 전투보다는 후방에서 사창가에 들락거리며 여인들 공략이 주목적이 되었다. 스탕달은 이때 밀라노의 매춘부에게 동정을 바쳤는데, 그 대가치고는 너무 심한 매독에 걸려 평생 고생했다.

나폴레옹의 이탈리아 침공은 이번이 두 번째였는데, 첫 번째 원정이었던 1796년에는 스탕달이 참전하기 전이었지만 스탕달로서는 그가 이미 영웅

브뤼메르 18일 1799년 11월 9일, 이집트 원정에서 몰래 귀국한 나폴레옹이 군사 쿠데타를 일으켜 총재정부를 뒤엎고 제1통령이 된 사건이다. 그림은 생클루(Saint-Cloud)에 있는 원로원 회의를 해산시키는 나폴레옹을 묘사한 것으로, 프랑수아 부쇼(François Bouchot)의 1840년 작품이다.

이었고, 그리하여 그를 찬양한 『파르마의 수도원(The Charterhouse of Parma; La Chartreuse de Parme)』(1839)이라는 소설을 썼다. 밀라노에서 1시간 거리인 코모 호수(Lake Como)를 배경으로 삼은 『파르마의 수도원』은 "1796년 5월 15일 보나파르트 장군은 (…) 당당하게 밀라노에 입성했다"로 시작된다. 오스트리아의 지배 아래서 소수 특권층만 매국의 대가로 호사를 누렸기에 이탈리아 시민들이 나폴레옹의 입성을 "행복과 감격"으로 맞았다고 스탕달은 쓰고 있다. 또한 프랑스군이 퇴진했을 때를 "반동과 구사상으로의 복귀 풍조"로 평가하면서, 시민들이 나폴레옹 군대의 재입성(자신이 참전)을 환영했다며 노골적으로 보나파르트를 찬미한다.

　좀 더 자세히 들여다보면 『파르마의 수도원』 이야기는 이렇다. 밀라노에 입성한 프랑스 군인 로베르 중위는 데르 동고 후작 부인의 집에 숙소를 정했는데, 이듬해에 그 부인에게서 아들 파브리스 바르세라가 태어난다. 이탈리아 여성들이 그만큼 프랑스 남자를 좋아했었던 것으로 스탕달은 해석한다. 파브리스의 여섯 살 위인 형이 "혁신적인 사상을 마음 밑바탕으로부터 증오"했던 반면, 파브리스는 프랑스 장교의 사생아답게 나폴레옹을 유럽의 해방자로 받들며 갖은 고난을 뚫고 프랑스로 향한다. "저 사람(나폴레옹)이야말로 유럽의 천한 노예근성을 가진 모든 놈들에게 병신 취급을 당하고 있는 우리들을 구해주려고 했었지 않느냐고 말이어요"라고 믿는 게 파브리스다. 그러나 워털루 격전지까지 뛰어들었다가 패전한 뒤 간신히 영웅의 환영을 깨고 귀향하여 『적과 흑』의 쥘리앵 소렐처럼 다른 출세의 길을 찾으려 했지만 결국은 역사의 희생물로 죽어간다.

　이렇게 끝장을 본 뒤에야 역사의 진리를 깨닫는 인간들이 많기에 세상은 비극이다. 바로 이런 연유로 끝장 이전에는 나폴레옹이 절대왕정의 질곡에 시달렸던 유럽 민중에게 해방의 전사로 비쳤을 것이다. 절대왕정이나 식민 통치에 시달리던 상황에서 나폴레옹이 프랑스혁명의 이념을 전파했기 때문이다. 물론 그는 집권 후 끈질기게 저항하는 자코뱅파의 비판과 재기를 억누르려는 목적으로 왕당파를 사면했고, 교황과도 일정한 협상점을 찾아(1801) 권력 유지의 방패막으로 삼았다. 성당에서는 "주여, 집정에게(1804년 이후에는 '황제에게'로 바뀜) 은총을 내려주소서"라고 기도를 하도록 만들었다. 이런 반동적인 정책과는 대조적으로 어쨌든 나폴레옹은 프랑스대혁명 사상을 전파했는데, 사실상 그것은 혁명 이념을 교묘히 악용한 것과 다름없었다. 예컨대 농민에 대한 토지 소유의 입법화를 세우고 군수품인 식량과 의

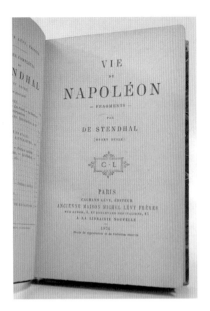

『나폴레옹전』
스탕달은 나폴레옹을 영웅화하고 그가 일으킨 침략 전쟁을 프랑스혁명의 이념 전파라고 생각하여 그의 전기까지 썼다. 하지만 이 책은 스탕달 생전에 완성하지 못했고, 1876년에야 미완인 채로 출간되었다. 사진은 1876년의 초판본이다.

복의 조달을 통해 농촌 경기를 호황으로 만들어 농민들의 지지를 이끌어냈고, 그 지지와 인기에 힘입어 농민들을 병사로 모집하여 군대의 기반이 되게 함으로써 그들로 하여금 세계 정복의 사명감을 갖도록 '영웅 의식'을 고취했다. 여기에다 프랑스대혁명의 이념인 자유·평등·박애의 깃발로 폭군 지배의 나라들을 공격했기 때문에 '해방군'으로 보일 수도 있었다.

나폴레옹의 이탈리아·러시아 원정에 참가했던 스탕달로서는 이 영웅이 "프랑스 청년을 위해서 하느님이 파견한 인물"이었으며, 따라서 "나폴레옹이 없는 지금은 어쩔 수가 없는 것"이라는 『적과 흑』의 쥘리앵 소렐이나 『파르마의 수도원』의 파브리스 같은 인간상이 낯설지 않았을 것이다. 연애 못지않게 이 영웅에 심취했던 스탕달은 미완의 『나폴레옹전』과 『나폴레옹의 생애에 관한 각서』 등을 썼는데, 특히 뒤의 책 첫 구절에서는 "나폴레옹 역사의 첫 구절을 씀에 있어 나는 어떤 종교적인 감정을 느끼게 된다"라고 하면서 신격화하기를 주저치 않았다.

스탕달이 갖고 있던 든든한 배경은 1802년 19세의 그를 기병 소위로 임관시켰으나(나중에 중위로 퇴역), 이듬해 귀향하여 극작가의 꿈을 안고 코메디 프랑세즈(Comédie-Française, Théâtre Français, 1680년 건립)에 드나들었다. 거기서 그는 사내아이를 임신한 뜨내기 여배우 멜라니 길벨을 짝사랑하여(1805, 스탕달 22세) 마르세유 순회공연에 동행하고, 식료품점의 카운터 계산원으로 취직하여 동거 생활을 시작했다. 하지만 얼마 가지 못해 싫증을 느끼고 뛰쳐나왔다.

1806년 23세의 스탕달은 주변의 강권으로 육군성에 다시 들어가 육군 경리보좌관, 오스트리아·독일 등지의 점령지 사정관司政官을 거치면서 그의 본성인 여인 섭렵의 목록을 더욱 풍성하게 만들었지만, 자신의 이상에 걸맞은 만족할 만한 여인은 못 찾았던 것 같다. 이후 왕가의 실용품과 건물을 살피는 감독관(1810~1813) 직책을 맡고 있는 중에도 계속 여인 사냥에 불을 켰는데, 1811년 이탈리아 여행을 하다가 밀라노에서 11년 전 알았던 안젤라 피에트라그루아(Angela Pietragrua, 첫 남편은 프랑스 화가 앙투안 장 그로 Antoine-Jean Gros)와 사랑에 빠졌다.

흑발의 정열적인 유부녀 안젤라 피에트라그루아를 처음 만났을 때 스탕달은 수줍은 나머지 사랑 고백도 하지 못한 채 헤어졌었다. 그러나 11년 만에 다시 상봉하게 되자 스탕달은 끈질기게 구애했고 그녀는 간신히 들어주는 척하면서 마침내 관계를 가졌다. 스탕달은 감격에 겨워 그날 일기에 "9월 21일 오전 11시 반 드디어 안젤라 정복"이라고 썼으며, 그것으로도 모자라 바지 멜빵에 "1811년 9월 21일 오전 11시 30분"이라고 수까지 새겨 넣은 일은 짜한 사건이다. 그녀는 처음엔 스탕달을 약 올리면서 달아오르게 했지만 나중에 스탕달이 떠나려 할 땐 마룻바닥에 꿇어앉아 바지를 움켜잡

프랑스군의 퇴각 1812년 나폴레옹은 러시아 원정을 단행했다. 보로지노 전투에서 프랑스와 러시아는 많은 사상자를 냈고 양쪽 모두 큰 피해를 입었으나 러시아군이 퇴각하면서 나폴레옹의 프랑스군은 손쉽게 모스크바에 입성했다. 하지만 러시아는 쉽사리 항복하지 않았고, 겨울 추위를 대비하지 못한 프랑스군은 결국 철수할 수밖에 없었다. 그림은 러시아 화가 프리야니슈니코프(Illarion Pryanishnikov)가 이 상황을 그린 것이다(1874년 작).

고 울면서 놓아주지 않았다. 그럴 만한 이유가 있었을까? "안젤라는 한 시간 반 동안 내 곁에 있었다. 그녀는 행복해 보였다. 나는 나 자신을 위해 두 번, 그녀를 위해 세 번이나 네 번 그것을 했다." 미하엘 네를리히 지음, 김미선 옮김, 『스탕달』, 한길사, 1999, 76쪽라고 쓴 그의 기록이 참고가 될까?

스탕달은 1812년 나폴레옹의 모스크바 원정 때도 따라갔다. 공적으로는 나폴레옹에게 우편물을 전하기 위해서라고 했지만 정작 이유는 따로 있었다. 모스크바에서 그는 러시아 장군의 부인이 된 옛 애인 멜라니 길벨을 찾아 헤맸다. 나폴레옹 군대가 모스크바의 혹한을 견디지 못해 결국 철수할 때도 그는 별 고생 없이 1813년 1월 파리로 귀환했다. 이어 그는 경리감을 맡아 독일의 여러 도시로 출장을 다니다가 1814년에 고향 그르노블로 금의

환향할 기회를 잡아 돌아가려 했지만, 나폴레옹의 몰락으로 여의치 않게 되었다. 나폴레옹과의 인연은 이로써 끝났다.

그는 고향의 재산을 정리하여 받은 상속재산을 일생 동안 매년 1,600프랑의 연금으로 받도록 조처했다.

밀라노, 그리고 영원한 연인 마틸드

1814년, 31세의 스탕달은 이제 왕정복고로 되돌아간 조국 프랑스에서 반역자로 몰려 더 이상 살기 어려울 것이라 여겼다. 이에 자신의 이상향인 제2의 조국이라는 밀라노로 가서 7년 동안 지내며 여러 곳을 여행했다.

자신에게 평생의 이상적 여인상으로 자리매김하게 된 사교계의 인기녀 마틸드 비스콘티니 뎀보스키(Matilde Viscontini Dembowski, 1790~1825) 부인을 스탕달이 처음 만난 것은 1818년 3월 4일이었다. 그녀는 뎀보스키 장군의 아내로, 그때 당시 두 남매를 데리고서 별거 중이었다. 이 여인은 스탕달의 소설 곳곳에서 실제 모습 그대로 묘사되거나 변형된 모습으로 등장하여 뚱보 작가의 속내를 여실히 보여준다. 스탕달의 유명한 에세이집 『연애론(On Love; De L'Amour)』(1822)도 실은 그녀로 인해 겪은 실연의 상처를 단편적인 메모로 작성하여 집대성한 잡문 조각들이다. 그녀에게 데이트 신청을 한 뒤 들떠서 나갔지만 번번이 바람을 맞았고, 그때마다 머리에 떠오르는 상념을 메모지에 적어 상자에 모아두었다. 그 글들을 나중에 귀국 후인 1822년에 출간한 것이 바로 『연애론』이다. 실패한 연애지상주의자 스탕달은 그 책의 서문에서 "백 명의 독자를 위해서만 쓰겠다. 내가 읽어주기를 바라는 대상은 불행하지만 그러나 친애할 매력 있는 사람들, 조금도 위선적

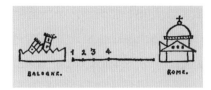

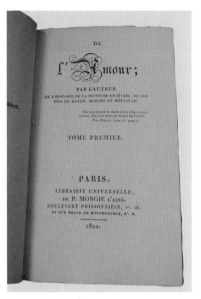

『연애론』

오른쪽 사진은 1822년에 출간된 『연애론』 초판본이고, 위 그림은 스탕달이 사랑에 빠지는 과정 중 '결정작용(crystallization)'을 그림으로 묘사한 것이다. 볼로냐와 로마 사이에 네 개의 지점을 표시하고 "1. 감탄. 2. '이 아름다운 여성의 사랑을 받게 되면 얼마나 좋을까?' 하고 생각하면 거리의 제2 지점까지 이른 셈이다. 3. 희망의 발생은 제3의 지점. 4. 사랑하는 여성의 아름다움과 가치를 즐겁게 과장하면 제4의 지점에 도착한다. 이것이야말로 우리들의 동료가 '결정작용'이라는 말로 부르는 바의 것이다."라고 썼다. 권오석 옮김, 『연애론』, 홍신문화사, 2010, 376쪽.

인 면을 갖고 있지 않으며 '도덕적'인 면도 갖고 있지 않은 사람들"에게 바친 "일종의 광기에 대한 정확하고도 과학적인 기술" 혹은 "연애를 일종의 병이라고 간주하고 그 모든 증상의 정확하고 상세한 기술을 하는 일" 또 다르게는 "연애 생리학의 기묘한 형식"이라고 밝혔다.

제목으로 봐서는 엄청나게 팔렸을 것 같았지만 11년간 고작 17부가 판매된 이 난삽하고 재미없는 사랑의 철학서는 크게 2부로 나뉘어 있고, '단장斷章'과 '보유' 편이 덧붙어 있다. 제1부에서 연애의 이론적인 기초를 두루 다룬 후, 제2부에서는 유럽 각국의 국민성에 따른 연애론과 여성 교육, 결혼 제도 등을 논했다. '단장' 편에는 에피그램(epigram)과 삽화를 실었다.

연애를 정열적인 사랑, 취미적인 사랑, 육체적인 사랑, 허영적인 사랑의 네 가지로 나눈 그는 이 가운데 진실한 것은 첫 번째인 '정열적인 사랑'이라고 판단한다. 이어 사랑의 7단계 발생론을 다음과 같이 전개한다. ①감탄, ②"저 사람에게 키스하고 키스를 받으면 얼마나 즐거울까" 하는 생각, ③희망, ④사랑의 탄생, ⑤제1의 결정작용結晶作用(Crystallization), ⑥의혹의 발생, ⑦제2의 결정작용. ──그의 설명에 따르면 이 7단계가 사랑의 과정이라는 것이다.

이어 모든 연애와 상상력은 여섯 종류의 기질에 따라 달라진다는 이른바 '기질 연애론'을 제기한다. ①다혈질: 프랑스인의 기질, ②담즙질膽汁質: 스페인인, ③우울질: 독일인, ④점액질粘液質: 네덜란드인, ⑤신경질: 볼테르의 경우, ⑥역사질力士質: 밀론(기원전 6세기 그리스의 전설적인 장사)이 그 예다.

이렇듯 『연애론』은 연애 심리의 발전 과정을 분석했으나 실패작이 되고 말았다. 그것은 곧 스탕달의 실제 연애가 실패했기 때문인지도 모른다.

당시 이탈리아는 지역에 따라 식민 종주국이 다를 정도로 분할통치의 극치를 이루었는데, 북부 지역은 오스트리아의 지배하에 있었다. 여인의 꽁무니만 쫓아다니기는 했어도 스탕달은 자유주의자였다. 오스트리아군은 그를 이탈리아 독립운동 지하단체인 카르보나리(Carbonari, 숯장수 당원. 스탕달의 단편 『바니나 바니니』에 잘 묘사됨)로 몰았고, 이로 인해 적국의 스파이처럼 감시하는 눈길로 위험해지자 1821년 그는 일단 귀국했다.

그러나 그 버릇이 어디 가겠는가. 여러 여인과 매끄럽지 못한 연애 사건은 이후로도 이어졌다. 그런 와중에도 집필은 계속했다. 하지만 간혹 낙담과 실의에 젖어 있다가 자살을 시도하는 등 우여곡절을 겪었고, 경제적으로도 궁핍해져 난관에 부닥쳤다. 살기도 힘들지만 죽기는 더 어렵다.

나폴레옹이 쫓겨난 뒤 왕위에 오른 왕들은 역사에서 아무것도 배우지 못하고 부패와 부정을 그대로 반복했다. 마침내 1830년 7월혁명이 일어나 루이 필리프를 왕으로 추대한 자유주의적 왕정이 성립했다. 스탕달은 이 틈에 복권의 기회를 노렸고 드디어 오매불망으로 원하던 이탈리아 트리에스

알바노 호수 로마 남동쪽 약 20km 떨어진 곳에 위치해 있으며, 화산 분화구에 물이 고여 생긴 칼데라 호이다. 수심이 170m에 이르고, 면적은 대략 6km²에 이르는 큰 호수이다. 스탕달은 이 호숫가 모래밭에 자신이 사랑했던 여인들의 머리글자를 끄적였다.

테(Trieste)에 프랑스 영사로 임명되었다. 그러나 식민 종주국인 오스트리아 측의 반대로 그의 영사 신임은 거부당하고 말았다. 대신, 로마 교황령으로 이탈리아 도시 중 제일 보잘것없는 치비타베키아(Civitavecchia) 주재 영사가 되어 죽을 때까지 이 직책에 몸담았다. 관직에 올랐다고 해서 그에게 큰 변화는 없었다.

1835년 스탕달은 로마 근교의 알바노 호수(Lake Albano, Lago Albano) 모래밭에다 자신의 뇌리에 각인된 여인들의 머리글자를 "V, An, Ad, M, Mi, Al, Aiue, Apg, Mle, C, G, Aur"이라고 끄적거렸는데, 아마 이게 죽음을 앞둔 그의 추억 속 여성들의 앨범이었을 것이다.

머리글자들의 주인공이 누군지에 대해서는 『세계를 움직인 성애』D. 월친스키

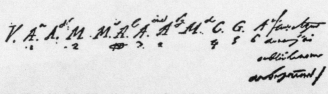

|V. An. Ad. M. Mⁱ. Aˡ. Aⁱᵘᵉ. Aᴾᵍ. Mˡᵉ. C. G. Aᵘʳ (Mᵐᵉ Azur dont
   1   2   3   2   4 5 6 j'ai oublié le nom
                                                     de baptême).|

스탕달의 여인들을 나타내는 머리글자   윗부분의 필기체가 『앙리 브륄라르의 생애』 원고에 스탕달이 직접 쓴 글자이다.

외 3인 공저, 박원 옮김, 삼성서적, 1990에서 소상히 규명했는데, 그 면면은 이렇다.

- V : 비르지니 퀴브리(Virginie Kubly)—그르노블에서 열 살 때부터 몰래 흠모했으나 말 한마디 건네보지 못한, 키 큰 유부녀 여배우.
- An와 Apg : 안젤라 피에트라그루아(Angela Pietragrua)
- Ad : 아델 르뷔펠(Adèle Rebuffel)—그녀가 열두 살 소녀일 때 알게 되어 4년이 지난 뒤 간신히 젖가슴에 손을 얹어본 정도로 종막을 고한 사이.
- M : 멜라니 길벨(Mélanie Guilbert)
- Mi : 미나 드 그리스하임(Mina de Griesheim)—프로이센 사령관의 딸. 구애했으나 거절당함.
- Al : 안젤리나 베레이테(Angelina Bereyter)—오페라 가수. 하룻밤 동안 9회의 오르가슴에 이르는 등 깊은 육체관계를 나눈 사이.
- Aiue : 알렉산드린 다뤼(Alexandrine Daru)—피에르 다뤼의 아내. 그녀의 장갑을 만지는 등 페티시즘의 대상.
- Mle : 마틸드 비스콘티니 뎀보스키(Matilde Viscontini Dembowski)—이전

여인들과의 관계를 유희적 연애로 치부했을 만큼, 그녀를 통해 처음으로 헌신적이며 정열적인 연애 감정을 느낌.

- C : 클레망틴 큐리알(Clémentine Curial) — 41세 때 파리에서 만난 36세의 백작부인. 1824년부터 2년간 스탕달에게 250통의 편지를 보내 정열적인 사랑을 나눔. 그녀의 별장 지하실에 숨어서 사흘간 밀회를 즐겼으나, 그녀가 먼저 스탕달을 버리고 떠난 뒤 다른 애인 문제로 자살.

- G : 줄리아 리니에리(Giulia Rinieri) — 토스카나 대공국 공사의 양녀로 문학소녀. 스탕달에게는 매우 드물게도 여성이 먼저 프로포즈한 경우. 육체관계까지 가졌으므로 스탕달이 진지하게 그녀의 양부에게 결혼 승낙을 청했으나 거절당함.

- Aur : 알베르트 드 뤼방프레(Alberthe de Rubempré) — 신비학과 강신술에 심취해 있던 야릇한 여인으로, 잠시 관계를 맺음.

『적과 흑』의 무대, 브랑그 마을

스탕달의 대표작인 『적과 흑』은 부르봉 왕가의 복위(Bourbon Restoration, 1814~1830)를 시대적 배경으로 삼고 있다. 소설 속 사건의 실제 배경이 된 브랑그(Brangues) 마을은 그르노블에서 북쪽으로 80km 떨어진 론(Rhône) 강의 높은 둔덕에 자리한다. 여기서 6km쯤 떨어진 툴랭(Tullins)에 스탕달의 누이가 살았는데, 아마 그가 어렸을 때 누이 집을 오가면서 이 사건에 대해 직접 들었을 것이다.

판결록에 따른 실제 사건은 이러하다. 브랑그 마을의 제철공蹄鐵工 아들 베르테(Antoine Berthet)는 신학대학에 들어갔으나 건강 문제로 휴학을 했다.

브랑그 마을 스탕달의 대표 작품 『적과 흑』의 실제 배경인 마을이다. 이곳은 스탕달이 태어난 그르노블에서 80km쯤 떨어져 있다.

그러고서 같은 마을의 지주인 미슈 씨의 가정교사로 들어가 지내던 중 미슈 부인과 불륜에 빠졌다.

꼬리가 길면 잡히는 법이다. 불륜이 들통나자 베르테는 그 집에서 쫓겨났다. 이후 다시 드 코르동 씨의 집에 들어가 가정교사가 되는데 그곳에서도 딸 앙리에트와 사랑을 나누다가 들켜 내쫓겼다. 『적과 흑』에서 소렐이 드 레날 부인의 편지 때문에 자신과 마틸드의 사랑이 파탄났다고 여기듯, 베르테도 자신의 사랑이 깨어진 걸 미슈 부인의 탓으로 돌렸다. 베르테는 브랑그 마을의 성당으로 가서 미사를 올리고 있는 미슈 부인에게 권총을 발사했다. 그녀는 "나는 그를 용서한다"라며 혼절했고(1827. 7. 22), 베르테는 자살을 시도했으나 살아남아 체포되었다. 결국 그는 사형을 언도받아 그르노블의 그르네트 광장에서 1828년 2월 23일 기요틴 아래 사라졌다.

베르테의 집 『적과 흑』의 주인공 쥘리앵 소렐은 브랑그 마을의 제철공 아들인 베르테가 모델이다. 마을에는 베르테의 집이 그대로 보존되어 있으며(사진에서 뒤쪽), 이를 안내하는 표지판이 세워져 있다.

　브랑그 마을은 당시의 현장을 정교하게 잘 보존해놓고 있다. 유명 관광지가 아니기 때문인지 찾아오는 여행객이 매우 드물다면서 촌장은 우리 일행에게 일일이 자상하게 현장을 안내하고 설명해주었다. 베르테의 집에서는 제철공 아버지의 직업을 알려주듯 철제 공·기구를 그대로 볼 수 있으며, 미슈 부인의 집은 2층 건물인데 비록 세월의 더께가 앉아 있지만 부유해 보였다. 그 두 집 사이의 마을 한가운데에 브랑그 성당(L'eglise de Brangues)이 자리하고 있다. 원래는 지금 자리보다 마당 쪽으로 더 나온 곳에 있었는데 현재 위치로 옮겨 세웠다고 한다. 성당 안에는 미슈 부인이 앉아 있던 자리와 베르테가 총을 발사한 자리까지 표시해놓아 그날의 현장을 생생하게 보여주고 있다.

　이왕 이 마을을 찾아온 김에 한 곳을 더 들러보자. 성당 맞은편 오른

브랑그 성당 자신의 사랑이 어긋나고 가정교사 자리에서 해고된 것이 미슈 부인 때문이라고 생각한 베르테는 브랑그 성당을 찾아가 미사를 올리고 있는 그녀를 향해 권총을 쐈다. 성당 안에는 이 이야기와 그림을 곁들인 안내판이 붙어 있다.

쪽 길가에 있는 '폴 클로델과 스탕달 문학자료 전시관(Espace d'Exposition Claudel-Stendhal)'이다. 폴 클로델(Paul Claudel, 1868~1955)은 로댕의 연인 카미유 클로델(Camille Claudel, 1864~1943)의 남동생이다. 외교관이자 시인, 극작가로 활동했으며 은퇴 후에는 여기서 만년을 보냈다.

『적과 흑』 제2부의 첫 장면은 쥘리앵이 파리행 우편마차에서 두 승객의 대화를 듣는 것이다. 인쇄업자 출신인 40대 남자는 정치가 싫어 파리를 떠나 론 강 근처의 리옹 인근에서 지냈는데, 결국 그곳에서도 못 견디고 다시 파리로 도주하는 처지다. "그 역겨운 선거"가 다가올 때면 "한 표를 찍어달라고 부탁"해대는 통에 질려버렸다. 국가라는 큰 배는 워낙 어마어마한 돈덩어리라 서로가 키를 잡고 해먹으려는데 평범한 승객은 구석 자리밖에 차

클로델과 스탕달 문학자료 전시관 브랑그 성당과 아주 가까운 곳에 위치한 이 문학전시관에서 폴 클로델과 스탕달에 관한 각종 전시물을 볼 수 있다. 사진에서 앞쪽의 건물이 전시관이고, 정면 뒤쪽에 보이는 건물이 브랑그 성당이다.

지하지 못한다고 한탄하는 그는 정치를 타락시킨 원흉으로 나폴레옹을 지목한다. 그러자 상대방은 나폴레옹 시대가 더 좋았다고 반박하여 논쟁이 벌어진다. 어느 시대나 정치는 논쟁의 대상이다.

　범죄 세력에 빌붙어 출세를 꿈꿨던 쥘리앵이 정신을 차린 건 과거 애인 사이였던 드 레날 부인을 권총으로 살해하려다가 미수에 그치고 그로 인해 법정에 서면서였다. 20분간의 최후진술에서 그는 자신이 비천한 신분이기 때문에 설령 죄가 아무리 가벼울지라도 "부유한 사람들의 오만한 사교계를 넘본 괘씸죄로 다시는 하층계급의 청년들이 그런 만용을 갖지 못하도록 하려는 게 이 재판"이라고 꼬집었다.

　한 사제가 "어쩌면 쥘리앵은 순교자가 될지도 모르겠구나"라고 중얼거렸

몽마르트르 묘지 파리 도시의 위생과 경관을 이유로 1798년 파리 외곽에 세워졌다. 각각의 묘지마다 독특한 조각상과 묘비 등이 눈길을 끈다. 몽마르트르의 '마르트르(martre)'는 순교자(martyrs)에서 유래하며 언덕을 뜻하는 '몽(Mont)'과 합쳐져 순교자의 언덕을 의미한다. 야트막한 언덕에 자리 잡고 있어, 이곳에 올라오면 시가지를 내려다볼 수 있다.

는데, 그 말은 적중했다. 그를 처형한 것은, 절대 권력의 눈에 거슬리는 자는 법의 이름으로 청부살인을 할 수 있다는 판례가 되었기 때문이다.

"목적을 원하는 자는 수단을 원한다"는 쥘리앵의 처세론은 오늘을 사는 우리에게도 달콤하게 다가올 것이다. 그보다는 정치 개혁이 자신의 운명을 바꿀 가능성이 더 높다는 걸 일찍 깨달을 수는 없을까.

무명작가로 타계 후 50년 만에 재발굴

외교직 공무원으로서 스탕달은 매우 적합하지 않았다. 1836~1839년까지

스탕달 묘지

스탕달은 프랑스 파리의 몽마르트르 묘지에 잠들어 있다. 비석에는 이탈리아어로 "밀라노 사람 아리고 베일, 살았노라, 썼노라, 사랑했노라"고 씌어 있다. 아리고 베일은 프랑스어로 앙리 벨, 곧 스탕달이다.

장기 휴가(처음엔 3주 휴가였으나 외무장관을 구워삶아 연장되었음)를 내고 거의 파리에 머물러 있었다. 휴가 기간이 끝나고 근무지로 갔으나 1841년 3월 22일 뇌일혈로 쓰러지고 말았다. 이 때문에 실어 증상이 나타나서 파리로 귀환하여 요양하던 중 이듬해 3월 22일 오후 7시 외무부 앞에서 졸도했고, 회복도 못한 채 이튿날 23일 새벽 2시에 죽었다.

당대에 큰 명성도 얻지 못하고 죽어버린 이 작가의 유고 뭉치 상자는 치비타베키아에서 그의 사촌인 유언 집행인에게 전해졌으나 워낙 난삽한 데다 종이 조각들이 헝클어져 있어 그대로 고향의 그르노블 도서관으로 송치되었고, 이후 조용히 방치되었다. 그로부터 46년 뒤인 1888년, 폴란드의 언어학자 스트리엔스키(Casimir Stryienski, 1853~1912)가 그르노블 도서관에서 스탕달의 사장된 원고를 차근히 정리하여 작품의 전모가 밝혀졌다.

바로 이해에 그의 묘지도 발굴되었다. 그의 시신은 그동안 몽마르트르 묘지(Montmartre Cemetery, Cimetière de Montmartre) 11호에 외롭게 묻혀 있었다. 그런데 도시계획으로 새 도로를 뚫으면서 몇 개의 묘지를 파헤쳐야 했다. 이때 그 묘지들 가운데 하나에서 작가가 생전에 구상해두었던 유명한 구절인 "밀라노 사람 아리고 베일, 살았노라, 썼노라, 사랑했노라(ARRIGO BEYLE, MILANESE. SCRISSE, AMO, VISSE.)"라는 비문이 발견되었고, 곧이어 전문가들이 나서서 위원회를 구성하여 작가 스탕달의 전체 상을 재정립할 수 있었다. 묻힐 뻔했던 작가의 운명이었다. 현재의 묘비는 1892년 스탕달 사망 50주기에 세워진 것이며, 묘지는 1962년 스탕달 클럽이 양지 바른 지금의 터에 옮겨놓은 것이다. 『천재와 광기』, 525-526쪽.

페르 라셰즈, 몽파르나스 묘지와 함께 파리 3대 공동묘지인 몽마르트르 묘지에는 볼 것이 아주 많으니 정신 바짝 차리고 찬찬히 둘러보아야 한다. 문인으로는 에밀 졸라, 알렉상드르 뒤마 피스, 테오필 고티에, 공쿠르 형제 (에드몽 드 공쿠르와 쥘 드 공쿠르), 하이네(독일 시인, 망명 중 파리에서 죽음), 작곡가 자크 오펜바흐, 화가 에드가 드가, 무용수 바츨라프 니진스키 등이 잠들어 있다.

05. 빅토르 위고

: 지칠 줄 모르는 바람둥이 인문주의자

빅토르 마리 위고
Victor-Marie Hugo
1802. 2. 26 ~ 1885. 5. 22.

프랑스의 하회마을 같은 브장송

빅토르 위고는 역마살을 타고났는지 한 살 때 고향 브장송(Besançon)을 떠난 뒤로 하도 여러 곳을 옮겨 다닌 까닭에 그와 관련된 유적을 일일이 찾아다니기는 불가능하다. 그러나 브장송에 있는 생가와 파리의 빅토르 위고 문학박물관(빅토르 위고의 집)은 꼭 가볼 만하다.

파리에서 동쪽으로 325km 떨어진 브장송으로 가는 길은 여러 개다. 나는 스위스를 둘러본 뒤 제네바에서 들어가는 방법을 택했는데, 그 길은 옛날 나폴레옹이 이탈리아 원정을 떠났던 경로의 역코스와 일부 겹치며, 지금은 아스팔트를 깐 한적한 도로이다. 유럽 여행 때마다 느끼는 즐거운 보너스 중 하나가 국경을 멋대로 넘나드는 쾌감을 만끽하는 것이다. 분단된 땅에서의 감시와 폐쇄 공포로부터 벗어나는 해방감이리라. 산이 깊어지자 그 짜릿한 기분을 놓칠세라 잠을 쫓고 유심히 살피자니 우리의 고속도로 톨게이트보다 더 초라하고 낡은 시설이 도로 한가운데에 나타났다. 버스 기사는 속도를 약간 줄이는가 싶더니 그냥 내달렸다. 스위스-프랑스 국경 초소였지만 아예 아무도 없이 닫힌 채였다.

스위스는 깊은 산골길까지 아스팔트가 번듯했는데, 국경 초소를 지나자 바로 버스의 진동이 느껴질 정도로 도로포장 상태가 낡았다. 마을도, 마주 오는 차도 드물었으니 그럴 수 있겠다. 한참을 달리니 프랑스의 마을이 나타나면서 차량이 늘어나고 도로 사정도 좋아졌다. 그리고 이내 빅토르 위고의 고향 브장송의 원경이 일행의 감탄을 자아냈다.

쥐라 산맥 북쪽 끝자락의 생 에티엔(Saint-Étienne) 산을 끼고 두(Doubs) 강이 원을 그리듯이 거의 한 바퀴를 돌면서도 도시 가운데를 가로지른다. 그 가운데에 다소곳이 들어선 브장송은 안동 하회마을을 연상케 한다. 아니,

브장송 빅토르 위고가 태어난 브장송의 항공사진이다. 한국의 낙동강이 안동 하회마을을 감싸고 돌듯이 프랑스의 두(Doubs) 강이 브장송을 돌아 흐른다. 위쪽에 화살표로 표시한 곳이 브장송 요새다.

도시화된 하회마을이다. 강이 도시를 가로지른다는 말은 본래의 마을을 끼고 도는 강 건너 편에 위고의 생가 마을이 있기 때문이다.

스탕달의 대표작 『적과 흑』의 무대인 베리에르가 가공의 지명으로서 사실은 작가 자신의 고향인 그르노블임은 널리 알려진 사실이다. 주인공 쥘리앵 소렐은 레날 부인과의 불륜이 탄로나자 베리에르 시장 집에서 쫓겨난 뒤 셸랑 사제의 추천으로 이 지역 최고의 교육도시인 브장송의 신학교로 가게 된다. 브장송에 들어섰을 때 소렐의 눈에 처음 들어온 것은 높은 성벽이었다. 소렐뿐 아니라 누구라도 브장송에 들어가노라면 그 요새를 쳐다보지 않을 수 없는 게 브장송 요새(Citadel of Besançon, Citadelle de Besançon)다. 이 요새에 오르면 저 아래로 두(Doubs) 강이 신구 시가지를 껴안듯이 가로지르는 평화로운 정경을 내려다볼 수 있다. 로마의 침략자 카이사르가 이

브장송 요새 전면에 보이는 성채가 브장송 요새이며, 아래로는 두 강이 흐른다. 사진에서 오른쪽 끝에 종탑이 보이는 건물(✓ 표시)은 브장송 성당(생장 성당)이고, 그 근처에 위고의 생가가 있다.

곳을 전략적인 요충지로 보고 숙영지로 삼았던 데서 비롯된 이 요새는 자연 지형의 방어력과 멋진 경관을 동시에 갖췄다.

　카이사르는 이탈리아반도 일부를 차지하고 있던 로마의 영토를 전 유럽으로 확대하려는 야심으로 갈리아 전투에 나섰는데, 그 첫해(기원전 58)에 빈을 거쳐 북상하여 브장송에서 며칠간 머물다가 랑스를 향해 북쪽으로 진격했다. 『갈리아 전기(Gallic Wars; Commentarii de Bello Gallico)』 제1권에는 브장송이 베손티오(Vesontio)라고 기록되어 있다. 풍수지리학적으로나 미학적으로 최상지는 예나 지금이나 다 군사기지거나 부유층의 별장이 아니던가.

　지금의 브장송 요새는 생 에티엔 산에 1668년 구축한 것으로, 루이 14세가 신뢰했던 건축가 보방(Sébastien Le Prestre de Vauban)이 설계했다. 보방은 일생 동안 프랑스 전국에 160여 개의 성곽을 건설 혹은 보수했다고 하니 왕의 편견과 특혜가 입방아에 오를 수준이다.

항독 레지스탕스 박물관

브장송 요새를 둘러본 뒤 그 안에 있는 레지스탕스 박물관(The Museum of the Resistance and Deportation, Le Musée de la Résistance et de la Déportation Besançon)도 빼놓지 말고 견학하자. 20여 개 전시실을 갖춘 대규모의 이 박물관은 1971년에 문을 열었으며, 나치의 발생부터 집권, 각종 만행뿐 아니라 그들에 저항한 세력, 특히 각지의 레지스탕스 활동을 총망라해놓았다. 박물관 자리는 이 지역의 100여 레지스탕스가 처형된 장소라는 현장성도 가지고 있다. 전 유럽의 항독 레지스탕스에 관한 자료가 망라되어 있어 입구부터 순차적으로 훑어 지나가기만 하면 저절로 나치의 출현과 잔혹상, 그로 말미암은 희생자와 레지스탕스의 활약이 일목요연하게 학습되는 훌륭한 교육장이다.

프랑스에서는 레지스탕스 관련 기념관 명칭이 다르더라도 'Résistance'라는 단어는 반드시 들어가는데, 이건 보통명사가 아니라 프랑스의 항독 투쟁을 특칭하는 뜻에서 'R'자를 항상 대문자로 표기해야 한다는 주장이 있을 정도다.

레지스탕스란 우리 식으로 말하면 항일 의병과 독립군이다. 유고슬라비아 등지에서는 '항독 빨치산(partisan, партизан)'이라는 단어가 더 절절한 뉘앙스를 풍기며 사용되었지만, 제2차 세계대전 이전의 여러 식민지에서는 '레지스탕스'를 반제·민족해방 투쟁의 개념과 상통하는 의미로 썼다. 물론 이렇게 말하는 것은 넓은 의미의 레지스탕스이고, 좁은 개념으로는 독일 점

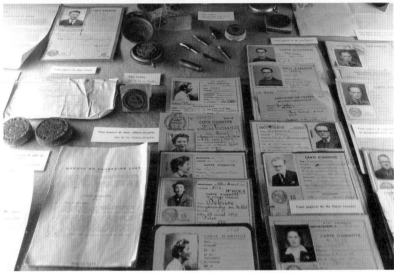

레지스탕스 박물관 브장송 요새 안에 있는 이 박물관에는 나치의 만행 및 레지스탕스의 활동과 관련된
자료가 완벽하게 전시되어 있다.

레지스탕스가 처형된 곳 레지스탕스 박물관 자리는 레지스탕스가 나치에 의해 처형된 곳이기도 하다. 그들이 처형된 곳은 일부 유적으로 보존하고 있다. 사진에 보이는 나무 기둥이 레지스탕스가 묶여 총살당한 곳이다.

령하의 프랑스 국내에서 게릴라전을 펼쳤던 프랑스의 항독 투쟁을 비롯한 유럽 전 지역의 반反나치운동을 일컫는다. 프로메테우스의 정신을 승계한 양심적 지성의 상징어로 씸빡한 이 보통명사인 레지스탕스를 고유명사로 바꾼 이는 샤를 드 골(Charles André Joseph Marie de Gaulle, 1890~1970)이었다.

1940년 6월 22일, 일부 영국 관련 당국자(그들은 페탱의 지지자거나 프랑스가 강력해지기를 원하지 않았음)들이 극력 저지했음에도 불구하고 드 골은 런던 BBC 방송을 빌려 "프랑스 레지스탕스의 불길은 꺼져서는 안 되고, 또 꺼지지도 않을 것이다"라고 말했다. 이 방송이 곧 프랑스 항독 세력에게 레지스탕스라는 명칭을 부여하게 된 계기이며, 항독 세력에게는 보통여성명사(résistance)와 구별하여 'R'을 대문자로(Résistance)로 표기하게 된 계기가 되었다고 한다.

왜 하필이면 6월 22일인가? 이날은 바로 페탱(Henri Philippe Benoni Omer Joseph Pétain, 1856~1951) 원수가 대독휴전협정에 조인한 날이다. 프랑스가 독일에 크게 참패한 것은 프로이센-프랑스 전쟁(1870~1871)의 패배로 알자스·로렌 지역을 빼앗겼을 때(알퐁스 도데의 「마지막 수업」의 배경)와 제1차 세계대전, 그리고 제2차 세계대전 때였다. 그중 세 번째로 맺은 굴욕적인 협정이 대독휴전협정, 즉 페탱이 저지른 반국가적 행위였다. 독일은 프랑스의 굴욕을 더욱 치욕스럽게 극대화하기 위해 주도면밀하게 무대를 설정했다.

파리에서 북동향 82km에 자리한 콩피에뉴는 백년전쟁 때 잔 다르크가 체포된 곳으로 유명한데, 더 악명을 높인 것은 두 차례의 세계대전을 통해서였다. 1918년 11월 11일 오전 11시, 제1차 세계대전의 양대 진영인 연합국(영국·프랑스·러시아 등) 측과 동맹국(독일·오스트리아) 측의 휴전협정, 곧 독일 패전 조인식이 거행되었다. 휴전협정이 체결된 곳은 콩피에뉴 시내에서 7km 떨어진 콩피에뉴의 숲(The Forest of Compiègne, Forêt de Compiègne) 안쪽 선로의 연합군 총사령관 전용 객차 안이었다. 항복을 당했던 곳이기에 게르만족에게는 몹시 치욕적인 이 객차를 독일은 새로이 영광스럽게 만들고자 1940년 6월 22일에 22년 전의 똑같은 객차에서 사실상 프랑스의 항복인 휴전협정을 조인했는데, 이때 프랑스 측 대표가 페탱 원수였다. 독일은 이후 그 객차를 자국으로 보쌈해 갔다가 나치의 패전이 확실해지자 폭파해버렸다. 지금은 콩피에뉴에 모조품이 전시되어 있다고 하지만, 나는 아직 가보지 못했다.

1940년 6월 22일의 독일-프랑스 간 휴전협정의 결과 프랑스의 북부와 서부 지역(전 국토의 5분의 3)은 독일 점령군이 직접 통치하고 나머지 5분의 2를 페탱 행정수반이 통치하는 이른바 비시 정권(Vichy France, Régime de

Vichy, 1940~1944)이 성립되었다. 페탱은 처음에는 클레르몽 페랑(Clermont-Ferrand)에 괴뢰정부를 세웠으나 너무 좁아 온천과 휴양의 도시인 비시로 이전했기에(1940. 7. 1) '비시 정부'라는 별칭을 얻었다.

제1차 세계대전 때 혁혁한 공로를 세워서 프랑스 국민의 영웅으로 부상했던 페탱 원수는 국방 장관까지 지낸 뒤 스페인 대사로 있다가(1939), 이듬해 1940년 5월 독일 침략 앞에 놓인 위기의 나라를 구하고자 레노(Paul Reynaud) 정권에 입각했다. 그러나 정작 패색이 짙어지자 난국 타개라는 명분을 내세워 휴전을 강력하고 끈질기게 주장했다. 처칠(Winston Leonard Spencer Churchill, 1874~1965)이 찾아가서 간곡히 항전할 것을 권유했지만 84세의 완강한 이 수구 꼴통의 고집을 꺾을 수는 없었다. 당시 프랑스의 적잖은 골수 우익들은 좌파에 적대적인 나치의 통치를 페탱처럼 쌍수를 들고 반기기도 했다. 한때는 화려한 업적과 경력으로 국민의 신망을 받았던 고위직 인사 중 일부 인물들이 지닌 국가관을 엿볼 수 있는 한심한 대목이다.

군인 집안인 위고 일가

빅토르 위고의 할아버지는 조제프 위고(Joseph Hugo)라는 독일 성姓을 지닌 이로, 1770년경 로렌 주 낭시 부근에서 산림 채벌 등으로 생계를 유지하며 두 아내 사이에 7녀 5남을 얻었다. 그의 아들들은 모두 나폴레옹 1세의 군에 가담했는데, 그중 둘은 사망했고 셋은 장교가 되었다. 그 셋째가 위고의 아버지 조제프 레오폴드 시지스베르 위고(Joseph Léopold Sigisbert Hugo, 1774~1828)다. 나폴레옹 군대의 고급 장교인 그는 알렉상드르 드 보아르네 (Alexandre François Marie de Beauharnais, 1760~1794) 장군과 가까웠다.

보아르네는 나폴레옹의 첫 번째 아내인 조제핀의 전남편으로, 미국 독립 전쟁에 참가한 전력도 있는 혁명 지지파였다. 하지만 운수 사납게도 로베스피에르가 테르미도르의 반동(1794. 7. 27)으로 몰락하기 불과 5일 전에 공포정치의 희생양이 되어 처형당했다. 이때 아내 조제핀 드 보아르네도 체포당했으나 석 달 뒤 석방되어 남편의 유품을 찾으러 갔다가 나폴레옹을 처음 만났다. 이미 약혼자가 있는 이 땅딸보는 그녀를 보자마자 홀딱 반해 버렸다.

인간의 운명이란 묘하다. 조제핀이 첫 남편에게서 얻은 딸은 나중에 나폴레옹의 동생인 루이 보나파르트와 결혼하여 아들을 낳았는데, 그가 바로 루이 나폴레옹(Charles-Louis Napoléon Bonaparte, 1808~1873), 곧 나폴레옹 3세다. 1848년 2월혁명으로 제2공화정이 들어설 때 대통령으로 선출되었으나 대통령 재직 중 쿠데타를 일으켜 황제에 오른 나폴레옹 3세는 빅토르 위고를 탄압한 사나이다. 어떤 학자들은 조제핀의 바람기가 매우 셌기 때문에 나폴레옹 3세에게는 나폴레옹 집안의 피가 섞이지 않았을 거라고도 한다. 빅토르 위고는 망명 기간 동안 그 독재자에게 세계문학사에서 보기 드문 온갖 쌍욕을 다 했다.

빅토르 위고의 아버지는 프랑스혁명사 중 가장 끔찍한 격전지였던 방데 지역의 반혁명(1793, 위고의 소설 『93년』의 소재이자 무대)을 진압하여 소령으로 진급했다. 그는 무신론자이자 공화파였으나 나폴레옹을 영웅시했다. 어머니 소피 트레부셰(Sophie Trébuchet, 1772~1821)는 노예상 선장의 딸로서 왕당파이며 가톨릭 신앙에 철저했지만 가톨릭의 10계명 중 제6조(간음하지 말라)를 헌신짝처럼 버리고 애인 빅토르 라오리(Victor Lahorie 장군)를 남편보다 더 소중히 여겼다. 그 애인이 반反나폴레옹 사건으로 몰락한(1810) 2년 뒤 끝내 처형당하고서야 남편에게 매달렸으나 남편의 마음은 이미 다른 여자에게 가버린 뒤여서 별 효과가 없었다. 어렸을 때 몸통에 비해 머리가 너무 큰 기형에다 별 이유 없이 혼자 방구석에 앉아 소리 없이 울기도 했다는 빅토르 위고가 따지고 보면 이런 이유 때문이 아니었을까? 어쨌건 이 부부의 자녀 3형제 중 막내가 빅토르 위고다.

브장송 요새 바로 아래, 그러니까 생 에티엔 산자락 아래 연립주택 형태의 우람한 건물이 빅토르 위고의 생가(Maison natale de Victor Hugo)다. 위고는 이 집에서 한 살 남짓까지만 살다가 떠났지만, 고향이란 본디 영혼의 영원한 안식처이기에 거리 이름부터 시작하여 여러 가게와 카페, 식당, 상품명까지 위고라는 이름의 간판이 줄을 잇고 있다. 기념관에서는 위고의 전 생애를 일목요연하게 소개해주고 있다. 기념관과 위고가 태어난 방은 연이어져 있어 언제나 관람이 가능하다.

생가를 둘러보고 나와서 오른쪽으로 돌아 조금만 걸어가면 브장송 성당 (Besançon Cathedral, Cathédrale Saint-Jean de Besançon)이 나타난다. 『적과 흑』의 소렐이 브장송으로 유학 와서 머물렀던 곳이 바로 이 성당이다. 이 성당을 끼고 오른쪽으로 돌아 언덕길을 쉬엄쉬엄 오르면 브장송 요새에 이르고, 거기서 좀 더 들어가면 레지스탕스 박물관이다.

"브장송은 프랑스에서도 매우 아름다운 도시의 하나일 뿐만 아니라 기백과 총명함을 지닌 인물이 많은 도시다"『적과 흑』, 제1부 24장라고 하는데, 대체 어떤 인재들이 있을까? 마르크스가 공상적사회주의자(Utopian socialism)라고 폄하했던 푸리에(François Marie Charles Fourier, 1772~1837), 그리고 화가 쿠르베가 너무나 존경하여 초상화까지 그린 혁명가 프루동(Pierre-Joseph Proudhon, 1809~1865)이 브장송 출신이며, 그들이 위고와 거의 동시대에 살았으니 인재의 고장이라 할 만하다.

프루동은 이미 앞서 02장 톨스토이 편에서 만난 적이 있다.(☞ 82~83쪽 참

빅토르 위고의 생가　위고는 1802년 2월 26일 이 집에서 태어나 1년 정도만 살았다. 아래 사진은 1935년경의 모습인데, 오른편 건물에 생가임을 알려주는 'VICTOR HUGO' 글자가 씌어 있다(／표시). 길 끝에는 브장송 성당도 보인다.

조) 술도가 집 아들로 태어나 어렸을 때는 소를 돌보는 등 허드렛일을 하면서 학업을 계속했고, 인쇄소 직공으로 일하던 시절에 교정을 보다가 기독교 서적을 통해 그리스어와 라틴어를 익힌 뒤 신학을 수업했다. 어려운 집안 형편 때문에 브장송 아카데미 장학금으로 수학한 그는 1840년에 『소유란 무엇인가?』를 출간했는데, "소유, 그것은 도둑질이다!"라고 주장하여 브장송 법정에 기소당하기도 했다.

이들 외에도 이 고장 출신의 유명한 인물로 뤼미에르 형제(오귀스트 뤼미에르Auguste Lumière, 1862~1954 / 루이 뤼미에르Louis Lumière, 1864~1948)가 있다. 뤼미에르 형제는 세계 최초로 영화를 상영함으로써 20세기에 떠오른 영화의 아버지라 불린다. 그런데 이 형제는 어렸을 때 리옹으로 이사 갔기 때문에 기념관은 브장송이 아니라 리옹에 크게 건립되어 있다.

위고 소령은 브장송에서 셋째 아들 빅토르 위고를 얻은 지 6주 만에 산토도밍고로 투입될 예정인 마르세유 연대의 대대장으로 전근 발령을 받았는데, 아내의 로비로 복무지가 엘바로 바뀌었다. 그러나 그녀는 남편이 근무하는 엘바가 아닌 애인 라오리 장군을 쫓아 파리로 가버렸다. 그렇다고 해서 위고 소령이 낙담하거나 신세 한탄만 하고 있진 않았다. 부부는 그 문제만큼은 매우 개방적이고 관대하고 자유로웠는데, 아마도 빅토르 위고의 바람기는 부모로부터 물려받은 것이지 싶다. 빅토르 위고의 아버지는 코르시카, 파리, 나폴리, 파리 등지를 거쳐 아들 위고가 일곱 살 때(1809) 장군이 되었으나 열여섯 살 되던 해인 1818년에 이혼하고 말았다.

위고의 아버지가 나폴리에서 나폴레옹의 형인 조제프 보나파르트(Joseph Bonaparte, 1768~1844, 1806년 말 나폴리 왕, 1808년 스페인 왕) 휘하에 복무할(1807~1808) 때도 어머니는 라오리 장군과 열애에 빠져 있었다. 아버지의 임지인 마드리드에 1년간 정착했다가(1811, 위고 9세) 이듬해 파리로 귀환한 일

아델 푸셰

빅토르 위고의 아내다. 어렸을 때부터
소꿉동무로 지내다가 사랑에 빠져 결혼
했다. 이 초상화는 프랑스의 낭만주의
화가 루이 불랑제(Louis Boulanger)가
1839년에 그린 것이다.

가는 위고를 기숙학교에 이어 디드로, 볼테르, 로베스피에르, 마르키 드 사
드, 보들레르, 사르트르, 자크 데리다 등 프랑스 지성사의 거물들을 배출한
명문 루이-르-그랑 고등중학(Lycée Louis-le-Grand)에 입학시켰다. 12세 때
부터 문재文才를 보여준 위고는 14세 때 일기에다 "샤토브리앙처럼 되고 싶
다. 그 외에는 누구도 닮고 싶지 않다."라고 썼다. 샤토브리앙(François-René
de Chateaubriand, 1768~1848)은 외교관 경력을 지닌 정치가이자 문인으로 당
시 가장 유명했기에 어린 위고는 그를 롤모델로 삼았다.

　위고가 열여섯 살 때(1818) 부모는 결국 정식으로 이혼했다. 그런데 아버
지가 가족 부양비 지급을 거절하여 위고는 어머니와 함께 난방비도 아껴야
하는 어려움 속에 지내야 했다. 그러던 중 가족끼리 친밀하게 지내던 한 살
아래의 소꿉동무 아델 푸셰(Adèle Foucher, 1803~1868)와 사랑에 빠졌으나 집

안의 반대, 특히 어머니의 결사반대에 부딪혔다. 3년 뒤인 1821년 열아홉 살 때 어머니가 죽자 아버지는 애인과 재혼했고, 자신은 가족 몰래 푸셰와 비밀 약혼하고 이듬해에 결혼했다. 그런데 남몰래 푸셰를 사랑했던 작은 형이 그 결혼에 충격을 받아 정신이상으로 지내다가 1837년에 죽었다.

위고와 아델 부부는 3남 2녀를 낳았는데, 첫 아들은 태어난 지 석 달도 안 되어 죽고 큰딸은 결혼 후 바로 사위와 함께 센 강에서 보트를 타다가 익사했다(1840). 위고 부부에게는 2남 1녀만 남았지만 나머지 두 아들도 아버지보다 먼저 죽고 정신병자가 된 막내딸만 위고보다 더 오래 살았다.

사형제 폐지 운동의 선구자

1827년부터 프랑스 문단은 고전주의에 항거한 낭만주의 투쟁이 시작되어 1831년까지 계속되었다. 이 무렵부터 정치에 관심을 갖기 시작한 위고는 아버지가 별세한 1828년(위고 26세)에 문제작 『사형수 최후의 날(The Last Day of a Condemned Man; Le Dernier jour d'un condamné)』을 써서 이듬해인 1829년 2월 작가의 이름을 안 밝힌 채 출간했다. 그러고서 3년 뒤 1832년 3월 15일에야 자신의 이름과 사형제 폐지에 대한 긴 서문을 추가하여 재출간했다. 이즈음 그는 왕당파와 결별했으나 아버지의 영향으로 나폴레옹에 대한 환상은 말끔하게 씻기지 않은 채였다.

위고가 그레브 광장(1802년까지 Place de Grève로 불림. 현 시청사 광장City Hall Plaza, Place de l'Hôtel de Ville)을 지나다가 사형집행인이 기요틴(guillotine)에 기름칠하는 걸 보고 착상을 얻어 빠른 속도로 집필한 책이 『사형수 최후의 날』인데, 소설을 통해 사형 폐지를 강력하게 주장한 효시라고 할 수 있다.

그레브 광장　파리 시청사 광장은 1802년까지 그레브 광장으로 불렸다. 그레브(Grève)란 프랑스어로 강가에 자갈과 모래로 덮인 평지를 의미한다. 과거 처형장으로 이용되어 교수대와 기요틴이 세워져 있었으며, 시청사는 프랑스혁명 때 시민들의 본거지로도 사용되었다.

위고는 기요틴을 "열 개의 알파벳 문자의 결합, 그 모습과 특징은 끔찍한 생각을 일깨우게 만들어졌고, 그것을 발명한 불행한 의사도 숙명적인 이름을 가졌던 것이다"라고 풀어놓는다. 흔히 이 사형 집행 기구인 단두대의 창안자를 기요탱(Joseph Ignace Guillotin, 1738~1814)으로 알고 있으나, 첫 창안자는 앙투안 루이스(Antoine Louis, 1723~1792)라는 외과의사로, 기구의 명칭도 루이세트(louisette)였다. 사형폐지론자인 기요탱이 사형수의 고통을 줄이고자 이 기구를 사용할 것을 제안하면서 명칭이 바뀐 것이다.

"그레브 광장의 사형대는 툴롱 도형장(Bagne of Toulon, bagne de Toulon)과 오누이 사이라고 말할 수 있다. 나는 그들보다 더 비천했다. 그들은 나에게 과분했다. 몸서리가 쳐졌다." 한택수 옮김, 『사형수 최후의 날』, 지식을 만드는 지식, 2012, 42

쪽. 바로 여기서 『레 미제라블(Les Misérables)』의 주인공 장발장이 징역을 살았던 툴롱 도형장이 등장한다. 『사형수 최후의 날』에 등장하는 한 범인은 6세에 고아가 되어 9세에 "내 국자(手)를 쓰기 시작"해, "전대(주머니)도 털었고 껍질도 벗겼네(외투도 훔쳤네). 열네 살에 이미 야바위꾼(사기꾼)이 되었지. (…) 열일곱 살에는 애인(도둑)이 되어, 병을 깨거나(가게를 털거나) 바퀴(열쇠)를 부쉈지."『사형수 최후의 날』, 73쪽라고 자기소개를 한다. 그러다 잡혀 범선(도형장)에서 15년을 살고 32세에 출옥했으나 아무도 일을 시키지 않기에 갖고 있는 돈마저 다 써버리고 말았다. 배가 고파 결국 "빵집 유리창"을 깨다가 주인에게 잡혀 다시 종신형으로 툴롱에 들어가게 된다. 하지만 거기서 탈옥했고, 그 뒤 살인과 강도를 저지르다가 또다시 잡혀 "몽 타 르그레의 수도원(처형장을 뜻하는 은어)으로 들어갈 거(단두대에서 목이 잘림)라고 했다."『사형수 최후의 날』, 76쪽. 장발장처럼 그도 빵을 훔쳤으며 누범인 탓에 형량이 무거워졌다.

도형수徒刑囚란 징역과 노역에 처해진 죄수로 갤리선(galley) 노예들에서 유래했는데, 이 형벌은 주로 툴롱 도형장에서 1748~1873년까지 시행되었다. 소설의 주인공은 도형수로 끌려가는 사람들을 부러운 듯이 바라본다. "인간은 모두 집행이 연기된 사형수일 뿐이다"『사형수 최후의 날』, 15쪽라는 명언이 나오는 이 작품은 형무소의 비인도성과 사형제도를 함께 고발하고 있다.

> 아! 감옥은 무언가 추악한 것이다! 거기에는 모든 것을 더럽히는 독이 있다. 거기에서 모든 것은 퇴색된다. 열다섯 살 소녀의 노래마저도! 어쩌다 새를 발견해도 새의 날개에는 진흙이 묻어 있고, 거기서 딴 예쁜 꽃의 냄새를 맡으면 악취가 풍긴다. —『사형수 최후의 날』, 53~54쪽.

책을 낸 뒤 위고는 사형 폐지를 위해 본격적으로 투쟁했다. 1848년 혁명

후 국회의원이 된 그는 더욱 적극적으로 사형 폐지를 주장했지만, 그에 대한 반응은 차갑기 그지없었다. 모든 언론이 비난과 힐난을 넘어 야유로 일관했다. 결국 의회 표결에서 사형제도 폐지에 대한 반대가 498표, 찬성이 216표로 참패당했다.

『사회제도에 대하여』(1854)에서 위고는 "화형대에는 잔 다르크가, 고문대에는 캄파넬라가, 단두대에는 토마스 모어가, 약사발에는 소크라테스가, 그리고 십자가에는 예수 그리스도의 이름"이 떠오른다며 어떤 형태의 사형이든 폐지해야 된다고 했다.

위고의 사형폐지론 명문 가운데 미국의 흑인노예 폐지론자인 존 브라운(John Brown, 1800~1859)에 대한 사형 중지 공개서한을 빼놓을 수 없다. 미국 남부의 산악 지역에 탈주 노예 공화국을 설립하려는 목적을 가졌던 브라운 일당 21명이 1859년 10월 16일 버지니아 주의 하퍼스 페리에 있는 정부군 무기고를 습격했다. 그들은 무기를 탈취하는 데 성공했으나 휴식 중 반격을 당해서 절반이 희생되었고, 브라운은 부상을 입은 채 잡혀 웨스트버지니아 주 찰스타운에서 공개 교수형 판결을 받았다. 실라스 소울(Silas Stillman Soule, 1838~1865)이 감옥에 침투하여 브라운을 북부로 탈옥시키려 했으나, 브라운은 도주해 살기에는 이미 늙었다면서 순교자로 죽을 각오를 피력했다. 당국은 처형 직전에 그의 아내에게 군 감옥에서 마지막 식사를 함께한 뒤 하룻밤 머물러도 좋다고 허가했지만, 브라운은 이를 거부했다. 마침내 1859년 12월 2일 11시 정각, 군 감방에서 나와 몇 블록 떨어진 풀밭의 교수대로 2,000명의 군인들이 삼엄하게 경비하는 가운데 호송되었다. 노예제도를 찬성하는 성직자의 기도를 거부했기 때문에 동행하는 목사는 없었으며, 교수대에서 종교의식도 행해지지 않았다. 존 브라운은 처형 직전에 이렇게 토로했다.

나 존 브라운은 이제 이 죄 많은 대지가 저지른 범죄들이 피가 아니고서는 지
울 수가 없음을 확신하게 되었다. 내가 지금에서야 생각해보니 응당 뿌려야
할 피를 충분히 뿌리지 않은 채 나는 공연히 자만하고 있었던 것이다.

11시 15분에 교수형을 실시, 11시 50분에 사망을 확인하고는 목을 조른
올가미조차 벗기지 않은 채 목관에 입관한 뒤 기차에 실어 그의 가족이 사
는 뉴욕으로 운구했다. 남부의 삼엄함과는 대조적으로 북부의 분위기는 사
뭇 달랐다. 교회는 조종을 울렸으며, 조포弔砲도 터졌다. 에머슨(Ralph Waldo
Emerson)과 소로(Henry David Thoreau) 등은 그의 운구를 슬피 맞았고, 휘트
먼(Walt Whitman)은 「유성의 해(Year of Meteors)」라는 시에서 그의 처형과 장
례를 묘사했다.

미국 상원 의회는 브라운 사건 조사위원회를 공화·민주 양당 합당으로 결성했지만, 민주당은 공화당 연루 사실만 추궁해댔다. 이에 공화당은 무관하다고 변명하는 등 설전만 오갔지 정작 진상은 관심 밖이었다. 이듬해에 조사보고서가 나왔으나 정치적 면피용에 불과하여 북부인들의 비난 여론을 무마하는 데만 급급했다. 링컨조차도 브라운의 습격 사건과 자신은 어떤 연관도 없다면서 그를 "미친놈"이라고 하여, 당시 사람들로부터 '예수를 부인한 베드로'처럼 취급되었다.

그 무렵 빅토르 위고는 건지(게르느제) 섬(Bailiwick of Guernsey)에서 망명 생활을 하던 중 브라운의 공개 처형 소식을 듣고 1859년 12월 2일에 그의 선처를 촉구하는 공개서한을 썼다. 이 편지에서 브라운을 죽이면 미국의 내전이 불가피해질 거라는 경고까지 했는데, 실제로 불과 2년 뒤 남북전쟁(1861~1865)이 일어났다. "존 브라운을 죽이는 것은 돌이킬 수 없는 죄악"으로, "그로 말미암아 연방이 안고 있는 균열이 드러나서 결국은 대혼란"이 일어난다는 게 위고가 설파한 경고였다. 미국연방의 앞날을 내다본 탁견이었다. 브라운의 죽음으로 당장은 버지니아 주의 노예제도가 굳건해질지 모르나 "종내에는 미국 전체의 민주주의를 뒤흔들게 될 것"이기에 부끄러운 줄 알아야 한다고도 했다. 또한 "카인이 아벨을 살해하는 것보다 더 끔찍한 사건으로, 그것은 곧 워싱턴이 스파르타쿠스를 죽이는 것과 맞먹는다"라고 개탄했다.

남북의 견해차는 결국 남북전쟁을 야기했고, 브라운은 영웅화되어 〈존 브라운의 노래(John Brown's Song 혹은 John Brown's Body)〉가 북군의 애창곡으로 불려졌다. 이 노래는 세계적으로도 널리 애창되었으며 우리도 흥얼거리는 유명곡이 되었다. 이 노래를 들을 때는 사형제 폐지를 강력히 주장했던 빅토르 위고도 떠올려보자.

위고의 내자와 외자, 그리고 또 다른 한 여인

위고의 5막 운문 비극인 『에르나니(Hernani)』가 처음 무대에 올라 공연된
것은 1830년 2월 25일이었다. 도냐 솔이라는 처녀를 두고 고메즈 공작과
돈 카를로스 왕, 그리고 왕에 대적하다가 피신 중 산적이 된 에르나니가 삼
각 대결을 벌였으나 여인의 사랑을 차지한 사내는 산적이라는 것이 이 희
곡의 줄거리다. 절대왕권을 긍정적으로 그려왔던 고전주의자들에게는 도
저히 용납할 수 없는 발칙한 짓거리였다. 극장 코메디 프랑세즈(Comédie-
Française 혹은 Théâtre-Français)에서는 고전파 지지자들이 1층을, 낭만파들이
2층을 차지하고는 서로 야유와 박수와 환호성을 지르는 등 소란을 떨었으
나, 낭만파 응원 단장 역을 맡은 테오필 고티에(Théophile Gautier, 1811~1872)

가 붉은 코트에 장발 차림의 투지로 낭만주의자들의 완승을 이끌어냈다. 심하게 말하면 하룻밤 사이에 파리의 문단은 '고전주의의 시대가 거去하고 낭만주의의 시대가 내來하도다'라고 할 만했다. 이탈리아의 민족해방 투사 음악가인 베르디(Giuseppe Verdi)가 이를 오페라로 창작하여 베니스에서 초연한 것은 1844년으로, 대인기였다.

1830년 4월 장 구종(Rue Jean Goujon, 제8구) 거리의 새 아파트로 이사한 위고는 7월 27~29일간 전개된 7월혁명 속에서 거리 시위와 봉기를 지지했다. 이듬해 장편소설 『노트르담 드 파리(The Hunchback of Notre-Dame; Notre-Dame de Paris)』를 펴내 낭만주의의 진수를 보여준 그는 1832년에 다시 이사했다.

위고가 1832~1848년까지 16년간 살았던 곳은 파리 마레 지구의 보주 광장(Place des Vosges, Le Marais)을 둘러싼 아름다운 건물 중 하나인 로앙-게메네 호텔(Hôtel de Rohan-Guémené) 2층이었다. 연간 1,500프랑의 임대료를 4분기로 나눠 지불하고 100여 편의 작품을 썼던, 작가로서 가장 행복한 때를 보낸 집이자 가장 오래 살았던 곳이다.

이곳에서 지내는 동안 그는 문예가협회 회장(1840), 아카데미 회원(1841), 상원 의원(1845) 등 세속적인 출세를 했다. 또한 당대 유명 인사들을 이 저택의 응접실에서 만나 어울렸다. 대부분 낭만파 문인들로서, 나중에 대통령에 출마하는 시인 알퐁스 드 라마르틴(Alphonse de Lamartine, 1790~1869), 소설보다 더 파란만장한 생애를 보낸 알렉상드르 뒤마(Alexandre Dumas, 1802~1870), 나폴레옹 3세 치하에서 상원 의원을 지낸 프로스페르 메리메(Prosper Mérimée, 1803~1870) 등등과 친했다.

위고가 살았던 저택 2층은 현재 더 넓혀서 박물관(빅토르 위고의 집Victor Hugo House, Maison de Victor Hugo)으로 변신했다. 이 박물관은 1902년 위

빅토르 위고의 집(빅토르 위고 문학박물관) 파리에서 가장 오래된 보주 광장에 1605년 지어진 로앙 게메네 호텔 2층에는 빅토르 위고의 집이 있다(위의 사진에서 정면에 보이는 건물). 위고의 친필 원고, 가구, 사진, 그림 등을 전시하고 있다.

『레벤느망』과 『르 라펠』 빅토르 위고 문학박물관에는 『레벤느망』과 『르 라펠』 지의 제호도 크게 프린트
하여 전시하고 있다.

고 탄생 100주년을 맞아 그의 평생 숭배자이자 위고 작품의 출판 집행을
맡았던 저널리스트이자 작가인 폴 뫼리스(Paul Meurice, 1818~1905, 알렉상드르
뒤마와 한동안 합작 소설을 썼다)가 친필 원고를 비롯한 가구, 사진, 수집품 등등
모든 유품을 파리 시에 기증하여 이듬해인 1903년 6월 30일 문학박물관으
로 처음 개관되었다. 박물관은 팔자가 기구했던 대가의 생애를 망명 전, 망
명기, 망명 이후로 나눠 온갖 희귀 자료를 소상하게 전시하고 있다.

　폴 뫼리스는 1848년 위고가 발행했던 신문 『레벤느망(L'Événement)』의 주
필로, 위고의 두 아들(샤를과 프랑수아-빅토르)과 함께 그 신문을 만들었다. 이
들은 1869년 『르 라펠(Le Rappel)』을 창간할 때도 함께했다. 위고는 추방당
할 때 추방자의 재산 몰수를 염려하여 아내와 뫼리스에게 전적으로 재산
관리를 위임했다. 그 덕에, 망명 당시의 아파트(Rue de la Tour d'Auvergne)에

쥘리에트 드루에 위고는 1833년 31세 때 네 살 아래인 여배우 쥘리에트 드루에와 만나기 시작하여 그녀가 죽을 때까지 50여 년을 내연의 처로 삼았다. 위 그림은 드루에의 초상화이고, 오른쪽 조각상은 프랑스의 유명한 조각가인 자메 프라디에가 드루에를 모델로 삼아 젊은 여인의 관능미를 표현한 것이다.

서 1852년 6월 6~7일 위고의 물건을 경매할 때 뫼리스가 다행히 몇 점을 구매해둘 수 있었다. 이후 그는 위고의 행적을 따라 많은 유품을 수집했기에 이곳의 전시물은 모두 진품이다.

1832년 위고가 이 저택으로 이사했을 당시, 그는 아델 푸셰와 결혼한 지 10년째로 4남매를 두고 어느 정도는 만족스럽게 지내는 귀족이었다. 그런데 이듬해에 바람둥이 여배우 쥘리에트 드루에(Juliette Drouet, 1806~1883)를 만나 애인으로 삼으면서 아내에게 평생 외로움을 안겨주었다. 다른 견해도 있다. 위고는 아내에게 무척 성실했는데, 1830년경부터 위고에게 자주 드나들며 따르던 평론가 생트 뵈브(Charles Augustin Sainte-Beuve, 1804~1869)가 아내와 눈이 맞았고, 이 때문에 위고가 고심하다가 외도에 나섰다고도 한다. 혹자는 맏딸이 사위와 익사한 슬픔 때문이라고도 변호한다. 어느 쪽이든, 이후부터 위고의 바람기는 가히 세계문학사의 금메달급으로 껑충 뛰어오를 지경이다. 아마 경쟁자가 있다면 바이런 정도일 것이다. 굳이 판정을 내린다면 위고와 바이런 두 사람을 공동 금메달로 하고, 난잡한 톨스토이는 은메달, 소문만 무성했던 괴테는 동메달로 하면 어떨까?

당시 드루에는 유명한 신고전주의 조각가 자메 프라디에(James Pradier, 본명은 장 자크 프라디에Jean Jacques Pradier, 1790~1852)와의 사이에 딸 하나를 두고 있었다. 프라디에 주변에는 위고를 비롯해 뮈세, 고티에, 플로베르 등 쟁쟁한 문인들이 자주 드나들었다. 프라디에가 조각한 여인상들은 모두 아름답고 황홀하기로 정평이 났는데, 드루에가 모델을 섰기 때문이라고도 한다.

드루에를 사귀기 시작하면서 위고는 아내를 내자로 집안에 묶어두고 바깥의 모든 행사에는 드루에를 외자 역할 삼아 동행했다. 오죽했으면 위고가 그녀와 처음으로 깊은 관계를 맺은 날인 1833년 2월 16일을 『레 미제라블』에서 마리우스와 코제트의 결혼 날짜로 잡았을까. 위고의 전기 중 어떤 것에는 그날이 19일이라고도 하지만, 어느 날이든 두 사건은 한날이었으리라. 소설은 1833년 2월 16일에 대해 "참회의 화요일! 참 잘됐다", "참회의 화요일 결혼에 배은망덕의 자식은 없다" 정기수 옮김, 『레 미제라블 5』(전5권), 민음사, 2012, 323쪽라는 속담까지 동원한다.

제임스 조이스(James Augustine Aloysius Joyce, 1882~1941)도 애인 노라 바너클(Nora Barnacle)과 첫 관계를 가진 1904년 6월 16일을 『율리시스(Ulysses)』의 시간적 배경으로 삼았으니, 작가의 아내는 남편의 작품을 세심하게 읽어 볼 일이다. 아니, 이런 건 평론가의 몫인가?

다시 위고의 여성 편력으로 돌아가자. 문제는 단지 내자와 외자의 역할

구분으로 만족할 위고가 아니란 데 있다. 위고는 또 다른 정인을 탐색했다. 노예무역 폐지론자이자 화가인 오귀스트 비아르(François-Auguste Biard, 1799~1882)의 아내 레오니 도네(Léonie Thévenot d'Aunet, 1820~1879, 작가)와 위고가 불륜으로 잡힌 건 1845년 7월 5일이었다. 당시 간통은 현장 구속이라 레오니는 수감됐으나 위고는 귀족의 특권으로 석방되었다. 이럴 경우정작 아내인 내자보다 시샘으로 방방 뛰는 건 외자인 드루에다. 내자는 외자가 안달하는 꼴을 보려는 꿍꿍이로 레오니의 석방 보석금까지 대주며 풀려나게 만들었다. 왕실은 비아르에게 베르사유 궁전의 벽화를 그릴 일감을주선하여 공소 취하를 종용했다. 특권이란 이런 것이다. 드루에가 위고에게 레오니와 만나지 말라고 강짜를 부리고 심지어 삼엄한 감시도 펼쳤으나, 위고와 레오니의 불륜은 위고가 추방당할 때까지 지속되었다. 강짜를 놓던드루에는 이별까지 선언했지만 결국 위고의 바람기에 항복하고 말았다.

『레 미제라블』의 역사적 배경

앞서 위고가 가장 오래 살았던 저택이 보주 광장에 자리한 로앙-게메네 호텔이라 했는데, 『레 미제라블』을 쓰기 시작한 것도 이 집에서다. 『레 미제라블』의 역사적 배경이 되는 1832년 6월 봉기 혹은 1832년의 파리 봉기(June Rebellion or the Paris Uprising of 1832, Insurrection républicaine à Paris en juin 1832) 때 그는 어떻게 보냈을까? 이해 봄, 콜레라가 전 유럽을 휩쓸면서 엄청난 사망자가 나오자 우물에 독을 탔다는 뜬소문이 돌 정도로 민심이 흉흉해졌다. 이런 때 루이 필리프 왕의 총애를 받던 페리에(Casimir-Pierre Perier, 1777~1832. 5. 16)의 장례식이 국장으로 치러졌다. 뒤이어 자유주의적 정치인 장 막시밀리앙 라마르크(Jean Maximilien Lamarque, 1770~1832. 6. 1) 장군도 죽었는데, 이 장례식을 앞두고 분위기가 미묘하게 돌아갔다. 공화주 의자들은 라마르크의 장례식 날인 6월 5일 장례 행렬을 바스티유 광장으로 유도하면서 왕정 폐지를 주장했고, 이에 파리가 다음 날까지 이틀 동안 요 동을 쳤다. 이날 위고는 파리 봉기에 직접 참여하지는 않았지만 민중의 항 쟁 의식과 정부 당국의 탄압상을 똑똑히 지켜보았고, 이를 『레 미제라블』에 충실히 반영했다.

2월은 위고에게 행운의 달이었다. 26일은 생일이고, 세계 연극사상 가장 시끌벅적했던 로맨티시즘의 판정승을 가져다준 연극 〈에르나니〉의 첫 공 연이 열린 날이 25일(1830. 2. 25)이며, 수호천사 같은 드루에와 첫 관계를 맺은 것도 다 2월이 아니던가.

보주 광장의 집에서 위고는 느긋하게 특권과 명예를 누리느라 1848년 2 월에 세계사를 변모시킬 대사건인 캘리포니아의 금광 발견(1. 24)이나 『공 산당 선언』(2. 21) 발표에는 관심도 없었다. 그러나 세상은 특권층이 행복에 겨워 낌새도 못 채는 사이에 묘한 기운으로 갈아엎어진다. 16년간 잘 살았 던 이 집에서 위고는 2월혁명을 맞았다.

1848년 1월 19일로 예정된 파리 제12지구 투표권 확대를 위한 개혁 모 임이 관계 당국의 상투적인 불법 타령으로 열리지 못하자 2월 22일로 연기 되었다. 이 기간에 저항 세력이 확산되면서, 성난 군중은 '개혁 만세'를 부 르짖으며 '보수적인 수상 기조(François Pierre Guillaume Guizot) 타도' 시위를 전개했다. 2월 23일 밤 총격전으로 인해 시위 군중 50여 명이 사망했지만 24일 10시에는 시위대가 시청을 포위했고, 11시경에는 공화국을 요구하는 포스터가 나붙었다. 마침내 1시에 루이 필리프 왕이 퇴위하고 의회는 공화 제를 의결하여 25일 아침 공화제를 선포하기에 이르렀다. 보들레르(Charles-

1848년 2월혁명 1830년의 7월혁명으로 성립한 루이 필리프 왕정을 무너뜨리고 제2공화정을 성립시킨 혁명이 1848년 2월혁명이며, 이 결과로 남성 보통선거제도가 도입되었다. 그림은 앙리 펠릭스 엠마뉘엘 필리포토(Henri-Felix-Emmanuel Philippoteaux)가 1848년 2월 25일 시청 앞에서 적기를 물리치는 라마르틴의 모습을 그린 것이다.

Pierre Baudelaire)조차 총을 들고 참여했던 혁명으로, 프랑스 역사상 왕이 사라지는 순간이었다. 이 소용돌이는 위고를 특권층의 꿈에서 깨어나게 만들었다. 2월혁명을 통해 위고는 역사와 혁명을 제대로 파악했다.

> 아무리 교묘하게 꾀를 써도 민중을 제가 원하는 것보다 더 빨리 걸어가게 하지는 못한다. 민중을 강요하려고 하는 자는 불행할진저! 민중은 저에게 시키는 대로 두지 않는다. 그런 때엔 민중은 반란을 되어가는 대로 내버려둔다.
> —『레 미제라블 5』, 115쪽.

제헌의회 총선에서 주장만 많은 개혁파와 달리 보수파는 용의주도하게 모략을 꾸미는 등 온갖 요술 방망이를 휘둘렀다. 시인 라마르틴의 추천으로 파리 지구 혁명위원을 지낸 위고는 5월에 정든 집을 떠나 이사했고, 6월 5일 보궐선거에서 제헌의원에 당선되었다.

　그해 12월 10일 대통령 선거 때 위고는 문단의 막역한 선배이기도 한 공화주의자 라마르틴 ― 그뿐만 아니라 다른 두 공화주의 후보자까지 ― 을 제쳐두고 나폴레옹의 조카(가짜설이 우세)라는 루이 나폴레옹(샤를 루이 나폴레옹 보나파르트, 나폴레옹 3세)을 우수·냉정·온화하며 자유와 정의의 지지자로서 빈곤 퇴치에 노력할 인물로 신뢰한다는 등 프랑스의 운명이라는 등 듣기 거북한 찬사로 자기가 내던 일간지 『레벤느망』을 통해 전폭적으로 지지하고 나섰다. 천재도 가끔씩 해까닥하는 모양이다.

　나폴레옹 1세의 몰락 후 국제 떠돌이 사기꾼이었던 루이 나폴레옹이 초대 대통령에 당선된 일은 역사의 아이러니로, '길 닦아놓으니 문둥이가 먼저 지나간다'는 격이다. 프랑스대혁명(1789) 뒤에 나폴레옹이 쿠데타로 망가뜨리더니 그의 몰락 33년 만에 그 조카가 부활했다. 우리도 비슷한 상황을 겪었다. 4월혁명을 5·16쿠데타로 뒤엎은 박정희가 유신 독재의 몰락(1979)으로 사라지는가 싶더니, 그 딸 박근혜가 33년 만에 대통령으로 뽑히지 않았는가. 루이 나폴레옹이 영구 집권을 위해 친위 쿠데타를 일으켰듯이 유신 부활 정권도 독재자 아버지를 복권시키려고 온갖 위법과 부정, 국정 농단을 저지르다가 탄핵당했다.

　나폴레옹 맹신 세력의 몽매로 대통령이 된 루이 나폴레옹은 당선 즉시 야비한 본색을 천박하게 드러냈고, 투표를 잘못한 국민들은 그 대가로 민주주의가 20년 후퇴하는 역사의 퇴보를 겪어야 했다. 이 사기꾼이 장기 집권을 목적으로 개헌을 시도하자 위고는 신문 『레벤느망』과 의정 단상 등에서 맹비난을 퍼부었다. 그러자 루이 나폴레옹은 독재자답게 위고의 신문 발행을 중단시켜버렸다. 위고도 이에 굴하지 않고 『인민의 출현』이라고 개제하여 속간했는데, 독재자는 이 일로 기어이 위고의 두 아들을 구속했다.

1851년 12월 2일 친위 쿠데타로 계엄을 선포하고 국회의원들을 체포하자, 연행을 피한 위고는 저항위원회를 조직하여 대통령 규탄과 노동자 봉기에 진력했다. 바스티유 광장에서는 군 장교와 경찰들 앞에서 격렬한 반대 연설을 하다가 드루에의 팔에 끌려 나오기도 했다. 그냥 뒀다면 필시 군경의 총에 맞아 죽을 위기였기에 그녀는 생명의 은인으로 격상되었다.

12월 3~4일의 시가전은 400여 명이 피살되면서 처참하게 끝났고, 이내 현상금 2만 5,000프랑이 내걸린 위고의 수배 전단이 나붙었다. "연령 49세, 키 170cm, 머리칼 회색, 눈썹 갈색, 눈동자 갈색, 수염 회색, 얼굴 둥근 형, 뺨 통통함."

외자가 위고를 작곡가로 위장시켜 노동자 모자에 검은 코트 차림으로 12월 11일 파리에서 브뤼셀로 보냈다. 브뤼셀 역사驛舍 광장(그랑 플라스Grand Place)에서 역사를 바라보는 자세로 서 있을 때 왼쪽에 그가 묵었다는 안내판이 부착된 건물이 있다.

독재자는 이후 두 번의 국민투표로 계엄과 황제 추대를 합법화하여 1852년 12월 2일, 마침내 쿠데타 1주년 기념일에 나폴레옹 3세 황제로 즉위하여 제2제정帝政 시대를 열었다. 나폴레옹의 조카가 자행한 역사적인 쿠데타는 마르크스가 남긴 『루이 보나파르트의 브뤼메르 18일(Der achtzehnte Brumaire des Louis Bonaparte 또는 Der 18te Brumaire des Louis Napoleon)』에 면밀히 분석되어 있다. 세계 실록보고문학의 명저로 꼽히는 이 저작물은 스탕달을 비롯하여 위고 등 프랑스 낭만파를 이해하는 데 필수다. '브뤼메르 18일'이란 나폴레옹 1세가 혁명력 8년(1799) 브뤼메르 18일(그레고리력으로는 11월 9일)에 일으킨 쿠데타를 가리키며, 책 제목 '루이 보나파르트의 브뤼

메종 데 브라세르(La maison des brasseurs) 사진에 보이는 광장이 벨기에 브뤼셀의 그랑 플라스이고 왼쪽 건물(꼭대기에 황금 기마상 있음)이 빅토르 위고가 묵었던 '메종 데 브라세르'다. 고딕과 바로크 양식의 건축물로 둘러싸인 이 광장은 위고가 '세계에서 가장 아름다운 광장'이라고 극찬한 바 있다. 메종 데 브라세르 옆에(사진에는 중앙의 건물) 첨탑(96m)이 높이 솟아 있는 건물은 브뤼셀 시청사이다.

메르 18일'은 조카 루이 보나파르트(샤를 루이 나폴레옹 보나파르트)가 이를 모 방했다는, 곧 반복되는 역사를 상징한다. 마르크스는 이를 '보나파르티즘 (Bonapartism)'이라는 용어로 특이한 현상임을 시사했다.

　루이 나폴레옹의 쿠데타와 황제 즉위에 격노한 위고가 「소인배 나폴레옹 (Napoléon le Petit)」(1852)이라는 탄핵서를 쓰자 나폴레옹 3세는 벨기에 당국 에 압력을 넣어 그를 추방토록 했고, 이 때문에 위고는 런던으로 가려다가 영국령 제르제(Jersey, 저지) 섬에 내렸다. 여기서 그는 교령술交靈術을 배워 죽은 사람들(큰딸 레오폴딘, 몰리에르, 셰익스피어 등)과 대화하는 등 영혼을 달래 고자 했으나 분노를 누를 길이 없었다. 아니, 섬으로 쫓겨 오자 더 독해진 위고는 "추악하고 무능하며 데데한 칠푼이"라고 황제를 야유했다. 로마의 칼리굴라와 클라우디우스, 성서의 유다와 카인, 뱀과 악어와 말벌과 거미 같은 징그러운 동물에다 황제를 빗대 쓴 시집이 『징벌(Les Châtiments)』(1853) 인데, 안타깝게도 아직 한국에는 소개되지 않았다. 누군가 번역해서 출판했으면 좋겠다.

1855년 위고는 제르제 섬에서도 쫓겨나 또다시 게르느제(Guernsey, 건지) 섬으로 이사했다. 그해 파리국제박람회에 간 영국 빅토리아 여왕을 소인배에게 굴복했다며 비난한 일로 영국의 압박을 받았기 때문이다. 11월 1일 위고는 이 섬에 도착하자마자(오후 4시) 아내 아델에게 보낸 편지에서 이렇게 썼다. "바다는 요동치고, 거센 바람에 차가운 비, 게다가 짙은 안개까지 방해꾼들이 많았다오. (…) 이곳 사람들의 접대는 훌륭했다오. 부두엔 많은 군중들이 나왔는데, 다들 침묵하고 있었지만 동정 어린 표정들이었소. (…) 내가 지나갈 때 사람들은 모두 모자를 벗어 경의를 표했다오." 정장진 옮김, 「빅토르 위고의 유럽 방랑」, 작가정신, 2007, 208쪽. 이 섬에서 위고는 평생 한 번 자기 소유의 저택인 오트빌 하우스(Hauteville House)를 갖고, 『레 미제라블』을 완성하는(1861) 등 14년을 지냈다.

워털루 전투의 현장

위고는 게르느제 섬에서 망명 생활을 하는 동안 자주 대륙으로 나들이를 갔는데, 가장 중요한 여행은 워털루 전투의 현장 방문이었다. 1861년 5월 7일, 이곳을 찾은 그는 콜론 호텔(Hotel des Colonnes)에 2개월간 묵으며 현장 답사를 다녔다. 격전지였던 몽생장(Mont-Saint-Jean) 고지 등의 폐허 관찰을 통해 그는 『레 미제라블』에서 유명한 A자형 지형과 각국 군의 배치도, 나폴

<u>오트빌 하우스</u> 루이 나폴레옹의 쿠데타로 망명길에 오른 위고는 제르제(저지) 섬에 머물다가 1855년 영국 왕실 속령인 게르느제(건지) 섬으로 가서 이듬해에 바다가 보이는 흰색 집을 구입하여 살았다. 집 안에서도 파란 바다가 펼쳐진 풍경을 볼 수 있다(아래 왼쪽 사진). 위고는 이 집에 '오트빌'이라는 이름을 붙였고 1856~1870년까지 14년간 살았다. 아래 오른쪽 사진은 위고가 오트빌 하우스에 살 때 2층 테라스에서 찍은 것이다.

레옹의 옷차림을 섬세하게 묘사하고 설명할 수 있었다. '워털루 전투'라는 명칭은 몽생장을 영어권에서 부르기 좋게 워털루라 하면서 이름 붙여진 것이다.(프랑스에서는 이 전투를 '몽생장 전투la bataille de Mont-Saint-Jean'라고 부른다) 이 전투를 통해 위고는 권력 무상의 역사적인 필연성을 도출해냈다. 소설은 1815년 6월 18일 전투 당시 승패를 가르는 데 결정적이었던 우고몽 농가(Hougoumont farm)를 한 나그네가 우연히 지나다가 그 부근의 농부에게 3프랑을 주고 들은 이야기를 전해주는 형식을 취한다.

1815년 2월 엘바 섬을 탈출한 나폴레옹은 3월에 파리로 입성하여 황제 자리에 등극함으로써(백일천하로 끝나고 말았지만) 다시 유럽 제패를 노리는 괴물로 변했다. 그러자 영국과 프로이센 등 연합군이 뭉쳐 이 괴물에 도전했고 마침내 승리를 거뒀는데, 바로 그 역사의 현장이 브뤼셀 남향 18km쯤에 있다. 이곳에는 라이온스 마운드(Lion's Mound, Butte du Lion)라 불리는 둔덕이 있는데, 그 꼭대기에 사자상이 있어서 붙여진 이름이다.(☞ 230쪽과 231쪽 위 사진) 거기에 올라 사방을 둘러보면 광활한 대지가 펼쳐진다.(☞ 231쪽 아래 사진) 사실 이곳은 1815년 6월 18일의 대격전 현장과는 5km가량 떨어져 있지만, 거대한 파노라마 기념관에는 전황을 실감토록 조형한 지형지물에다 각국 군대를 모형으로 배치하고 음향효과까지 갖추고 있어 전투를 생생하게 체득할 수 있다.

워털루 전투는 영국의 웰링턴 장군과 프로이센의 블뤼허 장군이 힘을 모아 나라의 운명을 걸고 침략자 나폴레옹에 대적한 사투였다. 나폴레옹은 연합군들이 다 모이기 전에 각개격파한다는 전략을 세웠다. 포병 장교 출신인 그는 아침 6시에 영국군을 먼저 격파해버리고 프로이센군이 도착할 무렵이면 웰링턴이 서 있는 것을 보지 못하게 만들 작정이었다. 그러려면 나폴레옹으로서는 영국군의 중요 거점인 몽생장과 우고몽을 서둘러 점령해야만 했다. 몽생장의 영국군을 분산시켜야 점령에 유리하므로, 나폴레옹은 우고몽을 집중 공격하는 척한다면 영국군이 몽생장 주둔군을 우고몽으로 빼돌리려니 예상했지만, 도리어 그 속임수는 간파당하고 말았다.

나폴레옹은 왜 패퇴했을까?

전투 전날 밤인 6월 17일부터 비가 쏟아져서 땅이 파헤쳐지고 질퍽했기 때문에 말들이 포대砲臺를 끌고 갈 수 없게 되니 나폴레옹은 땅이 마를 때까지 출발을 지연시킬 수밖에 없었다. 게다가 하필이면 길잡이까지 길을 멀리 돌아가게 만들어 11시 35분에야 공격을 개시했다. 결국 영국군과 이 전투구를 벌이면서 결사전은 오후 늦게까지 지속되어 양군이 다 지쳐버렸고, 이 때문에 지원군이 오는 쪽이 승리할 형세였다. 절체절명의 이 순간에 프로이센의 블뤼허 장군이 등장하여 가세함으로써 연합국이 완승했다.

이를 두고 "비가 오지 않았더라면 유럽의 미래는 달라졌으리라. 몇 방울의 물이 더 많으냐 적으냐가 나폴레옹의 운명을 좌우했다."고 할 수 있을까? 위고의 생각은 달랐다. 나폴레옹의 패배를 그는 "웰링턴 때문에? 블뤼허 때문에? 아니다. 천운 때문이다. 보나파르트가 워털루의 승리자가 되는 것, 그것은 더 이상 19세기의 법칙에는 없었다. (…) 여러 사건들이 오래전부터 그에게 악의를 나타내고 있었다."라고 규명한다.

위고는 그 첫째 이유로 "인류의 운명에서 이 한 사람의 과도한 무게는 평형을 깨뜨리고 있었다"라고 하면서 "단 한 사람의 머릿속에 과도하게 집중되어 있는 인류의 모든 활력, 한 인간의 두뇌에 떠오르는 세계, 만약 그것이 지속된다면, 그것은 문명의 파멸을 초래하리라"고 진단한다.

두 번째로는 이 전쟁 괴물에 희생당한 생령들, 즉 "연기를 뿜는 피, 넘쳐나는 묘지들, 눈물을 흘리는 어머니들" 등에 의해 그(나폴레옹)는 "고발되어 있었고, 그의 추락은 결정되어 있었다"『레 미제라블 2』, 54~55쪽라고 말한다. 그리

워털루 전투 기념관 브뤼셀에서 18km 남쪽에는 프랑스군과 영국·프로이센군 간의 대격전이 벌어졌던 워털루 전투의 현장이 있다. 파노라마 기념관(위 사진의 오른쪽 원형 건물) 등 볼거리는 실제 전투의 현장과 좀 떨어져 있지만, 이곳에서 충분히 격전의 현장을 체험할 수 있다. 우선 멀리서도 보이는 라이온스 마운드(Lion's Mound)가 한눈에 들어온다(230쪽과 231쪽 위의 사진). 전투를 기념하여 1826년에 완공된 인공 언덕이다. 이 언덕 꼭대기에 서면 대평원를 잘 굽어볼 수 있다. 사자상의 기단에는 전투일인 "Ⅹ Ⅷ JUNI MDCCCXV"(1815년 6월 18일)이 새겨져 있다. 전투가 어떻게 진행되었는지를 그

림으로 나타낸 표지판도 있다(231쪽 아래 사진). 표지판에서 아래쪽의 몽생장에는 영국 웰링턴 장군의 군대가 배치되어 있고(붉은색), 그 맞은편(파란색)에 프랑스의 나폴레옹 군대가 주둔하고 있으며, 왼쪽으로 프로이센 블뤼허 장군이 이끄는 군대(하늘색)의 지원 이동 경로를 볼 수 있다. 전투를 실감나게 그린 그림은 원형 건물인 파노라마 기념관에서 볼 수 있다. 원형 건물에 360°로 둥글게 돌아가면서 그린 파노라마 벽화에 더하여 영상물·조형물까지 설치해놓아 더욱 생생하다. 230쪽의 아래 그림은 그 벽화 중 일부이다.

위고 방문 기념비 빅토르 위고는 1861년 5월 7일 워털루 전투의 격전지인 몽생장(벨기에 브뤼셀 남동쪽의 워털루)을 방문하여 현장 취재를 했다. 이 기념비는 1911년에 그의 방문 50주년을 기념하여 세운 것이다. 석주 하단부에 위고의 얼굴과 생몰년을 표시한 명판이 붙어 있다.

고 이렇게 정리한다. "워털루는 19세기의 돌쩌귀다. 그 위인의 소멸이 위대한 시대의 도래에 필요했다. (…) 워털루 전투에는 구름보다 더한 것이 있었다. 거기에는 유성이 있었다. 하느님이 지나간 것이다."『레 미제라블 2』, 70쪽.

어쩌면 이렇게 톨스토이가 『전쟁과 평화』에서 서술한 보로지노 전투와 똑같을까! 두 천재 작가는 당시로서는 가장 앞선 민중사관을 터득했기에 이처럼 쌍둥이 같은 역사적 필연론을 제기했을 것이다.

이곳에는 위고의 방문 기념비도 있다. 위고는 이곳을 방문한 뒤『레 미제라블』을 완성하고는(1861. 6. 30. 아침 8시 30분) 창문 너머로 비치는 아침 햇살을 받으며 한 시인에게 보낸 편지에서 "이제는 죽어도 좋아"라고 썼다. 책이 출간된 뒤 독자들의 반응이 궁금해서 전보로 "?"을 써 보냈는데, "!"란 회신을 받고 성공적이었음을 알았다는 일화는 너무나 유명하다.

하수도와 진보 사상

프랑스는 특이하다. "이상하게도 사람들은 그 미래인 '자유'와 그 과거인 나폴레옹에게 동시에 열을 올렸다. 패전은 패전자를 위대하게 만들어놓았다. 넘어진 보나파르트는 서 있는 나폴레옹보다 더 커보였다. 승리한 자들은 두려워했다."『레 미제라블 2』, 90쪽 프랑스가 왕정과 혁명을 반복한 것도 이런 이유로 풀이가 가능해진다.

실컷 울다가 누가 죽었느냐고 묻는다더니, 『레 미제라블』에서 왜 갑자기 워털루 전투 이야기가 나왔을까? 전쟁은 악한들에게는 재산 모으기의 호기라 워털루에도 병사들의 금반지나 배지 등을 훔치는 저질 도둑이 있었다. 그 도둑이 워털루 전투의 와중에 쓰러져 있는 한 장교의 주머니를 뒤지다가 우연찮게 살려주게 되어 의인으로 오인받았는데, 이자가 바로 『레 미제라블』에서 팡틴느의 딸 코제트를 맡아 착취하다가 장발장에게 돈을 뜯어낸 비열한이다.

위고에게 역사는 혁명이다.

> 혁명이란 무엇인가를 이해하고 싶다면 그것을 진보라고 불러보라. 그리고 만약 진보란 무엇인가를 이해하고 싶다면 그것을 '내일'이라고 불러보라. '내일'은 억제할 수 없게 자신의 일을 하는데, 그 일을 바로 오늘부터 한다.
>
> ─『레 미제라블 2』, 85쪽.

그래서 역사란 진보이고, 진보는 "인류의 일반적인 생명"이요 "국민들의 영원한 생명"이었다.

> 그것은 천국적이고 신적인 것을 향해서, 지상적이고 인간적인 대여행을 한다. 거기에는 낙오자들을 집합시키는 휴식처들이 있고, 갑자기 그의 지평을 드러내는 어떤 찬란한 가나안의 땅 앞에서, 명상하는 정류장들이 있고, 잠자는 밤들이 있다.　　　　　　　　　　　　　　　　　　　—『레 미제라블 5』, 117~118쪽.

위고의 진보적 역사관을 체득할 수 있는 첫 관문이 파리의 하수도다. 파리 제7구 레지스탕스 광장(Place de la Résistance) 알마 교(Alma Bridge, Pont de l'Alma)의 하수구 박물관(Paris Sewers Museum, Musée des Égouts de Paris)은 『레 미제라블』에서 1832년 6월 5~6일의 시민 봉기 때 기절한 마리우스를 장발장이 둘러업고 구출했던 곳을 기념해놓은 공간이기도 하다. 지하로 통하는 계단은 좁지만 막상 내려가면 그 규모와 시설에 압도당한다.

소설은 "파리는 매년 2,500만 프랑을 물에 던진다"라고 하수도에 대한 첫 문장을 연다.

> 하수도, 그것은 도시의 양심이다. 모든 것이 거기에 집중되고, 거기서 얼굴을 맞댄다. 이 창백한 장소에는 암흑이 있지만, 더 이상 비밀은 없다. 사물은 저마다 제 참다운 모습을 가지고 있거나, 어쨌든 제 최종적인 모습을 가지고 있다.　　　　　　　　　　　　　　　　　　　—『레 미제라블 5』, 159쪽.
>
> 불결한 것의 그 솔직성이 우리의 마음에 들고, 마음의 피로를 풀어준다. 국시國是, 선서, 정치적 지혜, 인간의 정의, 직업적 성실성, 지위의 위엄, 청렴한 법복, 이런 것들이 판을 치는 광경을 지상에서 받아들이는 데 시간을 보냈을

실제 하수관 시설에다 박물관을 꾸며놓았는데, 약 500m의 지하 터널을 따라가다 보면 하수 처리 시설의 역사와 각종 시청각 자료를 관람할 수 있다. 파리의 전기 시설 및 전화 설비, 가스 배관 시설도 직접 볼 수 있다. 이곳에는 『레 미제라블』 전시실도 따로 있어 빅토르 위고의 흉상과 친필 원고도 볼 수 있다.

때, 하수도에 들어가서 거기에 어울리는 진흙탕을 보면 마음이 가라앉는다. 그것은 동시에 교훈을 준다. 아까 막 말했지만, 역사는 하수도를 통과한다.

—같은 책, 160~161쪽.

19세기 초에, 파리의 하수도는 아직도 신비한 장소였다.

—같은 책, 164쪽.

아, 오물이 흐르는 하수도도 파리에서는 이런 대접을 받는구나! 장발장이 헤맸던 하수도는 훨씬 좁고 위험했다. 이 하수구 박물관에는 『레 미제라블』 전시실도 갖추고 있다.

미리엘 신부의 제자, 한국에서 순교하다

이왕 『레 미제라블』 기행에 나섰으니 몇 군데 더 둘러보자. 소설의 첫 장면은 툴롱 감옥의 도형수였던 장발장이 19년(흥미롭게도 위고의 추방 기간과 같다) 만에 출소하여 "7개월 전 나폴레옹이 칸에서 파리로 가면서 지나던 길과 같은 길을 걸어 디뉴에 왔다"라고 시작된다. 디뉴는 칸에서 북서쪽 134km 지점에 있다. 1815년 엘바 섬을 탈출한 나폴레옹이 칸과 디뉴를 거쳐 파리로 들어간 노선이 바로 그 길이었다.

나폴레옹과 장발장의 노선을 이렇게 똑같이 설정한 건 우연일 수도 있지만, 영웅이란 전쟁광만의 전유물이 아니라 자신을 개조한 이름 없는 한 인간도 영웅임을 보여주는 것이기도 하다. 나폴레옹은 디뉴에 이르렀을 때 성당 사제의 집에서 서너 집 건너에 머물다가 파리로 향했다. 당시 주교관이 재판소로 사용되는 바람에 주교는 성당 아래의 위박 가 7번지 낡은 5층 집에서 살고 있었고(1805~1825년 동안 살다가 나중에야 주교관으로 입주했다), 이에 나폴레옹은 사제의 집에 묵지 못했던 것이다.

프랑스 남해안의 가장 큰 도시인 마르세유에서 서쪽으로 가면 툴롱이 있고, 더 서향에 칸이 자리한다. 마르세유에서 북향하여 가다가 서향으로 들어간 곳에 있는 디뉴레뱅(Digne-les-Bains)이 곧 『레 미제라블』의 디뉴이다. 디뉴에서 장발장은 신학교, 주교좌성당 앞 광장의 모퉁이에 있는 인쇄소도 지나갔는데, 그 인쇄소가 엘바 섬을 탈출한 나폴레옹이 첫 성명서를 인쇄한 곳이라고 위고는 밝힌다. 장발장을 한순간에 개과천선시킨 주교 미리엘이 등장하는 곳이 바로 디뉴 성당이다.

그런데 미리엘 신부는 소설을 위해 창조해낸 가공의 인물이 아니라 실존 인물로, 그 모델은 미올리스(François-Melchior-Charles-Bienvenu de Miollis,

샤스탕 신부 현양비
서울 노고산에 자리한 서강대학교 구내에 샤
스탕 신부를 기리는 현양비가 세워져 있다.

1753~1843) 신부다. 그는 1805~1838년까지 디뉴에서 사역했으며 샤스탕
(Jacques Honoré Chastan, 정아각백鄭牙各伯, 1803~1839) 신부를 조선에 보내는 데
큰 역할을 했기 때문에 한국과 『레 미제라블』의 촌수가 생기게 되었다.

샤스탕 신부는 1826년 디뉴 신학교를 졸업하고 이듬해에 마카오와 중국
일대에서 사역하다가 우여곡절 끝에 1837년 1월 입경했다. 1839년의 기
해박해己亥迫害 때 청국으로 피신할 것을 권유받고도 그냥 남아 전교 활동
을 펴던 중 배교자의 밀고로 결국 자수하여 순교했다. 제2대 조선교구장 앵
베르(Laurent-Joseph-Marius Imbert, 범세형范世亨, 1797~1839), 모방(Pierre Philibert
Maubant, 나백다록羅伯多祿, 1803~1839) 신부와 함께 9월 21일 새남터에서 순교
한 뒤 군문효수軍門梟首를 당했다.

세 신부의 유해는 신촌 노고산에 묻혔다가 1843년 시흥 삼성산에서 면
례緬禮했는데, 지금은 명동성당 지하실과 새남터성당 소성당에 안치되어 있

다. 1925년 로마 교황청에서 시복식을 통해 복자품에 올랐고, 1984년 한국 천주교 200주년을 기념하여 방한한 교황 요한 바오로 2세에 의해 5월 6일 시성諡聖되었다.

명동성당이나 새남터성당엘 가면 우리 시대의 미리엘(미올리스) 신부는 어때야 할지 생각해보자. 신학대학에서라도 『레 미제라블』 제1부 1장 「올바른 사람」을 필독시켰으면 좋겠다.

전쟁과 혁명, 그리고 만년

칠푼이를 국가원수로 뽑는 국민들은 필연코 엄청난 재앙을 맞게 되어 있다. 1870년 7월 19일, 비스마르크가 파놓은 함정에 빠진 황제 나폴레옹 3세는 우매한 실언으로 프로이센-프랑스 전쟁을 터트렸다. 68세의 원숙한 위고는 전쟁 발발 소식을 듣자마자 바로 나폴레옹 3세의 몰락을 예견하고 8월 15일 망명의 섬을 떠났다. 브뤼셀을 거쳐 9월 5일에 그는 시민들의 열렬한 대환영을 받으며 파리로 귀환했다. 환영객 중에서 위고가 눈여겨본 사람은 주디트 고티에(Judith Gautier, 1845~1917)였다. 그녀는 〈에르나니〉 공연 때 응원 단장을 맡았던 시인 테오필 고티에의 딸로서 나중에 바그너와도 염문을 뿌린 재원이며 위고와도 나중에 뜨거운 사이로 발전한다.

승리를 장담했던 소인배 황제는 한 달 반 만인 9월 2일 스당에서 프로이센군에게 포로로 잡혔다. 나라 망신에 분노한 파리 시민은 황제와 국회 타도, 공화국 만세를 외쳤고, 이로써 제3공화국이 탄생했다.

나폴레옹 3세가 항복했음에도 프로이센은 진격을 계속하여 1871년 1월 28일에는 파리 성문까지 열었다. 바로 열흘 전인 1월 18일, 프로이센은 베르사유 궁전에서 통일된 독일제국의 선포식을 성대하게 치렀다. 이로써 프로이센은 영방국가의 하나가 아닌 통일 독일을 수립했다. 자기 나라의 통일 선포를 남의 나라 궁전에서 한 건 그만큼 프랑스가 독일의 통일을 바라지 않았다는 반증이기도 하다. 프랑스로서는 치욕적인 패배였다.

프로이센군에게 포위당한 파리는 겨울이 되자 굶주림의 극한에서 쥐 한마리에 2~3프랑, 개고기 1파운드가 5프랑인 참상이 벌어졌다. 이렇게 열악한 상황에서도 시민들은 동물원의 원숭이 등을 잡아서 위고에게 식재료로 주는 등 존경하는 마음을 담아 특별 대우했다.

1871년 2월 총선에서 파리는 진보파가 압도했으나 농촌은 보수파 일색이었다. 보르도의 대극장에서 열린 의회에서는 독일에게 알자스·로렌 지역을 양도하는 등의 굴욕적인 휴전협정에 대한 찬반 토론이 벌어졌다. 애국을 구두선으로 늘어놓았던 정치인들의 표결 결과 자기 나라 땅을 양도하자는 찬성파가 546명으로 압도적인 다수였고, 반대파는 불과 107명이었다. 반대파 중에서도 위고는 단연 선두에 섰지만 형세를 바꾸기는 어려웠다.

그런데 이 영토 문제에 뒤지지 않은 문제가 있다. 니스에서 선원의 아들로 태어나 청년 이탈리아당원으로 통일·독립운동에 투신했고, 이탈리아와 중남미에서 혁혁한 공을 세운 가리발디(Giuseppe Garibaldi, 1807~1882)가 알제리 선거구에서 당선되어 보르도 국민의회에 참석했다. 그 당선을 무효화시키려고 억지를 쓰는 꼴통 의원들에 맞서 위고가 저지하고자 진력했으나 역부족이었다. 울분을 참지 못한 위고는 결국 의원직을 내던져버렸다.

애국을 팔아 호강하던 특권층은 나라의 땅덩어리야 잘라주건 말건 희희낙락했지만 핍박받던 국민들은 항전의 기세가 넘쳤다. 결국 정치인에게는 나라를 맡길 수 없다며 일어선 파리 민중들에 의해서 파리코뮌(Paris Commune, Commune de Paris)이 형성되었다. 항복한 것은 프랑스가 아니라 황제와 지배층이라는 인식하에 시민들이 조국을 지키자고 일으킨 이 혁명은 1871년 3월 18일부터 5월 28일까지 72일간 평화로이 지속되었다.

5월 21일, 파리를 포위한 독일군의 암묵적인 협조 아래 정부군은 시내로 무자비하게 진격했다. 26일 비 내리는 페르 라셰즈(Père Lachaise Cemetery, Cimetière du Père-Lachaise) 공동묘지에서 코뮌 용사들의 최후의 백병전은 분쇄당했고, 28일 코뮌은 막을 내렸다. 정부군은 3만 명을 학살하고 10만 명을 체포, 그중 4만 명을 베르사유 군사재판에 회부하여 370명 사형, 410명 강제 노동, 4,000명 요새 금고, 3,500명에 유형 판결을 내렸다.

파리코뮌 희생자들의 묘지는 페르 라셰즈에 있는데, 그 주변에는 코뮌 지지 정당 대표들의 묘지도 함께 있다. 매년 5월 27일 페르 라셰즈에서는 탄흔이 남아 있는 '코뮌의 벽(Communards' Wall, Mur des fédérés)'에 세계 노동자 대표가 화환을 증정하는데, 나치 점령 치하에서도 지속되었다. 가쓰라 아키오 지음, 정명희 옮김, 『파리코뮌』, 고려대학교출판부, 2014, 267~270쪽.

페르 라셰즈 공동묘지를 방문하게 되면 정문에서 안내 팸플릿을 받아 순서대로 보는 게 인문학적인 기행이 될 것이다. 이곳에 묻힌 각계의 유명인들을 묘지 배열 순서대로 간추려보면 다음과 같다.

『행복론』으로 유명한 철학자 알랭, 시인 아폴리네르, 작가 발자크, 〈카르멘〉의 작곡가 비제, 작곡가이자 피아니스트 쇼팽, 실증주의 사회학자 콩트, 화가 들라크루아, 시인 폴 엘뤼아르, 수도원장과 수녀원장의 에로틱한 사랑의 주인공 아벨라르와 엘로이즈, 우화 작가 라퐁텐, 화가 마리 로랑생, 철학자 리오타르, 철학자 메를로 퐁티, 역사학자 미슐레, 화가 모딜리아니, 화가 피사로, 작가 마르셀 프루스트, 작가 쥘 로맹, 공상적사회주의자 생 시몽, 유럽 예술의 대모 거트루드 스타인, 유미주의자 오스카 와일드 등등.

페르 라셰즈에 와서 이들의 묘지를 보고도 그냥 지나친다면 교양인이 아

코뮌의 벽 파리코뮌 전사들이 정부군을 상대로 페르 라셰즈에서 최후의 격전을 벌이다가 죽은 곳이다.
이곳에는 그들을 기리는 조각과 빅토르 위고의 추모 글이 새겨져 있다.
또한 이곳 벽면의 명판(아래 사진의 필자 옆)에는 "AUX MORTS DE LA COMMUNE 21–28 Mai
1871"라고 씌어 있는데, "1871년 5월 21~28일 코뮌의 죽은 이들에게"라는 뜻이다.

오스카 와일드의 무덤
오스카 와일드는 아일랜드 출신의 소설가이자 시인, 극작가로, 예술을 위한 예술을 신조로 하는 탐미주의를 주장했다. 그의 무덤에 있는 기념 조각상에는 여성 팬들의 키스 자국이 무수히 찍혀 있다.

니다. 아벨라르와 엘로이즈의 추모상 앞에서 소원을 빌면 진실한 사랑이 이루어진다는 말이 있어 늘 사람들로 북적이고, 오스카 와일드 무덤의 기념상에는 키스 자국이 그득하다.

코뮌이 실패하리라는 것을 예상했기 때문에 비록 찬성하지는 못했지만 동조적이었던 위고는 혼란의 와중에 일단 브뤼셀로 피신했다. 그곳에서 그는 코뮌 용사들이 쫓겨 오면 언제나 문을 열어주었다. 그러자 위고를 교수형에 처하라며 창문에다 투석하는 사건이 벌어졌다. 이에 벨기에는 위고에게 추방령을 내렸고, 결국 그는 5월 룩셈부르크로 떠났다. 그는 극좌파 정치 지도자로 낙인찍혀버렸다.

여론은 코뮌 규탄이 압도적이어서 온갖 욕설과 모략중상이 난무했다. 플로베르, 알렉상드르 뒤마 피스, 고티에, 르낭, 르콩트 드 릴 등 저명 문인의

빅토르 위고의 장례식 1885년 5월 31일 파리 개선문에서 위고의 장례식이 거행되었다. 이날 개선문에는 그를 애도하기 위해 검은 휘장이 걸렸다.

거의 대부분이 비판에 합세했고, 다만 위고와 랭보, 에밀 졸라 정도가 파리 민중에게 동정을 보내는 정도였다. 위고는 망명처를 떠돌며 일흔의 나이에도 코뮌 전사들의 구호 활동에 헌신했다.

1871년 10월 1일, 쓸쓸하게 파리로 귀환한 위고는 코뮌 참가자의 사면을 호소했으나 성과가 없었고, 이듬해 총선에서는 급진파라는 세론에 밀려 낙선했다. 이 잔혹한 시대를 그는 시집 『무시무시한 해(L'Année terrible)』(1872)로 애도했다.

파리코뮌 직후 위축되었던 위고는 이내 상원에 진출하여 정치와 문학과 외도(!)까지 병행했으며, 1885년 83세로 세상을 뜨기 전까지 진보적인 휴머니즘을 계속 견지하여 국민적인 숭앙을 넘어 인류의 스승이 되었다. 그는

빅토르 위고의 묘 위고의 유해는 파리 팡테옹(Panthéon)의 지하 묘소에 안장되어 있다. 왼쪽이 위고의 묘, 정면의 창문 아래는 알렉상드르 뒤마의 묘이며, 위고의 맞은편이 에밀 졸라의 묘인데 사진에는 철문에 가려 일부만 보인다.

늙을수록 과격해져 진보는 늙지 않는다는 걸 입증함으로써 범국민적인 추앙을 받았다.

죽음을 앞두고 그는 유언장에서 "가난한 사람들에게 5만 프랑을 전한다. 그들의 관값으로 사용되길 바란다. 교회의 추도식은 거부한다. 영혼으로부터의 기도를 요구한다."라고 썼다. 폐렴으로 병석에 누운 그가 지상에서 마지막으로 남긴 말은 "검은빛이 보인다"였다. 앙드레 모르아 지음, 최병권 옮김, 『빅토르 위고』, 우석, 1998, 190~192쪽. 그의 장례식에는 200만 인파가 모여들어 조문 행렬이 끝도 없이 이어졌다.

파리 시내 곳곳에는 이런 위대한 인문주의 정신이 스며 있으니, 어느 거리를 가든 위고의 숨결과 정신을 만끽해보자.

06. 괴테
: 파우스트의 화신

Johann Wolfgang von Goethe

요한 볼프강 폰 괴테
Johann Wolfgang von Goethe
1749. 8. 28 ~ 1832. 3. 22.

프랑크푸르트 관광 제1코스의 대저택

세계문학사에서 괴테처럼 오복을 신명껏 향유한 문인은 없다. 프랑크푸르트 암 마인(Frankfurt am Main)의 관광 제1코스인 괴테 생가는 러시아 오룔(Oryol)에 광대하게 펼쳐진 투르게네프의 영지나, 인도 콜카타(Kolkata)의 학교 규모로 건축된 타고르의 생가와 비견될 만큼 엄청나다. 온 집안을 돈으로 칠갑해놓은 것으로는 괴테 쪽이 단연 앞선다. 나중에 그의 어머니 혼자 30년간 살다가 1795년에 매각한 이 생가는 제2차 세계대전 중 피폭되었으나 전후에 복구하여 1954년부터 개방되기 시작했다. 26세에 출향한 괴테는 고향을 단 네 차례만 방문했다.

'3개의 칠현금'이라 불렀다는 괴테의 생가는 두 채의 집이 나란히 서 있지만 연결이 안 되어 있어 1755년에 개축했는데, 2층과 3층이 아래층보다 약간 돌출되어 있다. 당시의 법규로는 2층만 돌출이 가능했고 3층은 안 되었지만 워낙 토호 집안이라 신축 대신 개축했다고 전한다. 특히 그 시대 부엌의 최고 시설이라는 펌프, 그리고 방마다 모두 갖춰놓았던 난로를 눈여겨봐

괴테 생가(Goethe-Haus)
1944년 5월 22일에 폭격을 맞아 파괴되었지만 전쟁이 끝난 뒤 1947~1951년까지 4년에 걸쳐 복원하고 1954년부터 박물관으로 일반에 공개되었다. 방마다 화려한 가구와 장식을 통해 당시 상류층의 생활이 어떠했는지를 살펴볼 수 있다.

괴테 생가의 **부엌** 괴테 생가의 1층은 부엌과 식당, 어머니의 접견실이 있다. 부엌에는 지하실 우물과
연결된 펌프가 있는데, 사진에서 오른쪽에 보이는 길다란 구조물이 그것이다.

야 한다. 이 두 가지가 부잣집 저택의 상징으로, 불을 방 안에서 지피고 재
를 치우는 것은 밖에서 하도록 장치되어 있다.

　2층 계단으로 올라가서 복도에 있는 두 장롱 사이의 방은 문서실(문이 잠
겨 있음), 그 옆은 이른바 "Peking(베이징)"이라 불리는 접객실(밀라노에서 제작
된 중국풍의 벽지로 꾸며짐), 계단 오른쪽은 음악실이다. 각 방을 구경하기 전에
이 계단참에 놓인 큼직한 프랑크푸르트식 장롱을 그냥 지나치지 말자. 그
시대 귀족들은 빨래를 자주 하지 않으려고 옷을 많이 장만해서 갈아입은
뒤 쌓아두었다가 하인으로 하여금 빨랫감을 잔뜩 모아 강변으로 갖고 가
서 한꺼번에 세탁하게 했다. 괴테 집은 1년에 2회 세탁했을 정도로 옷이 많
았으니 장롱도 엄청 클 수밖에 없다. "천이 넉넉하면"이란 단어가 부자라는
뜻이었다니 알 만하다. 이불 호청과 침대 시트, 수건도 자주 갈아 썼다.

괴테 생가의 장롱 괴테 집안은 1년에 두 번만 세탁을 했을 정도로 옷이 많았다고 한다. 엄청난 양의 옷을 보관하기 위해 장롱도 굉장히 컸다.

3층으로 올라가는 계단부터는 비싼 돌 대신 목재를 사용했고, 난간은 무쇠로 만들어졌다. 3층에는 '정원의 방'이 있다. 3층 계단참의 천문학 시계(달, 요일, 해와 달의 운행 표시가 다 나타남. 아버지가 이탈리아에서 사 온 것)는 장대하고 오묘해서 무시한 채 지나칠 수 없을 만큼 눈길을 사로잡는다. 계단을 올라오면 앞방이 부모의 침실, 괴테가 태어난 방, 옆이 어머니 방, 그 옆이 아버지가 그림을 수집해놓은 방, 또 그 옆이 아버지 서재로 2,000여 장서가 있다. 4층에는 다락방과 괴테의 방 등이 있는데, 인형극 무대(큰 상자)도 보인다. 전영애, 『괴테의 도시 바이마르에서 온 편지』, 문학과지성사, 1999, 143~165쪽.

괴테는 3층 '정원의 방'에 대해 이렇게 회고했다.

그곳은 내가 성장할 때, 슬프지는 않았지만 동경에 차 가장 즐겨 머물던 곳이었다. 저 정원들 너머로 도시의 성벽과 제방 너머로 아름답고 기름진 평원이 보였다. (…) 거기에서 나는 여름이면 언제나 과제물을 공부했고, 천둥 번개를 동반한 소나기가 올 때면 그것이 지나가기를 기다렸고, 공교롭게도 서향으로 난 창문을 통해 지는 해를 하염없이 바라보곤 했다.

—페터 뵈르너 지음, 송동준 옮김, 『괴테』, 한길사, 1998, 16~17쪽.

괴테의 부계는 튀링겐 출신으로 농업·수공업·여관업에 종사하던 가문이었다. 조부가 당시에는 대우를 잘 받는 재단사가 되어 여러 해 방랑하다가 프랑크푸르트에 정착한 뒤 '수양버들 집' 여관의 상속녀와 결혼하여 그 주인이 되었다. 아버지 요한 카스파르 괴테(Johann Caspar Goethe, 1710~1782)는 법학을 전공했고, 프랑스·이탈리아 등지로 수련 여행을 하고 돌아온 뒤 프랑크푸르트 시청 관리가 되려다가 실패하자 황실 고문관직을 재력으로 얻었다(1742). 괴테가 "아버지로부터 나는 체격을 물려받았고,/삶을 진지하게 살아가는 것을……"(「2행 풍자시」) 물려받았다고 할 만큼 그의 아버지는 풍채가 당당했다.

모계는 학자·법률가 집안으로, 어머니 카타리나(Catharina Elisabeth Goethe, 1731~1808)는 프랑크푸르트 시장(Johann Wolfgang Textor)의 딸이었다. "활기차고 명랑한 성격"에 "이야기를 꾸며내는 취미"가 있었는데, 1748년에 결혼하고 1년 만인 열여덟 살(아버지는 40세) 때 괴테를 낳았다.

괴테는 태양이 처녀궁에 있는 정오의 종소리와 함께 태어났는데, 달의 방해로 죽을 뻔했으나 목성과 금성의 호의를 받은 태양의 기운으로 살아났다고 한다. 그러나 실은 조산원의 미숙으로 사산될 뻔하다가 간신히 살아난 것이다. 꿋꿋 샜던 외할아버지가 딸의 난산에 놀라 모든 의술을 총동원한 덕분이었는데, 나중에 괴테는 자신이 난산에서 가까스로 살아난 사건 때문

괴테 생가의 내부 위 왼쪽은 1746년에 만들어진 천문시계인데 태양과 달, 12개의 별자리가 나타나며 지금까지도 정확한 시간을 알려준다. 위 오른쪽은 어린 괴테가 인형극 놀이를 했던 무대장치다. 아래 사진은 4층에 있는 괴테의 방으로, 이곳에서 『파우스트』를 처음 시작했으며 『젊은 베르테르의 슬픔』 등을 집필했다.

에 프랑크푸르트 시민들이 그 덕을 보게 되었다고 말했다. 외조부가 손자를 어렵게 얻은 뒤 조산원의 임명제 및 조산술 개발 정책을 폈기 때문이었다. 그럼에도 불구하고 6남매 중 괴테와 여동생(Cornelia Friederike Christiana, 27세에 죽음)을 제외하고 모두 일찍 죽었다.

지진과 전쟁으로 인생관 형성

괴테가 소년 시절에 가장 크게 충격을 받은 사건은 리스본 대지진(Lisbon earthquake)이었다. 1755년 11월 1일 만성절萬聖節(All Saints' Day), 시민 대부분이 교회에 있던 아침 9시 40분쯤 최악의 첫 발생 이후 세 차례나 연속적으로 일어나서 23만 5,000여 시민 중 3만~7만 명이 사망하는 대참사가 벌어졌다. 이 지진은 6개월 동안 약 250회의 여진으로 이어졌다. 지금도 리스본에 가보면 온 도시가 이때 도괴되었다가 다시 세운 기억들로 이루어져 있다. 당시 시민들이 붕괴되는 건물을 피해 피신해 있던 해안가와 부두를 15m의 쓰나미가 덮쳤고, 해일은 대서양을 횡단하여 10시간 후 서인도제도에까지 이르렀다. 지진이 감지된 곳은 영국 본토, 아일랜드 남동부, 덴마크 남부, 오스트리아 서부 등에 걸쳐 육지에서만도 128만km²에 이르렀다.

여섯 살 때 전 유럽의 공포였던 리스본 대지진의 충격을 겪은 괴테는 일생 동안 신의 존재를 회의했다. 그리하여 "천지의 창조자이며 유지자인 신, 신앙 조항 제1조의 명설에 의해 총명하고 자비로운 자로서 소개된 신은 옳은 자와 옳지 못한 자를 통틀어서 한꺼번에 파멸에 빠뜨림으로써 만유의 아버지로서의 실증을 보여주지 않았다"박헌덕 옮김, 『시와 진실 (상)』, 범우사, 2006, 35쪽라고 했다. 이 글귀가 담긴 책은 한국에도 번역자와 출판사를 달리한 판본이

카르모 수녀원
포르투갈의 수도이며 대서양 연안의
항구도시인 리스본에 1755년 11월 1
일 대지진이 일어났다. 역사상 가장
많은 사망자 수를 기록한 지진이었
다. 카르모 수녀원(Carmo Convent)
은 리스본 대지진 때 건물 뼈대만 남
기고 파괴되었는데, 이후 복원하지
않고 그대로 남겨서 지금과 같이 천
장이 뚫린 모습을 하고 있다.

여럿 있는데, 원제는 『나의 생애에서 — 시와 진실(From My Life: Poetry and Truth; Aus meinem Leben: Dichtung und Wahrheit)』(1833)이며, 괴테가 1749년 출생부터 1775년 바이마르에 도착할 때까지의 회상기로 구성되어 있다. 그 뒤의 이야기는 『이탈리아 기행(Goethe's report on his travels to Italy from 1786~88; Italienische Reise)』에서 서술했으며, 또 그 이후와 생애 전체에 대해서는 『괴테와의 대화(Gespräche mit goethe)』를 참고할 수 있다.

> "나는 교리가 참된 것인가 아니면 그릇된 것인가, 유익한 것인가 해로운 것인가를 깊이 파고들 생각은 없네. (…) 기독교의 신앙 교리에는 우리 하나님 아버지의 의지 없이는 단 한 마리의 참새가 지붕 위에서 떨어지는 일도 없다고 되어 있다네." ―요한 페터 에커만 지음, 곽복록 옮김, 『괴테와의 대화』,
> 동서문화사, 2007, 249쪽. 이하 『대화』로 약칭.

요한 페터 에커만(Johann Peter Eckermann, 1792~1854)은 가난한 행상 집안 출신으로 온갖 고난을 딛고 성장했다. 1823년 31세 때 바이마르로 가서 괴테의 저택에 살며 1823년 6월 10일부터 1832년 3월 11까지 9년간 1,000회 가량 가진 대담을 기록하여 『괴테와의 대화』를 남겼다.

"모든 종교는 신으로부터 직접 주어진 것이 아니라, 걸출한 사람들이 그들과 똑같은 대다수 민중들의 요구와 이해력에 맞추어 그들이 적응할 수 있게 만든 것이라고 간주하는 것이 타당할 것이다"라고 말할 만큼 괴테는 신앙에 냉정했다. "그(괴테)는 경건주의가 만연하여 이 광신이 정치적인 경향을 띠고 전체주의에 편들어 모든 자유로운 정신 활동까지도 모두 억압하려고 한다고 탄식"하며, 다음과 같이 말했다.

> "게다가 위선적인 놈들이 있지." 하고 그는 외쳤습니다. "그들은 그 신앙에 의해 군주의 환심을 사고 지위와 훈장을 얻으려 하고 있네!—중세기에 대한 문학적인 편애를 이용하여 발을 붙이려고 하고 있어."
>
> (…)
>
> 그러나 자기는 지금도 그리스도교 속에서 많은 위안을 발견하고 있다고 말씀하셨습니다. "그것은 인류애의 교리야."라고 그는 말했습니다. "그러나 그것이 처음부터 왜곡되어버렸던 것이지. 최초의 그리스도 교도들은 극단론자 출신 자유사상가들이었거든."　　　　　　　—『대화』, 692쪽.

하늘의 권능에 낙담한 괴테에게 땅의 권세까지 불신토록 만든 사건은 일곱 살 때 겪은 7년 전쟁(Seven Years' War, 1756~1763)이었다. 슐레지엔 영유권 문제로 프로이센과 오스트리아가 치른 이 동족상잔의 참극에서 외조부는 오스트리아를, 아버지는 프로이센을 지지하자 괴테는 두 왕권이 모두

"당파적인 불공평"을 지닌 것으로 보았다. 동족을 치면서까지 영토를 확보하고자 프로이센은 영국·포르투갈과 연합했고, 오스트리아는 프랑스·스페인·러시아·스웨덴과 연합하여 전쟁을 벌였다. 괴테는 이 전쟁의 참상을 지켜보면서 옳고 그름보다는 이권 다툼이 앞서는 세상의 허망함을 느꼈다.

> 나의 감정은 본래 남을 존경하는 경향을 가지고 있었다. 존경할 가치가 있는 것에 대한 신념은 무언가 커다란 일이 없으면 흔들리지 않았다. (…) 하여튼 이미 당파적인 불공평을 보게 된 것은 어린아이로서 매우 불쾌한 일이었고, 자기가 사랑하고 또 존경하는 사람으로부터 떨어져 나가는 일에 익숙해진 것은 해로운 일이었다. ─『시와 진실 (상)』, 55-57쪽.

라이프치히 시절의 상사병

고전을 연구하기 위해 괴팅겐 대학으로 가고 싶었던 괴테를 라이프치히 대학 법학과로 보낸 건 그의 아버지였다. 라이프치히 대학은 분단 동독 시절에는 라이프치히-카를 마르크스 대학으로 호칭이 바뀐 적도 있으며, 하이델베르크 대학 다음으로 유서가 깊다. 괴테가 이 대학에서 공부한 것은 1765~1768년까지 3년간이었다.

이 시절에 세 살 연상녀 안나 카타리나(케트헨이라는 애칭으로 불림, Käthchen Schönkopf)와 설익은 사랑에 빠지면서 술집에 드나들다가 건강이 악화되어 학업을 작파하기도 했는데, 이유는 그녀가 다른 남자를 좋아한다는 근거 없는 질투심 때문이었다. 괴테가 들러 술을 마셨다는 이 술집은 오늘날까지 남아 있어 여행객들이 즐겨 찾는 명소가 되었다. 바로 아우어바흐 켈러

아우어바흐 켈러 메들러파사주(Mädlerpassage)라는 아케이드 쇼핑몰 지하에 위치한 지하 식당이다. 괴테가 라이프치히 대학을 다닐 때 이곳에 들러 술을 마셨는데, 오늘날까지도 운영되고 있어 관광 명소가 되었다. 술집 앞에는 『파우스트』의 한 장면을 묘사한 조각상이 세워져 있다(오른쪽 사진). 일명 '메피스토와 파우스트 조각상'이라 불린다.

(Auerbach's Cellar, Auerbachs Keller)라는 지하 식당이다. 이곳은 『파우스트』의 「비극 제1부」에서 악마 메피스토펠레스가 파우스트를 데리고 맨 먼저 들른 곳이자, 베토벤과 무소륵스키가 작곡한 가곡 〈벼룩의 노래〉의 무대이기도 해서 유명하다.

　메피스토펠레스가 노욕에 이성의 눈이 멀어버린 파우스트를 유혹하려고 붉은 망토를 펼쳐 허공을 날아서 이곳에 들어온다. 마침 대학생들은 술에 취해 신명에 들떠 떠들썩한 판인데 청년으로 위장한 메피스토펠레스가 부른 노래가 하필 〈벼룩의 노래〉였다. 옛날 어느 왕이 벼룩을 귀여워하고 아껴 고이 길러서 고관으로 임명하자 왕비와 시녀와 여관女官들이 벼룩에게 "마구 물리고 빨렸다." 몹시 가려운데도 긁지도, 그렇다고 벼룩을 죽이지도 못하지만 "우리들이야 물리기만 하면/당장 문질러 죽어버리고야 말지"라고 노래는 끝맺는다. 음란하면서도 권력의 횡포를 야유한 경쾌한 곡이다.

아우어바흐 켈러는 거기서 식사를 해야만 교양인이 될 듯 착각을 일으킬 정도로 입구부터 식당 내부에 이르기까지 온통 파우스트와 관련된 조각, 그림, 장식으로 눈을 홀린다. 메뉴는 한 가지로 정해져 있다시피 한데, 기름기 넘치는 큼지막한 돼지고기에 인심 좋게 엄청난 양의 감자를 내준다. 하지만 흐린 날이 많은 독일의 기후 탓에 짜게 먹어야 혈액순환이 잘된다는 철칙을 고수하기 때문에 한국인의 입맛으로는 도저히 먹기 어렵다. 보통 다른 식당에서는 여행객의 입맛을 고려해주는데, 여기서는 아무리 싱겁게 해달라고 부탁해도 파우스트의 권위 때문인지 그대로 내온다. 하기야 독일이 경제적인 번영을 이룩한 것도 이처럼 전 국민이 짜서였는지 모른다.

라이프치히 대학에 다니는 동안 상사병 비슷한 질투심으로 쇠약해진 괴테는 고향에서 몸보신을 한 뒤, 1770년 본격적인 사랑이 이루어지는 슈트라스부르크(Straßburg) 대학을 향해 떠났다. 독일과 프랑스의 국경도시인 슈트라스부르크는 신성로마제국령으로, 1201년 제국자유도시(Free imperial city, Freie Reichsstadt)가 되었다. 1681년 루이 14세의 프랑스에 편입되었지만 프로이센–프랑스 전쟁(1870~1871) 때 프랑스가 패배하자 다시 독일령이 되었다. 알퐁스 도데의 단편소설 「마지막 수업」은 이때를 배경 삼은 걸작이다. 제1차 세계대전에서 독일이 패배한 이후부터는 프랑스령이 되어 지금은 스트라스부르(Strasbourg)로 불린다. 1806년 신성로마제국이 붕괴되기 전까지 독일은 여러 영주(제후)들의 연합으로 구성된 영방국가領邦國家였다. 그중 이들의 직접적인 지배를 받지 않고 신성로마제국 황제 직속으로 자치제를 허용한 도시를 선정하여 제국자유도시라고 불렀다. 프랑스와 독일 문화가 공존했던 이 국경도시는 괴테가 갔을 때는 프랑스령이었지만 여전히 개방적이었다.

슈트라스부르크 대학은 루터의 종교개혁 이념을 퍼뜨리고자 1538년에 김나지움(Gymnasium, 고전적 교양을 목적으로 하는 중등교육기관)으로 세워졌다가 1621년부터 대학이 된 유서 깊은 학교다. 루이 14세에 의해 프랑스령이 되었지만 독일의 대학으로 존립했기에 괴테도 유학했던 것인데, 그 뒤 프랑스혁명을 지나면서 프랑스어권 대학으로 발전했다.

21세의 괴테는 슈트라스부르크 북쪽의 제젠하임(Sessenheim)에서 목사의 딸 프리데리케 브리온(Friederike Brion)과 목가적인 사랑을 열렬히 하다가 헤어졌다. 그녀와 관련된 시로는 「5월의 노래」, 「들장미」, 「만나는 기쁨과 이별」 등이 있다. 제젠하임에는 가보지 못해서 더 할 말이 없고, 다만 아슬아슬한 사랑의 심경을 담은 시 「들장미」의 끝 구절을 음미해보고 싶다.

소년이 말했다: 널 꺾을래,	The boy said: "I am gong to pick you,
벌판에 핀 작은 장미야!	Rose on the common"
작은 장미가 말했다: 널 내가 찌를 거야,	The rose said: "I shall prick you so badly,
그러면 네가 영원히 날 생각할 걸,	That you'll always remember me,
그리고 난 참지 않을 거야.	And, I'll not let you"
작은 장미, 작은 장미, 붉은 작은 장미,	Rose, rose, red rose,
벌판에 핀 작은 장미야.	Rose on the common.

—김주연 옮김, 『순례자의 아침노래』, 혜원출판사, 2000; 영문은 Leonard Wilson Forster, *The Penguin Book of German Verse*, London, England: Penguin Books, 1959에서 인용.

슈베르트와 베르너의 곡으로 우리에게도 널리 알려진 가곡 〈들장미〉는 한국에서는 현해탄에 투신한 비련의 주인공 윤심덕의 동생인 윤기성(성악가)

이 〈월계꽃〉으로 번역하여 소개되었다. 가사는 괴테의 시와 다르지만 개의치 않고 즐겨도 나쁠 건 없다.

슈트라스부르크 대학에서 박사가 되려다가 낙방한 괴테는 법학석사학위로 1771년에 졸업한 뒤 프랑크푸르트로 귀환하여 변호사가 되었으나 일이 그다지 신통찮았던 것 같다. 이듬해에 그는 법률 사무 연수를 받고자 베츨라어(Wetzlar)로 갔다.

로테의 도시, 베츨라어

베츨라어는 프랑크푸르트 남향 60km 떨어진 유서 깊은 제국자유도시로 란(Lahn) 강변에 있다. 이웃에 있는 또 다른 제국자유도시인 프랑크푸르트만큼의 지위를 누려서 베츨라어에는 제국대법원(Imperial Chamber Court, Reichskammergericht)이 1689년부터 있었다. 그래서 괴테 변호사가 대법원 시보로서 연수를 받으러 그리로 간 것이었다.

이 도시의 영광은 1806년 나폴레옹의 침략으로 종막을 고했다. 나폴레옹은 신성로마제국 자체를 분해해버렸는데, 그런 와중에 베츨라어는 나폴레옹에게 투항함으로써 제국자유도시라는 명칭을 박탈당했고 그에 따라 대법원도 다른 도시로 옮겨가버려 한적한 도시로 변했다.

베츨라어는 멀리서 바라보는 것만으로도 로맨틱하다. 1772년 23세의 괴테가 이곳으로 간 때가 계절의 여왕 5월이었으니 얼마나 황홀했을까.

베츨라어 최고법원(명칭은 '최고법원'이지만 기능은 현대의 고등법원과 같음)은 배심제도로 운영되었다. 법원 직원의 봉급은 교회 재산을 징수하여 충당하기로 결정했지만 신·구교가 다 반대하여 무산되었다. 그 결과 모자라는 경비

베츨라어 라인 강 지류인 란 강 중류의 연변에 위치한 도시로, 괴테가 『젊은 베르테르의 슬픔』을 집필한 배경이 되는 곳이다. 사진은 베츨라어의 구시가와 란 다리(The old Lahnbridge)이다.

때문에 절반의 인원으로 엄청난 과로에 시달렸다고 한다. 연수원들은 원탁의 기사처럼 앉아서 토론을 벌였는데, 여기서 괴테는 '성실한 자', '괴츠 폰 베를리힝겐(Götz von Berlichingen)'이란 별명으로 불렀다. 연수생들에게 베를리힝겐의 이야기를 자주 했기 때문일 것이다.(『시와 진실 (하)』, 95~104쪽에 당시 법원의 비민주성과 불합리성을 자세히 비판하고 있다.)

　괴테는 베츨라어로 출발하기 전부터 괴츠에 관심을 갖고 자료를 수집하고 있었는데, 여기서 귀향한 이듬해에 희곡 『괴츠 폰 베를리힝겐』을 출간했다. 영어권 나라에는 『철의 손을 가진 베를리힝겐(Goetz of Berlichingen of the Iron Hand)』으로 번역되어 출간되었다. 이 작품의 주인공은 실존 인물(1480?~1562)로, 역사학자 에릭 홉스봄(Eric John Ernest Hobsbawm)이 '사회적 도둑(Social bandit)'이라 이름 붙인 로빈 후드나 조로 같은 인간상이다. E. J. 홉스봄 지음, 황의방 옮김, 『義賊의 社會史』, 한길사, 1978, 참고. 농민 폭동을 진압하는 용병대장으로 위촉받았으나 잘못을 깨닫고 이후 귀족 타도를 위해 싸우다가 죽은 이 인물은 장 폴 사르트르에 의해 『악마와 신(The Devil and the Good Lord; Le Diable et le Bon Dieu)』(1951)이라는 희곡으로 재창조된 문제적 인간상이다.

베츨라어에 간 지 한 달쯤 지난 6월에 괴테는 케스트너(Johann Christian Kestner, 1741~1800)를 알게 되었다. 케스트너는 1767~1773년까지 베츨라어에 파견된 브레멘 공사관 서기인데, 둘은 만나자마자 절친이 되었다(괴테는 케스트너를 '신랑'이란 별명으로 불렀다). "그는 조용하고 변함없는 침착한 태도, 명확한 의견, 확고한 언동으로 두각을 나타내고 있었다. 쾌활한 활동과 끈기 있는 근면으로 인해서 상관의 촉망을 받았으며, 근간 임관되리라고 기대되고 있었다. 그는 이것으로 자격이 갖추어졌기 때문에 자기의 기질과 희망에 잘 맞는 어느 여자와 약혼할 결심을 했다."

그의 약혼녀가 바로 괴테가 연정을 품었던 여인이자 『젊은 베르테르의 슬픔(The Sorrows of Young Werther; Die Leiden des jungen Werthers)』(1774) 속 아름다운 아가씨 샤를로테 부프(애칭 로테, Charlotte Buff, 1753~1828)이다. 어머니가 죽은 뒤 홀아비로 사는 아버지와 어린 동생들을 성실하게 돌보는 그녀는 "날씬하고 귀엽게 생긴 몸매, 순진하고 건전한 성품, 거기서 나오는 명랑한 일상생활의 생기, 알뜰한 살림 솜씨, 이 모든 것이 그녀에게 부여되어 있었다." 거기에다 "타인에게 격렬한 정열을 일으키지는 않으나 누구에게도 호감을 갖게 하는 여자였다." 그녀로서는 "특수한 애정보다는 일반적인 호의"를 베풀었을 뿐이건만, 괴테는 이들 두 남녀에 꼽사리로 끼어들어 늘 같이 다녔다. 오죽하면 "세 사람은 붙어 다니는 것이 습관이 되었으며, 어찌하여 이렇게 떨어질 수 없는 사이가 되었는지 알 수가 없다."『시와 진실 (하)』, 116~118쪽라고 했을까? 요조숙녀 로테를 어지간히 좋아했던지라 정말

로테의 집(Lottehaus) 소설 『젊은 베르테르의 슬픔』에서 변호사 베르테르가 사랑했던 여인이자 괴테가 실제로 베츨라어에서 만나 좋아했던 여인이 샤를로테이다. 이 집은 샤를로테 부프가 결혼하기 전까지 20년간 살았던 곳이다. 『젊은 베르테르의 슬픔』이 인기를 얻으면서 베츨라어 시민들이 1863년 이 집을 그녀를 기념하는 곳으로 만들었다.

괴테 스스로도 알 수 없었는지, 아니면 매혹당해서 어물쩍 그렇게 썼는지는 모르겠으나, 누가 봐도 사달이 생길 만한 미묘한 관계였다. 결국 모 잡지의 편집인인 메르크의 충고에 따라 괴테는 9월 11일 베츨라어를 떠났다.

　이곳 베츨라어에서 괴테가 만난 인물 중 꼭 기억해두어야 할 친구가 한 사람 더 있다. 외무부 서기관이었던 카를 빌헬름 예루살렘(Karl Wilhelm Jerusalem, 1747~1772)이다. "그 역시 어느 파견관 아래서 일하고 있었는데, 그의 풍채는 호감을 주었고 중간 키에 체격이 좋았다." 아름다운 금발 청년으로 "예민한 자유사상을 가진 신학자의 아들"인 그는 "푸른 연미복에 황갈색의 조끼와 바지, 거기에 꺾어 접은 갈색 장화" 차림이었다. 『시와 진실 (하)』, 119쪽. 그가 유부녀를 짝사랑한다는 소문이 나돌았지만 괴테는 그리 심각하게

예루살렘의 집(Jerusalemhaus) 베르테르의 실제 모델이자 괴테의 친구인 예루살렘이 이 집(외벽이 붉은색 목골로 이루어진 가운데 주택)의 2층에서 권총으로 자살했다. 집의 벽에 붙어 있는 명판에는 "JERUSALEMHAUS. HIER STARB CARL WILHELM JERUSALEM AM 30. OKT 1772(예루살렘하우스. 이 집에서 카를 빌헬름 예루살렘이 1772년 10월 30일에 죽었다)"라고 씌어 있다.

여기진 않았다. 그러나 괴테가 떠난 후 두 달도 채 지나지 않은 10월 30일에 예루살렘이 케스트너의 권총을 빌려 자살했다. 이 사건을 소재로 괴테는 『젊은 베르테르의 슬픔』을 격정적으로 쓰게 되었다.

베츨라어에서 괴테가 1772년 5월부터 9월까지 머물렀던 집은 현재 스테이크 하우스라는 음식점으로 바뀌었지만, 그가 연모했던 로테의 집, 그리고 유부녀를 사랑했다가 실의에 빠져 자살한 카를 예루살렘의 집은 책상과 가구, 권총까지 그대로 보존해놓고 있다.

로테가 살았던 집은 입구가 옹색해 보이지만 들어가면 조촐하게 단장한 맵시 있는 레스토랑이 되었다.(로테의 집은 레스토랑과 기념관을 겸하고 있다) 여럿이 들어가서 식사하기에는 공간이 작고 음식값도 만만찮으며 시간도 쫓기기에 맛을 볼 여유는 못 가졌다. 그러나 서운할 건 없다. 도시 전체가 괴테와 로테를 중심으로 꾸며져 있어 거리마다 젊은이의 연정이 솟아나는 듯하다.

예술 작품 수집가이자 외교관인 케스트너와 결혼한(1773. 4) 로테는 하노버의 시댁으로 가서 살고 있다가 『젊은 베르테르의 슬픔』이 베스트셀러가 되자 지체 높은 시댁 가문과 상류층 사회에서 악성 루머에 몹시 시달렸다고 한다. 그녀는 그 소문을 없애려고 성실하고 정숙한 신앙인 주부로 거의 은둔하다시피 지내며 27년의 결혼 생활에서 8남 4녀를 출산했다. 남편이 업무 출장 중 사망한(1800) 뒤인 1816년, 63세의 로테가 바이마르를 방문해 40여 년 만에 괴테를 잠깐 만났으나 싱겁게 헤어지고 말았는데, 이런 정황을 토마스 만이 소설 『바이마르의 로테(Lotte in Weimar)』(1939)에서 그려냈다. 이 작품은 한국에서 『로테, 바이마르에 오다』임홍배 옮김. 창비. 2017라는 제목으로 출간되었다. 로테는 1828년 75세의 나이로 죽은 뒤 하노버의 시댁 가족묘지(Garden Cemetery in Hanover)에 묻혔다. 후손들이 케스트너 일가의 박물관(Kestner Museum in Hanover)을 건립했으나 나는 아직 하노바에는 가보지 못했다.

방황과 좌절의 시기

실연의 상처를 안고 프랑크푸르트로 가는 길에 괴테는 심란한 마음을 달래고자 칼을 강에 버리면서 점을 쳤다. 그 칼이 강물 속에 가라앉는 것이 보이면 예술가로 살고 싶은 자신의 소망은 이뤄질 것이고, 강변의 우거진 버드나무 가지에 가려진다면 소원도 노력도 버려야 한다면서 던졌는데, 기대와 달리 후자가 되어버렸다. 하지만 괴테는 "칼이 갑자기 떨어지는 반동으로 물이 기운 좋은 분수처럼 공중에 튀어 올랐고, 나도 확실히 그것을 보았다"『시와 진실 (하)』, 133쪽라면서 아전인수식으로 풀이하고는 심기일전했다. 그 뒤 "바일부르크(Weilburg), 림부르크(Limburg), 디츠(Diez)와 나사우(Nassau) 등 절경의 위치에 놓인 성들과 마을들"을 거쳐 엠스(Ems, 바트 엠스Bad Ems), 오레를란슈타인, 에렌브라이트슈타인(Ehrenbreitstein) 성을 지나 추밀고문관樞密顧問官의 아내인 조피 폰 라 로슈(Sophie von La Roche, 1730~1807)를 찾아갔다. 괴테 애호가라면 이 코스를 따라 트레킹해보는 것도 좋을 듯하다.

조피 폰 라 로슈는 코블렌츠(Koblenz)에서 문학 살롱을 운영하던 유명 작가로, 그녀와 괴테의 만남은 메르크(괴테에게 베츨라어를 떠나라고 충고했던 잡지 편집인)가 미리 연통을 넣어 이루어졌다. 그런데 괴테는 그녀의 딸 막시밀리안 브렌타노(Maximiliane Brentano)를 본 뒤 검은 눈동자에 마음이 빼앗겨 황홀해진다. 실연의 상처를 달래야 할 유예기간임에도 금방 새로운 연정을 느끼는 건 너무 심하지 않느냐고 어이없을 수도 있겠지만, 오히려 괴테는 그 아픔 때문에 한순간만이라도 빨리 위안받을 만한 대안을 모색하고 싶은 심경이었을 수도 있다. 그러나 이 역시 이루지 못한 사랑의 상처로만 남았다. 단기간에 실연의 2관왕에 오른 괴테는 귀향 후 『젊은 베르테르의 슬픔』을 단숨에 써냈다.

소설의 무대는 베츨라어에서 1시간 거리인 발하임(Wahlheim) 마을로 나오지만 실제로는 가어벤하임(Garbenheim) 마을(1부 5월 26일 자)이다. 이곳에는 소설에서 베르테르와 로테가 데이트를 즐겼던 장소를 비롯하여 여러 명목을 붙인 현장이 재현되어 있다.

베르테르가 자살한 것은 단순히 실연 때문이 아니라 시민계급 출신의 청년으로서는 아무리 유능해도 기성 귀족 사회에 뿌리박힌 고루한 편견의 벽에 부딪혀 장래가 절망적일 것이라는 체념 때문이었다. 이렇게 냉철하게 분석하는 눈을 가져야 그 시대의 사회상과 괴테가 말하고자 하는 바를 정확히 파악할 수 있을 것이다.

소설이 출간되자 세간의 반응은 엄청났다. 푸른색 프록코트에 노랑 조끼와 바지를 입은 베르테르의 차림새를 흉내 내고 그의 죽음을 따라 30여 명이 자살하는 등 사회문제가 나타났다. 게다가 삼류 작가 니콜라이(Friedrich Nicolai, 1733~1811)가 괴테를 빗대어 풍자한 『젊은 베르테르의 기쁨(Freuden des Jungen Werthers)』(1775)이라는 소설을 발표하자, 작품에 대한 인기는 더 거세졌다. 괴테는 니콜라이의 소설을 아예 싸늘하게 무시했지만 논란은 전 유럽으로 퍼졌다.

한참 뒤, 바이마르로 찾아간 영국 더비(Derby, county of Derbyshire)의 프레드릭 허비(Frederick Augustus Hervey, 4th Earl of Bristol, 1730~1803) 주교가 "그 책에 현혹되어 자살을 한 사람들이 있는데 이것에 대해 양심의 가책을 받지 않는지 물으며" "완전히 부도덕하고 저주받아 마땅한 책"이라고 공격하자, 괴테는 이렇게 반박했다.

> "만약 저 불쌍한 '베르테르'에 대해 그렇게 말을 한다면 당신들은 권력자에 대해서는 어떤 태도를 취할 작정입니까. 그들은 단 한 번의 전쟁에 10만여 명의 사람들을 전쟁터로 보내 그들 중 8만 명이 서로 죽이고, 죽게 하고, 살인과 방화 그리고 약탈을 일삼게 하고 있습니다. 그런데도 당신들은 이런 잔학 행위 뒤에 신에게 감사 드리면서 찬송가를 부르고 있습니다. ―또한 당신들은 지옥의 벌의 무서움을 설교하면서 당신들 교구의 연약한 신도들을 불안에 떨게 하고 있는데, 그로 인해 그들은 제정신을 잃고 급기야는 정신병원에서 비참한 생애를 마치고 있는 것입니다!―당신들은 이성 앞에서 무기력하기 그

지없는 정통파의 갖가지 교리를 휘두르면서 그리스도교를 믿고 있는 신도들의 마음속에 위험한 의혹의 씨를 뿌리고 있고, 그 때문에 절반은 강하고 절반은 약한 양면을 갖추고 있는 영혼들은 죽음 외에는 도망쳐 나올 길이 없는 미궁 속으로 빠져 들어가고 있습니다."

—『대화』, 735쪽.

괴테는 이 소설을 애독했다는 나폴레옹과도 대화를 나눴다. 1808년 10월 2일 오전 11시경 괴테는 바이마르에서 가까운 에르푸르트(Erfurt, 바이마르에서 서향 23km 지점)의 궁전으로 가서 나폴레옹을 만났다. 나폴레옹은 이 소설의 애독자로 알려져 있지만 이 만남 때 소설에 대한 불만을 토로했다는데, 괴테는 나중에 에커만과 얘기하면서 그때의 내용은 소상히 밝히지 않은 채 다만 알아맞혀보라고 했다. 이에 에커만은 "로테가 알베르트(베르테르의 하인)에게 한마디도 하지 않고, 또 자신의 예감과 두려움을 그에게 전달하지도 않은 채 베르테르에게 (남편의) 피스톨을 보내는 부분 같습니다. 물론 당신은 모든 노력을 기울여 이 침묵에 동기를 부여하려 하고 있습니다. 그러나 친구의 생명이 관련되어 있는 이런 긴박한 상황에서는 그 어떤 동기도 무력한 것처럼 보입니다."라고 했다.

그러자 괴테는 "자네의 소견이 물론 틀린 것은 아니지. 그러나 나폴레옹이 같은 부분을 말했는지, 아니면 다른 부분을 지적했는지 밝히지 않는 것이 좋다고 생각하네."라면서 다시 이렇게 말을 이었다.

" (…) 행복이 방해받고 활동이 저지당하고 소망이 채워지지 않지. 이것은 어느 특별한 시대에 한정된 결함이 아니고 모든 개개인에게 나타나고 있는 불행이야. 그러므로 누구나 일생을 살아가는 동안 '베르테르'는 자기 자신을 위해서만 쓰인 것이라고 생각하는 시기가 한 번쯤은 있는 법이야. 만약 이것이 일생 동안에 단 한 번도 없다면 오히려 곤란하기 그지없는 일이네."

—『대화』, 543~545쪽.

내 개인적으로도 역시 로테가 알베르트에게 남편의 권총을 선뜻 내주는 장면이 매우 어색했고, 베르테르의 자살 방법이나 과정 역시 마음에 들지 않는다.

이미 죽을 마음을 먹었다면 깨끗하고 뒤탈 없이 감행해야 하건만, 그토록 사랑하는 여인에게서 그녀 남편의 총을 빌려와 자살할 것은 뭐람? 본인이야 죽으면 그만이지만 살아 있는 주변 사람들은 경찰에 줄줄이 소환되어 사건 경위를 조사받을 텐데, 왜 그런 방법을 택했을까 하는 아쉬운 생각이 들었다. 만약 프랑크푸르트-베츨라어 여행에 동행하는 친구가 있다면 그 길을 오가며 이 주제에 대해 토론해볼 만하다.

베츨라어에서 귀향한 괴테는 3년 뒤 스물여섯 살이 되던 1775년 1월에 안나 엘리자베트 쇠네만(Anna Elisabeth Schönemann, 1758~1817, 릴리 쇠네만Lili Schönemann으로도 불림)과 만나 4월에 약혼하고 9월에 파혼하는 변덕을 부릴 정도로 방황했다. 비록 파혼은 했지만 괴테는 그녀에 관해 「새로운 사랑, 새로운 삶」, 「호수」, 「릴리의 화원」, 「가을」, 「온화한 릴리」 등의 시를 썼다.

그리고 끊어지지 않는
이 마법의 작은 실에
사랑스러운, 헤픈 소녀가
나를 내 뜻에도 없이 묶어 놓는다오
그녀의 마법의 원 속에서
삶은 이제 그녀 방식으로 움직일 수밖에 없소.

아, 이 엄청난 변화여!

사랑이여, 사랑이여, 날 풀어주오!

— 「새로운 사랑, 새로운 삶」 마지막 3연, 『순례자의 아침노래』.

그녀는 미모도 뛰어나고 양갓집 규수로서 갖춰야 할 교양과 예절도 올곧았는데, 괴테로서는 그런 규격화된 가치관과 윤리 의식에 갇힐 수 없었기에 파혼했음을 위의 시가 보여준다.

이해 5월, 괴테는 스위스 여로에서 작센-바이마르의 카를 아우구스트 공(Karl August, Duke of Saxe-Weimar-Eisenach, 1757~1828)을 만났다. 아우구스트는 이때 괴테의 명성과 인품에 감동을 받아 자신의 공국에 초청했다.

바이마르 시대의 개막

괴테보다 여덟 살 어린 카를 아우구스트의 나라 바이마르는 프랑크푸르트와 비교도 안 되는 소국이었다. 1640년 작센-바이마르라는, 독일에서 가장 작은 공국으로 출발한 이 나라는 1741년 아이제나흐를 포함하면서 바이마르 공국(Sachsen-Weimar-Eisenach)이 되었으나 여전히 규모는 작았다. 평판이 안 좋았던 에른스트 아우구스트 2세(Ernst August II, 1737~1758)가 죽은 뒤 생후 9개월 된 아들 카를 아우구스트가 후계를 이었지만 실권은 대비 안나 아말리아(Anna Amalia, 1739~1807)가 맡아 1758~1775년까지 17년간 섭정했다. 아말리아는 아들을 교양미 넘치는 "전인적 인간"으로 명망 높은 군주를 만들고자 당대 최고의 인문학자들을 초치하여 가르치도록 했다. 나중에 괴테는 아우구스트를 "인물과 성격을 구별할 수 있는 특별한 재능을 가

카를 아우구스트

카를 아우구스트는 학문과 문화의 부흥, 산업을 장려하여 작센-바이마르 공국을 독일의 문화 중심으로 만든 인물이다. 괴테를 초빙하여 군사위원회·도로건설위원회·광산위원회 등의 장관직을 맡겼으며, 바이마르 궁정극장의 총감독도 맡게 했다. 바이마르의 민주 광장(Platz der Demokratie)에는 말을 타고 있는 카를 아우구스트 동상이 세워져 있다.

지고 있었기 때문에 각자를 적재적소에 배치"할 수 있었고, "지극히 숭고한 선의와 지극히 순수한 인간애에 불타고 있어서 온 마음을 기울여 최선"을 다하는 군주라고 극찬했다. 『대화』, 694쪽.

성인이 된 아우구스트는 1775년 9월 3일 열여덟 살 생일 때 어머니로부터 실권을 넘겨받고 이후 세계 역사상 유례를 찾기 어려운 문화와 예술의 공국으로 발전시켰다. 그해 아우구스트는 괴테를 초청했는데, 괴테 집안에서는 다 반대했음에도 괴테는 공이 보내준 새 마차를 타고 10월 30일 프랑크푸르트를 출발하여 11월 7일 바이마르에 도착했다.

대도무문大道無門의 호랑이 같은 지성을 불러들인 아우구스트는 산중의 왕이라고 하는 범과 어울려 담비 역할을 톡톡히 했다. 둘이 함께 토론과 음주를 즐기며 뒹굴기도 하고, 덤불과 개천을 말달리면서 사냥도 하고, 모닥

불을 피워놓고 오두막에서 밤을 지새우기도 했다. 정치적인 궁합을 시험했던 셈인데, 신하로 채용할 것인가 말 것인가를 테스트하는 방법이 상당히 고차원적이다. 이렇게 채용된 신하 괴테와 군주 아우구스트는 세계 정치사에서 가장 아름다운 군신 관계의 본보기가 될 만했다.

아우구스트를 이토록 훌륭하게 가르친 스승은 당대 최고의 문인이자 궁정 고문관인 크리스토프 빌란트(Christoph Martin Wieland, 1733~1813)로, 그는 "6년 후에는 그(공)를 만나기 위해 온 세계에서 찾아오는 인파로 줄을 잇는 작은 왕국을 보게 될 것이네"라고 자신만만했다. 훌륭한 스승 밑에서 위대한 지도자가 나온다는 걸 입증해준 인물인 셈이다. 하지만 윤리학자인 세네카와 그의 가르침을 받은 폭군 네로의 사제지간을 보면 스승이 아무리 뛰어난 철학자인들 제자가 막돼먹은 인간이라면 어쩌겠는가 싶기도 하다.

그러나 따지고 보면 세네카의 잘못도 황제 네로에 뒤지지 않는다. 그는 폭군의 권세를 악용하여 온갖 부정부패로 축재해서 파직당하지 않았던가. 비극은 거기서 끝나지 않았다. 폭군은 스승에게 피소의 반란에 연루되었다는 구실로 자결하라는 명을 내렸다. 고령의 세네카는 혈관이 잘렸는데도 출혈이 크지 않아 온탕에 담그기까지 했고, 그러고도 여전히 숨이 안 끊어지자 독약을 복용하고서야 죽었다.

괴테는 체질적으로 문인이지 정치가는 아니어서 고향으로 돌아가고 싶은 유혹을 억누를 수 없었다. 그러던 차에 그를 눌러앉게 만든 건 샤를로테 폰 슈타인(Charlotte von Stein, 1742~1827) 남작부인이었다.

괴테는 어딜 가나 맨 먼저 거침없이 여성을 찾고 연애를 즐기는 모양새다. 마음이 끌리기만 하면 상대의 나이나 신분, 기혼 여부 등은 개의치 않았다. 일곱 살 연상의 슈타인 부인에게도 "말하라, 어떤 운명이 우리를 기다리고 있는지 / 말하라, 어떤 운명이 우리를 그렇게 순백하게 이어주었는

괴테 가르텐하우스(Goethes Gartenhaus) 카를 아우구스트 대공이 괴테에게 선사한 집이다. 괴테는 이 곳에서 1782년까지 살았다. 일름 강변의 공원 안에 위치해 있는데, 자연경관이 아름답기로 유명하다.

지/아, 당신은 전생에서/나의 누이 아니면 나의 아내였으니.//당신은 내 존재의 본질을 꿰뚫고 있고, 내 순수한 심경이 어떻게 울리는지 눈치채고 있으며,/한 번의 시선으로 나를 모두 읽고 있습니다."라고 찬탄했다.

바이마르에 도착한 직후부터 한 지인의 집에서 6개월가량 지내던 괴테에게 아우구스트 공이 거처를 마련해주었다. 그 집이 일름(Ilm) 강변 숲속의 2층 별장저택(Goethes Gartenhaus, Ilm-Park)인데, 소박하고 서정적이다.

1782년에는 현 괴테국립박물관(Goethe-Nationalmuseum)인 집으로 이사했다. 바로크 양식의 2층 건물 3채가 서로 연결된 이 집은 프랑크푸르트의 생가보다 더 으리으리하다. 처음에는 사택으로 살다가 아우구스트 공이 1792년에 증정하여 괴테하우스(Goethe House, Goethes Wohnhaus)가 되었다. 남의 집이 좋다고 시비 걸 생각은 전혀 없으나, 온갖 감투에다 호사롭게 살면서

과연 국민이나 나라 걱정은 얼마나 했는지 추궁해보아야 하지 않을까 하는 트집 잡기식 투정도 나올 법할 만큼 모든 걸 다 가졌던 그의 행운은 실로 과도했다. 바이마르에 있는 괴테하우스를 방문해본다면 그런 생각이 들 수밖에 없다.

　괴테하우스이자 박물관인 이곳의 전시품은 종류도 다양하고 규모가 큰 만큼 많기도 하다. 대문호 괴테와 전혀 어울릴 것 같지 않은 광석 표본 전시실도 방대해서 놀라게 된다. 그가 쓴 감투 중에는 추밀외교참사관, 군사위원회와 도로건설위원회 장관뿐 아니라 광산위원회 장관직도 있다. 광산위원회를 맡으면서 일메나우(Ilmenau) 광산을 책임졌기 때문에 그 시절 업무와 관련된 광석 표본이 전시되어 있는 것이다. 그는 바이마르에서 공국의 재무 관리 총책임도 맡은 바 있으며, 인간의 두개골에서 악간골顎間骨(앞니가 박혀 있는 위턱뼈의 부분)을 맨 처음 발견하기도 했다.

그는 행복했을까? 이런 능력자 주위에는 시기 질투하는 권세가들이 언제나 있게 마련이다. "정치 분자들의 투쟁을 멀리하고 나의 타고난 적성에 맞는 학문과 예술에 전념할 수 있다면 얼마나 행복하겠어요"(슈타인 부인에게 보낸 편지)라는 한탄은 충분히 이해된다.

이렇게 10여 년간 충실히 공직에 봉사하던 중 괴테에게 홀연히 역마살이 찾아들었다. 37세의 그가 온천 휴양지 카를스바트(Charles's spa, Karlsbad, 현 체코의 카를로비 바리Karlovy Vary. 베토벤의 단골 온천장)에 머물다가 몰래 빠져나간 건 1786년 9월 3일이었다. 독일과 연결되는 국제열차의 기점이라는 이곳은 이탄욕泥炭浴 시설까지 갖춘 명승지였다. 실로 배포가 큰 괴테다. 공직에 몸담고 있으면서 누구에게도 비밀로 한 채 이럴 수 있을까? 그것도 장장 2년간이나! 그러니 비판자들의 극성이 오죽했을까마는 아우구스트 공은 그 기간 동안 괴테에게 1,800탈러의 보수를 그대로 지급했다. 아우구스트 공이 얼마나 괴테를 신임했는지를 알려주는 대목이다.

1786년 9월부터 1788년 6월까지 이탈리아 여행 기록을 담은 『이탈리아 기행』은 연암 박지원의 『열하일기』처럼 서간체, 일기체, 논평 형식, 각종 감상문 등 다양한 형식의 글쓰기가 망라되어 있다. 카를스바트를 빠져나간 순간부터 독일 남동부의 바이에른 주를 거쳐 뮌헨, 티롤 산맥, 오스트리아의 인스부르크를 지나며 유명한 자연·기후와 인간론이 펼쳐진다. 이탈리아로 진입해서는 베로나, 베네치아, 나폴리, 소렌토, 카프리, 폼페이, 시칠리아, 로마 등등을 섭렵한다. 이렇게 긴 여정으로 이탈리아 전역을 돌아다녔으니 어떤 근면한 괴테 탐사가라도 그 경로를 전부 답사하기는 어려울 것이나, 이탈리아를 여행하노라면 자연스럽게 그가 거쳤던 몇 군데 도시는 지나가게 된다.

〈로마 캄파냐 평원의 괴테〉 요한 하인리히 빌헬름 티슈바인(Johann Heinrich Wilhelm Tischbein)이 로마 주위의 평원을 배경으로 고대 폐허 사이에서 기대고 있는 괴테의 모습을 1787년에 그린 그림이다. 티슈바인은 1786년 괴테를 알게 되면서 1787년에 나폴리를 함께 여행했다.

1788년 4월 23일 괴테는 로마를 출발하여 피렌체와 밀라노를 거쳐 만 1년 9개월 만인 6월 18일에 바이마르로 돌아갔다. 흔히들 괴테가 이탈리아를 많이 사랑했다고 하지만, 2년 뒤 1790년에 다시 베네치아를 여행했을 때 이탈리아에 실망했다는 기록도 나온다.

괴테가 오랜 여행을 끝내고 돌아왔을 때 제일 크게 삐친 사람은 누굴까? 마음 상해버린 슈타인 부인은 오랫동안 괴테를 외면했다.

바이마르로 돌아온 괴테는 이후 정무에서 손을 떼고 학문·예술 관련 기관 및 광산 총감독만 맡았다. 이해(1788)에 그는 가난한 조화공造花工 크리스티아네 폰 불피우스(Christiane von Goethe, 1765~1816)와 만나 7월 12일부터 동거 생활을 시작했다. 1806년에 정식으로 결혼했으며, 이 둘 사이에는 맏

아들만 성장했다. 둘째는 사산, 그 뒤 또 얻은 두 아이들도 모두 죽었는데,
Rh인자 탓이라는 설도 있다.

1791년 42세의 괴테는 갓 세운 바이마르 궁정극장의 총감독이 되었다.
지금은 독일국립극장(Deutsches Nationaltheater und Staatskapelle Weimar)으
로 이름이 바뀌었으며, 극장 앞에 괴테와 프리드리히 실러(Johann Christoph
Friedrich Schiller, 1759~1805)가 나란히 서 있는 모습의 동상이 유명하다.

나폴레옹과의 관계

평화와 행복은 지키지 않는다면 물거품처럼 꺼져버린다. 나폴레옹 군대
가 바이마르로 진격한 것은 1806년 10월 14일이었다. 바이마르와 예나 사

괴테와 실러 바이마르의 독일국립극장 앞에 서 있는 동상이다. 1857년에 제작되었으며, 사진에서 왼쪽이 괴테, 오른쪽이 실러(왼손에 말려 있는 종이 뭉치를 들고 있음)이다. 실러는 『빌헬름 텔』의 작가로, 괴테와 더불어 독일 고전주의 문학의 2대 거성으로 손꼽힌다.

이의 고지에서 프로이센 군대가 패배한 사건을 괴테는 마치 중립인처럼 관찰했다. 예나는 바이마르에 속해 있었다. 이때 예나 대학에 객원 강사로 있던 헤겔(Georg Wilhelm Friedrich Hegel, 1770~1831)은 전투 하루 전날 예나로 입성하는 나폴레옹 군대의 행렬을 2층 창문을 통해 보았다.

"저녁 5시에 포탄이 지붕을 뚫고 날아갔다. 5시 반에 저격병들이 들이닥쳤다. 7시에 방화와 약탈이 자행되었다. 끔찍한 밤이었다. (아내의) 확고한 자세와 행운 덕분에 우리 집이 보전되었다." 술 취한 프랑스군은 괴테의 저택에서 음식을 내오라고 강요하며 주인더러 나와 인사하라고 생떼도 부렸다.『괴테』, 145쪽. 점령군은 수틀리면 설령 대문호일지라도 총 한 방에 골로 보낼 수 있는 극한 상황이었다. 아, 이 살벌한 전쟁의 공포 속에서 천재가 살아남을 수 있었던 건 18년간 동거하면서 자식까지 낳은 크리스티아네 불피우스의 용감무쌍한 활약 덕분이었다. 이 일이 있은 후 괴테는 부랴부랴 정식 혼례식을 올렸다(1806. 10. 19). 이런 상황이라면 상대가 아무리 영웅이라도 침략자에 대한 적대감이 생기는 게 인간의 기본적 가치 인식이 아닐까? 아니, 인간성의 기본인 사단칠정四端七情의 초보적 형태가 발현되지 않을까? 아니면, 천재는 뇌세포 조직이 아예 일반인과 다른 것일까?

이런 난리를 겪고도 이 천재는 나폴레옹에 대해 가졌던 지난날의 평가, 즉 "프랑스혁명의 극복자"라고 했던 표현을 수정하여 "분열된 대륙의 질서 유지자"라고 한층 더 높이 평가했다. 1808년 10월 괴테는 나폴레옹을 세 번이나 '알현'했는데, 이때의 기록 일부는 문인의 자존심에 상처를 낼 법한 내용이다. 괴테는 침략군이 수여한 레지옹 도뇌르 훈장을 프랑스가 물러간 뒤 나폴레옹 퇴치를 위한 의용군을 모집할 때까지도 달고 있었다. 러시아군이 들어왔을 때도 그는 훈장을 받았다.

그로부터 16년 뒤 요한 에커만이 이 문제를 거론했다. 침략 아래서 독일은 저절로 저항의 불이 일어나고 있었기에 굳이 시인이 나설 필요가 없었다는 괴테에게 에커만은 왜 당신은 그때 침묵했느냐고 추궁했다. 침묵했다는 이유로 시민들이 당신을 비난한다고 하자 괴테의 변명은 장황했다.

"증오심이 일어나지 않는데 어떻게 내가 무기를 잡을 수 있단 말인가! 그때는 이미 젊지도 않았는데 어떻게 미워할 수 있다는 말인가! 만약 그 사건이 내가 20대일 때 일어났다면 나로서도 절대로 마지막까지 꼼짝 않고 가만히 있지는 않았을 것이야. 그러나 그 일이 일어났을 때 나는 벌써 60 고개를 넘고 있었지. 그리고 우리 모두가 똑같은 방법으로 조국에 봉사할 수는 없어." (…)

"그런데 우리끼리의 얘기네만 나는 프랑스인들을 미워하지는 않았어. 문화와 야만의 문제만을 중요시하고 있는 내가 생각할 때 프랑스는 이 지구상에서 가장 문화가 앞선 국가 중의 하나이며, 나 자신의 교양의 대부분도 그 덕을 입고 있는데 어떻게 그 군민을 내가 미워한단 말인가!"

─『대화』, 727~728쪽.

괴테가 프랑스 문화·예술을 그렇게 애호했다면 프랑스혁명을 창출해낸 사상도 사랑했을까? 에커만이 그에게 프랑스혁명에 대해 묻자 예상대로 논리가 복잡하다. 원래 진리는 간명하고 변명은 구구한 법이다.

"내가 프랑스혁명의 친구가 될 수 없었던 것은 사실이야. 왜냐 하면 그 야만적인 행위가 너무나 가까이에서 일어났고, 또 매일같이 시시각각으로 나를 분격하게 만들었으며, 그 당시에는 아직 그것의 유익한 결과를 예상할 수도 없었기 때문이지. 그뿐만 아니라 프랑스에서 위대한 필연성의 결과로 일어난 장면을 독일에서 인공적으로 만들어내려고 하는 사람들에 대해서 무관심으로 일관할 수는 없었네.

그렇다고 해서 나는 전제적인 독재의 친구도 아니었어. 또한 나는 아무리 큰 혁명도 국민에게 책임이 있는 것이 아니며 정부에게 책임이 있는 것이라고 굳게 믿어 의심치 않았네.

그런데 사람들은 내가 혁명을 미워했다고 해서 사람들은 나를 현존하는 질서의 친구라고 부르고 있지. 그러나 이것은 아주 애매모호한 칭호이기 때문에 나는 이것을 거절하고 싶네."

─『대화』, 548쪽.

참으로 모순투성이다. 프랑스에 적대감을 갖고 있지 않기 때문에 나폴레

옹의 침략에 저항하지 않았다고 하면서 혁명 프랑스에는 비판적이라니!

괴테는 "국민 자신의 본질에 뿌리를 내리고 있고 그 국민 자신의 공통된
요구에서 탄생"하는 혁명이어야 성공한다면서, 종교개혁을 성공 사례로 거
론했다. "그건 성직자들에 의해 손상된 교리를 정화해야 한다는 것이 한결
같은 국민의 요구가 있었기 때문이야"『대화』, 549쪽라고 덧붙였다.

그는 약탈자 나폴레옹과 세 번 만났다. 1808년 10월 2일, 괴테가 에르푸
르트의 궁전으로 들어서자 "황제는 커다란 원형 식탁에서 아침을 먹으며"
참모들과 함께 점령지 주민에게 부과하는 군세軍稅 문제를 협의 중이었다.

> 황제는 나에게 가까이 오라고 손짓한다. 나는 예의를 유지하는 거리에서 그
> 의 앞에 선 채로 있다. 그는 나를 찬찬히 뜯어보다가 이렇게 말했다.
> "당신이야말로 남자요."

나는 몸을 굽힌다. 그가 묻는다.

"몇 살이지요?"

"예순입니다."

"당신은 무척 정정해 보이는군요. 당신은 비극을 썼지요."

나는 극히 필요한 것만을 대답했다.

나폴레옹은 운명극을 이야기하던 중 "운명으로 지금 무엇을 하려는 것인지?
정치가 운명인데."

— 『괴테』, 147~149쪽.

'정치가 운명'이란 말은 명언이다.

페터 뵈르너(Peter Boerner)는 위의 책 『괴테』에서 괴테가 나폴레옹을 만난
이후에 바이마르 사람들이 그에게 더 냉담해졌다고 썼다.

모든 권세는 끝이 있다. 1812년 나폴레옹이 러시아에서 퇴각한 뒤 1813
년 5월부터 독일 일대에서 해방전쟁이 시작되었는데, 러시아·프로이센·오
스트리아·스웨덴 연합군이 반나폴레옹 전선을 펴서 제1차 세계대전 이전
까지 최대의 국제전쟁을 전개했다. 프랑스의 동맹군이었던 작센과 뷔르템
베르크가 반나폴레옹으로 돌아서면서 나폴레옹은 결정적 패배를 맞았다.

나폴레옹이 완전히 몰락한 1815년에 바이마르는 작센-바이마르-아이제
나흐 대공국으로 격상했다. 항불 투쟁을 잘 했다는 증좌다.

대공가의 묘지에 실러와 함께 묻히다

실연의 상처를 남겼던 로테와 40여 년 만에 재회한 해인 1816년에 아내

크리스티아네는 무절제한 식사 등이 원인이 되어 8일간 경련과 신음과 고함을 내지르며 공포에 질리게 만들어 간호사들조차 혼비백산할 만큼 요란을 떨다가 죽었다. 괴테는 "내 생에서 얻은 것이라고는 고작 / 부인을 잃고 흘리는 눈물뿐이라"면서 슬퍼했다. 천재도 인생론을 초탈하진 못했던가?

화불단행禍不單行이라, 이듬해에는 왕립극장에서 카스텔리의 신파극 〈데 산의 개〉를 공연하는데 대공의 애첩과 의견이 대립하여 곤욕을 치렀다. 무대에 개를 등장시키겠다는 대공의 애첩을 아무리 설득해도 안 되어 껄끄러운 와중에 괴테는 자신이 맡은 극장 총감독직의 해약 통보를 받았지만, 여론은 괴테 편이었다. 현명하던 대공도 장기 집권하니 세상 물정에 어두워져버려 그의 곁에서 농간을 부린 한 여인이 국정을 얼마나 망가뜨리는지 모른 채 바로잡지도 못했음을 일깨워주는 소화笑話다.

만년의 괴테가 살던 저택뿐 아니라 그의 복장과 모습에 대해 에커만은 매우 치밀하게 묘사하고 있다.『대화』, 33-35쪽. 그 대목을 읽고 현재 괴테국립박물관의 시설과 비교해보면 더욱 알찬 여행이 될 것이다. 에커만은『대화』에서 괴테가 철학에서는 칸트를 지지하며 헤겔을 경시했다든가, "여성은 은접시이지. 여기에 황금의 사과를 놓는 것이 남자들이야."『대화』, 301쪽 등과 같은 괴테의 여성론이 드러나는 이야기도 많이 담아냈다. 괴테의 이 발언은 남자에 의해 여성의 운명이 뒤바뀐다는, 우리 식으로 풀이하면 '여자 팔자 뒤웅박'이란 말을 연상케 하는 대목이다.

일생의 반려였던 카를 아우구스트 대공이 1828년 사망했을 때 괴테는 일흔아홉 살이었다. 두 사람의 각별한 수어지교水魚之交로 괴테는 평생 엄청난 특권과 영광을 누렸고, 아우구스트 공은 학문과 문화 예술을 창달한 군주로서만이 아니라 독일 역사상 첫 민주헌법을 제정하고(1816) 나아가 통일에도 기여한 명군주라는 명성을 얻었다. 20세기 이후 세계 모든 나라들의 헌

대공가의 묘 작센–바이마르–아이제나흐 대공국 제후들의 묘소에는 괴테와 실러도 잠들어 있다. 지하
계단을 내려가면 바로 괴테와 실러의 관이 나란히 있음을 볼 수 있다.

법 제정에 모델이 된, 막스 베버(Max Weber, 1864~1920)가 자문위원을 맡았
던 '바이마르 헌법'(Weimar Constitution, Weimarer Verfassung, 1919. 8. 11)의 탄
생지로도 유명한 이곳에는 괴테의 후반기 인생이 고스란히 담겨 있다.

　샤를로테 폰 슈타인 부인과의 사랑, 괴테의 초청을 받아 바이마르에 온
헤르더와 실러 등과 맺은 교분, 그리고 이곳에 잠시 거쳐 갔던 프란츠 리스
트, 니체, 쇼펜하우어의 어머니 등등, 거리 전체가 온통 문화사인 곳이 바이
마르다.

　83세의 괴테는 1832년 3월 16일의 마지막 일기에 "불쾌하여 종일 누워
있었다"라고 썼고, 엿새 뒤인 3월 22일 오전 11시 30분에 영면했다. 그의
마지막 말은 "빛! 좀 더 빛을(Light! More light, Licht! Mehr Licht)"이라고 알려
져 있다. 인류 문학사에서 가장 해박했던, 파우스트의 화신 같은 이 인물에

괴테와 실러의 관 대공가의 묘 지하에 괴테가 잠들어 있다. 그 옆에 실러도 같이 있다.

대한 정치사회학적인 평가는 여전히 논란거리다.

　　대공가大公家의 묘(제후묘당, Weimarer Fürstengruft) 지하실에는 실러와 함께 괴테가 나란히 관 속에 누워 있다.

07. 횔덜린
: 우리를 슬프게 만드는 시인

Friedrich Hölderlin

요한 크리스티안 프리드리히 횔덜린

Johann Christian Friedrich Hölderlin

1770. 3. 20 ~ 1843. 6. 7.

우리를 슬프게 만드는 시인의 고향

"횔덜린의 시장詩章, 아이헨도르프의 가곡"이 우리를 슬프게 만든다고 안톤 슈나크(Anton Schnack, 1892~1973)는 수필 「우리를 슬프게 하는 것들(Was traurig macht)」에서 썼다. 요제프 폰 아이헨도르프(Joseph von Eichendorff, 1788~1857)는 독일의 낭만파 시인이자 작가로, 슈만, 멘델스존, 리하르트 슈트라우스 등이 곡을 부친 서정적인 작품을 많이 남겼다.

요한 크리스티안 프리드리히 횔덜린은 73세의 짧지 않은 생애 중 후반부인 서른여섯 살부터는 정신병자로 완전히 폐인이 되어 튀빙겐 시 네카어(Neckar) 강변의 풍광 좋은 '횔덜린 탑(Hölderlin Tower, Hölderlinturm)'에서 36년간 살다가 생을 마감했다. 에른스트 치머(Ernst Friedrich Zimmer)라는 목수

횔덜린 탑 지붕이 고깔 모양인 노란 건물이 횔덜린 탑으로, 횔덜린이 에른스트 치머의 보살핌을 받으며 1807년부터 1843년 죽을 때까지 산 곳이다.

후견인의 보살핌 속에서 독신으로 쓸쓸히 살았던 천고天孤의 이 시인의 만
년이 더더욱 소슬해 보이는 까닭은 이곳에서 그리 멀지 않은 곳에 살았던
횔덜린의 어머니조차 단 한 번도 그를 찾아주지 않았다는 사실 때문이다.
그는 두 살 때 아버지를, 아홉 살 때 계부를 잃고, 게다가 두 의붓동생까지
먼저 세상을 떠나보낸 천애 고독에다 역마살이 낀 생애를 보낸 슬픈 시인
이었다.

라인 강의 지류로 길이가 367km에 이르는 서정미 넘치는 네카어 강은
슈바르츠발트 산맥에서 발원하여 튀빙겐-슈투트가르트-하이델베르크를
통과한 뒤 만하임 오른쪽에서 라인 강과 합류한다. 횔덜린은 시 「네카어
강」에서 이렇게 노래했다.

> 그대의 계곡들에서 내 가슴은 생명으로 일깨워지고
> 물결은 나를 에워싸 찰랑대었네.
> 그대 방랑자여! 그대를 알아보는 마음씨 고운 언덕들
> 어느 하나도 나에게 낯설지 않네.
>
> 그들의 정상에 서면 천국의 바람은
> 내 예속의 아픔을 풀어주기도 했고
> 환희의 술잔에서 생명이 빛나듯
> 계곡에선 파란 은빛 물결 반짝였네.
>
> 산 속의 샘물들은 그대에게서 서둘러 떨어져 내리고
> 그 샘물과 함께 내 가슴도 떨어져 내리고
> 그대는 말없이 장엄한 라인 강으로

라우펜의 네카어 강변 독일 남서부의 바덴-뷔르템베르크 주에 속한 라우펜은 라인 강의 지류인 네카어 강에 면한 자그마한 소도시로, 횔덜린의 고향이다.

도시들과 흥겨운 섬들로 우리를 인도했었네.

—장영태, 『횔덜린— 생애와 문학·사상』, 문학과지성사, 1987, 19~20쪽.

이하 『횔덜린』으로 약칭.

슈바벤(Swabia, Schwaben) 지방은 "독일에서 가장 온화한 지역으로, 말하자면 독일 내의 이탈리아인 셈이다. (…) 포도밭 사이로 은빛 시냇물이 졸졸 흐른다. (…) 대지는 비옥하고 자연은 온순하다. (…) 이곳이 바로 목가의 고향이고, 여기가 바로 자연이 인간의 마음을 쉬게 하는 곳이다. 깊은 우울에 빠진 시인마저도 여기서는 자신의 잃어버린 고향을 되찾으며, 마음을 가라앉힌다." 슈테판 츠바이크 지음, 원당희·이기식·장영은 옮김, 『천재와 광기』, 예하, 1993, 185쪽. 슈바벤을 지도에서 살펴보면 오늘날 바덴-뷔르템베르크 주의 남부와 바이에른 주의 서남부 일대로, 튀빙겐과 슈투트가르트를 중심으로 전통·문화·예술·학문의 융성을 낳은 지역이다.

이 지역을 흐르는 네카어 강에 면하여 자리한 소도시 라우펜 암 네카어(Lauffen am Neckar)에서 태어난 횔덜린은 뷔르템베르크(Württemberg, 현 Baden-Württemberg) 공국의 경건주의(Pietism, Pietismus) 신앙과 갈등하며 그 번민에서 헤어날 길이 없었다. 경건주의란 "프랑스 장세니즘이나 영미의 퀘이커처럼 17세기에 일어난 신앙 내면화 운동의 하나로, 절대주의적인 국가교회에 반대하면서 신비주의적인 색채까지를 띤 신과의 개인적이며 직접적인 대면을 주창했다. 교회와는 무관한 집회를 가지고 양심의 추구와 감정의 분석이라는 특별한 예배 행위로써 신앙생활의 중심을 삼았던 것이다."『횔덜린』, 12쪽. 당시 경건주의가 얼마나 철저했는가는 청년들의 윤리 의식에서 드러난다. 그 무렵의 튀빙겐은 5,500여 명의 주민이 살던 소도시로 사생아 출산율이 현저히 낮은 것으로 유명했다. 통계에 따르면 독일 대학도시들의 사생아 출산율은 뮌헨이 4명당 1명이고, 괴팅겐·라이프치히·예나 등지는 7명당 1명이었던 반면, 튀빙겐은 33명당 1명이었다고 한다. 페터 헤르틀링 지음, 차경아·박광자 옮김, 『소설 횔덜린─금지된 사랑의 시인』, 까치, 1991, 91~92쪽. 이하 『소설 횔덜린』으로 약칭. 이런 풍토에서 횔덜린의 어머니는 오로지 아들이 목사가 되기만을 소망하며 고집했다.

오늘날 횔덜린의 고향 라우펜은 초등학교부터 중학교, 실업학교, 김나지움에 이르기까지 모두 '횔덜린'이라는 교명을 붙여, 불우했던 이 시인을 추모하고 있다.

아버지 하인리히 프리드리히 횔덜린(Heinrich Friedrich Hölderlin, 1736~1772)은 튀빙겐 대학에서 법학을 전공한 뒤 옛 수도원 소유지의 관리인으로 일했고, 어머니 요하나 크리스티아나(Johana Christiana, 1748~1828)는 목사의 딸

횔덜린 추모 기념 시설 횔덜린의 고향 라우펜에 있는 추모 시설이다. 정면에 그의 초상이 새겨진 부조가 있으며, 그 아래에 그의 시 「방랑자(Der Wanderer)」의 한 구절이 씌어 있다.

이었다. 장남으로 태어난 횔덜린이 두 살 때 아버지가 뇌졸중으로 사망하고 그 몇 주 뒤에 여동생 하인리케(Heinrike)가 태어났다.

　1774년 횔덜린이 네 살 때 홀어머니는 남편의 친구이자 한때 포도주상 동업자였던 고크(Johann Christoph Gok)와 재혼했다. 고크는 라우펜의 서기였다가 나중에 뉘르팅겐(Nürtingen)의 시장이 되었다. 그러나 어머니에게 과수살寡守煞이 끼었는지 계부의 운명 탓인지, 시장 고크는 홍수 사태 때 구조 작업을 펼치던 중 감기에 걸려서 끝내 폐렴으로 악화되어 횔덜린이 아홉 살 때 죽었다. 또다시 홀로 된 어머니는 3남매(횔덜린, 여동생 하인리케, 의붓동생 카를 고크)를 데리고 친정어머니와 함께 뉘르팅겐에서 평생 살았다. 다행히 계부가 남긴 재산을 횔덜린이 상속했기 때문에 생계를 이어가는 데는 큰 지장이 없었다. 이 점만은 불우한 시인에게 그나마 행운이었다.

휠덜린에게 고향이란 네카어 강과 라우펜과 뉘르팅겐을 동시에 떠올리게 했다. 시 「귀향」에서 그는 이렇게 노래했다.

> 나에게 더욱 매혹적인 일은
> 내 잘 아는, 숲들로 뒤덮인 길들이 있는 고향으로 가는 일
> 그 대지와 네카어 강의 아름다운 계곡을 찾아가는 일
> 떡갈나무, 자작나무, 밤나무 어우러지고
> 산속 어디엔가 우정 어리게 나를 사로잡을
> 그 숲과 성스러운 수목의 푸르름을 찾아가는 일
>
> —『휠덜린』, 21쪽.

1784년 열네 살이 된 휠덜린은 뉘르팅겐에서 도보로 한 시간 거리이자 슈투트가르트 남동향 14km인 덴켄도르프(Denkendorf)의 수도원 부속학교 (초급 과정)를 거쳐 2년 뒤 1786년 10월 18일 마울브론 수도원학교(Maulbronn Monastery, Kloster Maulbronn)에 들어갔다.

마울브론 수도원학교

1993년에 유네스코 세계문화유산으로 지정된 마울브론 수도원은 1147년 설립되었다. 가톨릭의 시토회 수도원(Cistercian Abbey)으로 명성을 누려 1517년 종교개혁 이후에도 그대로 존속했으나 1648년부터 개신교 소속으로 바뀌었다. 16세기부터 20세기 초까지도 이 명문 수도원학교를 나온 뒤 튀빙겐 신학교로 진학, 졸업하고 목사 시험을 보는 게 이 지역 엘리트 코스

마울브론 수도원학교　12세기 중반쯤 건설되었으며, 바덴–뷔르템베르크 주의 마울브론 교외에 위치해
있다. 그 시대 지어진 건물 중 가장 보존이 완벽한 건물로 손꼽힌다. 횔덜린과 헤르만 헤세가 이 수도
원 학교를 다녔다. 아래 사진은 수도원 내 예배당이다.

의 하나였다. 당시 신학대학의 학비는 장학금으로 충당해주었지만 졸업 후
에는 반드시 공국에 봉사해야만 하는 의무 조건이 있었다.

산 좋고 물 좋은 곳에 수도원을 세우려는 한 수도승이 택지擇地를 위해
당나귀를 타고 탐방에 나섰다. 마침 당나귀가 샘물을 찾아냈는데 수도승
이 보니 좋은 입지라 바로 그 자리에다 수도원을 건축했다고 전설은 말한
다. 전설 속 샘물 이야기처럼 마울브론은 과연 산중인데도 물이 풍성하다.
그뿐 아니라 용수 시설과 관리도 탁월한 곳으로 유명하다. 예배당·강당·식
당·숙소 등을 갖춘 대규모 시설로 지어져서 전성기 때는 300여 명의 수도
사가 기거했다는데 지금은 한산해진 지 오래다.

마울브론 수도원은 가는 길부터가 여행이라기보다는 가벼운 트레킹을 하
는 듯한 기분을 만끽하게 해준다. 마을이나 인적이 없는 산 중턱으로 난 외
길로 차를 타고 달리다 보면 길가에 사과가 그대로 떨어져 있어, 잠시 내려
서 쉬어도 좋다. 수도원 마을에는 변변한 가게도 찾기 어려운 한촌으로, 울
창한 나무들이 오랜 역사를 속삭여주는 듯하다.

일명 마울브론 기숙신학교(Evangelical Theological Seminary of Maulbronn
Abbey)라고도 일컫는 이 명문 학교를 거쳐 간 최고의 유명인은 천문학자인
요하네스 케플러(Johannes Kepler, 1571~1630)이고, 그 다음이 횔덜린이며, 후
배로는 헤르만 헤세가 있다. 신입생을 '햇병아리'로 호칭하며, 일과는 새벽
6시 30분에 기상하는 것을 시작으로, 착의하고 20분 뒤 세면, 곧바로 아침
예배, 이후 아침 식사를 하며, 오전 7시 45분부터 12시까지 수업, 점심 식사
후 2시부터 오후 7시 30분까지 다시 수업을 듣고, 저녁 9시에 취침 기도를
드린 뒤 잠자리에 든다. 주당 41시간 수업과 봉사 활동을 해야 하고, 규율
이 까다롭기로 악명이 높다. 이렇듯 엄격한 학내 규율을 횔덜린은 시 「초조
한 동경」에서 이렇게 읊었다.

내 결코 참을 수 없네! 영원히 또 영원히

마치 갇힌 자가 짧게 얽매인 걸음을 걷듯이

마냥 어린아이의 발걸음으로

나날이 방황함을, 내 결코 참을 수 없네!

—『횔덜린』, 16쪽.

이 학교는 헤르만 헤세가 무단 탈출했다가 벌을 받아 1년 만에 자퇴하고 문제아가 된 곳으로도 유명한데, 그 시절의 경험을 쓴 소설이 『수레바퀴 밑에서(Beneath the Wheel; Unterm Rad)』(1906)이다. 2019년 초 한국 안방의 시청률을 높인 드라마 〈SKY 캐슬〉만 찾아볼 게 아니라, 교육·성장소설로 요즘 우리 시대의 어른들도 꼭 챙겨 읽어야 할 작품이다.

『수레바퀴 밑에서』의 주인공 한스 기벤라트는 총명하고 내향적 성격의 소년인데 명예욕이 많은 아버지와 교장과 목사의 강요로 공부에 몰입해야만 했다. 마침내 주(州)에서 실시하는 기숙신학교 입학시험에 차석으로 합격한다. 불만이 있어도 말을 못할 정도로 내성적인 그는 친구들과 어울리지 못하고 정해진 시간표대로 생활해야 하는 엄격하고 강압적인 분위기를 견디지 못해 결국 건강이 나빠져서 집으로 돌려보내진다. 고향에서 그는 시계 부품 공장의 견습공이 되지만, 몸이 약하고 노동 경험이 없는 탓에 적응을 못한다. '신학교 대장장이'라면서 냉대하는 마을 사람들로부터 받는 상처가 컸지만 친구 아우구스투스와 가정부 안나 아줌마만이 돌봐줄 뿐이다. 어느 일요일, 공장 동료들과 술을 마시고 헤어진 후 그는 취한 채 행방불명된다. 다음 날 강에서 시신으로 발견되었으나 자살인지 사고인지 알 수 없다. 장례식장에서 구둣방 주인 플라이크 아저씨는 교장과 교사, 목사에게 "한스를 죽인 공범"이라고 비판한다.

헤세는 『수레바퀴 밑에서』를 통해 문제아가 따로 있는 것이 아니라 사회와 학교가 만들어낸다는 관점을 드러냈다. 그런 헤세에 100여 년 앞서 휠덜린 역시 이 학교엘 다녔다. 헤세와 달리 휠덜린은 온갖 불만을 터트리면서도 용케 학업을 마쳤다. 빡빡한 학교 생활 속에서도 휠덜린은 수도원 관리인의 딸 루이제 나스트(Louise Nast)와 사랑을 나누며 서신 교환도 하면서 애정을 키웠다. 그녀와 휠덜린이 가까워지도록 도와준 친구는 그녀의 사촌 오빠인 임마누엘 나스트였다. 그는 수도원 관리인의 조카로, 가난해서 공부할 기회조차 가지지 못했으나 의리가 깊어서 나중에 휠덜린이 정신이상으로 폐인처럼 지낼 때 문병도 해준 인물이다.

재학 중 휠덜린은 클롭슈토크(Friedrich Gottlieb Klopstock, 1724~1803)와 실러(Johann Christoph Friedrich Schiller, 1759~1805) 등을 애독했다. 클롭슈토크는 괴테와 실러 이전에 독자를 가장 많이 가졌던 시인이며, 괴테의 소설 『젊은 베르테르의 슬픔』에서 베르테르와 로테가 비 내리는 밤에 창밖을 내다보다가 둘 다 똑같이 이 시인의 이름을 부르면서 처음으로 손을 잡게 만든 작가다. 그만큼 당시 젊은이들의 우상이었다.

튀빙겐 신학교 시절

엘리트 코스 그대로 휠덜린은 1788년 10월에 튀빙겐 신학교(Tübinger Stift, 현 University of Tübingen)에 입학했다. 신학과는 철학 과정을 밟아야 들어갈 수 있었고, 교수 숫자도 철학과는 2명, 신학과는 4명이었다. 그러거나 말거나 어머니의 희망인 신학 공부보다는 고전 그리스어, 철학, 시작詩作에 몰두했던 게 휠덜린의 학창 시절이었다.

튀빙겐 신학교 신학이 특히 발달한 튀빙겐의 옛 수도원을 개조하여 만든 신학교다. 횔덜린뿐 아니라 헤겔과 셸링도 이 학교를 거쳐 갔다.

튀빙겐 풍경을 요하네스 보브롭스키(Johannes Bobrowski, 1917~1965)는 시 「튀빙겐의 횔덜린」에서 이렇게 노래했다. "강 언덕을 향한 그 아름다운 경사면을 향한 / 삿대, 이 문 앞으로 / 그림자가 지나갔네, 강 위로 / 떨어져간 그림자 / 네카어, 초록빛이었던 네카어 강." 『소설 횔덜린』, 90쪽, 재인용.

튀빙겐 신학교는 졸업하면 반드시 목사직에 복무하도록 되어 있었다. 1752년에 제정된 학칙은 경건주의가 얼마나 엄격했는가를 알려준다.

모든 장학생들은 신의 이름을 부당하게 남용하는 행위를 일체 금해야 한다. 이런 면에서 경박한 행동을 하거나 못된 습관을 가지면 장학금을 박탈당하는 처벌을 받는다. 그러나 일시적 충동이나 분노로 생긴 위반의 경우엔 감금 처벌된다. 반면 계속적으로 저주, 맹세, 신성모독 행위를 하면 제후의 종교국에 보고되어 타인들에게 표본이 되게 엄벌에 처해질 것이다. 또한 모든 장학생들은 이러한 위반 사례를 접하게 되면 필히 감독관에게 고발해야 한다.

—『소설 횔덜린』, 92쪽.

이런 규율에도 불구하고 어느 시대나 마찬가지로 학생들은 정규 교재에 못지않게 금서도 열심히 읽었다. 예컨대 경험론이나 독단론을 극복하려고 일생 동안 비판철학을 탐구하며 프랑스혁명을 지지한 철학자 칸트의 저서는 당연히 금서였지만 신학생들은 개의치 않고 탐독했다. 들키면 체포되는 위험을 무릅쓰고 새벽까지 몰래 필사해가며 읽던 시절이었다. 신학대학인데도 학생들에게는 무신론이 인기였다. 아마 기독교가 인문주의적 특색을 강하게 띠면서 인류의 공감대를 넓힐 수 있었던 건 이런 금서를 읽은 신학생들 덕분일 것이다.

튀빙겐 신학교에서는 3개월마다 시험을 치렀는데, 어떤 명제를 내걸고 토론으로 진행되는 방식이었다. 그런데 그때마다 돈을 내야 했다. 시험이 끝난 뒤 연회를 가졌기 때문이다. 전체 과정을 마치면 바로 뷔르템베르크 공국의 종교국이 주관하는 종합시험에 통과해야 사제보로 근무할 수 있게 된다. 사제직을 면하려면 다른 직업을 가져야 했고, 그런 경우에는 대개 가정교사직을 택했다. 미리 가정교사직을 구해서 그 사실을 신고하면 사제보 사령장 대신 가정교사 허가를 받았다.

3인 1실의 기숙사에서 횔덜린의 룸메이트는 헤겔(Georg Wilhelm Friedrich Hegel, 1770~1831)과 셸링(Friedrich Wilhelm Joseph von Schelling, 1775~1854)이었다. '튀빙겐의 삼총사'로 불리는 이 셋은 당대의 신동들이었다. 헤겔은 수도원학교에서 올라온 정통 신학 계열 출신이 아니라 대도시 슈투트가르트에서 왔지만 성적은 횔덜린을 앞질렀다. 이내 가장 친한 사이로 발전한 헤겔을 두고 횔덜린은 "나는 조용한 성격의 이성적인 사람들을 좋아한다"라고 코멘트했다. 헤겔은 이 시절을 회고하면서 "어떤 고양된 감동이 당시를 지배하고 있었다. 정신의 열정주의가 세계를 바라다보면서 마치 신적인 것과 세계 사이의 실제적인 화해가 다가온 듯이 생각하고 있었다."『횔덜린』, 25쪽, 재인용라고 했다. 아무리 철학 같은 분야를 싫어하더라도, 또한 자기의 전공과 전혀 상관없더라도, 적어도 헤겔의 『정신현상학』 정도는 읽어야 한다는 게 내 지론이다.

네카어 강변의 도시 중 가장 번잡한 슈투트가르트(현 바덴-뷔르템베르크 주도)에는 헤겔의 생가(Hegel House, Hegelhaus)가 자리하고 있다. 그의 아버지가 뷔르템베르크 공국의 재무청 회계고문을 지내 형편이 넉넉했던 덕분에 생가는 4층짜리 넓직한 건물이고, 지금은 통째로 박물관으로 단장되어 있다. 나는 문학 기행을 기획하고 이 책을 쓰고 있지만, 슈투트가르트에 가면 꼭 헤겔박물관도 들러야 한다고 강력히 권고하고 싶다. 헤겔은 철학이라는 범주에다 세상의 온갖 잡사들, 즉 정치·경제·법률·역사·종교·평화·자연과학 등 모든 학문과 인생사를 용해시켜 빠짐없이 고민했던, 뇌세포에 가장 많은 정보를 저장해놓은 인물이다. 특히 그는 그리스 고전에 대해서 문학평론가 수준의 분석과 비평을 가하기도 했다.

흥미로운 사실은 헤겔이 이재理財에도 꽤 밝았다는 점이다. 그는 하이델베르크 대학에서 베를린 대학의 교수로 옮겨갈 때 100탈러의 이사 비용뿐만 아니라 관세(당시 독일은 30여 제후의 연합체로서 다른 영주국으로 갈 때마다 여권을 제시하고 관세를 지불했다)까지 학교로부터 얻어냈으며, 봉급은 하이델베르크 대학에서 받던 금액의 2배를 보장받았다고 한다. 이런 게 다 아버지의 직업 덕분에 터득한 지혜였을 터다.

헤겔은 횔덜린과 동갑내기로 생일은 횔덜린이 다섯 달 빠르지만 서로 잘

헤겔하우스(Hegelhaus) 헤겔이 1770년 8월 27일에 태어나 1788년까지 18년간 살았던 생가다. 16세기에 지어졌는데 제2차 세계대전 때도 별다른 피해 없이 보존되어 현재 박물관으로 사용되고 있다.

통했다. 이에 비해 셸링은 두 사람보다 다섯 살 연하인데 같은 방 연장자들을 성적으로 제칠 만큼 뛰어났으나 철학 사상적 기질의 차이로 거리감이 있었다. 또한 셸링은 학창 시절부터 최고의 천재로 또록또록해서 일찍 명성을 얻었고 더욱이 관념론의 완성자라는 별명까지 얻고 있었다. 출세도 남달라서 23세의 젊은 나이에 예나 대학의 철학과 교수가 되었는데, 대기만성형의 헤겔 철학과는 판연하게 달라 경쟁과 대립 관계였다.

횔덜린이 입학 2년 차 되던 해인 1789년에 프랑스대혁명이 일어나 그 여파가 전 유럽을 휩쓸었다. 세속과 떨어져 있는 신학교였지만 횔덜린은 문학서클 '독수리인들의 모임(Adlermannstag)'에 가담하고 프랑스혁명을 지지했다. 횔덜린은 누이에게 쓴 편지에 "프랑스인들을 위해 기도하라"며 간곡하게 권유했고, 자코뱅파를 지지하는 친구들과 함께 관련 행사에 참여하기

횔덜린 기념상
튀빙겐의 알터 보타니셰 가르텐(Alter
Botanischer Garten, 옛 식물원 공원)
에는 횔덜린을 고대 그리스적인 인물
로 형상화하여 1881년에 제작된 기념
동상이 있다.

도 했다. 헤겔도 봄날 들판에서 "자유 만세! 루소 만세!"를 외치며 〈라 마르
세예즈(La Marseillaise)〉를 프랑스어로 부르고, 그것으로도 성이 안 차 셸링
이 번역한 독일어로도 합창했다. 반혁명군의 수배를 피해 쫓겨 온 인사들
(지금 식으로 말하면 난민)을 학내에 숨겨주고 자선음악회를 열어 위로해주기
도 하는 게 학생들의 분위기였다. 헤겔의 수첩에는 "독재자에 맞서자! 불한
당들에게 죽음을! 독재 권력을 도모하는 썩은 정치인들에게 죽음을! 자유여
영원하라! 장 자크 루소여 영원하라!" 등등이 적혀 있었다.

　이런 친구와 함께했던 횔덜린을 상상해보라. 횔덜린으로서는 신학을 집
어치우고 법학으로 전공을 바꾸고 싶었을 터였지만 어머니는 요지부동이었
다. 아들을 기어코 목사로 만들려는 어머니의 강한 집착은 횔덜린의 후반
기 인생을 망가뜨린 원인의 하나였다.

　젊고 좋았던 시절의 횔덜린 사진은 단 한 장밖에 없는데, 그 풍채는 "무

겹게 걸려 있는 구름 사이로 간신히 빠져나오는 태양 광선처럼 휘황찬란하
다. 후리후리한 모습에 아침 햇빛처럼 산뜻한 이마를 가졌고 굵게 웨이브
진 금발 머리를 가졌다. 입술은 윤곽이 분명했고 뺨은 여성처럼 부드러웠
다."『천재와 광기』, 191쪽.

　뒤빙겐 신학교에 재학 중이던 1790년 20세 때 횔덜린은 마울브론 수도
원학교 시절부터 친구인 임마누엘의 사촌여동생 루이제 나스트와 파혼했
다. 그동안 주고받았던 편지들과 반지를 그녀에게 돌려보내면서 "내가 그
대에게 바칠 만한 지위를 얻을 때까지 그대에게 구애하지 않겠다고 굳게
결심"했노라고 편지에 썼다. 프랑스혁명 이후 어수선해진 국제 정세와 국
내 상황 및 자신의 미래에 대한 불안이 이런 결과를 낳았을 터였다.

　1793년 7월 14일, 프랑스혁명을 발화시킨 바스티유 감옥 습격(1789. 7. 14)
기념일을 맞아 횔덜린과 헤겔, 셸링은 자유의 나무를 심었다. 그리고 이해
12월 횔덜린은 슈투트가르트 종무국宗務局에서 주관한 목사 자격시험에 합
격하면서 학창 시절을 마감했다. 이때 출제된 문제는 「로마서」 5장 10절을
주제로 강론하는 것이었다.

　「로마서」 5장 10절, 즉 "우리가 하나님의 원수일 때에도 하나님 아들의
죽으심으로 말미암아 하나님과 화해하게 되었다면, 화해한 우리가 하나님
의 생명으로 구원을 얻으리라는 것은 더욱더 확실한 일입니다"를 출제했다
는 것은 이 지역 경건주의 신앙의 정신이 엿보이는 대목이다.

첫 가정교사 시절에 만난 여인

의무적으로 복무해야만 하는 목사직에 부임하지 않으려면 다른 직업을

실러의 생가 네카어 강변의 마르바흐에 있다. 실러 가족은 이 건물에 세들어 살았다. 실러가 태어난 방은 1층에 있다. 횔덜린은 실러의 소개로 샤를로테 폰 칼프 부인의 아들을 가르치는 가정교사가 되었다.

가져야 했기에 횔덜린은 졸업하기 전부터 초조했다. 이를 눈치챈 튀빙겐 대학 법대 출신의 시인이자 변호사인 슈토이들린(Gotthold Friedrich Stäudlin, 1758~1796, 라인 강에서 투신자살)이 실러를 소개해주었다.

그때 이미 출세한 실러는 실로 오랜만에 어렸을 때 살았던 뷔르템베르크 공국의 루트비히스부르크(Ludwigsburg, 슈투트가르트 북향 12km)로 잠시 금의환향했다. 그의 아버지는 군의관 출신으로 버젓한 집도 없이 네카어 강변의 풍광 좋은 도시 마르바흐(Marbach, 정식 명칭은 Marbach am Neckar)의 셋집에서 나중에 저항문학의 기수가 될 아들 실러를 낳았다. 마르바흐는 루트비히스부르크에서 그리 멀지 않은 동북쪽에 위치해 있으며, 국립실러박물관과 함께 2006년에 설립된 현대문학박물관(Museum of Modern Literature, Literaturmuseum der Moderne)으로 더욱 유명해졌다. 이들 박물관은 네카어

현대문학박물관과 국립실러박물관 왼쪽에 극도로 꾸밈없는 사각 건물이 현대문학박물관이다. 영국의 건축가 데이비드 치퍼필드(David Chipperfield)가 '책과 배움에 헌정되는 건축물에 이보다 더 적합한 접근법은 없다'는 신념을 반영하여 2006년에 완공한 박물관이다. 현대문학박물관 가까이에는 국립실러박물관(Schiller-Nationalmuseum)도 있다. 사진에서 오른쪽에 보이는 건물이다.

강과 함께 도시 전체를 조망할 수 있는 아름다운 언덕 위에 있다.

실러의 아버지는 군의관에서 제대 후 뷔르템베르크 공국의 카를 오이겐 (Charles Eugene, Karl Eugen, 1728~1793) 공의 원예 감독이 되면서 루트비히스부르크로 이사했다. 베르사유 궁전의 정원처럼 꾸며보겠다는 턱도 없는 망상을 가졌던 오이겐은 하층민 출신의 청소년들을 강제 연행 혹은 납치하여 그들 스스로 자원입대했다고 우기면서 해외 용병으로 팔아먹기로 악명이 자자했다. 이 같은 일은 비단 그 혼자만 자행했던 것이 아니라 몇몇 영주들도 그랬을 정도로 독일은 낙후되어 있었다. 팔려 간 청소년들의 상당수는 영국군에 넘겨져 미국 독립전쟁을 탄압하는 데 앞장섰다가 희생되었다.

그런데 이 폭군이 바로 실러의 후견인으로, 그는 목사가 꿈이었던 소년을 강제로 자신이 세운 사관학교(Karlsschule Stuttgart, 나중에 육군대학으로 변경)에 강제 입학시켰다. 거기서 요령껏 의학을 전공한 실러는 졸업 후 아버지처럼 군의관이 되어 군 복무 중에 희곡 『떼도둑(The Robbers; Die Räuber)』(1781)을 자비로 출판했는데, 만하임에서 그 희곡을 가지고 공연한다는 소식을 들었다. 자신의 처녀작이 무대에 오르는 걸 보고 싶었던 작가는 오이겐 공의 허가도 없이 병영을 탈영했다. 초연부터 성공을 거둬 환호했으나 귀대 후 바로 체포되어 14일간 구류 및 향후 다른 작품 발표 금지 처분을 받았다. 오이겐의 난폭성이 드러난 처사였다.

실러는 또다시 즉각 탈영했지만 범법자라는 낙인이 찍힌 탓에 온갖 고초를 겪으면서 떠돌다가 당시 독일 영주국가 중 가장 자유로웠던 바이마르 공국령의 예나로 가서 자신의 재능을 마음껏 펼칠 수 있게 되었다. 이에 그는 희곡 『간계와 사랑(Intrigue and Love; Kabale und Liebe)』(1784 초연)에서 오이겐을 모델 삼아 그 폭군을 한껏 조롱했다.

그 내용은 이러했다. 영주(사실상 왕과 다름없음)는 데리고 살던 애첩(레이디 밀포드)에 싫증이 나자 수상의 아들(이미 루이제 밀러라는 애인이 있었음)로 하여금 그녀에게 장가를 들라고 강요한다. 영주는 떠나보내는 애첩에게 시종을 시켜 이별의 선물로 보석을 내렸는데, 그 보석값이 7,000명의 젊은이들을 팔아넘겨 미국으로 가게 만든 대가였다. 그들이 강요가 아닌 지원자들이었느냐는 애첩의 물음에 시종은 이렇게 답한다.

"전부 지원자들이지요. 몇몇 건방진 녀석들이 대열 앞으로 나와서 영주가 얼마를 받고 사람들에게 명예를 파는 것이냐고 대령에게 물었습지요. 하지만 우리의 자비로우신 영주께서는 연대를 전부 사열식장에 집합시켜놓고 그 바보 녀석들을 쏘아 죽이라고 명했지요. 저희는 총 쏘는 소릴 들었고 그들의 골

수가 포장도로 위에 튀는 것을 보았습니다. 그러고는 전군이 소리쳤지요. 어
서 미국으로!"

—프리드리히 실러 지음, 이원양 옮김, 『간계와 사랑』, 지만지, 2008, 70쪽.

이탈리아의 민족해방투쟁 음악가인 주세페 베르디는 실러의 이 희곡을
〈루이자 밀러(Luisa Miller)〉(1849)라는 제목의 오페라로 각색하여 널리 퍼뜨
렸다.

실러는 부모의 안부가 궁금하여 일시 귀향하려는 생각을 갖고 죽음을 앞
둔 오이겐 공에게 고향을 방문해도 되겠느냐고 문의했으나, 회신이 없자 무
작정 간 것이었다. 바로 이때 횔덜린이 슈토이들린의 소개로 실러를 찾아
간 것인데, 실러는 가정교사 자격을 꽤나 까다로운 심문식 면접으로 보고는
(1793. 9) 한참 후에 좋다는 응답을 보내주었다.

이래서 횔덜린은 곧바로 상류층 부인인 샤를로테 폰 칼프(Charlotte von
Kalb, 1761~1843)의 열 살짜리 아들 프리츠(Fritz von Kalb)의 가정교사가 되었
다. 그녀는 군인 소령의 아내로 매력 있고 정열적이며 분방한 성격을 지녔
으며, 그 자신이 작가이기도 해서 괴테와 실러뿐 아니라 바이마르 · 예나의
여러 지성인들과도 교류를 튼 처지라 항상 바빴다.

처음 얻은 가정교사 자리라 횔덜린은 설레는 마음으로 20여 일의 여행
끝에 1793년 12월 28일 발터스하우젠(Waltershausen, 튀링겐 주)에 도착했다.
가는 도중 그는 어떤 예감을 느낀 듯 「운명」이라는 시에서 이렇게 읊었다.

오로지 고통 가운데서만
내 마음 누릴 가장 사랑스러운 것은 자라난다.

—『횔덜린』, 40쪽.

그런데 도착한 날 공교롭게도 칼프 부인은 바이마르로 장기 출타 중이어서 그녀의 친구인 빌헬미네 마리안네 키름스(Wilhelmine Marianne Kirms, 당시 22세로 남편을 잃고 과부 처지였음)가 횔덜린을 맞아 여러 일을 처리해주었다. 묘령의 청상과 혈기방장한 청년의 만남은 필시 뭔가 일을 낼 수 있을 터였지만 안주인인 칼프 부인도 만만찮았으므로 횔덜린의 처신은 그리 쉽지 않았을 것이다. 그러나 이미 시인은 수도원학교 시절의 루이제 나스트, 신학대학 학생일 때 학장의 딸 엘리제 레브레트와 사랑해보았던 유경험자였다.

키름스는 자신의 나이보다 두 배 연상의 우울증 환자인 바이마르 궁중 서기관과 결혼 경력이 있었다. "주의를 끄는 몸매"에다 품위와 교양과 차분한 대화술을 가진 그녀는 칼프 부인이 대화 상대로 입주시켰다지만, 그 안주인이 부재중일 때는 집안일도 맡는 등 여러 역할의 대행자였다. 바이마르에서 칼프 부인이 귀가한 1794년 3월을 전후하여 키름스는 같은 지붕 밑에 사는 횔덜린과 자연스럽게 관계를 나눈 사이로 발전했다. 그녀는 횔덜린에게 안주인 칼프 부인이 "온갖 상식과 산만한 애교, 재치 있는 두뇌를 총동원하여" 명망가들을 유혹하는 여인이므로 우리의 사이를 질투할 것이라는 경계심을 심어주면서 세심한 배려를 당부했다.

아니나 다를까, 칼프 부인은 횔덜린에게 점점 열을 올려 그의 시재詩才를 찬양하고 괴테나 실러에게 소개해주겠다는 등 들떠웠다. 그러는 데는 두 가지 이유가 있었다. 그녀의 아들 프리츠는 뚱보에 공부를 못하는 말썽꾸러기로 가정교사를 갈아치우는 재주가 뛰어났는데, 횔덜린만은 마음에 들었는지 좋아했다. 게다가 부인 자신도 횔덜린에게 호감을 느꼈다. 그녀는 아들에게도 자신처럼 자유분방한 교육을 강조했기 때문에 강요와 억압식 교육 방식을 용납하지 않았다. 아들 프리츠에게 더 넓은 세상을 가르쳐주고자 부인이 횔덜린과 함께 예나로 가는 동안 녀석은 고의로 똥을 싸는 등 말썽을 부렸다. 그러나 이는 약과다.

여행에서 돌아온 어느 밤, 살그머니 녀석의 방 안을 들여다보니 자위행위를 하고 있지 않은가. 녀석은 겸연쩍게 웃었으나 정작 놀란 건 되레 순진한 횔덜린이었다. 교사로서 그는 녀석을 바로잡기 위해 아버지인 소령에게 그 사실을 알렸고, 소령은 다시 부인에게 전했다. 그리하여 생각해낸 방책은 횔덜린에게 밤에도 아들과 함께 있어달라는 거였다. 그러자 녀석은 어머니에게 횔덜린이 거짓말쟁이며 아버지 어머니를 비방한다는 등 모함을 해댔는데, 그 험담 중에는 "선생님은 밤이면 키릉스 부인의 방으로 가요"라는 진실도 있었다. 사람들은 자기가 듣고 싶은 말만 믿는다.

선생이 아무리 타일러도 듣지 않던 제자가 결국 사고를 쳤다. 횔덜린이 책을 읽어줄 때 녀석이 "바지를 풀어헤치고 자지를 움켜쥔 상태"로 스승을 "도전적으로 응시"했다. 너무 놀라 만류하다가 도리어 선생이 비명을 지르며 기절했다. 이 악동은 자신이 무슨 짓을 저질렀는지는 숨긴 채 스승에게 이상한 병이 있다면서 종종 이런다고 부모에게 일러바쳤다. 『소설 횔덜린』, 219쪽.

횔덜린으로서는 제자의 모략으로 궁지에 몰려 난감했다. 부인 역시 뾰족한 수를 찾지 못한 채 스승과 아들을 다시 예나로 보내 사이가 좋아지기를 기대했으나 허사였다. 악동은 아예 스승을 몰아내기로 작심하고는 손님이 있는데도 전혀 거리낌 없이 똥이나 오줌을 싸는가 하면 자위행위까지 했다. 참다못한 횔덜린도 뚜껑이 열려서 악동 제자를 흠씬 패주자 녀석은 사이렌보다 더 크게 울어댔고, 그 바람에 이웃이 다 몰려들었다. 칼프 부인이 두 사람을 바이마르로 보내기도 해보았으나 아들은 나아질 기미가 없이 여전했다. 결국 횔덜린에게 점잖게 3개월치 보수를 주고 사직하게 하는 쪽으로 결말이 났다. 시인은 예나에 당분간 머물기로 했다.

제자가 그런 소란을 피우는 와중에도 횔덜린은 짬을 내서 실러에게 면담을 신청하여 만났는데, 그 자리에 어떤 풍채 좋은 신사가 함께 앉아 있었다. 그 신사가 바로 괴테였건만 횔덜린은 그를 못 알아보고 변변한 대화 한 번 나눠보지 못한 채 헤어졌다. 아쉬운 만남이었다. 이 첫 만남에서 괴테가 횔덜린을 간파하고는 그의 뒤를 봐주지 않았다는 말도 있다.

한편 그 사이에 키름스는 딸아이를 출산했으나(1795. 7) 아기는 곧 죽고, 이후 그녀도 어딘가로 사라져버렸다. 이쯤 되면 구설이 분분할 터였다. 그 생부의 후보자로 혐의를 둘 만한 인물에는 칼프 대령, 정원 관리사, 그 지역의 목사 등등이 거론되었지만, 횔덜린일 가능성이 가장 높다는 것이 연구자들의 결론이다. 그것을 뒷받침하는 유력한 증거로는 이 심약한 시인이 이 무렵에 처음으로 어머니에게 거액 송금을 요청했다는 사실을 들었다. 밝혀진 바에 따르면 그녀는 나중에 다른 남자와 재혼했다.

지적 방랑에서 혁명보다는 시인의 길을 선택하다

1795년 1월, 횔덜린은 예나에서 피히테(Johann Gottlieb Fichte, 1762~1814)와 가까운 곳에 집을 얻어 예나 대학에 등록하고 피히테를 비롯한 여러 교수의 강의를 들었다. 헤겔이 아버지 사후(1799)에 받은 유산으로 주머니가 넉넉해지자 룸메이트였던 셸링에게 '많은 책들이 있고 검소하게 식사하기 좋으며 맥주 맛이 훌륭한 곳'으로 가고 싶다고 하니 예나를 추천했다고 할 만큼 이곳은 당시 독일 최고의 학문의 도시였다. '튀빙겐의 삼총사'는 각자 다른 시기에 예나를 거쳐 갔다. 횔덜린은 가정교사로 있으면서 예나를 오가다가 이후 예나 대학의 강의를 듣기 위해 머물렀으며, 셸링은 예나 대학의 철학과 교수(1798)로, 헤겔 역시 비정규 교수(1805)로 이곳에 있었다.

우어부르셴샤프트(Urburschenschaft)
1815년 예나 대학에서 독일 학생회 최초로
조직된 부르셴샤프트이다. '자유, 명예, 조
국'을 기치로 내걸고 평등주의와 자유주의의
확대 및 독일의 정치적 통일을 주장했으며,
나중에 여러 분파가 생기면서 점차 급진화
되어 1848년 독일혁명에도 가담했다. 사진
은 예나 대학에 있는 기념 동상이다.

　예나 대학은 1789년에 실러가 역사학 교수로 있었던 곳이며, 1934년 그
를 기념하기 위해 정식 명칭을 '프리드리히 실러 예나 대학(Friedrich-Schiller
Universität Jena)'으로 바꾸었다. 이 학교는 마르크스가 「데모크리토스와 에
피쿠로스의 자연철학의 차이」라는 논문으로 1841년 철학박사학위를 받은
곳으로도 유명하다.

　공부만 잘하는 학생들이 모인다고 명문 대학이 되는 건 아니다. 예나 대
학은 경건주의가 지배하는 튀빙겐과는 확연히 달라 격렬한 학생운동과 노
골적인 권력 비판이 공공연하게 나타났다. 독일 학생운동의 진원지라고 일
컬어질 만큼 "헌법 개혁과 국가 통일, 자유를 요구하는 단체 중 가장 영향
력 있는 단체"였던 부르셴샤프트(Burschenschaft, Burschenschaften)가 바로 예
나 대학에서 1815년에 태동했다. 부르셴샤프트는 나폴레옹의 침략을 분쇄
한 자유군단인 뤼초 스카우트(Lützow scout)가 썼던 검정색·적색·금색의 삼

색을 자신들의 깃발에 채용했는데, 이것이 1848년 3월혁명에도 이어 사용되면서 독일 국기가 되었다. 마틴 키친 지음, 유정희 옮김, 『사진과 그림으로 보는 케임브리지 독일사』, 시공사, 2001, 191쪽.

예나에서 횔덜린은 혁명투쟁에 직접 뛰어드는 건 자신의 체질이 아님을 절감하고 시로 헌신할 결심을 했을 것이다. 당시 프랑스혁명의 열렬한 지지자인 지식인들 가운데 상당수는 루이 16세가 단두대에서 이슬로 사라지고(1793. 1. 21) 마리 앙투아네트가 처형되는(1793. 10. 16) 것을 지켜보면서 혁명의 잔혹성을 지적했다. 루이 16세의 무능, 재정 파탄, 국정 실패를 그 사이에 망각이라도 한 듯이 조석변이朝夕變異하는 게 민심의 흐름임은 예나 지금이나 같다. 로베스피에르파를 처형한 테르미도르의 반동(1794. 7. 27)을 지지하는 게 인본주의인 양 여겨지기도 했다. 과연 그럴까? 그 뒤 프랑스 역사가 어떻게 되었는가를 복기해보면 혁명의 본질을 느끼게 될 것이다.

이 무렵에 횔덜린의 친구로 빼놓을 수 없는 단짝은 징클레어(Isaac von Sinclair, 1775~1815)였다. 튀빙겐 신학교와 예나 대학에서 법학을 전공한 그는 열렬한 공화주의자로 프랑스혁명에도 심취했다. 그와는 이미 튀빙겐 신학교 시절에 만난 인연이 있어, 예나 대학에서 재회하니 횔덜린으로서는 큰 의지가 되었다.

다시 가정교사를 구해야 될 처지의 횔덜린에게 징클레어의 친구가 소개해준 곳은 프랑크푸르트에 있는 한 은행가의 저택이었다.

영원한 연인, 주제테 곤타르트

잠시 방랑했던 횔덜린은 1796년 1월 10일 프랑크푸르트의 은행가 곤타르트(J. F. Gontard)의 집에 가정교사로 들어갔다. 그런데 그곳에서 휠덜린의 억눌렸던 여난살女難煞이 터지고 말았다. 26세의 순진한 청년은 자신보다 한 살 위이고 4남매의 어머니인 주제테 곤타르트(Susette Borkenstein Gontard, 1769~1802)에게 홀려서 "무엇이 미이며 선인지 알고 있다고 믿었지만 그녀를 본 뒤부터 나는 모든 내 지식을 비웃게 되었다네"「소설 휠덜린」, 276쪽라고 할 지경에 이르렀다. "온화하고 선량하며 분별 있는 모습, 형언할 수 없이 매혹적인 아름다움이 온 몸에 배인 우아함 (…) 큰 사교 모임보다는 피아노 앞에 앉기를 더 즐기고, 모임에서도 되도록 빠져나가려 한다. (…) 그녀의 곁에 있으면 인간애가 무엇인지를 배우게 된다. 그녀와 접촉함으로써 나 자신이 깨끗해지는 것이다."그녀의 집을 드나들던 은행가 쩨더의 1793년 기록. 차경아, 「푸른 눈, 밤빛 머리칼의 디오티마」, 『世界의 헌시』, 문학사상사, 1987, 121쪽에서 재인용.

　"무엇보다 앞서 사업"을 중시하는 남편의 충실한 아내이며 프랑크푸르트 사교계의 별로 주목받던 주제테였지만, 그녀 역시 휠덜린에게 마음이 간 것은 마찬가지였다. 주제테의 세 딸을 담당하는 가정교사가 따로 있었고, 휠덜린은 여덟 살의 외아들 앙리 곤타르트(Henry Gontard)만 맡았다. '흰 사슴 성'으로 불린 그녀의 저택이 있는 곳은 당시에는 프랑크푸르트의 변두리였으나 지금은 시내 한복판이다. 고지도로 확인하면 보켄하이머 란트슈트라세(Bockenheimer Landstraße) 42번지에 있었지만 1944년 폭격으로 사라지고, 현재 그 자리에는 큰 빌딩이 들어서 있다. 김성우, 『세계의 문학기행 1』, 한국문원, 1997, 278쪽. 다만 그곳엔 1796~1798년까지 휠덜린이 살았음을 추모하며 1957년 8월에 세운 조각상(Hölderlin-Gedenkstätte)과 그의 소설 『히페리온(Hyperion)』(1797, 1799)에 나오는 시의 일부를 새긴 비가 세워져 있다.

　1796년 여름, 프랑스군의 침략을 피하고자 주제테는 가정교사와 아이들까지 함께 3개월 동안 피란길에 올랐다. 카셀(Kassel, 7. 14~8. 6까지 머묾)에서

주제테 곤타르트 흉상
독일의 조각가 란돌린 오마흐트(Landolin Ohmacht)가
곤타르트 부인의 흉상을 조각한 미술품으로, 프랑크푸
르트 마인 강변에 위치한 조각품미술관인 리비크하우
스(Liebieghaus)가 소장하고 있다. 주제테는 횔덜린에
게 영원한 연인이었다.

한 달간 지내다가 바트 드리부르크(Bad Driburg, 8~9월)를 거쳐 9월 말에야
프랑크푸르트로 돌아왔는데, 그 사이 횔덜린과 주제테는 이미 헤어지기 어
려운 연인 관계로 발전했다. 특히 카셀에 머물 때 주제테가 지적인 매력을
발산하면서 횔덜린을 유혹하여 첫 키스를 하는 장면은 예술의 경지다.(『소
설 횔덜린』에 묘사되어 있다) 그녀는 주변을 다 물리치고 횔덜린과 단 둘이 남
아, 그가 즐겨 읽던 하인제(Wilhelm Heinse, 1746~1803)의 소설 『아르딩겔로
와 축복 가득한 섬들(Ardinghell and the Blessed Islands, Ardinghello und die
glückseligen Inseln)』(1787)을 빼앗아 자신이 미리 찾아둔 대목을 낭랑하게 낭
독한다.

"자네는 그녀를 보아야만 하네. 최상의 우아한 자태! 탐하는 듯한 눈길 속에
서도 그 새침스런 모습을. 그보다 더 쾌활하면서도 우아하며, 육욕적인 모습

은 찾아볼 수 없지. 주변을 돌아보는 독수리의 눈매, 고혹적이면서도 유혹하지는 않는 입. 그녀의 날씬한 몸매의 거만스런 자태는 옷깃 아래 너무나도 매혹적으로 움직여서 당장 분노로 그 옷깃을 벗겨버리고 싶을 정도라네. (…) 그녀의 부드러운 양팔에 안기는 사람은 존재의 최고의 행복을 맛볼 수 있는 사람일세. 어느 왕이나 신도 더 이상의 행복은 가질 수 없네."

—『소설 횔덜린』, 286쪽.

이 대목에서 주제테는 횔덜린을 바라보며 "두려움이 없으시죠, 횔더?"라고 묻는다. 그녀의 유혹에 횔덜린이 "안 됩니다"라며 긴장하자, 그녀는 가까이 오라고 불러 세운 뒤 그의 손을, 얼굴을, 그리고 뺨을, 이어 입술을 덮치며 속삭인다. "횔더, 남들이 있는 앞에선 날 다정하게 불러선 안 돼요." 그리고 뚫어지게 보거나 손을 잡아도 안 된다고 주의를 준다.

이후 평정을 되찾은 횔덜린은 프랑크푸르트로 돌아와서 헤겔을 만났다. 헤겔은 철학자답게 이미 온 시내에 두 사람의 소문이 파다하니 얼른 그 집에서 나오라고 충고했지만, 사랑에 빠진 남녀는 하나님도 못 말린다. 불륜의 사랑이란, 깊어질수록 쾌락은 줄어들고 영육은 황폐화되어가기 마련이다. 그러나 횔덜린은 쉽게 멈추지 못했다. 더구나 주변 사람들이 아무리 비밀을 지켜주고 싶어도 결국 당사자 둘의 태도가 비밀의 베일을 스스로 벗기게 되는 것이 사랑의 자연변증법적 이치다.

1798년 9월 말, 28세의 시인은 가정교사직에서 또다시 쫓겨나 바트 홈부르크(Bad Homburg, 프랑크푸르트 북향 40km)로 가서 18개월간 머물며, 매월 첫 번째 목요일에는 그녀를 그리워하면서 프랑크푸르트를 향해 걸었다. 이게 제정신인가!

부제가 '그리스의 은자'인 소설 『히페리온』은 그리스 청년 히페리온이 침

횔덜린은 바트 홈부르크에 머물 때 주제테 곤타르트를 그리며 매월 첫째 목요일이면 프랑크푸르트를 향해 걷곤 했다. 바트 홈부르크의 쿠어공원(Kur Park, Kurpark)에는 횔덜린을 기리는 기념비가 세워져 있다.

럈국 오스만제국에 맞서 그리스 해방전쟁에 참전했다가 환멸을 느끼고 좌절한 뒤 독일로 유학 갔으나 역시 그곳에서도 실의를 안고 귀국하여 독일 친구인 벨라르민에게 보내는 서간체 형식의 성장소설이다. 횔덜린은 이 소설에서 자신의 연인이었던 주제테를 디오티마(Diotima)로 승화시켜 이상화했다. 디오티마란 플라톤의 『대화편』「향연」에 등장하는 전설적 존재로, 소크라테스가 완벽한 사랑의 상징으로 거론했던 인물이다.

주제테에게 매료되어 열렬히 사랑하다가 결국 내쫓김을 당한 자신의 처지를 횔덜린은 이렇게 한탄했다. "나의 영혼은 높이 치솟았거늘, 사랑은/아름답게 그것을 끌어내렸다. / 고뇌가 더욱 힘차게 그를 굴복케 한 탓이다."「삶의 행로」, 『횔덜린』, 81쪽라고 한탄했다. 냉철한 지성으로도 통제하지 못하는 사랑에의 굴복은 이미 사랑이 아니라 집착이다. 또, 그는 "나는 이미 시들어버린 화초 같은 신세입니다. 화분째로 길거리에 내던져져, 새싹은 뭉개지고 뿌리마저 다쳤습니다. 공들여 새 흙으로 옮겨지고 많은 정성을 기울여 가꾸어진다 해도 겨우 살아날지 어떨지 알 수 없을 정도입니다."『천재와 광기』, 231쪽라고 독백하기도 했는데, 이 역시 그의 신세 한탄과 들어맞는다. 하지만 그러면서도 "나는 신앙도 없이 살았고, 내 마음은 얼마나 궁핍했던가. 나는 정말 처량했었네. 만약 내 앞에 이 여인이 나타나지 않았더라면, 내가 어떻게 지금처럼 하늘을 나는 독수리와 같은 즐거움을 누릴 수가 있겠는가?"『천재와 광기』, 233쪽라고도 했다.

세계문학사에는 3대 팜므 파탈이 있다. 푸시킨의 아내 나탈리아 곤차로바가 금메달급이면 은메달은 횔덜린의 연인 주제테 곤타르트일 것이고, 동메달은 바이런의 아내 앤 이사벨라 밀뱅크(Anne Isabella Milbanke, 별칭 애나벨라)일 것이다. 이 여인에 대해서는 09장 바이런 편에서 알아보기로 하자.

스위스, 보르도, 그리고 광기와 죽음

1800년 서른 살의 횔덜린은 5월 8일 봄날에 프랑크푸르트로 가서 주제테와 마지막 해후를 했다. 그녀에게 썼지만 발송하지는 못했던 편지에서 횔덜린은 두 사람의 운명을 이렇게 예시했다.

그렇지 않아도 눈이 멀고 싶은 심정인데, 그럴수록 자꾸만 고뇌하는 당신의 모습이 눈앞에 더욱 선명해집니다. (…) 우리 내면의 이 영원한 싸움의 갈등, 그것으로 인해 당신은 서서히 죽어가고 있을지도 모릅니다. 어떤 신도 그 싸움과 고통을 덜어줄 수 없다면, 이 싸움을 끝낼 하나의 방도를 찾을 도리밖에는 다른 선택이 없습니다. 나는 이미 우리가 부정하는 가운데 살 수 있고, 희망을 버리고 고별의 인사를 하는 것이 우리를 강하게 만들어줄지도 모른다는 생각을 하고 있는 것입니다.

—『횔덜린』, 67쪽.

그는 어머니가 살고 있는 뉘르팅겐 말고는 더 갈 곳도 없었다. 그렇다고 그곳에 계속 있을 수도 없었으므로 우선 슈투트가르트의 종무국에서 의무를 지운 성직 복무를 피하기 위해 지인들에게 가정교사 자리를 수소문했다. 마침내 가정교사직을 구해 스위스까지 갔으나 그 집안의 사정으로 인해 바로 해직당해서 귀갓길에 올랐다. 궁지에 몰린 그는 실러에게 예나 대학의 그리스어 강사직을 청탁하는 편지를 보냈지만 응답이 없었다.

궁즉통窮則通이라, 프랑스 보르도 주재 함부르크 총영사인 마이어(Daniel Christoph Meyer) 집에서 가정교사로 오라는 전갈을 받았다. 세상이 흉흉하던 시기였기에 횔덜린은 권총을 소지한 채 바보짓을 꾸미고 그답지 않은 위장과 거짓말도 하면서 하루하루 온갖 고초를 겪으며 보르도로 향하는 여행길을 헤쳐 갔다. 노숙자 숙소 같은 누추한 곳에서 잘 때면 잘생긴 외모로 인해 여인들의 유혹을 받기도 했으나 뿌리쳤다. 여로에서 그는 프랑스혁명에 대한 농민들의 지지가 약하다고 느껴 자신의 생각이 옳았음을 확인하기도 했다. 1802년 1월 28일, 생전 처음으로 바다를 보며 그는 보르도에 도착했다.

그러나 5월 중순, 그는 이유를 알 수 없는 사직을 한 뒤 파리와 스트라스부르를 거쳐 슈투트가르트에 와서 6월 22일 징클레어로부터 주제테의 사망 소식을 들었다. 풍진 걸린 아이들을 돌보다가 폐결핵이 악화되는 바람에 죽었다고 했다. 기록마다 차이가 나지만 그는 귀국 도중에 이미 정신이 상이 되어버렸다고도 하고, 주제테의 사망 소식으로 그렇게 되었다고도 한다. 완전 거지꼴에다 피골이 상접한 모습으로 귀국한 그는 뉘르팅겐의 어머니 집에 머물다가 헤센-홈부르크 공국의 행정자문관으로 있던 벗 징클레어의 도움을 받았다. 친구는 그에게 소일거리로 도서관 사서직을 맡겼지만(1804. 6), 실제로는 징클레어의 사비로 봉급을 충당했다.

문득 민족시인 박봉우朴鳳宇(1934~1990)가 떠오른다. 서울 파고다공원에서 결혼식을 올린 그는 정신병원과 경찰서를 번갈아 드나들다가 울분을 풀지 못하고 전주 시립도서관에서 만년을 보냈다.

횔덜린은 『히페리온』에서 독일을 야만의 나라로 보았다. 300여 영주국으로 이루어진 조국은 유럽의 다른 강국에 비해 문화도 국력도 후진적이었다. 횔덜린이 정신이상에 걸린 뒤 독일은 침략자 나폴레옹에 의해 30여 영주국으로 강제 통폐합당했다. 어떤 영주는 침략자 편에 붙어 자기 땅을 늘리고 왕도 되곤 하던 시절이었다. 뷔르템베르크 영주도 선제후選帝侯에서 왕으로 승격되면서 독재를 강화하여 공화파의 불만을 샀다.

뷔르템베르크의 통치자 카를 오이겐의 손자 프리드리히 1세가 뷔르템베르크 선제후가 되더니 이어 프랑스의 후원을 받아 왕이 되면서 의회를 해산하는 등 독재정치로 나아갔다. 이렇게 정치 상황이 악화되자 혁신 세력이 모여 대책을 논의했는데, 이때 징클레어와 횔덜린도 참석했다. 그런데 대책 회의에서 블랑켄슈타인(Blankenstein)이라는 사기꾼이 징클레어에게 자신을 홈부르크 공직에 임명되도록 손써달라고 종용했다. 처음에는 속아 넘어갔으나 그 정체를 알고 해직하자, 그가 앙심을 품고 뷔르템베르크 선제후 암살 모의를 했다는 혐의를 징클레어에게 들씌워 밀고했다. 이 일로 징클레어는 구속되어 몇 달간 고생한 뒤 석방되었고, 횔덜린은 정신이상이라고 해서 기소되지 않은 채 풀려났다.

정세는 생물처럼 변한다. 1806년 홈부르크가 프랑스의 강압으로 헤센-

다름슈타트(Hessen-Darmstadt) 대공국에 흡수되었다. 이 때문에 징클레어는 더 이상 횔덜린을 후원해줄 수 없게 되었다. 횔덜린의 '신사적인 광기'는 주변의 애정과 관심으로 얼마든지 치유 가능했다는 주장도 있다. 징클레어가 보살펴주었을 때는 멀쩡했다가 그가 몰락하자 악화됐다는 것이다.

1806년 9월, 어쩔 수 없이 시인은 튀빙겐 의료원에 입원했으나 정신병 전문 기관이 아니어서 효과가 없었다. 이때 어머니가 아들을 감싸주었다면 그의 병세는 호전되었을 수도 있었을 것이다.

이듬해인 1807년 5월, 횔덜린이 3년을 못 넘긴다는 의사의 진단이 내려지자, 튀빙겐 의료원의 목수로 있던 치머가 그의 보호를 요청하는 원장의 말을 수락하여 자신의 집으로 데려갔다. 치머는 이전에 횔덜린의 『히페리온』을 읽고 감동했었는데, 그의 상태를 듣고 애석하게 여겼던 것이다.

이후 횔덜린은 내내 정신 질환에 시달리며 1843년 눈을 감을 때까지 36년간 튀빙겐의 목수 치머와 그 가족의 보호를 받았다. 그의 하숙비는 계부로부터 물려받은 유산의 이자로 충당되었다.

그는 가끔 경련과 발작을 일으켰지만 평소엔 온순해서 조용히 지냈다. 그를 돌봐주는 부부가 죽자 치머의 딸이 결혼도 하지 않은 채 이 시인을 죽을 때까지 보살폈다. 현재 횔덜린 탑의 2층 반원형 방에는 의자만 두 개가 놓여 있다. 혼자 지냈는데, 다른 하나의 의자는 누구를 위한 자리였을까? 필시 주제테였으리라. 그녀는 팜므 파탈의 여인이면서 자신도 그 희생자나 다름없었다.

튀빙겐 신학대학을 다니던 하숙생 빌헬름 바이블링거(Wilhelm Waiblinger, 1804~1830)가 신사적으로 미친 이 사나이를 산책 시키는 등 자주 와서 돌보았다. 가끔 시인의 명성을 좇아 방문하는 학생들도 있었지만, 생모는 한 번도 아들을 찾지 않았다.

횔덜린 탑의 내·외부 2층 반원형의 방에는 의자 두 개만 덩그러니 놓여 있을 뿐이다. 다른 방에는 초상화, 그가 펴낸 책, 육필 원고 등의 자료가 전시되어 있다. 횔덜린 탑에 걸린 명판(아래 왼쪽)에는 "1807~1843. Hier lebte u. entschlief Hölderlin"라고 씌어 있는데, "1807~1843. 횔덜린 이곳에서 살다가 잠들다"라는 뜻이다. 강가에 면한 정원에는 여러 조각 작품이 전시되어 있다(아래 오른쪽).

휠덜린 묘 튀빙겐 대학교에서 조금 떨어진 시립공동묘지(Stadtfriedhof Tübingen)에 있다. 묘비에는 자유를 갈망한 그의 시 「운명」의 한 대목이 새겨져 있다.

1828년 어머니가 사망했다는 소식에도 아무런 반응을 보이지 않던 시인은 1843년 6월 7일 밤 유난히 명랑해져 창을 통해 달을 보면서 아름다움에 취해 있다가 침대에 누웠다. 그리고 11시에 73세의 나이로 조용히 세상을 하직했다. 사인은 폐수종증이었다. 사흘 뒤 6월 10일에 튀빙겐 공동묘지에서 장례식을 거행하고 그곳에 묻혔다.

이듬해에 그의 의붓동생 카를 고크(Karl Christoph Friedrich Gok)가 묘비를 세웠다.

묘비의 시는 「운명」 중 마지막 연의 처음 4행이다.

폭풍 중 가장 성스런 폭풍 가운데
나의 감옥의 벽 허물어지거라.

하여 보다 찬란하고 자유롭게

내 영혼 미지의 나라로 물결쳐 가라!

—『횔덜린』, 152쪽.

"감옥의 벽"이란 「빵과 포도주(Bread and Wine; Brot und Wein)」의 명구 "궁핍한 시대"의 삶으로 읽고 싶다. 궁핍은 물질의 가난뿐 아니라 봉건영주 권력이 짓누르는 자유의 압살과 경건주의 신앙이 조성한 영혼의 빈곤까지 아우를 수 있다. 이런 '감옥의 벽'을 허물려면 혁명 말고는 없는데, 그걸 시인은 "가장 성스러운 폭풍"으로 노래하지 않았을까.

그가 진짜 미쳤는지, 체포를 피하느라 미친 척했는지는 김시습이나 햄릿처럼 논란거리지만, "민중의 소리 그것은 하늘의 소리"라고 노래한 자유의 투사였던 건 부인할 수 없다. 대표작 「빵과 포도주」에서 그는 시인의 사명에 대해 이렇게 읊었다.

그렇게 학수고대하며, 무엇을 행하고, 무엇을 말할지를,

궁핍한 시대에 시인들은 왜 존재하는가를 나는 모른다.

허나 그대는 말한다, 시인은 마치 성스러운 밤에 여러 나라를

배회하는, 포도주 신의 성스러운 사제들과 같다고.

—박설호 옮김, 『빵과 포도주』, 민음사, 1997, 44쪽.

08. 헤세

: 평화 찾아 조국을 떠난 순수문학인

Hermann Hesse

헤르만 카를 헤세

Hermann Karl Hesse

1877. 7. 2 ~ 1962. 8. 9.

나골트 강변의 서정적인 소도시 칼브

바젤선교회(Basel Mission)는 구교도가 우세한 프랑스의 나폴레옹 침략에 대비해서 개신교와 루터교가 합세하여 세운 선교 단체로 1815년에 창립되었다. 설립 초기의 명칭은 독일선교협회(German Missionary Society)로, 독일 뷔르템베르크 지역의 루터파와 스위스 바젤의 칼뱅파가 주축을 이루었다. 두 지역은 비록 국경이 갈라놓긴 해도 지리적으로 가까운 데다 바젤 주민들이 독일어를 주로 쓰며 문화권 역시 뷔르템베르크의 영향권이어서 밀접하다. 바젤복음선교회(Basel Evangelical Missionary Society)로 개명했다가 바젤선교회로 정착된 이 단체는 2001년에 '선교 21(Mission 21)'로 변신하여 새롭게 태어났다. 선교 초기에는 가나, 인도, 카메룬 등지에 포교 활동이 국한되었다가 1920년대 이후 보르네오, 나이지리아와 중남미의 볼리비아, 칠레, 페루 등으로 영역을 넓혔고, 현재는 아시아, 아프리카, 라틴아메리카의 20여 개 나라에 70여 교회와 기구들에서 활동하고 있다. 이 선교회의 특징은 현지 주민들에게 인쇄술이나 각종 제조업 분야의 기술과 면방직 기술 등 직업교육을 시켰다는 점이다.

바젤선교회의 여러 활동가들 가운데 헤르만 군데르트(Hermann Gundert, 1814~1893)는 목사와 선교사 및 출판업자를 배출한 집안의 후예로, 독일 슈투트가르트에서 태어나 마울브론 수도원학교를 거쳐 튀빙겐 신학교에서 박사학위를 받은 전형적인 엘리트였다. 학창 시절에는 혁명에 열광하여 기독교를 진부하다고 여겼으나 영적 체험 이후 선교사가 되었다. 인도 콜카타에서 교사직을 구해 영국 브리스톨 항구를 출발한 그는 항해 도중 선상에서 벵골어와 힌디어 등을 익히고 일행에게 자신이 공부한 언어를 가르칠 정도로 어학적 재능이 뛰어났다.

그런데 군데르트가 탄 배가 콜카타가 아닌 마드라스(Madras, 현 인도 타밀나
두 주州의 주도 첸나이Chennai의 옛 이름)에 닻을 내렸다. 그는 다시 타밀어도 빠
르게 습득했다. 이곳에서 그는 프랑스어권의 스위스 서북 지역 쥐라(Jura)
주의 포도 농사를 짓는 농민의 딸 쥘리 뒤부아(Julie Dubois)와 결혼하여
(1838. 7) 활동하고 있었는데, 그러던 중 바젤선교회의 초치를 받았다. 말라
바르 연안(Malabar Coast) 일대(주로 탈라세리Thalassery)를 무대로 군데르트는
선교와 교육, 의료 활동, 언어학 연구, 성서 번역, 성가 작곡, 인도 말레이의
각종 자료 수집, 선교 기지 건설 등 다방면에 걸쳐 큰 업적을 세웠다. 말레
이어 방언 연구와 문법에 관한 책, 사전 등 13종의 서적을 편찬했고, 성서
를 말레이어로 번역했으며, 218곡의 찬송가를 손수 작사·작곡했고, 7종의
인도 방언을 익히는 등 그 업적은 가히 초인적이었다. 그가 수집한 자료들

칼브 독일 남부 바덴-뷔르템베르크 주 나골트 강변에 있으며, 2015년 12월 현재 인구 23,232명의 소도시다. 사진은 성 니콜라스 다리에서 바라본 마을의 모습이다.

은 나중에 튀빙겐 대학에 기증되었다.

23년에 걸친 군데르트의 활약은 결국 건강 문제로 1859년 독일로 귀국함으로써 막을 내렸다. 바젤선교회 본부는 1862년 이 탁월한 선교사에게 바덴-뷔르템베르크(Baden-Württemberg) 주의 한적한 소도시인 칼브(Calw)에서 1819년에 창립한 기독교 관련 출판사의 대표를 맡겼다.

칼브는 '검은 숲'이란 뜻의 슈바르츠발트(The Black Forest, Schwarzwald) 산맥 지대에 있는 절승지다. 앞서 횔덜린 편에서 우리가 이미 포근하게 정들었던 네카어 강의 발원지이며, 칼브 시의 상징인 나골트(Nagold) 강의 시원지도 이 '검은 숲'이다. 이 일대는 온천 휴양지로 관광업과 제재업이 성행하고 특히 각종 시계업이 유명하다. 칼브는 당시 4,500여 명의 인구에 섬유산업과 60여 명의 구두 제조공, 연초 공장, 화덕·마차·탑시계 제조, 인쇄

공장이 있어 비교적 부유한 지역이었다. 프로이센-프랑스 전쟁(1870~1871)이 끝난 뒤 전쟁배상금을 통해 호경기가 이어졌고, 신앙은 슈바벤 지역의 문화 풍토로 경건파가 압도적이었다. 알로이스 프린츠 지음, 이한우 옮김, 「헤르만 헤세」, 더북, 2002. 이 글은 주로 이 책을 참고했다.

칼브로 가는 길은 독일 여행 중 가장 굴곡이 많은 산간지대를 달리는 도로라 시를 낭독하거나 음악을 듣기에 딱 맞는 분위기다. 칼브 시에 도착해 마을을 둘러보노라면 위대한 작가란 자연환경이 낳기도 하는구나 싶을 정도로 예술적인 감성을 자극한다.

헤세의 아버지, 다섯 살 연상의 과부와 결혼

군데르트는 자식을 5남매 두었는데, 그중에 마리 군데르트(Marie Gundert, 1842~1902)라는 애물단지 딸이 있었다. 어렸을 때는 부모 속을 썩였으나 만년에는 효녀 노릇을 톡톡히 한 딸이다. 군데르트 부부가 인도에서 선교 활동에 전념할 때 5남매는 유럽에서 성장했다. 당시 유럽의 중산층은 직업상 식민지로 나가면서도 그곳에서 아이를 낳으면 유럽으로 보내 교육을 받도록 하는 게 관례였다. 마리 역시 인도에서 태어났지만 독일로 보내져 경건주의 기숙학교에 다녔는데 당시 금서로 지정된 실러를 애독했고, 그녀의 친구가 남자 문제로 기숙사에서 쫓겨나자 이를 적극 옹호하다가 요주의 인물로 찍혔다. 그 일로 마리는 한층 더 엄격한 가정집에 의탁되어 곤욕을 치러야 했다.

그녀는 인도의 부모를 만나러 가는 선상에서 영국 청년 존 반즈와 사랑에 빠졌지만 양친의 반대로 결별하고, 이후 찰스 이젠베르크와 결혼하여 두 아들을 가졌다. 부부는 인도에서 4년 동안 함께 선교 활동을 하다가 남편의 건강 악화로 귀향했는데, 결국 얼마 지나지 않아서 남편이 사망하고 말았다 (1869). 그녀는 두 아이를 기르며 아버지의 출판사 일을 돕는 한편, 칼브 실업학교에서 영어를 강의하면서 조용히 지내고 있었다.

이즈음 요하네스 헤세(Karl Otto Johannes Hesse, 1847~1916)라는 청년이 출판사로 찾아들었다. 그는 에스토니아 바이센슈타인(Weissenstein) 출신 의사의 아들로 러시아 국적이었다. 바젤선교회에서 3년간 교육을 받은 뒤 1869년 인도의 말라바르 연안으로 파견되어 5년간 근무하다가 건강상의 이유로 1873년 귀환했다. 본부는 그에게 칼브의 출판협회 근무령을 내렸고, 군데르트는 이 청년에게 선교회 신문의 편집을 맡겼다.

슈바벤(Schwaben) 방언을 쓰는 칼브에서 요하네스는 드물게 정확한 문법의 표준 독일어를 썼기 때문에, 토착민들은 그를 좀 별나고 건방지다고 여겼으나 외국인인 그로서는 되레 사투리 악센트가 더 어려웠을 것이다. 이런 사소한 문화의 차이에서 비롯된 미세한 정서적인 갈등이 그로 하여금 일생 동안 모국을 그리워하는 남성상으로 가족과 주민들에게 비쳐졌다.

어쨌든 이 이방인 정서의 해맑은 청년과 군데르트의 딸 마리는 누가 먼저랄 것도 없이 눈이 맞아 1874년 11월 22일 마침내 결혼에 이른다. 신부는 두 아들을 가진 과부로 서른두 살이고 남자는 다섯 살 연하지만 개의치 않았다. 군데르트는 주례사에서 "너희는 세상에서 고난을 당하겠지만 용기를 내어라. 내가 세상을 이기었노라."라는 『요한복음』 16장 33절을 인용했다. 멋진 주례사였다.

신혼집은 칼브 시청 맞은편 47번지(현 Marktplatz 6, 75365 Calw) 3층에 차려졌다. 마리는 결혼 이듬해 딸 아델레(Adele)를 낳은 뒤 둘째를 임신했는데 쌍둥이로 착각할 만큼 배가 크게 불렀다. 1877년 7월 2일 저녁 6시 30

헤세의 생가 칼브 시 마르크트플라츠(Marktplatz) 6번지가 헤세의 생가로, 사진의 가운데 건물이다. 헤세 가족은 이 집에서 1874~1881년까지 살았으며, 헤세는 1877년 7월 2일 이 집에서 태어났다.

분 드디어 해산했다. 하지만 쌍둥이가 아닌 아들 헤르만 헤세가 태어났다. 이어 연년생으로 동생 파울(5개월 만에 사망), 여동생 게르트루트(Gertrud, 1년 만에 죽음. 같은 이름으로 펴낸 헤세의 작품이 있다), 여동생 마리(Marie, 러시아식으로 마룰라Marulla라고 호칭), 그리고 남동생 한스(Hans, 요하네스Johannes, 헤세의 작품 인물 중에 가끔 등장)까지 여섯을 낳았으나 둘은 일찍 죽었다. 이복형 둘까지 합치면 6남매의 대가족이다. 이복형 중에서 큰형 카를 이젠베르크(Karl Isenberg)는 튀빙겐 대학교를 졸업한 뒤 교사가 되었고, 둘째 형 테오도르 이젠베르크(Theodor Isenberg)는 약사가 되었다.

자신의 가족에 대해 헤세는 나중에 누나에게 보낸 편지(1946)에서 이렇게 썼다. "외할아버지의 선한 지혜, 어머니의 끝없는 환상과 사랑의 힘 그리고 아버지의 순화된 고뇌를 이겨내는 능력과 민감한 양심, 이것들 모두가 우리

성 니콜라스 다리 위의 헤세 등신상
2002년 헤세의 125번째 생일을 기념하여 세
운 실물 크기의 청동상이다. 등신상 옆의 다
리 난간에는 다음과 같은 문구가 청동판에
돋을새김으로 적혀 있다.

내 다시 칼브에 돌아온다면,...   Wenn ich jetzt wieder einmal nach Calw komme,...
아주 오랫동안 이 다리에 서 있겠지.   bleibe ich lang auf der Brücke stehen.
여기는 이 마을에서 내가 가장 좋아하는 곳!   Das ist mir der liebste Platz im Städtchen!

를 키워냈다." 황진, 『헤르만 헷세 생애. 작품 및 비평』, 계명대학교출판부, 1982, 31쪽.

    칼브는 두 차례의 세계대전 소용돌이 속에서도 산골에 자리한 덕에 큰
재해 없이 옛 모습을 그대로 간직하고 있어 볼거리가 많다. 생가인 4층 건
물은 1874~1881년간 헤세 가족이 살았던 곳인데, 칼브에는 이런 형태의
목골 가옥(Fachwerkhaus)이 훼손되지 않고 원형을 유지하고 있다.

    세계의 문학인 중 가장 선량해 보이는 헤르만 헤세는 마치 자신의 고향
인 나골트 강변의 평화로운 소도시 칼브를 닮은 듯하다. 그 강의 성 니콜라
스 다리(St. Nicholas-Bridge, 니콜라스브뤼케Nikolausbrücke)에는 2002년에 세워
진 헤세의 등신상이 서 있다. 그가 즐겨 놀았던 곳에 세워졌기에 더욱더 친
근감이 감도는 멋진 동상이다.

"너도 헤세처럼 될래?"

1881년 아버지 요하네스 헤세는 스위스의 바젤선교회 본부로 전근하여 관련 책자 발간과 독일어문학 강사를 겸했다. 이를 계기로 2년 뒤 1883년 요하네스 헤세는 스위스 국적을 취득했고, 이듬해에 아들 헤세는 바젤선교회 소속의 남학생 전용 초등학교에 입학했다. 그러나 헤르만 헤세에게 낙원 같았던 바젤 생활은 곧 끝나고 말았다. 1885년 외할머니가 작고하자 홀아비가 된 외할아버지는 딸의 도움을 받고자 바젤선교부에다 사위(곧 헤르만 헤세의 아버지)를 다시 칼브로 보내달라고 요청했고, 일가는 5년 만인 1886년 칼브로 귀향하여 출판협회 건물로 들어가 살게 되었다.

유소년 시절의 헤세는 문명文名을 날린 미래의 온화한 모습과는 전혀 다른, 귀여운 개구쟁이의 차원을 넘어 동네의 문제아로 찍힌 말썽꾸러기였다. 돌을 던져 남의 집 유리창을 깨놓고서는 꾸중하는 어머니에게 "엄마, 다윗도 돌을 던졌지만 사랑스러웠죠? 그렇지 않아요?"라고 대꾸했으며, 또래 아이들에게 손찌검하기 일쑤에다 아버지 침대에 불을 붙이려다가 들키기도 했다. 점잖은 가게 주인에게 재고품에도 없는 코담배를 주문하고는 아예 모른 척하다가 어느 날 가게에 들렀는데, 주인이 잘 만났다 싶어 헤세에게 따지려 했다. 그런데 공교롭게 가게 주인의 신발 한 짝이 벗겨졌고, 때를 놓칠세라 헤세는 얼른 그걸 집어 들고 도주해버렸다. 그 일로 인해 매질을 당했지만 장난짓은 여전했다. 오죽하면 어머니가 '이 녀석 때문에 천사들이 더 바빠질 것'이라는 푸념을 했을까.

온 동네를 떠들썩하게 했던 가장 큰 사건은 물살이 빠른 나골트 강에서 누나와 다른 한 소녀를 거룻배에 태우고 떠내려간 위험천만한 모험이었다. 다행히 동네 사람들이 이 비상사태에 잘 대응하여 간신히 구출될 수 있었

헤세박물관(칼브) 1990년에 개관했으며, 헤세의 생가 근처에 있다. 조각상, 사진, 친필 원고와 편지, 그림, 세계 각국에서 출판된 헤세의 작품 등 많은 자료를 전시하고 있다.

다. 하지만 사실 이 사건도 아버지 방에서 무화과 열매를 훔친 사건에 비하면 약과다. 아버지 서재에 들어갔다가 부재중이자 뭔가 훔치고 싶은 욕구를 이기지 못해 둥근 줄에 묶여 있는 무화과 열매를 훔쳐 나오고 만 것이다. 그리고 때마침 귀가한 아버지에게 들켜버렸다. 이실직고하라는 타이름을 듣지 않고 헤세는 자신이 가게에서 직접 사온 것이라고 우겼다. 아들의 버릇을 아는 아버지는 그를 데리고 바로 그 가게로 가자며 재촉했고, 결국 가던 중 발길을 멈춘 뒤 실토했다. 이 사건을 두고 나중에 헤세는 자식들의 훈육 방법에서 "처음부터 막대기로 머리를 내리쳤다면" 더 좋았을 것이라며 "그렇게 섬세하고 공정한 아버지가 있는 것보다 우악스러운 아버지가 있는 것이 아마도 더 좋았을 것이다"『헤르만 헤세』, 39~53쪽라고 했다.

유소년기 헤세의 악명은 자자해서 "네 녀석이 학교에서 아무것도 배우지 않으면, 너도 헤르만 헤세처럼 낙오자가 될 거야. 헤르만은 정직한 부모님에게 근심 걱정만 끼치는 놈이야."『헤르만 헤세』, 93쪽라는 게 칼브 시민들의 아이 꾸중법이었다.

이렇게 추억이 많은 고향의 헤세박물관(Hermann Hesse Museum, Calw)은 자료가 굉장히 풍성하여 바로 빠져든다. 헤세의 일생은 물론이고 집안 조상들의 선교 활동까지 두루 갖추고 있기에 이 한 곳만 봐도 헤세를 터득할수 있다.

그가 말썽을 안 부린 얌전둥이였던 적이 아주 잠시 있었다. 신학교 시험 준비를 위해 들어갔던 괴핑겐(Göppingen)의 라틴어 학교 시절(1890~1891)에 그는 모범생이었다. 이 덕분에 그는 당시 엄격하게 신학자를 선발하던 첫 관문인 뷔르템베르크 국가시험에서 기숙신학교 입학이 가능한 36명 중 28등으로 합격했고(1891. 7), 아버지는 아들을 위해 기꺼이 뷔르템베르크 국적을 얻었다.

마울브론 기숙신학교 무단 탈출

1891년 9월 15일 헤세는 명문 개신교 신학교이자 수도원인 마울브론 기숙신학교에 입학했다. 이 학교는 1786년에 횔덜린이 들어갔던 곳이기도 하다. 입학 첫 주에 헤세는 선도부로 뽑혔다. 그러나 이미 시인이 되려는 일념으로 가득 찬 헤세의 책장에는 호메로스, 오비디우스, 실러, 괴테, 빌란트, 디킨스 등의 작품이 꽂혀 있었으며, 집에다 클롭슈토크(Friedrich Gottlieb Klopstock, 1724~1803)의 서사시 『구세주(Der Messias)』를 읽게 해달라고 요구

마울브론 수도원학교 마을과 분리된 성벽의 길이가 850m에 이르는 대규모 수도원으로, 헤세의 소설
『수레바퀴 밑에서』의 배경이 된 곳이다. 마울브론 수도원학교는 엄격한 학내 규율로 유명했다.

했다. 존 밀턴의 『실락원』에서 영감을 얻어 썼다는 이 작품은 그리스도의
수난과 고뇌, 희생 그리고 승천을 다뤘는데, 헤세에게 자유와 열정에 대한
동경을 심어주었다. 『헤르만 헤세』, 68쪽.

무엇이 그로 하여금 근질거리게 했을까. 마울브론 신학교 2년 차인 1892
년 3월 7일, 뚜렷한 이유도 없이 "몸에 한 푼도 지니지 않고 외투마저 걸치
지 않은 채 점심 식사 후 갑자기 세미나로부터 흔적도 없이 사라졌다. (…)
저녁 8시부터 다음 날 아침 5시 반까지 영하 7도의 추운 날씨에 들판을 돌
아다녔다." 송익화, 『헤르만 헷세 ─ 작가의 생애와 문학』, 건국대학교출판부, 1995, 27쪽. 학교에서 도망
쳐 나와 10km 지점에 이르렀을 때 헤세는 짚더미 속에서 추운 밤을 지내
다가 들키고 말았다. 이 일로 학교로부터 8시간 금고형을 받아 3월 28일
토요일 밤 12시 30분부터 이튿날 아침 8시 30분까지 감금당했다. 부적응으

로 인해 신경쇠약증이 발병한 그는 '시인이 되지 못하면 아무것도 되지 않겠다'는 각오를 다졌다. 그러나 그의 결심은 곧 집안의 골칫거리가 되었다. 방학이 끝나고 등교해보니 이미 급우들은 그를 파문당한 스피노자를 피하듯 멀리했다. 희대의 양심적인 지성이자 세계 철학자 중 가장 정직했던 스피노자는 기독교와 유대교 양쪽에서 모두 파문당해 모든 사람으로부터 2m 이상 떨어져 지내야만 했던 인물이다.

외로움을 견디지 못했던 헤세는 옆 침대의 친구에게 죽여버리겠다고 해서 완전히 정신병자로 몰렸다. 이 소식을 들은 어머니가 부랴부랴 첫 남편의 둘째 아들인 테오도르를 데리고 마울브론으로 찾아갔지만, 결론은 이 미래의 위대한 작가를 괴핑겐 남쪽 10km 떨어진 유황온천장인 바트 볼(Bad Boll)로 끌고 가 요양을 취하게 하는 것이었다. 그럼에도 불구하고 별 차도가 없었다.

헤세는 마울브론 신학교에서의 경험을 소설 『수레바퀴 밑에서』에 치밀하게 반영해놓았다. 이 이야기는 이미 07장 횔덜린 편에서 자세히 소개했으니 다시 한 번 읽어보아도 좋겠다.(☞ 295쪽 참조)

약국에 근무 중이었던 의붓형 테오도르는 헤세를 데리고 자신이 묵고 있던 콜프 부인의 집에서 함께 지내며 보살폈다. 이런 와중에 헤세는 콜프 부인의 딸 오이게니(Eugenie Kolb, 22세로 헤세보다 일곱 살 연상)에게 열렬히 사랑한다면서 구애의 시를 보냈다. 하지만 그녀는 뿌리쳤고, 헤세는 그 좌절로 병이 악화되어 권총을 구입해서 자살을 시도하기도 했다. 형도 어찌해볼 도리가 없게 되자, 아버지는 헤세를 정신병원에서 요양시킨 후 슈투트가르트 부근의 바트 칸슈타트(Bad Cannstatt) 김나지움에 보내버렸다. 그곳에서 헤세는 한 문제아와 친하게 지내며 '청소년을 타락시키는 놈들'로 소문이 자자해졌다.

조금이라도 이상하게 보일라치면 정신병원에다 집어넣어버리는 부모에게 헤세는 그런 데는 가기 싫다고 애절히 간청하는 편지를 보냈지만 소용없었다. 그의 영혼은 점점 메말라져갔다. 그는 황량한 심경을 이렇게 토로했다.

> 잘 있거라, 너 낡은 부모님의 집이여!
> 너희들은 치욕스럽다고 나를 내쫓는다.
> 안녕! 너나 할 것 없이 사랑하는(?) 그대들.
> 나는 이제 또다시 혼자라네!
> (…)
> 자유마저 악마에게로 가버린다.
> 그래, 자유는 기껏해야 연기煙氣였을 뿐인 것을.
> 나는 정신병원으로 보내질 거야.
> 누가 알까? 정말로 내가 완전히 미쳐버린 것을.
>
> ─『헤르만 헤세』, 81쪽.

김나지움에 다니는 동안 문제는 많았지만 성적은 그런대로 따라붙었다. 그런 그를 자꾸 건드린 것은 어머니였다. "너는 너 자신의 마음을 열고 마음을 바꾸어 하나님의 자녀가 되고 싶지 않니? 너를 치유해달라고 아버지 하나님을 찾고 부르고 싶지 않니?"라는 어머니의 편지 앞에서 그는 "전혀 해보지도 못한 경험을 어떻게 받아들일 수 있는가!"라고 생각하며 "차라리 아버지가 백만장자이거나 유산을 물려주는 돈 많은 친척들이 많아서 걱정 없이 시인으로 살아갈 수 있었으면 좋겠다"『헤르만 헤세』, 91쪽고 느꼈다.

정신병원에 처넣겠다는 아버지의 등쌀을 피하려고 헤세는 군 복무 자격

중 시험에 합격했지만(1893) 격심한 두통으로 학업을 중단하면서 다시 위기에 몰렸다. 이때 현명한 외삼촌의 충고로 에슬링겐(Esslingen am Neckar)에 있는 한 서점의 판매원 견습생으로 들어가게 되었다. 그런데 안도의 한숨을 채 내쉬기도 전인 사흘 만에 그는 무단결근을 하고 행방불명되었다. 슈투트가르트 거리에 있는 그를 아버지가 찾아서 데리고 귀가시켰으나 더 큰 근심덩어리가 되어버렸다.

겉보기에는 골칫거리로 부모 속을 끓였으나 그 자신은 내면적으로는 시인이 되기 위해 엄청난 독서열을 불태워 월터 스코트, 발자크, 빅토르 위고, 도스토옙스키, 투르게네프, 하이네 등을 탐독했다. 당시 그는 브라질로 이민을 준비하던 바트 칸슈타트 김나지움 시절의 교사인 에른스트 카프를 따라갈 생각도 했는데, 돈이 없어 포기했다.

1894년 열일곱 살의 헤세는 장차 시인이 되기 위해서는 돈을 벌어야 한다는 걸 절감하고 칼브에서 탑시계 공장의 기계공 견습생으로 들어갔다. 하지만 적성이 안 맞아 곧 그만두고, 이듬해 튀빙겐에 있는 헤켄하우어(J. J. Heckenhauer) 서점의 견습 사원이 되었다. 이때부터 자신의 꿈을 이루기 위해 헤세가 쏟은 각고의 노력은 가히 독학과 자수성가의 한 모범으로 손색이 없을 것이다. 문제아는 엄벌과 훈육이 아닌 스스로의 자각으로 바로 서게 된다. 오전 7시 30분부터 저녁 7시 30분까지 12시간 동안 꼬박 서서 근무하는 고된 노동에 시달리면서도 귀가한 뒤에는 독서와 습작에 전념하면서 "나의 모토는 투쟁과 승리이다"라고 이를 악물었다. 그는 돈과 시간을 아껴가며 습작을 해서 1896년 열아홉 살 때 빈에서 발행되는 잡지 『독일 시인의 고향(Das Deutsche Dichterheim)』에 마침내 처음으로 작품을 발표했다. 자랑스럽게 그 잡지를 고향의 부모에게 보냈으나 그의 부모는 별로 반기지 않았다.

헤세가 1895년 10월부터 1898년 9월까지
3년간 일했던 튀빙겐의 고서점이다. 위 사
진은 고서점에서 일할 당시(20세) 젊은 헤
세의 모습이다.

  부모의 냉대를 받자 그는 더욱 분발하여 3년 뒤 1899년에 자비로 175마
르크를 지불하고 드레스덴의 E. 피어존 출판사에서 처녀 시집 『낭만적인
노래(Romantic Songs; Romantische Leider)』를 펴냈다. 가상의 두 여인인 '마리
아와 게르트루트에게 바침'이란 헌사를 본 어머니는 그녀들이 누구냐고 물
으면서 "더 수준 높은 내용을 담아라"며 충고했고, 심지어 그런 재능을 하
나님에게 바치면 얼마나 좋겠냐고 탄식했다. 600부를 인쇄했지만 54부만
판매된 이 시집은 비록 그에게 작가로서의 문명을 갖다주진 못했으나 문필
가로 활동할 수 있는 계기를 마련해주었다. 이 무렵 헤세는 바젤의 한 서점
에서 도서 분류 조수로 일하며 월 80마르크를 받고 틈새 시간을 더 활용할
수 있게 되었다.

니체와 뵈클린의 도시, 바젤로 이사

어렸을 적 좋은 추억이 간직되어 있는 바젤로 헤세가 떠난 것은 1899년 그의 나이 22세 때였다. 니체(Friedrich Wilhelm Nietzsche, 1844~1900)를 좋아했던 것도 바젤로 간 이유 중 하나였다.

니체는 작센-안할트(Sachsen-Anhalt) 주의 동남쪽에 자리한 뢰켄(Röcken)이라는 작은 마을에서 개신교 목사의 아들로 태어났다. 당시까지 고전문헌학 교수로는 최연소인 만 25세(1869)에 바젤 대학 교수로 부임해서 건강 악화로 1879년 사임할 때까지 10년간 재직했다. 두뇌는 영민했지만 병약한데다 연애 한 번 제대로 못 해본 이 괴짜는 철학이 아닌 고전문헌학 교수라는 데 무척 열등감을 가졌다. 그런데 이보다 더 심한 콤플렉스와 충격을 준 일은 루 살로메(Lou Andreas Salomé)라는 여인에게 두 번이나 구혼했다가 퇴짜를 맞은 것이었다. 천재 철학자로서도 감당하기 어려운 실연의 아픔이 그로 하여금 『차라투스트라는 이렇게 말했다』를 집필하게 만들었다고 할 정도였다. 팜므 파탈의 이 여인은 숱한 남성을 파멸로 몰아넣었는데, 열네 살 연하의 시인 릴케와는 4년간(1897~1901)의 열애로 유명하다. 철학자보다 시인이 연애에는 한 수 위였을까? 설마 그럴 리가! 릴케 역시 그녀에게 버림받고 한동안 헤맸으니 팜므 파탈을 이길 남자는 황진이를 거부한 서화담 같은 군자뿐이려나?

어쨌든 니체를 좋아했던 헤세로서는 바젤에 더욱 친근감을 느꼈을 테지만, 그가 그곳으로 갔을 때는 이미 그 기발한 천재의 정신이 거의 망가져서 2년 전인 1897년에 바이마르로 떠난 뒤였다. 니체는 바이마르에서 3년간 광인으로 지내다가 세상을 떠났다. 시신은 그의 고향 뢰켄의 가족묘에 묻혔다.

니체 묘지 니체의 생가는 작은 기념관으로 꾸며져 있으며, 생가 옆에 니체의 아버지가 사목 생활을 했던 교회도 있다. 생가의 뒤쪽 뜰에는 니체의 꿈을 재현한 추모 조각상이 있고(위 사진), 교회 옆에 가족 묘가 조성되어 있다. 아래 사진에서 맨 왼쪽이 니체의 묘이고, 가운데가 누이동생 엘리자베트(Elisabeth Förster-Nietzsche), 오른쪽이 아버지 카를 루드비히 니체(Carl Ludwig Nietzsche)의 묘이다.

〈죽음의 섬〉 뵈클린은 19세기 말 신비와 상상을 강조하는 상징주의운동의 중심인물이었다. 1880년에 〈죽음의 섬〉을 처음 그린 뒤 같은 주제로 5점을 더 그렸다. 위 그림은 1883년에 그린 3번째 버전이다.

  헤세가 바젤로 갈 때 꾸린 이삿짐에는 니체의 저서 외에도 화가 아르놀트 뵈클린(Arnold Böcklin, 1827~1901)의 작품 〈죽음의 섬(Isle of the Dead; Die Toteninsel)〉 복사본도 들어 있었다. 뵈클린은 바젤 출신의 상징주의 화가로, 뒤셀도르프 아카데미를 거쳐 파리를 비롯하여 유럽 각지를 전전했다. 바이마르 미술학교의 교수를 지냈고, 나폴리·폼페이·피렌체 등지를 떠돌다가 취리히에 정착했다. 그의 대표작이 〈죽음의 섬〉이다. 뵈클린은 특히 죽음에 집착하여 같은 제목, 같은 소재로 여섯 작품(바젤과 뉴욕 버전 외에는 그냥 3, 4, 5, 6 버전으로 부름)이나 그렸다. 그의 화풍은 달리(Salvador Dalí)와 뒤샹(Marcel Duchamp)에게도 큰 영향을 끼쳤으며, 히틀러도 그의 작품을 좋아했다고 전한다. 이 무렵 헤세는 매주 일요일이면 예배 대신 뵈클린의 작품 전시실에서 1시간씩 보냈다니 그에 대한 열광을 알 수 있다.

바젤 라인 강에서 바라본 바젤의 모습이다. 바젤은 프랑스 및 독일과 접경한 국경도시다. 2개의 첨탑이 보이는 건물이 바젤대성당이다.

바젤 시절의 헤세는 서점으로 출근하기 전 라인 강에서 냉수욕을 하는 게 습관이었다. 그도 어느덧 청춘을 맞아 교제 범위가 넓어졌고, 여성에 대한 그리움이 활화산처럼 타올랐다. 라이히(Reich) 서점(1899. 9~1901. 1)과 바텐빌(Wattenwyl) 고서점(1901. 8~1903. 초)은 튀빙겐의 헤켄하우어보다 일은 쉽고 보수는 곱절이라 그는 요령껏 독서와 창작에 몰두할 수 있었다.

'평화 사상의 도시'라는 별명을 붙이고 싶은 바젤에는 볼 것이 매우 많다. 1019년에 로마네스크 양식으로 지어졌으나 1356년에 화재와 지진으로 무너진 뒤 고딕 양식으로 재건하여 현재 개신교회가 된 바젤대성당(The Basel Minster, Basler Münster)의 묘역에는 '최고 영광의 기독교 인문주의자'란 칭호를 얻은 당대 유럽 최고의 석학 에라스뮈스(Desiderius Erasmus Roterodamus, 1466~1536)의 묘지가 있다.

바젤에서 성장기를 보낸 정신분석학자로 그 자신이 '걸어 다니는 정신병자'였던 융(Carl Gustav Jung, 1875~1961)은 헤세를 진료하기도 했다(1921). 그는 제2차 세계대전 때 나치에 협조했다는 혐의를 받았으나 실은 미국 정보기관인 OSS 요원으로 활동했다. 융은 이때 나치 지도급 인물들의 정신분석 작업을 했는데, 히틀러 같은 인간은 궁지에 처하면 자살 가능성이 있다고 정확히 지적한 바 있다.

바젤 출신의 인물 중에서 카를 바르트(Karl Barth, 1886~1968)도 언급하지 않을 수 없다. 신자유주의 신학의 대부로 일컬어지는 그는 노조 투쟁에 관여하고 사회민주당에 입당(1915)까지 했다. 교회들이 히틀러를 제2의 구원자라면서 '하나님이 인류의 영적인 구원을 위해서는 예수 그리스도를, 정치·경제적인 구원을 위해서는 히틀러를 보내주었다'고 떠들 때 이를 단호히 비판한 평화주의자였다.

스위스에서 가장 오래된 바젤 대학(1459년 설립)의 교수였던 야코프 부르크하르트(Carl Jacob Christoph Burckhardt, 1818~1897)는 여기서 태어나고 죽은 바젤 토박이다. 역사학에서 미시사를 개척했으며, 유럽 예술사가로 문화사의 중요한 선구자라는 평을 받는다. 그의 명강의는 동료 교수였던 니체도 수강했을 정도로 국제적인 명성을 날렸다. 부르크하르트의 명저 『이탈리아 르네상스의 문화(The Civilization of the Renaissance in Italy; Die Cultur der Renaissance in Italien)』(1860)는 헤세가 첫 이탈리아 여행(1901. 3~5)을 떠날 때 여행안내서로 삼았던 책이다.

헤세는 고향 칼브에서 기차를 이용해 밀라노, 제노바, 피렌체, 라벤나, 베네치아를 여행하며 둘러보았다. 이 여행에서 헤세가 감동한 것은 아마 난생 처음으로 바다를 보았다는 것과, 가장 좋아하는 화가 뵈클린이 불과 석달 전까지 살다가 작고한(1901. 1. 16) 집이 있는 피에솔레(Fiesole)에 들렀던

일일 것이다. '피렌체의 테라스'라는 별칭이 말해주듯, 피렌체 북동향 5km
의 언덕에 위치한 이 유서 깊은 부촌富村에서 바라보는 피렌체의 전경과 야
경, 특히 일몰은 황홀하다. 유명인과 부호들의 저택도 눈요기로 즐길 만하
지만 보카치오의 장편소설 『데카메론』의 무대라는 사실도 상기하자.

여행은 현실이 아니다. 헤세는 다시 일상의 현실로 돌아와서 편찮은 어
머니를 보러 고향에 찾아갔다. 어머니의 건강 악화를 걱정하는 그의 염려
에도 불구하고, 부모가 보인 반응은 기대를 저버린 자식에 대한 싸늘함이
가득했다. 이 때문이었을까? 오로지 하나님의 뜻을 따라주기만 바랐던 어
머니가 1902년 4월 24일 세상을 떠났지만 그는 장례식에 가지 않았다. "아
마도 내가 가지 않았던 것이 나와 가족들을 위해 더 좋았을 것"이라고 자위
하며 헌시를 바쳤다.

> 저는 당신에게 정말 할 말이 많았었지요.
> 저는 너무 오래 낯선 땅에 있었어요.
> 그럼에도 당신은 한결같이
> 나를 가장 잘 이해해준 그런 분이셨습니다.
>
> ─『헤르만 헤세』, 129쪽.

이탈리아 첫 여행 뒤 문운文運이 활짝 트인 헤세는 피렌체로 이주한 바
젤 출신의 한 무명 여류 화가의 방문 요청을 받았다. 이때 그는 수학가 집
안 출신으로 바젤에서 사진작가로 활동하고 있던 마리아 베르누이(Maria
Bernoulli, 1868~1963. 헤세보다 아홉 살 연상)와 함께 그곳으로 갔다. 그들이 저
녁 6시 3등 열차로 출발한 것은 1903년 4월 1일이었다. 밀라노, 피렌체, 베
네치아 여행 중 헤세는 어머니 같은 부인이 조용한 골목길에서 그에게 매

마리아 베르누이

1904년 헤세는 자신보다 아홉 살 연상의 사진작가 마
리아 베르누이와 결혼했다.
왼쪽 사진은 1903년경의 마리아 베르누이이고, 위 사
진은 헤세 부부가 가이엔호펜에 살 때 보덴 호에서 찍
은 것이다.

달리는 꿈을 꿨지만 4월 말에 무사히 바젤로 귀환했다.

첫 장편 『페터 카멘친트』의 성공으로 신혼살이 시작

이제 헤세는 어엿한 문인이 되어 서점 점원을 그만뒀고, 명망 있는 출판
사(Samuel Fischer)로부터 창작 의뢰도 받게 되었다. 이탈리아 여행 중 꿨던
꿈이 적중하여 마리아 베르누이와 약혼한 헤세는 귀향해서 『수레바퀴 밑에
서』를 집필하는 한편, 첫 장편소설인 『페터 카멘친트(Peter Camenzind)』(1904)
를 출간하여 일약 유명 작가로 격상했다. 성장교양소설(Bildungsroman)인 이
작품의 주인공 페터 카멘친트는 스위스 산골 마을 출신이지만 출향하여 중
년의 작가가 되기까지 온갖 세상 풍파를 겪는다. 그는 좌절과 실의로 첫 단

헤세와 마리아 베르누이는 세 아들을 두었다. 사진은 1907년에 이사한 집의 정원에서 이듬해 세 살 난 큰아들인 브르노와 함께 땅을 고르는 모습이다.

계의 사랑인 우정을 거쳐 둘째 단계인 이성과의 사랑도 실패하는 체험을 한다. 이어 셋째 단계로 박애주의의 의미를 터득하면서 인생의 참뜻을 깨닫는다는 내용의 이 소설은 폭발적 인기를 얻어 3개월 만에 3쇄를 찍었다.

소설이 성공하면서 수입이 생기자 헤세는 마리아 베르누이와 1904년 8월 2일 결혼했고, 그녀와의 사이에 브르노(Bruno, 1905~1999), 하이너(Heiner, 1909~2003), 마르틴(Martin, 1911~1968) 세 아들을 얻었다.

부부는 9월에 보덴 호(Lake Constance, Bodensee) 부근에 위치한 가이엔호펜(Gaienhofen on Lake Constance)의 낡은 농가를 빌려 신혼살이를 시작했다. 보덴 호는 독일, 스위스, 오스트리아 세 나라에 걸쳐 있으며 슈바벤 해(Schwäbische Meer)라고도 불린다. 가이엔호펜은 보덴 호수 아래쪽인 독일 지역의 운터 호수(Untersee) 부근에 있는 마을인데, 풍광은 빼어나지만 물건을 사려면 보트를 타고 호수를 건너야 하는, 지도에도 나오지 않는 오지였

헤세박물관(가이엔호펜) 헤세와 미아(Mia, 마리아 베르누이) 부부가 가이엔호펜에서 신혼살림을 시작한 집으로, 1904~1907년까지 살았다. 1993년부터 헤세박물관으로 일반에 공개되었다.

다. 이곳에 부부가 "젊은 결혼의 첫 번째 피난처"로 1904~1907년까지 살았던 농가가 있다. 이 집은 마을 광장 가까이에 있는데, 현재 헤세박물관 (Hesse Museum in Gaienhofen)으로 공개되고 있다. 이 마을에는 헤세 부부가 두 번째로 살았던 집(Hermann Hesse Haus)도 있다. 첫 번째 집이 불편해서 1907년에 새집을 지어 이사 갔으며, 거기에서는 1912년까지 살았다.

농가라 문이 낮아 언젠가 슈테판 츠바이크가 방문했을 때 머리를 부딪쳐서 15분 동안이나 기절하기도 했다지만 헤세로서는 난생 처음으로 안정된 삶을 누릴 수 있었다. 헤세 부부는 도보 여행을 자주 하면서 스위스 남부 티치노(Ticino, 독일에서는 테신Tessin이라 부름) 주 아스코나(Ascona)의 몬테 베리타(Monte Verità, '진실의 언덕'이라는 뜻) 언덕에 머물기도 했다.

1900년 벨기에 안트베르펜 출신의 백만장자 아들인 앙리 외덴코벤(Henry

Oedenkoven, 1875~1935)은 모네시아(Monte Monescia)라는 350m 높이의 언덕 배기 산 1만여 평을 사들인 뒤 이곳에서 문명과 권위를 거부하고 자연에의 회귀를 지향하는 사람들과 함께 이상향을 꿈꾸며 공동체를 만들었다. 모든 질환을 문명병으로 보고 자연치유법을 신봉한 오스트리아 육군 중위 출신의 아나키스트 카를 그레저(Karl Gläser, 1875~1920)와 그의 동생인 공예가 구스타프 그레저(Gustav Gräser, 1879~1958), 몬테네그로 출신으로 피아니스트이자 페미니스트인 이다 호프만(Ida Hofman, 1864~1926)과 그녀의 여동생인 교사 출신의 가수 예니 호프만(Jenny Hofman), 신지학자神智學者 페르디난트 브루느(Ferdinand Brune), 프로이센 고급 관리의 딸로 10대 소녀 때 보수적인 집안에서 탈출하여 가세한 로테 하테머(Lotte Hattemer) 등이 그때 함께한 이들이다. 이들은 모네시아라는 산 이름을 몬테 베리타로 바꾼 뒤 1902년 요양소 건물을 짓고 일광욕과 공기욕, 흙탕욕을 즐겼다. 이 같은 생활 모습은 자연의 정기가 인간의 육체를 강화시킨다는 마오쩌둥의 글 「체육의 연구(体育之研究)」를 연상케 한다. 실제로 마오쩌둥도 청년 시절에 자연의 정기를 즐기며 체육 활동을 중시했다.

1906~1907년쯤 헤세가 살던 마을에 갑자기 더벅머리와 맨발 차림의 걸인과 같은 나그네들이 지나가길래 그 이유를 캐어보니 다들 몬테 베리타를 향한 행렬이었다. 헤세 부부는 호기심에 그들을 따라갔다가 그 지지자가 되어버렸다. 그곳의 남자들은 삼베나 나무껍질로 옷을 대신했고, 여성들은 흰옷을 입고 머리에는 꽃을 꽂고 지냈다. 땅굴이나 허름한 천막을 주택 삼아서 종일 언론 자유를 누리는 무정부주의의 극치였다. 헤세가 여기 머무는 동안 산딸기와 양배추를 주식으로 삼은 까닭에 '개똥철학을 하는 양배추 신봉자'라는 별명도 생겼다. 그는 이렇게 채식과 생식을 하고 물만 마시면서 땅속에 몸을 묻고 지내기도 했다.

이 공동체에 대한 소문이 퍼지면서 반문명(반산업화)주의자부터 혁명가와 개혁가, 전위주의 예술인, 심령술사 계열의 온갖 치료사와 나체주의자들까지 모여들어 몬테 베리타는 유럽의 명소로 떠올랐다. 이곳에 잠시 머물렀거나 관심을 보였던 유명인으로는 작가 데이비드 허버트 로런스, 제임스 조이스, 라이너 마리아 릴케 등이 있고, 화가 바실리 칸딘스키, 무용가 이사도라 덩컨, 정신분석학자 칼 구스타프 융, 철학자 루트비히 비트겐슈타인, 신학자 마르틴 부버, 아나키스트 표트르 크로폿킨 등등 화려하다.

이 집단에 대해 박홍규는 정치사, 혁명사, 사회사를 비롯해 자연주의, 자연요법, 정신요법, 채식주의, 정신분석, 아나키즘, 성性 해방, 페미니즘, 생태주의, 반전주의, 비폭력주의, 평화주의, 표현주의, 다다(dada), 초현실주의, 모던 댄스 등이 모색된 곳으로 평가한다. 박홍규, 『몬테베리타, 지와 사랑의 고독한 방랑자들』, 열린시선, 2018. 이하 『몬테 베리타』로 약칭.

유명해지면 반드시 변질한다. 1920년 이후 자본의 물결이 밀려들면서 몬테 베리타는 관광상품화되고, 1927년에는 에밀 파렌캄프(Emil Fahrenkamp)에 의해 바우하우스(Bauhaus) 양식의 새 호텔까지 들어섰다. 변모를 거듭하던 몬테 베리타는 현재 종합박물관(Museum complex and museum Monte Verità Ascona)으로 조성되어 옛 사연을 전해준다.

아무리 의미 있는 일일지라도 인간의 일상을 벗어난 삶은 오래가지 못한다. 헤세는 비록 세속적인 일에는 못 견디는 체질이지만 몬테 베리타에 오래 머물 체질도 아니었다. 그즈음 그는 명성에 걸맞게 집에는 난로를 지필 장작이 충분히 쌓여 있으며 지하실에는 좋은 포도주가 넉넉하고 고양이에게 먹일 우유도 풍족하여, 우리 식으로 말하면 '등 따습고 배부른' 안락한 삶을 누리고 있었다. 게다가 새로 낸 작품들의 인기도 그럭저럭 버텨주는 만족스런 나날이었다. 그랬는데, 바로 그런 상황이 헤세에게 좀이 쑤시는

몬테 베리타의 현대식 호텔 1900년 자연주의를 지향하며 이상적 공동체를 만들고자 했던 사람들의 몬테 베리타가 유명해지면서 자본의 물결이 들어오자 애초의 목적은 변질되기 시작했다. 1927년 이곳에 에밀 파렌캄프가 설계한 현대식 호텔이 들어섰다.

불만으로 변해갔다. 더 이상 '고독한 방랑자'의 위치가 아니라는 게 그를 불안으로 내몰아서 집을 수리할 일이나 무슨 핑계만 생기면 아내에게 맡기고 방랑길을 떠나 자주 집을 비웠다. 가장으로서는 낙제생인 셈이다. 부부의 애정도 시들해졌고 아들들과의 관계 역시 소원해졌다.

제1차 세계대전과 부부의 갈등

1910년에 헤세는 유명 작곡가를 주인공으로 삼은 음악소설 『게르트루트(Gertrude)』를 출간하고 이듬해인 1911년 9월에 화가 한스 슈투르체네거

(Hans Konrad Sturzenegger, 1875~1943)와 함께 제노바에서 승선하여 자기 조상들의 선교지였던 인도로 향했다. 수에즈운하를 건너 스리랑카, 페낭, 싱가포르, 남 수마트라, 보르네오 등 말레이시아와 인도네시아를 떠돌다가 성탄절에 귀가했다. 그에게 아시아란 "인도와 중국 사이 어딘가에 있는 특정한 신비로운 장소"로, "모든 인류의 뿌리이자 모든 생명의 어렴풋한 원천"이었다. 즉, 동양이란 개념이 헤세에게는 중국과 인도와 아시아라는 3분법으로 수렴되었다. 이 여행에서 그는 중국과 중국인에 대해서는 매우 호의적이고 문명국으로 인식하면서도 그 외의 나라에 대해서는 다소 야만적이라는 시각을 드러냈다. 홍성광 편역, 『헤세의 여행』, 연암서가, 2014, 156~277쪽.

귀가한 헤세에게는 번욕繁縟의 세속적인 일상이 다시 옥죄어들었다. 넓은 세계를 보고 왔기 때문인지 자기의 존재가 하찮게 느껴지면서 마을의 돌아다니는 개들조차 자신에게 "오줌을 싸는 기분"『헤르만 헤세』, 151쪽이 들 정도였다. 이런 생각에서 벗어나기 위해 농촌을 떠나 도시로 나가려고 모색하다가 1912년 9월 베른 외곽으로 이사했다. 새로 옮긴 집은 아르놀트 뵈클린의 영향을 받은 화가 알베르트 벨티(Albert Welti, 1862~1912)가 살다가 6월에 작고한 곳으로, 헤세는 여기서 1919년까지 7년간 지냈다. 헤세는 벨티의 판화 〈달밤(Night of the Moon; Mondnacht)〉을 본 순간부터 자신이 그 그림과 함께 사는 듯이 느껴진다면서 벨티에 대해 대가다운 면모를 갖췄다고 높이 평가했다.

화가 친구인 알베르트 벨티가 살았던 시골집으로의 이주가 한순간의 기분 전환을 가져다주었을지는 몰라도 삶의 번뇌까지 사라지게 하지는 않았다. 결혼 10년 차를 넘어서면서 아내는 육아와 살림에 찌들었고, 헤세와 아들들과의 사이도 나빠져 부부 갈등이 더 격심해졌다. 하지만 헤세는 전혀 개의치 않고 밖으로만 나돌았는데, 그즈음 스스로도 허전해졌는지 이슬아

〈달밤〉 알베르트 벨티는 스위스 출신의 화가로 꿈·악몽에 관한 작품을 많이 남겼다. 헤세는 이 작품을 본 순간부터 그림과 함께 사는 듯한 느낌이 든다고 말했다.

슬한 상태의 부부 관계를 노골적으로 다룬 소설 『로스할데(Rosshalde)』(1914)를 펴냈다. 소설 제목인 'Rosshalde'는 주인공인 화가 요한 페라구트(Johann Veraguth) 부부가 살던 저택 이름이며, 별거하는 사이나 마찬가지로 살았던 화가는 호반에 따로 아틀리에를 짓고 지냈기에 '호반의 아틀리에'라고 번역되기도 한다. 헤세 자신이 '예술가에게 결혼이란 무엇인가'를 따져보고 싶어서 썼다고 해명했듯이, 결혼 생활 중에 혼자 인도로 장기 여행을 떠났을 만큼 부부 불화의 속내를 그대로 드러냈다. 사실상 별거로 지내던 헤세 부부가 정식으로 이혼한 것은 그로부터 한참 뒤인 1923년이었다.

가정 문제로 골치 아픈 머리를 정신이 번쩍 들게 만든 것은 제1차 세계대전(1914. 7. 28~1918. 11. 11)이었다. 이 추악한 제국주의 전쟁을 주도한 나라는 바로 독일이었다. 세계사에서는 흔히 두 차례나 세계전쟁을 일으킨 독일을 마치 전쟁광인 게르만 민족성 탓으로 돌리기 일쑤인데, 잠시 '팩트 체크'를 해보는 게 헤세 문학의 실체 파악에 도움이 될 것이다.

에릭 홉스봄은 세계사에서 제국주의 시대를 대략 1870~1914년으로 상정했는데, 실지로 이 시기 지구 위 대부분의 나라가 유럽 열강의 식민지가 되었다. 침략국은 영국과 프랑스를 비롯한 이탈리아, 벨기에, 포르투갈 등으로, 그들은 자신들의 침략과 식민 지배가 약탈이 아닌 백인 기독교 문명에 의한 미개국 계도라고 사탕발림했다.

그런데 그때까지 식민지를 넓게 확보하지 못한 나라가 독일과 미국이었다. 영방국가領邦國家(Territorialstaat)였던 독일은 프로이센–프랑스 전쟁에서 승리한 뒤에야 독일제국이라는 통일국가를 형성했고(1871. 1), 미국은 남북전쟁(1861~1865) 이후에야 강대국으로 부상했는데, 막상 군사력을 강화해서 해외 식민지를 개척하려니 이미 늦었다. 그래서 다른 열강이 일찍이 점령하고 있던 땅을 재약탈하기 위해 독일이 일으킨 전쟁이 제1차 세계대전이고, 그런 독일이 독식하려는 걸 막고자 미국은 1917년 뒤늦게 참전했던 것이다.

독일 황제 빌헬름 2세(Wilhelm II, 통칭 '카이저Kaiser', 재위 1888~1918)는 즉위 직후 헤세의 외가가 있던 슈투트가르트를 순행했는데, 열한 살의 어린 헤세는 그곳 외삼촌 집에 갔다가 환영 행렬에 끼어들었다. 외사촌 여동생이 황제에게 화환을 바치고 장식 핀을 선물로 받아 자랑할 때 그는 몹시 부러워했다. 철부지 시절의 어리석음이었다. 카이저는 즉위하자 바로 세계 정복의 야욕을 드러내, 전쟁과 폭력에 반대하며 유럽의 안정과 평화를 유지하려던 비스마르크 재상을 해임했다(1890). 이제 세계대전은 피할 수 없게 되었다.

헤세는 작가가 된 이후 빌헬름 2세의 권위를 비판한 주간지 『3월(März)』의 창간 때 편집자로 참여했지만(1906~1912), 이렇다 할 뚜렷한 정치적 활동은 하지 않았다. 당시 유럽에서는 인터내셔널(International Workingmen's Association)을 필두로 혁명과 평화운동이 고조되고 있었는데 헤세에게는 관심 밖이었다.

모국이 침략전을 개시하자 주전파 인사들은 지지 성명서를 냈다. 1912년 노벨상 수상 작가 하우프트만(Gerhart Hauptmann, 1862~1946), 유태인 화가 막스 리버만(Max Liebermann, 1847~1935), 물리학자 막스 플랑크(Max Planck, 1858~1947), 그리고 1901년 노벨물리학상 수상자인 빌헬름 뢴트겐(Wilhelm Conrad Röntgen, 1845~1923) 등 93명의 예술가와 학자들이 선두에 나섰다. "독일의 군국주의가 없었더라면 독일의 문화는 옛날에 지상에서 자취를 감추었을 것이다"라고 주장하는 이들의 극성은 나라 전체를 광기로 몰아넣었다. 이에 맞서는 반전·평화주의운동도 거셌다. 토마스 만의 형인 작가 하인리히 만(Heinrich Mann, 1871~1950), 여류 작가 안네테 콜프(Annette Kolb, 1870~1967), 전위주의 문학운동가 후고 발(Hugo Ball, 1886~1927), 작가 레온하르트 프랑크(Leonhard Frank, 1882~1961), 스위스 화가 페르디난트 호들러(Ferdinand Hodler, 1853~1918) 등이 평화운동을 주도했다.

전쟁 발발 직후인 가을에 모국을 방문한 헤세는 사회에 만연한 극우적 애국주의에 본능적인 회의가 생겼다. 호텔 이름에서 프랑스어가 사라졌으며, 사람들은 '아듀(adieu, 안녕)'나 '메르시(merci, 고맙다)' 등 프랑스의 일상적 인사말에조차 증오의 눈길을 보냈다. 평화와 중립적 입장을 시종 고수하던 그로서는 신문과 잡지 편집인들이 향후 프랑스나 영국, 러시아, 벨기에, 일본 등의 문학예술 작품에 대해서는 아예 서평이나 논평으로도 다루지 말아야 한다는 주장 앞에서 당혹감을 느꼈다.

헤세는 스위스의 신문 『노이에 취르허 차이퉁(New Journal of Zürich; Neue Zürcher Zeitung)』 1914년 11월 13일 자에 「오, 친구여, 그런 음조로 노래하

지 마오!(O Freunde, nicht diese Töne!)」라는 시론을 발표하여 "전쟁의 극복만이 예나 지금이나 우리의 가장 고귀한 목표요, 기독교적 서구 정신의 마지막 귀결"정서웅, 「테씬 시절의 헤세 문학」, 한국독어독문학교육회, 「독어교육」 18집, 1999. 11, 572쪽 이라고 주장했다. 맹목적인 애국 사상에서 깨어나 유럽의 공동 유산을 인정해야 하며, 전쟁이 끝나면 우리는 함께 살아가야 하기에 "민족적인 한계를 넘어서는 인류애"를 고수해야 된다는 것이 그의 이상이었다. 이 글을 발표한 뒤 그는 '뺀질이', '조국 없는 뜨내기'로 매도당하면서도 같은 신문의 1915년 10월 15일 자에 「다시 독일에(Wieder in Deutschland)」라는 글을 실어 "나는 이 큰 기만의 결정에 동조할 수가 없다. 그야말로 죄 없는 다수의 피와 고통의 덕을 보는 그런 삶의 분위기를 찬양할 수가 없다."정서웅, 572쪽라고 나섰다. 이 어려운 시기를 그는 "축복 없는 세월 / 길마다 폭풍이 분다. / 어디에도 고향은 없고, / 미로와 실패 뿐!"정서웅, 573쪽이라며 절규했다.

프랑스 작가 로맹 롤랑(Romain Rolland, 1866~1944)만이 공개적으로 헤세의 글에 지지와 감사 인사를 했을 뿐 그를 향한 세상의 비난은 더 혹독해졌다. 설상가상으로 아버지가 별세하고(1916. 3), 막내아들은 중병에 걸렸으며, 아내는 정신병이 악화 일로로 치달았다. 헤세 자신도 로카르노 등지로 요양을 다니면서 융의 제자인 랑(Josef Bernhart Lang) 박사에게 60여 회나 치료를 받았다. 1917년 가을 진료 때부터 그는 상담 내용을 꿈과 함께 일기로 쓰기 시작했다. 그가 꾼 꿈 중에는 술에 취해 "밤에 돌아다니는 한 인물(데미안)"을 만나 몸싸움을 했으나 지는 상황도 있었다. 전쟁, 집안일, 가족 문제 등이 뒤엉킨 오뇌懊惱의 한가운데서 그 자신이 "날개에 구멍이 뚫려 땅에 머물러 있어야만 하는 한 마리 새 같은 느낌"이 들었다. 이제 그는 "고상한 예의와 예절을 지키기 위해 수많은 진실을 피해버리는" 글은 더 이상 쓰고 싶지 않았다.「헤르만 헤세」, 183쪽.

헤세의 새 결심은 소중하지만, 그렇다고 아내와 자식들까지 팽개치면서 자신의 문학을 위해서는 어쩔 수 없었다고 강변하는 걸 어떻게 봐야 할지는 여전히 논란거리다.

패전하고도 반성 않는 사람들

역사는 개인사에 상관없이 발전한다. 1918년 8월부터 연합군의 공격 앞에 무너지기 시작한 독일은 9월이 되자 패배가 확실시되었다. 독일 내부적으로는 10월에 군 반란이 이어지더니 탄압당하던 혁명 세력들이 일어나기 시작했다. 헤세에게도 혁명에 동참하라는 권유가 있었으나 지지는 하면서도 활동할 경황은 없었다. 1918년 11월의 독일혁명은 네덜란드로 망명을 떠난(11. 10) 콧수염 카이저(빌헬름 2세) 황제를 영원히 역사의 무대로 되돌아올 수 없도록 황제 정치를 매장해버렸다. 그러나 철저한 개혁과 혁명을 주도했던 스파르타쿠스 동맹(Spartacus League, Spartakusbund) 소속의 카를 리프크네히트(Karl Liebknecht, 1871~1919)와 폴란드 출신의 전설적인 여성 혁명가 로자 룩셈부르크(Rosa Luxemburg, 1871~1919)는 1919년 1월 15일 반동 민병대 자유군단에 의해 무자비하게 살해되었다.

개머리판으로 얻어맞은 뒤 머리에 총격을 맞아 학살된 그녀의 시신은 베를린 란트베어 운하(Landwehr Canal, Landwehrkanal)의 얼음물 속으로 던져졌다. 역사는 이토록 잔혹한 만행을 저지른 병사들의 이름을 기록하고 있으며, 그의 시신이 버려졌던 자리에는 'ROSA LUXEMBURG'라는 이름의 글자로 만든 추모 시설을 세워두고 있으니 베를린에 가면 잊지 말고 들러 보길 바란다. 5월 31일에야 떠오른 그녀의 시신은 프리드리히스펠데 중앙공

로자 룩셈부르크 추모 표지석 폴란드 출신의 로자 룩셈부르크는 독일에서 활동한 사회주의 이론가이자 철학자이며 혁명가로, 1919년 1월 1일 독일공산당을 창설했다. 그러나 며칠 후 우파 세력에 의해 살해 당하고 그 시신이 베를린의 란트베어 운하에 버려졌다. 그곳에는 그녀를 기리는 기념 표지판이 세워져 있다.

원묘지(Friedrichsfelde Central Cemetery, Zentralfriedhof Friedrichsfelde)에 안장되었다. 후일담에 따르면 2009년 베를린 자선병원 법의학연구소가 의학사박물관에서 그녀의 진짜 시신을 발견했다지만 더 확인할 방도는 없다.

이런 끔찍한 희생을 딛고 독일은 바이마르 헌법(1919. 8. 11 공포)에 의한 민주주의가 실현될 듯이 보였다.

이 무렵 헤세의 집안은 아슬아슬하게 유지되는 모양새였다. 정신병원에 기를 쓰고 들어가지 않으려는 아내를 기어이 입원시킨 헤세는 칼 융과도 상담했다. 융은 헤세의 아내가 정신분석 치료 대상이 아니라고 강변했지만 이미 헤세의 뇌리에는 그 말이 들어오지 않았다. 그로서는 아내와의 동거란 생각할 수 없었고, 세 아들들도 어머니를 내치기는 마찬가지였다. 그렇

『데미안』

헤세가 1919년에 에밀 싱클레어라는 필명으로 발표했다.
독일어판에는 '어느 청춘의 이야기', 영어판에는 '에밀
싱클레어의 젊은 시절의 이야기'라는 부제가 달려 있다.
불안과 혼란의 청년기를 1인칭 고백의 형식으로 쓴 소설
이다. 사진은 독일어 초판본이다.

다고 부자父子 관계가 좋았던 것도 아니었다.

1919년 헤세는 에밀 싱클레어(Emil Sinclair)라는 필명으로 『데미안(Demian:
The Story of Emil Sinclair's Youth; Demian. Die Geschichte einer Jugend)』을 출간
했으나 1920년에 한 평론가가 소설의 문체로 볼 때 헤세의 작품일 가능성
을 지적하자, 이를 수긍하고 바로 본명을 밝혔다.

> 새는 알에서 빠져나오려면 싸워야 한다. 알은 바로 세계다. 태어나려는 자는
> 누구나 먼저 세계를 파괴해야 한다. 그 새는 신을 향해 날아간다. 그 신의 이
> 름은 아브락사스다.

유명한 이 말은 막스 데미안이 책 속에 꽂아 에밀 싱클레어에게 준 쪽지
에 나오는 문구로, 이에 대해서는 온갖 해석들이 분분하지만 나로서는 줄탁
동시啐啄同時가 차라리 낫겠다 싶다. 이 한자성어가 오히려 자연과 우주 섭

리에 조화를 이루는 건전한 생명력을 상징하지 않을까. 신을 끌어들이지 않으면 옴짝 못하는 유럽 지성의 한계일 것이다.

데미안의 모델이 카를 그레저라는 주장이 있는데, 매우 신선한 시각이다. 이에 따르면 몬테 베리타의 주도 멤버였던 카를 그레저는 헤세를 그곳으로 끌어들인 장본인이자 인도로 여행을 떠나게 만든 인물이다. 또한 소설『데미안』을 비롯해『크눌프(Knulp. Drei Geschichten aus dem Leben Knulps)』(1915)에도 영향을 주었고,『차라투스트라의 귀환(Zarathustras Wiederkehr)』(1919)을 쓰게 만들었다고 보았다. 『몬테 베리타』, 91~147쪽. 헤세가 현실 비판적 정신과 역사의식을 갖게 된 계기를 제1차 세계대전으로 보는 관점도 있지만, 홍순길, 『헤세 문학과 이상정치』, 목원대학교출판부, 1996 그 이전인 몬테 베리타의 정신이 헤세의 문학적 전환이라고 보는 게 박홍규의『몬테 베리타, 지와 사랑의 고독한 방랑자들』이다.

헤세는 전후 독일의 정신 상황에 대한 진단으로 1919년『차라투스트라의 귀환』을 썼다. 이해 3월에는 뮌헨의 아나키즘 정권에 참가해달라는 요청을 거부하기는 했지만 공감했다. 바로 이 점 때문에 박홍규는 헤세를 아나키스트로 보기도 한다.

패전 후의 베를린에 웃으며 등장한 차라투스트라에게 청년들이 항의하자 "내가 자네들에게 국왕들을 위한 조언을 해주었던가? 내가 한번이라도 국왕이나 시인처럼, 아니면 정치가나 상인처럼 자네들에게 말한 적이 있던가?"라며 이렇게 설법한다. "자기 자신의 생을 사는 방법을 배워라! 자기 자신의 운명을 인식할 수 있도록 노력하라!" 그리고 "운명을 외부로부터 받아들이는 사람은 운명에 의해 쓰러진다"라고 했다.

차라투스트라의 입을 통해 헤세는 독일인들이 제1차 세계대전 전에 너무 부유하고 비대했는데 그때 운명을 인식했어야 되었건만, 더 많은 땅을 얻고 더 기름진 음식으로 배를 채우고자 전쟁을 일으켰다고 비판한다. 그러다가 패전을 경험하니 증오심만 잔뜩 부풀어서 다시 전쟁을 도모하려는 듯하다고 염려한다. "그대들에게 고통을 주는 것은 민족이나 조국이 아니다." 운명은 오로지 그대 자신의 것이다. 독일인들은 자아 인식이 없기 때문에 지나치게 복종적인데, 이를 극복해야 된다고 역설한다. 박홍규, 『헤세, 반항을 노래하다』, 푸른들녘, 2017, 202~204쪽.

패전으로 굶주리면서도 보복심으로 다시 전쟁을 꿈꾸는 사회 풍조에 대해 헤세가 강력히 경고했으나 사회는 달라지지 않고 저주와 증오의 편지만 쇄도하여 그로서는 평화에 대한 신념을 굳히는 계기가 되었다. 그는 스위스에서만 평화 사상을 주장할 수 있다고 여겨 이 나라에다 삶의 뿌리를 박았으나, 미국의 부자들이 레저 시설을 짓는 등 개발을 부추기자 맹비난했고 유태인들과 나치의 등장도 불길하다고 비판했다.

세 번째 결혼, 그리고 고독한 망명가들

아내는 퇴원했으나 정상적인 생활은 불가능한 상태에서 헤세는 1919년 5월 스위스 남단의 포도밭과 밤나무가 무성한 마을인 몬타뇰라(Montagnola)로 이사했다. 루가노 호수(Lac de Lugano) 남쪽 기슭에 있는 한 빌라의 방 세 칸에 세 들어 살면서 카사 카무치(Casa Camuzzi)라 불렀다.

> "우유와 쌀과 마카로니로 살고, 낡은 옷은 너덜너덜할 때까지 입고, 가을이면 숲에서 알밤 따위를 저녁 식사용"으로 주워 올 수 있었다. 여기서 그는 시와 수채화를 팔아도 생활비가 부족하여 많은 지인들의 도움을 받았던 고통

을 이렇게 노래했다. "나는 사랑을 꽃피웠다. 그 열매는 고통이었다. / 나는 믿음을 꽃피웠다. 그 열매는 미움이었다. / 내 앙상한 나뭇가지에 바람이 몰아친다. / 나는 바람을 비웃는다. 아직은 폭풍우에도 끄떡없다."

—정서웅, 「테씬 시절의 헤세 문학」, 『독어교육』 18집, 1999. 11, 575~582쪽.

여기서 그는 1931년까지 살았으며, 『싯다르타(Siddhartha)』(1922), 『황야의 이리(Der Steppenwolf)』(1927, 『황야의 늑대』로도 번역함), 『나르치스와 골트문트(Narziß und Goldmund)』(일명 『지와 사랑(Death and the Lover)』(1930) 등 많은 기행문과 산문을 썼다. 이 집은 1997년 헤세박물관(Museo Hermann Hesse Montagnola)으로 단장되어 일반인들이 관람할 수 있다. 박물관에서 헤세의 산책로를 거쳐 그의 묘지까지 이어지는 길이 일품이다.

1923년 7월 1일, 아내가 한사코 반대했음에도 헤세는 기어이 법정 절차를 거쳐 이혼했다. 이 사건에 대해서는 오늘날 심포지엄을 개최해도 결론이 안 날 만큼 가부장제 사회의 미묘한 모순을 감지케 한다.

첫 번째 아내가 연상녀라 그랬는지, 두 번째로 얻은 부인은 스무 살 연하의 부잣집 딸이자 가수인 루트 벵거(Ruth Wenger, 1897~1994)였다. 헤세는 1924년 1월 11일에 호적 신고를 하는 것만으로 그녀와 두 번째 결혼 생활을 시작했고 스위스 국적도 얻었다. 그녀는 개(아모레테), 수고양이(피가로), 앵무새(코코), 검은 푸들 등 한 부대의 애완동물을 언제나 대동하고 다니면서 "멋진 구두 한 짝과 한 마리 귀여운 개를 위해 흔쾌히 자신의 이상을 내팽개쳐버리는" 여자임을 과시하며, 시골집보다는 호텔을 선호했다. 부부는 오래지 않아 서로가 도저히 함께 살아갈 수 없음을 절감했다.

그는 두 번째 결혼도 파국에 이르렀음을 간파했다. 그러던 중 한 조각가의 권유로 화려한 가장무도회에 참석하게 되었다(1926. 2). 헤세는 가면도

헤세박물관(몬타뇰라) 스위스의 루가노 호수 기슭에 자리한 카사 카무치는 헤세가 1919~1931년까지 세들어 살았던 집이다. 여기서 그는 수채화를 그렸고 『싯다르타』 등의 작품을 썼다.

루트 벵거　헤세는 첫 부인인 마리아 베르누이와 이혼하기 전부터 스무 살 연하의 젊은 성악가 루트 벵거와 이미 연애를 시작했다. 두 사진 모두 1923년경에 찍은 것이다.

없이 담배를 피우며 어슬렁대면서 모두들 춤에 열광하는 모습을 보고 원스텝 사교춤도 제대로 출 수 없는 자신을 한탄했다. 그러다가 문득 저 속물들 속에 함께 뒤섞여 늑대처럼 발광을 해봐도 좋을 것 같다는 상념에 사로잡혔다. 이런 묘한 마력에 끌려 그는 한동안 가면무도회엘 들락거렸다. 바로 『황야의 이리』가 잉태되는 순간이었다. 1960년대 이후 독일에서는 헤세 문학이 퇴조를 맞은 반면 미국 대학가에서는 대유행이었는데, 그중 으뜸은 단연 『황야의 이리』였다. 산업사회에 적응하지 못하는 외로운 늑대의 이미지는 현대인의 존재 의식을 일깨운 자극제가 되었기 때문이리라.

　동물애호가 아내 루트 벵거는 결국 그녀 자신이 못 견뎌 이혼소송을 제기하여 승소함으로써(1927. 4) 헤세는 이혼을 당한 처지가 되었다. 이제 그는 진짜 황야의 외로운 이리가 되어버렸다. 그런데 이 이리를 오래전부터

니논 돌빈　1931년 헤세는 열여덟 살 연하의 니논 돌빈과 세 번째 결혼을 했다. 왼쪽 사진은 1927년 32세의 니논 돌빈이다. 오른쪽 사진은 카사 로사 근처의 숲길을 산책하는 부부의 모습이다.

눈여겨본 여인이 있었다. 오스트리아 국적의 유태인으로, 예술사뿐 아니라 고고학과 약학까지 이수한 재원인 니논 돌빈(Ninon Dolbin, 1895~1966, 헤세와 결혼 후에는 니논 헤세Ninon Hesse)이다. 그녀는 14세 때 『페터 카멘친트』를 읽고 헤세에게 처음 편지를 쓰기 시작하여 오랫동안 서신을 주고받다가 1922년에 처음 서로 만났다. 그녀는 1918년에 엔지니어이자 만화가인 프레트 돌빈(B. F. Dolbin)과 결혼한 유부녀였는데 헤세와 만날 즈음에는 남편과 별거 중이었다. 열여덟 살 연하인 이 여인은 헤세의 팬을 자처하며 틈만 나면 그의 주변을 맴돌았다. 그즈음 몇몇 지인들이 몬타뇰라의 외곽에다 헤세의 저택을 지어주겠다고 나서자, 니논이 모든 일을 맡겠다고 나섰다. 헤세는 주변 사람들에게 그녀를 시력이 나빠 책 읽어주는 비서라고 궁색하게 둘러댔지만, 둘은 우주의 섭리대로 서서히 내연 관계로 발전했다. 하지만 동거와 별거를 거듭하면서 결합할까 말까 서로 망설였는데, 그때 헤세의 절친인 토마스 만의 부인이 니논에게 "자신의 관심들을 포기하지 말라"며 결단을 내리도록 용기를 주었다.

1931년 7월, 그들은 새집으로 이사하여 벽면을 빨갛게 칠하고 카사 로사 (Casa Rossa, 헤세를 위해 처음 지어졌을 때는 '카사 보트머Casa Bodmer'라고 불렸는데, 헤세가 들어가 산 이후로 '카사 로사'로 바뀌었으며 일명 '카사 헤세Casa Hesse'라고도 한다. 현재 개인 소유의 집이라 일반에 공개되지 않는다)라 이름 지었다. 전남편과 법적인 이혼을 끝낸 니논과는 그해 11월 14일 호적 신고를 하는 것으로 결혼식을 대신했다.

헤세가 스위스 몬타뇰라에서 달콤한 신혼에 빠져 있는 동안 모국 독일은 예상했던 대로 파시스트가 민주주의를 위협했다. 둘째 아들인 하이너가 사회주의에 경도되어 그에게 강권하자, 시 「거부」에서 이렇게 말했다.

> 나 자신이 파시스트가 되느니
> 차라리 파시스트들에게 맞아 죽으리라!
> 나 자신이 공산주의자가 되느니
> 차라리 공산주의자들에게 맞아 죽으리라!
>
> —『헤르만 헤세』, 275쪽에서 재인용.

그는 「한 공산주의자에게 보내는 편지」에서 마르크스주의의 사회 해석에는 공감하기 때문에 "가장 좌파적인 볼셰비키 당원보다도 더 좌파적"이지만 어느 정당에도 소속될 수 없고, 혁명의 방법에는 동조할 수 없다는 자세를 드러냈다.

반유태주의에 대해서도 극력 비판했는데 『노이에 취르허 차이퉁』의 문예

담당 편집자에게 보낸 편지에서 이렇게 썼다. "비록 내가 많은 유태적인 것에 대해 종종 아리안적인 감정을 갖긴 했지만, 결코 한 번도 반유태인이 되어본 적이 없습니다. 나는 특정한 혈통과 종족에게 우선권을 마련해주는 것이 정신의 과제라고 여기지 않습니다."박기왕, 「헤르만 헤세의 전기적 고찰」, 서울대학교 석사학위논문, 2000, 32~33쪽.

1933년 1월 30일 아돌프 히틀러가 제국의 수상으로 임명되자 헤세의 집은 망명가들의 은신처가 되어 토마스 만과 브레히트 등이 찾곤 했다. 뤼베크의 부잣집 아들로 1929년에 노벨상을 받은 토마스 만은 나치의 국회방화 사건 조작 이후 스위스의 루가노에 머물면서 헤세와 자주 만났다. 1938년 미국으로 망명하여 반나치 방송을 하는 등 맹활약하다가 매카시즘 선풍이 불어닥치자 "미국은 세계를 계도하려기보다는 세계를 돈으로 사들이는 것 같다"고 비난하며 1952년에 그 나라를 떠났다. 하지만 분단된 조국의 서쪽(서독)도 그를 빨갱이로 내몰았기 때문에 고국에도 정착하지 못하고 결국 스위스의 킬히베르크(Kilchberg)에서 여생을 마치고 그곳에 묻혔다.

헤세를 두고 철저한 반나치라기보다 약간은 이용당한 측면이 있으며 심지어 그의 작품이 출판 금지당한 건 종이 부족 때문이라는 주장도 있지만, 그가 한결같이 반전사상을 견지했다는 점은 부인할 수 없는 사실이다. 그와 토마스 만은 비사회주의·평화주의 문학의 중추였다.

헤세는 1931년부터 집필을 시작하여 제2차 세계대전이 한창 진행 중일 때, 2400년 이후를 시대적 배경으로 삼아 실질적으로는 20세기를 비판하는 미래 환상소설인 『유리알 유희(The Glass Bead Game; Das Glasperlenspiel)』(1943)를 스위스에서 출간했다. 이 소설로 1946년 노벨문학상을 수상했지만 자신에게는 연미복이 안 어울린다며 시상식장에 불참했다. 그를 수상자로 추천한 이는 다름 아닌 토마스 만이었다.

반전·평화 순수문학의 사표

전쟁이 끝나자 헤세는 서독의 반공 풍조를 강력하게 비판하면서도 동독이 제안한 예술원 명예회장직도 거부했다. 서독이 재무장하려 할 때 헤세는 「독일에서 온 편지의 답장」을 써서 강력히 항의했다. 그는 서독의 "선동주의자들이 공산주의자들에 대한 엄청난 공포심을 조작하고 있다"『헤세, 반항을 노래하다』, 303쪽고 비판했다. 그러자 서독에서는 그를 공산주의자로 몰아세웠고 동독에서는 그의 비판을 반기며 대환영했다.

또 이런 일도 있었다. 친나치 전범으로 특별법정에 서게 된 못된 친구(핑크)가 헤세에게 변론을 요청하자, 헤세는 이를 거절하면서 이렇게 썼다. "히틀러를 곧이곧대로 믿었고, 그의 정당을 순수하고 애국적이며 이상적인 것으로 믿었다는 것은 서글픈 일이고 용서될 수 없는 일이네. 그것은 또한 독일 지성인 90%의 죄이기도 하네."

이렇듯 평화와 양심의 대가였던 헤세는 프란츠 카프카의 친구인 막스 브로트(Max Brod, 1884~1968)가 제2차 세계대전 후 이제 막 독립선언(1948. 5. 14)을 한 이스라엘이 아랍의 공세 앞에서 위기에 처해 있으니 항의해달라는 요구도 거절했다. 유태민족주의 또한 위험하게 보았기 때문이다. 이런 자세야말로 진정한 순수문학인의 귀감이다.

그는 만년에 매우 너그러워져서 그간 불화했던 아들들, 형제와 이복형들, 헤어진 본처와도 두루 잘 지냈다. 헤세의 미세한 인간관계와 사생활에 관심 있는 독자라면 『헤르만 헤세의 사랑』베르벨 레츠 지음, 김이섭 옮김, 자음과 모음, 2014 을 권한다.

1962년 8월 9일 아침, 평소와 달리 헤세가 문을 열어놓지 않아 아내가 가서 보니 그의 입 언저리에 피가 맺혀 있어 긴급 구조를 요청했으나 이미

산 아본디오 성당과 헤세의 묘　산 아본디오 성당의 공동묘지에 헤세와 그의 부인 니논이 잠들어 있다. 산 아본디오 성당은 들어가는 길 양편의 사이프러스 나무로 유명하다. 헤세의 무덤은 돌 표지석이 소박하게 세워져 있다. 헤세의 묘지석 바로 앞에 평평하고 자그마한 니논의 묘지석도 있다.

죽은 상태였다. 뇌출혈이었다. 이틀 후인 8월 11일 오후 4시, 그는 산 아본디오(San Abbondio in Montagnola, Chiesa di Sant' Abbondio) 성당의 공동묘지에 안장되었다. 그로부터 4년 뒤 1966년 9월 22일 아내 니논도 세상을 떠나 남편 곁에 묻혔다. 현재 측백나무가 공원묘지 담장을 넘을 정도로 자랐는데, 헤세가 생전에 사둔 터였다.

09. 바이런

: 연애대장, 그리스 독립투쟁에서 전사하다

George Gordon Byron

제6대 바이런 남작 조지 고든 바이런(흔히 '조지 고든 바이런'으로 표기)
George Gordon Byron, 6th Baron Byron (간단하게 'Lord Byron'으로 표기)
1788. 1. 22 ~ 1824. 4. 19.

이스마엘의 자손

시인 바이런은 세계문학사상 최고의 꽃미남이며 그에 걸맞게 연애대장이기도 했다. 오른쪽 다리를 약간 절었으나 복싱, 승마, 수영, 크리켓, 펜싱 등 못하는 운동이 없어 스포츠 만능으로 불릴 만큼 단련을 쌓은 탄탄한 근육이 그의 미모를 더욱 돋보이게 해서 '비너스의 완벽한 남성화'라 해도 손색없었다. 어떤 여인이 그의 미모에 놀라 까무라쳤다든가, 또 어떤 여인은 남장을 하고 그가 묵고 있던 여관집 담을 넘었다는 등 '믿거나 말거나' 식의 뜬소문이 횡행할 지경이었다. 키 174cm에 몸무게 60~89kg 사이를 유지했던 그는 날씬한 몸매를 위해 채식을 주로 했지만 가끔 엄청난 양의 육식을 즐겼고, 종종 비스킷과 백포도주만으로 며칠을 견디는 등 혹독한 다이어트 생활도 했다. 이토록 심하게 식욕 억제를 한 건 지체 부자유에 대한 열등감 때문이었기에 스스로를 "절름발이 악마(limping devil, diable boiteux)"라고 자학하면서 배고픔을 견뎠다.

지체장애의 원인은 오른쪽 다리가 약간 짧기 때문이라거나 선천성 내반족內反足(Congenital Clubfoot)을 앓았다는 설도 있고, 회백수염灰白髓炎 질환이 있었다는 얘기도 있으며, 심지어 성질 고약한 어머니가 출산 때 몸놀림을 잘못했다는 설까지 분분한데, 필시 이는 조물주의 배려로 완벽한 미남에게 내려진 '옥에 티' 같은 것일 게다.

19세기 초엽에 '문학의 나폴레옹'이라 불릴 만큼 혁명적 로맨티시즘의 선풍을 일으켰던 이 시인은 유럽뿐 아니라 전 세계에 경이와 감동을 주었으나, 버트런드 러셀(Bertrand Russell, 1872~1970)은 "대부분의 영국인들은 바이런의 시를 흔히 조잡하고 하찮게 여길 뿐만 아니라 예술적 감수성조차 천하게 취급"한다면서 바이런에 대한 세상의 평가가 공정치 못하다고 어깃장을 놓았다. 러셀은 명저 『서양철학사(A History of Western Philosophy And Its Connection with Political and Social Circumstances from the Earliest Times to the Present Day)』(1945)에서 시인으로는 유일하게 바이런을 거론하며 한 장章을 할애하여 쇼펜하우어와 같은 분량인 9쪽에 걸쳐 서술했다. 그에 의하면 바이런은 '사악한' 귀족이었던 큰할아버지의 남작 작위를 승계했다고 약간 비꼬면서 이렇게 말했다. "그가 찬미한 자유란 독일 왕이나 체로키 인디언 추장의 자유이지 일상의 평범한 사람들이 생각하거나 향유할 수 있는 열등한 자유가 아니었다." 평범한 사람들의 자유를 "열등한" 것이라고 표현한 데는 동조할 수 없지만, 바이런이 추구했던 '악마적 자유'의 실체에 대한 설명으로는 매우 설득력이 있다. 러셀은 그가 추구한 자유가 "속물근성과 반항 정신이 독특하게 혼합된 바이런의 개성"이라면서 그의 모험담들, 즉 "자유사상가들의 용기를 뛰어넘는 죄"의 실체를 "바이런 가문에 속한 이스마엘의 자손이었기 때문"버트런드 러셀 지음, 서상복 옮김, 『러셀 서양철학사』, 을유문화사, 2009, 943~947쪽 이라고 규명한다.

『창세기』에 따르면 아브라함이 본처 사라와의 사이에 아들을 내려주겠다는 야훼의 계시를 받고도 부인의 몸종 하갈을 첩으로 삼아 아들을 얻었는데, 그가 바로 이스마엘이다. 그는 사라의 아들이자 적자인 이복동생 이삭과 갈등하여 끝내 쫓겨나서 북아랍의 시조가 되었다. 그가 문학사에서 유명해진 것은 허먼 멜빌(Herman Melville)의 『모비딕』에서 화자로 등장하고부터다.

실로 바이런은 이스마엘의 후손처럼 프로메테우스이자 아폴론, 돈 주안이자 카사노바, 그리고 파우스트이면서 메피스토펠레스이기도 하다. 누구라도 반할 만큼 아름다운 외모에 악마적 마희魔戱의 몸부림이 내재되어 있다니 놀라운 저주이자 축복이다.

바이런의 조상들은 헨리 8세가 하사해준 노팅엄셔(Nottinghamshire)의 뉴스테드 애비(Newstead Abbey)에 살고 있었다. 시인의 선조 중에서 제4대 바이런 남작 윌리엄 바이런(William Byron, 4th Baron Byron, 1669~1736)은 다섯 자녀를 두었는데, 그 가운데 맏아들이 제5대 바이런 남작 윌리엄 바이런(William Byron, 5th Baron Byron, 1722~1798)이고, 또 다른 아들이 존 바이런(John Byron, 1723~1786)이다. 제5대 윌리엄 바이런은 시인의 종조부로, 결투 뒤 남긴 숱한 이야기와 재정적 곤란을 야기한 탓에 '악마 바이런(the Wicked Lord and the Devil Byron)'이란 별칭을 얻었다. 시인의 할아버지인 존 바이런은 해군 장교인데 출항만 했다 하면 기상 악화가 계속되어 '악천후 잭(Foul weather Jack)'이라는 별칭을 얻었다.

별칭은 고약하지만 존 바이런의 항해를 기념하여 오스트레일리아의 북동쪽 뉴 사우스 웨일스(New South Wales, Australia)에는 바이런 베이(Byron Bay)라 이름 붙인 관광지가 있다. 뉴질랜드와 오스트레일리아 등지를 탐험한 쿡 선장(Captain James Cook, 1728~1779)이 명명한 이곳에는 나중에 유럽인의 이주가 늘어나면서 거리 이름도 영국 후기 낭만파 3대 시인(바이런, 셸리와 키츠)이 모두 동원되었다. 등대(Cape Byron Lighthouse)를 비롯하여 해상 생태계와 어울리는 여러 관광시설이 있지만 정작 시인 바이런은 이름만 차용당하고 있을 뿐이니 속지 말고 자연만 즐길 일이다.

시인의 아버지 존 바이런(John Byron, 1756~1791, 할아버지도 똑같은 이름인 존 바이런이다)은 '미친 잭(Mad Jack)'이라는 별명을 갖고 있으며 잉글랜드 남서단에 위치한 플리머스(Plymouth)에서 태어나 프랑스 군사학교를 나온 뒤 장교로 미국 등 중남미에서 복무하다가 1778년에 전역했다. 이후 런던에서 방탕하게 살며 재산을 탕진했는데, 이 한량이 백작 가문의 딸 아멜리아(Amelia Osborne)를 유혹했다. 당시 그녀는 유명 정치가인 리즈 공작(5th

Duke of Leeds)의 아내로 3남매의 어머니이자 그녀 자신도 남작 작위를 승계하여(1778) 지체 높은 신분이었다. 일설에는 남편 부재 중 '미친 잭'이 방문하여 첫 관계를 가졌다는데, 어쨌든 남녀 간의 정분은 신도 간섭 못할 만큼 운명을 희롱한다. 그녀는 돈도 명예도 싫은 듯 1779년 이혼하고 바로 그해에 존 바이런과 결혼했다. 부부는 이후 프랑스로 건너가서 사치와 방탕을 일삼으며 살았다. 하지만 1783년 그녀는 딸 오거스타(Augusta Maria Leigh, 1783~1851)를 낳고 이듬해에 죽었다. 이 여인을 보면 우리 속담의 '여자 팔자 뒤웅박'이란 말이 떠오를 수밖에 없다.

졸지에 홀아비가 되었지만 존 바이런은 전혀 개의치 않고 다시 귀족녀 사냥꾼으로 떠돌다가 영국의 유명한 온천 휴양지인 바스(Bath)로 갔다. 제프리 초서(Geoffrey Chaucer)의 『캔터베리 이야기』에 입심 좋은 탕녀담의 주인공으로 등장하는 「바스 여인의 이야기」 무대인 그곳 무도회장에서 또 한 여인을 꾀어냈다. 스코틀랜드 제임스 1세의 후손이자 명문 기트(Gight) 가문으로 조지 고든(George Gordon, 1741~1779, 시인의 외할아버지. 외조부 이름은 나중에 바이런의 이름이 되었다)의 상속녀인 캐서린(Catherine Gordon Gight, 1765~1811)이 그의 낚싯밥을 덥석 문 것은 1785년이었다. 성능 좋은 불알 두 쪽뿐인 이 건달은 비위 좋게 처가살이를 하면서 기둥뿌리를 뽑아버리고 부인과 함께 프랑스로 도주했다.

시인의 외가는 유서 깊고 오랜 역사를 자랑하는 기트 영지(Gight Estate, Formartine area of Aberdeenshire, Scotland)에 자리 잡고 있었다. 나는 아직 그곳에 가보지 못했고 가볼 생각도 없지만, 그곳 사진을 볼 때면 우리의 옛 노래 〈황성옛터〉가 떠오른다. 어디 그런 데가 한두 곳인가? 다행히 기트 영지는 보호림(The Gight Woods)으로 지정되어 있는 덕에 황폐하지는 않아 보인다.

바이런 생가터와 블루 플라크 런던에는 역사적인 인물의 집이나 역사적 사건·현장에 '블루 플라크(Blue Plaque)'라는 명판을 달아주는 전통이 있는데, 1867년 영국왕립예술원(Royal Society of Arts)이 바이런의 생가에 파란 명판을 달면서 시작되었다(색깔이 다양하지만 블루 플라크로 통칭). 그의 생가가 있던 곳(24 Holles Street, Cavendish Square)은 1889년에 무너졌기 때문에 지금은 오른쪽 사진에 보이는 것처럼 상가(John Lewis)가 들어서 있고 블루 플라크만 부착되어 있을 뿐이다.

열 살 때 큰할아버지의 남작 작위 승계

프랑스에서 향락 행각을 벌이던 존 바이런과 캐서린 부부는 출산을 앞두고 영국으로 귀환하여 존 바이런의 첫 번째 아내가 낳은 딸 오거스타를 그녀의 외할머니에게 맡긴 뒤 런던(lodgings at Holles Street, 현 주소는 24 Holles Street, Westminster)에서 아들을 낳았다. 그때가 1788년 1월 22일이며, 바로 이스마엘의 후손 격인 시인 바이런의 탄생 순간이었다. 일설에 따르면 부부가 런던에 도착하기 전 도버(Dover)에서 바이런이 태어났다고도 하니, 생가에 집착할 필요는 없겠다.

셔우드 숲 중세 영국의 전설적 영웅인 로빈 후드의 전설이 깃들어 있는 곳이다. 관광상품화된 셔우드 숲은 걷기 편하게 정비되어 있다.

역마살이 도진 아버지는 바이런이 태어나고 2년 뒤인 1790년에 다시 프랑스로 가버렸는데, 그 이듬해에 자살했다고 전한다. 살길이 막막해진 어머니는 도리와 염치를 버린 채 친정인 에버딘(Aberdeenshire)으로 아들을 데리고 들어가서 살기로 결심했다. 세를 얻어 어렵게 지내며 바이런을 그곳 학교(Aberdeen Grammar School)에 보냈다. 그런데 1798년 큰할아버지이자 제5대 바이런 남작이 후계자 없이 죽자 미래의 시인 바이런이 열 살의 나이로 제6대 바이런 남작(the 6th Baron Byron of Rochdale)을 승계하게 되었다. 이에 따라 모자母子는 바이런 조상이 대대로 살아온 노팅엄서의 뉴스테드 애비로 이사했다. 이때부터 그의 신수는 활짝 펴졌다.

런던에서 북쪽으로 200여km 떨어진 노팅엄서에는 둘러볼 만한 관광지가 세 곳 있다. 가장 유명한 곳은 단연 로빈 후드(Robin Hood, 1160~1247 추정)의 전설이 깃들어 있는 셔우드 숲(Sherwood Forest)으로, 초등학생에게 인기가 높다. 노팅엄에서 북쪽으로 30여km 거리인 그곳은 내 관찰로 판단하건대 로빈 후드가 아무리 신출귀몰하다고 한들 하루나 이틀 정도 겨우 버틸 것 같았다. 그런데 이미 300여 년 전에 『로빈슨 크루소』를 쓴 작가 다니엘 디포(Daniel Defoe, 1660~1731)가 고작 1주일이면 로빈 후드는 셔우드 숲에서 더 이상 숨을 곳이 없을 거라고 예단했단다.

두 번째로 유명한 곳은 데이비드 로런스의 고향인 이스트우드(Eastwood)다. 노팅엄에서 북서쪽 12km쯤 거리인 이곳은 10장 로런스 편에서 자세히 살펴보기로 하자.

여기서 자세히 봐야 할 세 번째 명소는 뉴스테드 애비로, 노팅엄 북쪽 16km 거리다. 어린 바이런이 이곳을 상속받을 때부터 이미 이스마엘의 후예란 별명이 딱 어울리게 조상의 영지와 저택은 지난날의 영광이 스러지고 수리할 곳만 잔뜩 늘어나 있는 데다 영지에서 거둬들이는 수입은 확 줄어든 쭉정이나 다름없었다. 운이 계속 뻗어 나가는 번창한 가문이었다면 적자 후계가 어찌 없었겠는가. 하지만 어린 바이런과 그의 어머니로서는 그나마도 횡재한 기분이었다.

세를 줬다가 팔려고 내놓기를 거듭한 끝에 1817년 이 저택은 마침내 다른 이에게 팔렸고, 이후 여러 번의 개보수를 거친 탓에 시인이 살았던 시절의 원래 모습에서 많이 달라졌으나 그래도 영국 내에서는 바이런의 가장 소중한 기념관 역할을 하고 있다. 이 저택에 대한 소유권은 몇 차례 계속 바뀌다가 종내에는 노팅엄 시의회 소속이 되어 현재 박물관으로 일반에 공개되고 있다.

저택은 바이런 남작 가문의 운수와 비례한 듯이 그리 화려하지는 않다. 제6대 바이런 남작으로서 저택의 새 주인이 된 시인 바이런은 런던에서 주

뉴스테드 애비 1170년 헨리 2세가 수도원으로 건설했으나 이후 저택으로 개조되었다. 1540년 헨리 8세가 시인 바이런 경의 선조인 존 바이런(1488~1567)에게 하사했다.

로 지내다가 영국을 영원히 떠나버렸기 때문에 이곳에서 실제로 산 기간은 얼마 안 된다. 여기서 살던 시절에 그는 낡은 방 한 칸을 실내 사격 연습장으로 썼다고 전한다.

이 저택의 오랜 세월에 걸친 변모 과정과 함께, 바이런이 사용했던 책상을 비롯하여 각종 기념품, 그가 교유했던 인사들의 여러 모습 및 서명 등 다양한 전시품이 넓은 공간에 여유롭게 전시되어 있다.

이 저택 구내에는 시선을 끄는 기념비가 하나 있다. 큼직한 덩치에 지적이며 놀라운 힘을 가졌으나 조용하고 주인에게 충성심이 강하기로 유명한 뉴펀들랜드 개(Newfoundland dog)의 무덤(Boatswain's Monument)이다. 1803년 뉴펀들랜드산인 이 개는 바이런 남작의 저택에서 호사를 누리다가 광견병에 감염되어 1808년 11월 18일에 죽은 것으로 기록되어 있다. 이때면 시

보츠웨인의 기념비 바이런의 애완견이 묻힌 곳에 세운 기념비로, 뉴스테드 애비 구내에 있다. 여기에 쓰인 시를 일부 인용하면 다음과 같다.

"이곳 근처에/그의 유해가 묻혔도다/아름다움을 가졌으되 허영심이 없고/힘을 가졌으되 거만하지 않고/용기를 가졌으되 잔인하지 않고/인간의 모든 덕목을 가졌으되 그 악덕은 갖지 않았다.(…)"

Near this spot / are deposited the remains of one / who possessed beauty without vanity / strength without insolence / courage without ferocity / and all the virtues of man without his vices.

인 바이런이 7월에 대학을 졸업한 뒤 귀향해 있던 시기다. 이 기념비에는 장황한 미사여구로 개에 대한 추모시가 쓰여 있는데, 정작 바이런이 직접 쓴 건 일부분이라고 전한다. 자신도 이 옆에 묻히고 싶어했다는 말이 전하지만 시인의 유해 일부는 가족묘지에 안장되었다. 이 저택 앞에서 관광철에 한해 로빈 후드의 셔우드 숲으로 가는 버스가 있다.

1799~1801년간 소년 바이런은 런던 남쪽 근교의 덜위치(Dulwich)에서 글레니 박사(Dr. William Glennie, 어머니와 동향)로부터 개인 교습을 받는 한편, 어떤 돌팔이 의사에게 다리 치료도 받았지만 효과가 없었다. 이후 그는 런던 북서부 소재의 명문 학교로 윈스턴 처칠과 네루 등을 배출한 해로우 스

해로우 스쿨 이튼 스쿨과 함께 영국 사립기숙학교의 양대 산맥이다. 영국의 수상을 7명이나 배출했으며, 영화 《죽은 시인의 사회》, 해리 포터 시리즈 등이 이 학교에서 촬영되었다. 광대한 캠퍼스에는 잔디 구장, 테니스코트, 럭비·크리켓 경기장, 수영장, 클라이밍 등 거의 모든 스포츠 시설이 갖춰져 있다.

쿨(Harrow School)엘 다녔다. 이 시기에 그는 어머니의 온갖 자질구레한 잔소리와 간섭을 받아 모자 관계가 점점 소원해졌다. 특히 바람둥이 남편과 그 조상들까지 싸잡아 비난의 화살을 쏴댔던 어머니가 못마땅했던지라 오히려 아버지에 대한 자긍심을 갖게 되었다. 그는 한 편지에서 이렇게 썼다.

부자가 되고, 위대한 사람이 되는 길이 나의 앞에 놓여 있습니다. 나는 할 수 있습니다. 나는 세상의 길을 뚫고 나 자신의 길을 낼 것입니다. 아니면 시도하다가 죽겠습니다. 아무것도 가진 것이 없이 시작하여 위대한 사람이 되어 죽은 사람들이 있습니다. 비록 재산이 많지는 않으나, 유능한 내가 빈둥거리며 살다가 죽을 수는 없지 않습니까? 그럴 수는 없습니다. 나는 장엄함

(Grandeur)에 이르는 길을 만들어 나갈 것입니다.

— 김명복, 『영국 낭만주의 꿈꾸는 시인들』, 동인, 2005, 163쪽,

이하 『꿈꾸는 시인들』로 약칭.

성애에 조숙했던 바이런은 방학 때 만난 먼 친척뻘인 메리 초워스(Mary Chaworth)를 향한 청순한 사랑으로 그녀를 단테의 베아트리체 격으로 여겨, 개학을 했는데도 학교에 안 갈 정도였다. 그러나 어머니와의 불화 또한 견디지 못했기 때문에 결국 학교로 되돌아갔다. 천하의 바람둥이가 될 운명인 바이런은 첫 연인 초워스와는 싱겁게 막을 내렸다. 그녀가 하녀에게 자신은 절름발이를 사랑하지 않는다고 한 말을 우연히 엿들었기 때문이었다. 그러나 이 여인의 운명도 순탄치 않아 나중에 첫 남편과 헤어진 뒤(1814) 그즈음 유명해진 바이런을 찾아갔으나, 시인의 연정은 이미 산화되어버린 뒤라 만나지도 못했다. 불과 10년 만에 이렇게 인생길은 달라지는데도 누구나 스스로에게 내재되어 순간순간 발현되는 오욕칠정五慾七情을 어찌하지 못해 고뇌할 수밖에 없다. 바이런도 그랬다. 어차피 이루지도 못할 관계의 이 여인에게 몸이 달아서 시인은 「메리에게(To Marry)」, 「시구—초워스 양의 결혼 직후에(Fragment — written shortly after the mariage of miss Chaworth)」, 「눈물(The tear)」, 「그래도 그대는 행복하구려(Well! thou art happy)」 등 많은 연시를 썼다. 만약 그녀와 결혼했다면 자신의 인생이 달라졌을 것이라며 여인의 배신을 이렇게 아파했다.

여인에게

여인이여, 아름답고 정겨운 사기꾼이여,

애숭이들은 아주 빨리 그대를 믿는구나.

(…)

"여인이여, 그대의 맹세는 모래 위에 써놓은 것이다"라는 말은

영원히 남아 있으리라.

　　　　　　　　　—이정호 역주, 『라오콘의 고통』, 혜원출판사, 1991, 62~63쪽, 68~69쪽.

그러나 이 미남 시인은 실연에 얽매이지 않았다. 각종 스포츠에 열을 올려 육체적 결손에 대한 보상을 하려는 듯 극기 훈련을 다그쳤다. 해로우 스쿨은 또 다른 명문 학교인 이튼 스쿨(Eton School)과 벌이는 크리켓 경기가 유명한데, 1805년의 첫 경기 때 바이런이 선수로 참가했다.

스페인, 터키, 그리스 등 호화판 여행

바이런은 해로우 스쿨을 졸업한 뒤 케임브리지 대학교의 트리니티 칼리지(Trinity College, Cambridge)에 들어가 역사와 문학을 전공으로 선택했다. 이 시절 그는 학생 신분인데도 방탕한 생활로 인해 빚더미에 올라앉았다. 그렇게 빠듯한 생활 형편임에도 1806년 자비를 털어서 첫 시집 『즉흥시선(Fugitive Pieces)』을 펴냈는데, 성 묘사가 너무 노골적이라며 판매 중지를 권유한 친구 존 토마스 비처(John Thomas Beecher, 목사이자 지역사회 운동가)의 충고에 따라 자진 회수해서 소각해버린 탓에 빚만 더 늘어났다. 그럼에도 불구하고 자신의 재능을 믿은지라 이듬해에 두 권의 시집을 연이어 냈다. 하지만 그에게 돌아온 건 혹독한 비판이었다.

1808년 석사학위를 받은 그는 뉴스테드로 귀환했으나 별로 내세울 것도 없는 처지였다. 그러던 차에 이듬해에 21세의 젊은 상원 의원으로 선출

알바니아 테펠레너 광장의
벽에 새겨진 바이런

바이런이 1809~1811년까지 해외 여
행을 하면서 거쳐 간 도시들 가운데
알바니아의 테펠레너(Tepelenë)에는
1809년 그가 방문했던 것을 기념하
여 새겨진 부조가 있다.
이 부조에 나타난 바이런의 복장은
알바니아풍인데, 화가 토마스 필립
스(Thomas Phillips)가 1813년에 그
린 바이런의 초상화(Lord Byron in
Albanian dress)에 보이는 옷차림과
비슷하다.

되어 등원하게 되었다(1809. 3. 13). 그러나 의원으로서 하는 일도 없이 그
저 풍자시를 써서 당대 영국 문단을 싸잡아 빈정거리는 투로 비판했다. 그
러던 중 자신의 신분과 명예에 걸맞게 행동하려면 견문을 넓혀야겠다는 명
분으로 빚을 내서 하인 여럿에 트리니티 칼리지 시절의 친구인 존 캠 홉하
우스(John Cam Hobhouse)까지 데리고 1809년 7월 2일 팰머스(Falmouth)를
출발하여 장기 해외 여행길에 올랐다. 홉하우스는 나중에 진보적인 휘그당
소속의 의원이 되었는데 "나는 인민을 위하여, 인민에 의하여(for the people,
by the people) 선출"된 사람이라는 유세로 유명하다. 시인은 이 친구에게
장편 서사시 『차일드 해럴드의 편력(Childe Harold's Pilgrimage)』(『귀공자 해럴드
의 편력』으로 번역되기도 함) 제4칸토를 헌정했다.

그 무렵 나폴레옹이 온 유럽을 전화戰禍로 내몰아 대륙봉쇄령이 내려진
터라 바이런 일행은 남으로 방향을 돌려 리스본, 세비야(Seville, 서사시 『돈 주

안』의 출생지로 상정), 카디스(Cádiz, 『차일드 해럴드의 편력』에서 투우 광경 묘사), 몰타, 아테네, 에페수스, 콘스탄티노플(이스탄불) 등지를 주유했다. 이 여행 중에 가장 유명한 사건은 유럽과 소아시아의 경계를 이룬 터키 다르다넬스(Dardanelles) 해협의 북쪽 기슭에 있는 세스토스(Sestos)와 그 맞은편의 아비도스(Abydos) 사이를 헤엄쳐서 건넌 일이다. 바이런이 이런 무모한 도전을 감행한 것은 그리스신화의 헤로(Hero)와 레안드로스(Leander)의 비극적인 사랑의 현장성 때문이었다.

세스토스 섬의 아프로디테 신전을 섬기는 여사제 헤로는 결혼할 수 없는 신분이었으나 다르다넬스 해협 건너편의 청년 레안드로스와 사랑에 빠졌다. 아비도스에 살던 청년 레안드로스는 밤마다 해협을 헤엄쳐 건너가 밀애를 즐기고 날이 밝기 전에 돌아가곤 했다. 어느 겨울밤, 그날도 청년은 바다를 헤엄쳐 세스토스로 향했는데 헤로의 탑에 불이 꺼져 길을 잃고 익사했다. 연인의 시체를 해변에서 발견한 헤로는 절망하여 이튿날 바다에 투신해 죽었다.

바이런이 다르다넬스 해협을 헤엄쳐 건너려 한 것은 바로 이 신화를 실현해보겠다는 것이었는데, 다만 겨울을 피해 5월 3일에 도전하여 2km 정도의 물살을 가르며 70여 분 만에 해냈다. 그 기분을 그는 "비록 온화한 5월이건만 / 물이 뚝뚝 떨어지는 팔다리를 한껏 뻗으며, / 오늘 솜씨 한 번 보였다고 생각한다"라고 자위했다. 신화 속의 청년은 사랑을 위해 헤엄쳤지만 "나는 명예를 위해서였다"라고 하면서도 이로 인해 끝내 학질을 얻었다고 노래했다. 「세스토스에서 아비도스까지 수영으로 건넌 뒤에 지은 시」

그는 이 신화를 소재로 삼아 터키를 무대로 한 이복남매 간의 비극적인 사랑을 다룬 『아비도스의 신부(The Bride of Abydos)』(1813)도 썼다. 우리나라 같으면 이런 곳에 바이런의 기념비 하나쯤 세울 법한데, 다르다넬스 해협이 위치한 터키의 트라키아(Thracia, Thrake) 지역에는 있는지 없는지 모르겠다.

여행 중 바이런은 그리스의 피레우스(Piraeus, 아테네 서남쪽 12km 거리의 항구)로 자주 수영을 다녔다. 어느 날 귀로에, 이교도를 사랑한 소녀를 자루에 넣어 바다에 던지려는 만행을 목격하고 이를 만류하여 그 소녀를 구해주기도 했다(1810. 7). 필시 그리스정교도였던 소녀가 이교도(당시 그리스는 가톨릭조차도 이교도로 여겼다)를 사랑한 때문이었을 것이다. 이 사건은 나중에 이슬람교도 여인이 기독교도 청년을 사랑해서 당하는 고통을 다룬 담시譚詩(narrative poem) 「이교도(The Giaour)」(1813)의 모티브가 되었다. 'Giaour'는 터키어로 부정(infidel)을 뜻하며, 터키에서는 이슬람교를 믿지 않는 기독교도에 대한 비칭으로 쓰이기도 한다.

피레우스에서 동남향으로 60km쯤 더 내려가면 절경으로 이름난 수니온곶(Cape Sounion)이다. 지중해를 낀 지상 최고의 드라이브 코스인 이곳은 안소니 퍼킨스와 그리스 여배우 멜리나 메르쿠리가 주연한 영화 〈페드라(Phaedra)〉(1962)의 촬영지로도 유명하다. 그리스의 비극 작가 에우리피데스의 원작 『히폴리토스(Hippolytus)』를 현대적 버전으로 바꾼 이 영화의 마지막 장면은 안소니 퍼킨스가 바흐의 〈토카타와 푸가 F장조(Toccata and Fugue in F major, BWV 540)〉를 들으며 수니온곶의 어느 해안 언덕길을 질주하다가 추락사하는 것이다. 강렬한 이 장면을 떠올리면서 가는 길에 바흐를 들어도 좋다.

그러나 이곳엘 꼭 가야 할 이유는 바이런의 행적을 찾기 위해서다. 수니온곶에는 석주만 덩그러니 남은 해신 포세이돈 신전(Temple of Poseidon at Sounion)이 있는데, 그 돌기둥 중의 하나에 바이런이 방문했다는 증거로 이름이 새겨져 있다. 물론 그가 그런 야만적인 짓을 직접 하지는 않았겠지만 누군가가 여러 이름 가운데 바이런의 이름을 새겨 넣었을 것이고, 그것이 이제는 명물로 격상했다.

바이런은 그리스의 여러 섬들을 둘러본 뒤 시 「그리스의 섬들」을 썼는데, 그중 마지막 16연에서 수니온을 이렇게 읊었다.

> 거기서 백조처럼 노래 부르고 죽게 해다오.
> 노예들의 나라는 결코 내 나라가 될 수 없으리니
>
> ─『라오콘의 고통』, 379쪽.

이 외에도 「아테네의 소녀여, 우리 헤어지기 전에(Maid of Athens, ere we part)」를 썼는데, 아테네의 하숙집 과부 딸 테레사 마크리와 헤어지며 지은 애틋한 연시로 첫 구절부터 무척 달콤하다.

> 아테네의 소녀여, 우리 헤어지기 전에
> 돌려다오 내게, 나의 마음을.
> 아니면 내 마음이 이미 내 가슴을 떠났으니,
> 내 마음을 모두 간직해다오!
> 내가 떠나기 전에 나의 맹세를 들어주오.
> "내 생명이여, 나는 그대를 사랑하오."
>
> ─『라오콘의 고통』, 129쪽.

그는 이 여로에서 머무는 곳마다 새로운 사랑을 했고, 심지어 양성애까지 즐기면서 거침이 없었다. 미남이라는 소문이 널리 알려지자 딸 가진 부모들은 그가 지나가면 쳐다보지 못하도록 딸들을 단속하거나 숨겼고, 그러면 그는 더욱 천천히 주위를 둘러보며 걸었다고 한다.

해신 포세이돈 신전 이 신전은 그리스 수니온곶 60m 높이의 해안절벽에 세워져 있다. 도리아 양식의 석주만 앙상하게 남아 있지만 바다 풍경과 조화를 이루어 아름답다. 바이런이 이곳에 다녀갔다는 증좌로 거론되기도 하는 것은 석주에 새겨진 'Byron'이라는 글자 때문이다(화살표╱ 표시).

바이런 일행은 애초 계획했던 인도행은 포기하고 1811년 4월 22일 아테네를 출발하여 석 달 만에 켄트에 도착했다. 돌아오고 얼마 지나지 않은 8월 1일 어머니가 별세함에 따라 뉴스테드로 가서 장례를 치르고, 나중에 자신이 죽으면 자기 개의 무덤 곁에 비문 없이 묻어달라는 유서를 작성했다. 그리고 뉴스테드 저택은 사촌에게, 나머지 유산은 아테네의 동성애자에게 7,000파운드를 주며, 책과 가구는 친구에게 주라는 내용도 유서에 적었지만, 그대로 집행되지는 않았다.

노동자 권익 옹호와 귀부인과의 열애

1812년, 24세의 바이런은 이제 정치적 야망을 실현하려는 현실적인 과제와 마주했다. 그 첫 활동이 상원 의회에서 두 차례에 걸쳐 귀족층에게 폭탄을 던진 듯한 노동자 옹호 연설을 한 일이었다. 1월 15일의 첫 연설은 자신의 영지가 있는 노팅엄의 양말 공장에서 노동자의 폭동을 강력하게 진압하는 걸 비판한 것이었고, 2월 27일의 두 번째 연설은 노동자를 불행하게 만드는 노동법의 부당성을 고발한 것이었다. 두 번에 걸친 이 연설로 그는 일약 급진파로 낙인찍혀버렸다.

세계 노동운동사에서 '러다이트운동(Luddite movement, Luddism)'으로 불리는 이 투쟁은 1760~1830년대에 걸친 한 흐름이었다. 영국에서 산업혁명이 진전됨에 따라 공장 기계화가 가속화되자 노동자 해고가 급증했다. 이에 노동자들이 해고에 반대하며 50~60명씩 무리를 지어 고용주의 편물기계를 부수는 투쟁이 일어났는데, 편직 노동자들의 경우 1811~1817년에 절정을 이루었다. 양말 제조업체의 노동자 투쟁은 1811~1812년, 레이스 제조 기계

러다이트운동의 지도자

러다이트운동은 산업혁명에 따른 노동자 대량 해고, 임금 체불, 물가 상승, 경제 불황으로 실업에 내몰린 노동자들이 19세기 초 영국 중·북부의 직물공업 지대에서 대대적으로 일으킨 기계파괴운동이다. 그림은 〈러다이트운동의 지도자(The Leader of the Luddites)〉라는 제목으로 1812년에 제작된 채색 에칭 판화이다. 칼과 총을 흔드는 군중과 불타는 건물 앞에서 손짓으로 유도하는 지도자의 모습을 묘사한 정치풍자화다.

들 파괴 투쟁은 1816년에 최고조에 이르렀다.

러다이트운동은 "기계 도입에 따른 폐해뿐만 아니라 임금 수준의 저하, 실업의 증대, 물가 상승, 노동자의 권익 침해 등"김금수, 『세계노동운동사 1』, 후마니타스, 2013, 120~137쪽이 원인이 되어 일어났는데, 현대 노동운동의 발생 배경과 크게 다르지 않았다. 이 운동의 명칭은 악덕 기업주의 공장에 네드 러드(Ned Ludd)라는 서명으로 보낸 협박장에서 유래한다. 경고장은 노동자를 옥죄는 기계를 스스로 파기하지 않으면 "공장 건물은 불타서 잿더미가 되어 당신의 불행은 더 커지게 될 것이다"라고 위협한 뒤 이렇게 썼다.

만약 나의 동료들 가운데 어느 누구에게라도 발포하는 무분별한 짓을 저지른다면, 그때는 당신을 살해하고 당신의 집을 온통 불 지르도록 명령할 것이다. (…) 우리는 의회가 민중에게 해로운 모든 기계를 폐기하는 법안을 통과시키고, 기계 파괴자를 사형에 처하는 법을 폐지시킬 때까지 결코 무기를 놓지 않을 것이다. **진실을 위한 구세군 네드 러드 장군.**

—『세계노동운동사 1』, 126쪽.

치안 당국조차 실체를 파악하지 못한 신원 미상의 이 전설적인 투사를 노동자들이 '러드 왕(King Ludd)' 혹은 '러드 대장(Captain Ludd)'이라고 불렀기 때문에 '러다이트운동'이라는 명칭이 붙었다. 노동자운동이 격화될수록 정부 측의 탄압도 심해져서 기계를 파괴하거나 노동운동을 주도하는 이들에게는 사형을 내리는 식으로 대응했다. 그러자 지식인들도 노동자에 동조하며 정부를 비판하기 시작했다. 바이런은 이른바 폭도, 난동 분자, 위험 분자, 무식꾼 폭도로 몰린 그들의 노동으로 우리가 밥을 먹을 수 있는 것이며, 그들이야말로 육해군 병력의 원천이라고 일갈하면서 상원에서 유일하게 노동자 탄압 법안을 반대했다. 또한 그는 시 「러다이트들을 위한 노래(Song for the Luddites)」도 썼다.

만약 런던으로 여행할 기회가 생긴다면, 번화가 거리를 걸으면서 러다이트운동의 의미를 되새겨보고 음악공동체 첨바왐바(Chumbawamba)가 부른 〈러드 장군의 승리(The Triumph of General Ludd)〉를 들어보길 권한다.

"어느 날 아침에 깨어나보니 유명해져 있었다(I awoke one morning and found myself famous)"라는 행운이 시인에게 찾아온 건 1812년 2월 27일 상원에서 두 번째 연설로 물의를 일으키고 딱 열흘 뒤인 3월 10일이었다. 장편 서사시 『차일드 해럴드의 편력』(1812년에 제1·2권, 1816년에 제3권, 1818년에 제4권 발표) 1·2권에 대한 출간 예고 광고를 3월 1일에 냈는데, 책이 나오자마자 하루 만에 500부가 매진되더니, 그가 살던 거리(St James's Street)는 초청장을 전하려는 마차로 교통 혼잡을 빚을 지경이었다. 이 지역은 런던 중심가이고 오늘날 초호화판 거리로 변모했기 때문에 바이런 하우스를 찾으면 옛 모습은 간 데 없고 현대식 빌딩만 버티고 있으므로 구태여 찾아 나설 필요는 없다.

바이런에게 깃든 행운은 혼자 찾아들기 싫었던지 다른 복도 데리고 왔다. 불륜을 복으로 표현하는 건 좀 뭣하지만 염복艷福도 복이라면 복이다. 그가 만났던 여성들 가운데 가장 고귀한 신분인 캐롤라인 램 부인(Lady Caroline Lamb, 1785~1828)과의 관계는 열정적이다 못해 광적이었다. 그녀의 남편 윌리엄 램(William Lamb, 2nd Viscount Melbourne, 1779~1848)은 휘그당 의원(하원과 상원을 두루 거침)으로, 나중에 내무 장관과 총리를 지낸 정계의 거물이었다. 그는 빅토리아 여왕의 신임을 워낙 두터이 받았던지라 여왕과의 결혼설까지 나돌 정도였다. 오스트레일리아 빅토리아 주의 주도州都에는 총리인 그의 이름을 붙여 멜버른이라는 도시명도 탄생했다. 시드니 다음으로 큰 도시인 멜버른에 가게 되면 잠시 그의 아내와 바이런도 떠올려보자. '아는 만큼 보인다'고 도시 이름의 유래와 사람들 간에 얽힌 이야기를 알고 여행하는 것은 확실히 특별할 수밖에 없다.

윌리엄 램이 총리직에 있을 때(1834, 1835~1841) 영국은 추악한 민낯을 그대로 드러낸 제1차 아편전쟁(1839~1842)을 일으키는 등 제국주의의 본색을 적나라하게 보여주었다. 1840년 4월 10일 하원에서 이 전쟁을 위한 예산 상정 표결 때 찬성 271표, 반대 262표로 근소하게 통과되자, 반제국주의를 표방했던 휘그당의 윌리엄 글래드스턴(William Ewart Gladstone, 1809~1898)이 "262. 고작 이것이 영국의 양심인가!"라고 한 말은 큰 울림을 준다. 물론 네 차례나 수상을 지낸 글래드스턴조차도 식민지 해방을 실현시켜주진 못했지만 최소한 아편전쟁에는 반대했다.

역사의 흐름은 제쳐두고 미남 시인의 로맨스로 다시 돌아가자. 캐롤라

인 램 부인의 결혼 전 이름은 캐롤라인 폰슨비(Caroline Ponsonby)로, 글재주
에 그림 솜씨도 뛰어나며 프랑스어·이탈리아어·그리스어·라틴어까지 능통
하고, 빼어난 미모도 갖춘 재원이었다. 열아홉 살 때 윌리엄과 사랑에 빠져
행복한 결혼을 했다. 그러나 행복한 신혼 생활은 오래가지 못했다. 그들 사
이의 딸은 태어나자마자 하루 만에 죽어버렸고, 아들에게는 자폐증이 생겼
으며, 남편은 정치에만 몰입했다. 1812년, 24세의 바이런을 만났을 때 그녀
는 27세였다. 둘의 사랑은 노골적이고 부끄러움이 없어, 자세히 쓴다면 음
란물에 가까워지므로 더 언급하지 않겠다.

아무리 여자를 좋아한들 대부분의 남자는 자신의 정체성을 손상시키는
지경에는 이르지 않으려고 몸을 사린다. 상원 의원의 체통과 품위를 잃을
지도 모르겠다는 생각에 바이런은 그녀를 피하기 시작했다. 열애란 피하면
더욱 몸이 달아오르기 마련이라 그녀는 바이런 앞에서 칼로 손목을 그었고
이 일은 절교의 빌미가 되었다. 일설에는 바이런이 더 애가 타서 함께 도피

행각에 나서자고 안달했으나 그녀가 거절했다고도 한다. 그러나 불륜이란 누가 먼저 옆구리 쿡쿡 쑤셨는지 애매한 법이다.

불과 다섯 달 사이에 이루어진 태풍 같은 열애였는데, 캐롤라인의 남편은 그들의 열애를 막고자 여러 방법을 동원했고 그래도 안 되자 결국 1825년 별거에 들어갔다. 그 충격 때문인지 그녀는 3년 뒤 죽었다. 그녀는 바이런 과의 열애를 소설 『글레나본(Glenarvon)』(1816)으로 남겼고 괴테는 이 작품 을 높이 평가했지만, 아직 한국에 번역판이 나오지 않았으며 나도 아직 읽 어보지 못했다.

그들의 로맨스는 영화 〈아라비아의 로렌스〉(1962), 〈닥터 지바고〉(1965) 등의 각본 및 토머스 모어의 생애를 격조 높게 다룬 희곡 『사계절의 사나이 (A Man for All Seasons)』(1960, 동명의 영화로 제작된 것은 1966)를 쓴 극작가 로버 트 볼트(Robert Bolt, 1924~1995)가 각본과 감독을 직접 맡아 영화 〈캐롤라인 램 부인(Lady Caroline Lamb)〉(1972)으로 제작되었다.

정숙과 불륜의 쌍곡선

인연이란 얽혀들수록 점점 수렁에 빠지게 된다. 캐롤라인 램의 시어머 니 엘리자베스 램(Elizabeth Lamb, Viscountess Melbourne)은 당시 '여성 바이 런'이라 일컬어질 정도로 여러 애인을 거느렸으며, 심지어 그녀의 아들들 은 아버지가 제각각일 만큼 자유분방했다. 그런 처지이기에 며느리가 바이 런과 불륜에 휘말려도 윤리적으로 비난하진 않았다. 하지만 워낙 고부간의 사이가 안 좋은 데다 젊은 시인의 재능을 더 아꼈다. 그래서 양쪽 다 해피 엔딩으로 귀착시키려면 바이런을 결혼시켜야겠다고 생각했다. 이토록 오

옥스퍼드 백작부인
바이런이 헌법 개정 지지 모임인 햄프던 클럽
에서 만난 여인이다. 자유분방한 개혁론자이
며, 열정적으로 바이런을 만났다. 이 그림은
존 호프너(John Hoppner)가 1797년에 그린
초상화다.

지략 넓은 건 바이런을 사랑해서였으리라. 마침 바이런도 캐롤라인의 열
정에 화상을 입고 상심해 있던 터라 그녀와 생판 다른 유형인 정숙하고 차
분한 처녀를 원했다. 엘리자베스 램은 자기 남동생의 딸인 앤 이사벨라 밀
뱅크(Anne Isabella Milbanke, 1792~1860)를 중매키로 했다. 그녀가 바로 나중
에 바이런과 결혼하는 여성으로, 전체 이름(Anne Isabella Noel Byron, 11th
Baroness Wentworth and Baroness Byron)이 워낙 복잡하고 길어 흔히 애나벨
라(Annabella)라는 애칭으로 불린다. 지극히 청교도적인 까탈스러움으로 무
장한 그녀는 인기 미남 시인을 단칼에 거절했다.

자만심이 센 미남은 상심이 컸다. 이 아픔을 달래고자 그는 열네 살 연상
녀인 옥스퍼드 백작부인(Lady Oxford, Jane Elizabeth Harley, 1774~1824)과 열
애에 빠졌다. 둘은 헌법 개정 지지 모임(London Hampden Club)의 회원으로
만났다. 1812년에 결성된 햄프던 클럽은 대단히 급진적인 조직이었는데,
1819년 맨체스터에서 일어난 피털루의 학살(Peterloo Massacre, 6만~8만 명이

개혁을 요구하며 시위를 벌였으나 무자비한 진압으로 11~15명 사망, 400~700명 부상) 사건을 정점으로 혹심한 탄압 속에 쇠락했다.

옥스퍼드 부인은 귀족 신분이지만 자유분방한 개혁론자였으며 여러 연인을 사귄 경험을 갖고 있었다. 바이런과는 8개월 동안 하루도 빠뜨리지 않고 함께 지낼 정도여서, 바이런조차 "나는 그보다 더 큰 사랑의 열정을 느낀 적이 없다"고 감탄했다. 하지만 그녀와의 사랑도 오래 지속되지는 않았다. 하기야 오래 지속되면 정열적인 사랑이 아니지.

그녀가 남편에게 완전히 돌아가버린 뒤, 바이런이 허망함 속에서 새로운 위안의 대상으로 찾은 여인이 다섯 살 연상의 이복누나 오거스타였다. 아버지의 첫 번째 아내가 낳은 딸인 그녀는 여러 친척집을 전전하며 성장해서 고종사촌(Lt. Colonel George Leigh)과 결혼하여 7남매를 낳았다. 바이런과 불륜 관계를 가졌을 때가 1813년인데, 그때는 두 아이만 둔 상태였다.

1814년 바이런과 오거스타는 뉴스테드 애비에서 1월 17일~2월 6일까지 20여 일을 함께 지냈다. 이 무렵 시인은 이야기 시집인『해적(The Corsair)』을 집필하여 그해 2월에 출간했다. 배신과 불신이 지배하는 세속을 등진 주인공이 해적 두목이 되어 겪는 모험담인데 당시 시인의 자전적 요소와 심경을 담은 작품으로, 러셀이 시인을 가리켜 이스마엘의 후손이라고 한 악마파의 싹을 보여준다. 주시할 점은 해적 두목의 아내 이름이 메도라(Medora)인데, 4월 봄에 오거스타가 자기 집에서 셋째 딸을 출산하자 이름을 메도라(Elizabeth Medora Leigh, 1814~1849)로 지었다는 사실이다. 시인은 메도라가 태어난 지 사흘 만에 냉큼 달려갔다. 당시 근친상간은 기형아를 출산한다는 속설이 있었기 때문이었다. 멀쩡한 딸아이를 보고서야 그는 안심했다. 사실상 바이런의 첫딸인 그녀는 온갖 풍상을 겪다가 프랑스에서 죽었다.

바이런의 시『해적』은 여러 음악가의 작사 원작으로 사용되었다. 베르디

오거스타 리
바이런의 이복누나다. 숱한 여인과 염문을 뿌리며
스캔들을 일으킨 바이런은 다섯 살 연상의 누나와
도 불륜 관계를 가졌다. 이 초상화는 영국의 화가
조지 헤이터(Sir George Hayter)가 1800년경에 연
필 드로잉으로 그린 것이다.

는 이 시를 가지고 〈일 코르사로(Il Corsaro)〉라는 제목으로 전 3막의 오페라
를 창작했고, 베를리오즈는 〈해적 서곡(Overture Le Corsaire)〉을, 프랑스 작곡
가 아돌프 아당(Adolphe Charles Adam, 1803~1856)은 발레곡으로 작곡했다.

　같은 해 여름(7. 20~8. 10)에도 둘은 다른 장소에서 장시간 함께했다. 도대
체 왜 이런 일이 일어났을까. 학자들은 인간이 상상할 수 있는 모든 심리적
동기를 이러쿵저러쿵 거론하지만 쉽게 이해되지는 않는다. 분명한 사실은
바이런이 누나 오거스타에게서 느낀 존재의 희열과 위안을 다른 어떤 여인
에게서도 얻을 수 없었다는 점이다.

　　내 주위는 온통 쓸쓸하고 어둠에 싸여,

　　이성도 빛을 잃었다.

　　그리고 희망마저 꺼져가는 불씨처럼

　　나를 외로운 행로에서 갈팡질팡하게 했다.

(…)

운명이 바뀌고, 사랑이 멀리 달아나고

그래서 증오의 화살만이 빗발치듯 날아들 때,

그대만은 떠서 끝까지 지지 않는

단 하나의 별이었다.

오! 꺼지지 않는 그대의 빛에 축복 있으라!

그대의 빛은 천사의 눈길로 나를 지켜보았다.

언제나 가까이서 감미롭게 비치면서

나를 밤으로부터 보호해주었다.

(…)

세상 모든 사람들의 도전적인 비난보다도

그대의 부드러운 말 한마디가 더 소중하다.

(…)

이루어지지 않은 사랑의 언약은 지켜지지 않을지라도,

그대의 언약은 결코 깨어지지 않으리라.

그대의 마음은 연약하지만, 변하지 않고,

그대의 마음은 부드러우나 결코 흔들리지 않으리라.

다른 모든 것이 없어진다 해도,

이런 것들은 그대 마음에 언제나 남아 있으리라.

이처럼 믿음직스러운 사랑이 있는 한

이 세상은 내게는 사막이 아니다.

—「오거스타에게 바치는 시」, 『라오콘의 고통』, 205~208쪽.

그렇다고 어찌 죄의식이 없었겠는가. 둘은 참회하면서 바이런이 빨리 결혼하는 게 좋겠다는 쪽으로 의견이 모아졌다. 그리하여 오거스타가 한 여인을 소개했으나 불발로 끝나버렸다.

이렇게 착잡한 심정일 때, 몇 년 전 구혼을 거절했던 애나벨라가 바이런에게 우정 관계만은 지속하고 싶다는 묘한 뜻을 전해왔고, 캐롤라인 램의 시어머니는 바이런의 탈선이 점점 두려워 이 둘의 결혼을 재추진했다. 그런데 사람 마음은 알다가도 모를 일이다. 뜻밖에 애나벨라의 결혼 동의 편지를 받자 이번에는 바이런이 망설이게 된다. 필시 천재 특유의 운명을 스스로 예감했을 것이다. 그러나 감히 운명을 피할 수 있을까? 바이런은 오거스타와 하룻밤을 보낸 뒤 해외여행을 같이했던 친구 홉하우스만 데리고 애나벨라의 집으로 향했다. 그녀의 집 응접실에서 두 사제와 가족들이 참석한 가운데 1815년 1월 2일 결혼식을 올리고 요크 지방의 할나비 홀(Halnaby Hall)로 3주 동안 신혼여행을 즐기고 돌아왔다. 신혼부부는 처갓집엘 들른 뒤 런던으로 가는 길에 오거스타의 집에도 가서 2주간 머물렀는데, 이때 바이런은 아내에게 이복누나와의 관계를 실토했다.

런던으로 돌아온 부부는 곧 관계가 소원해졌다. 바이런이 밖으로 나돌기 시작할 무렵인 1815년 12월에 천재 딸 에이다 러브레이스(Augusta Ada King, Countess of Lovelace, 1815~1852)가 태어났다. '피는 물보다 진하다'고 에이다는 자라면서 아버지의 불륜을 알고도 오히려 옹호했으며, 자신이 죽으면 아버지 옆에 묻히고 싶다고도 했다. 나중에 그 소망은 실제로 이루어졌다. 결혼하여 백작부인이 된 그녀 역시 아버지처럼 불륜을 저지르는 등 적잖은 일화를 남겼다. 아버지처럼 될까봐 문학을 피해 수학을 전공시킨 어머니 덕분에 그녀는 세계 최초의 컴퓨터 프로그램 원리인 알고리즘(algorithm)에 관한 글을 발표하여 세상에 이름을 알렸다.

바이런의 아내와 딸 바이런은 1815년 앤 이사벨라 밀뱅크와 결혼했으나 1년 만에 별거했다. 둘 사이에 태어난 딸 에이다 러브레이스는 알고리즘을 연구하여 '세계 최초의 프로그래머'라는 수식어를 얻었다. 왼쪽은 찰스 헤이터(Charles Hayter)가 1812년에 그린 애나벨라의 초상화이고, 오른쪽은 딸 에이다 러브레이스로 1832년 17세 때의 모습이다. 에이다의 초상화는 작자를 알 수 없다.

밖으로 나도는 남편에게 애나벨라가 의부증을 갖지 않을 수 없었을 것이다. 그녀는 남편을 계속 의심하여 각종 질병, 정신 상태, 소지품 등을 추적 조사하다가 마침내 마약과 사드 후작(Marquis de Sade, 1740~1814)의 소설 『쥐스틴 또는 미덕의 불행(Justine, or The Misfortunes of Virtue; Justine, ou Les Malheurs de la Vertu)』(1791)을 찾아냈다. 이런 증거품과 평소 행동 등을 근거로 애나벨라는 의사에게서 바이런의 정신이상 증세를 증언한 서류를 받아내 남편 책상에 두고 친정으로 가버렸다(1816. 1. 15). 이어 장모가 런던에 나타나 변호사를 내세워 별거 수속을 밟았다. 자신이 저지른 일들을 익히 아는 바이런으로서는 1816년 4월 21일 별거 서류에 서명하지 않을 수 없었다. 『꿈꾸는 시인들』, 178~180쪽.

빌라 디오다티와 레만 호의 시옹 성 감옥

이미 런던 사교계에 남편의 불륜을 폭로한 아내의 모략으로 바이런은 도
저히 영국에 살 처지가 못 되었다. 의사이자 뱀파이어 소설(vampire genre
fantasy)의 창안자인 폴리도리(John William Polidori, 1795~1821)와 함께 세 하
인을 대동하고 1816년 4월 23일 런던에서 브뤼셀로 향발하면서 바이런은
아내에게 다음과 같은 시를 남겼다.

> 그대 잘 있으시오! 영원히.
>
> 언제까지나 영원히 그대 잘 있으시오.
>
> 그대를 용서치는 않을지라도,
>
> 내 마음 그대를 배반하지는 않으리라.
>
> (…)
>
> 그리고 우리의 아이가 말을 하기 시작할 때,
>
> 그대는 마음을 달래겠소?
>
> 그 애가 이 아비의 사랑을 받지 못하더라도,
>
> 그 애에게 '아빠'라는 말을 가르치겠소?
>
> (…)
>
> 그대 잘 있으시오! 이렇게 헤어져서
>
> 우리 서로의 유대가 모두 끊겼구려.
>
> 가슴이 타고, 외로워 황량해지더라도,
>
> 죽음은──죽음은 이보다 더하진 않겠지요.
>
> ──「그대 잘 있으시오」, 『라오콘의 고통』, 198~201쪽.

영국 런던의 켄잘 그린 공원 묘지 내에 세워져 있
다. 1932년에 설립된 켄잘 그린 묘지에는 유명 인
사들의 묘가 다수 있으며, 이 기념비는 로버트 오
언의 기념비 옆에 있다. 바이런의 부인 애나벨
라도 이곳에 묻혔는데, 기념비에 'LADY NOEL
BYRON'이라고 새겨져 있는 것을 볼 수 있다.

원인이야 무엇이든 부부가 헤어지는 순간의 심경을 쓴 시로는 이만 한
작품도 드물다.

그렇다고 이런 시 한 편으로 달라질 바이런이 아니었고, 아내 역시 헤어
졌다고 남편을 방임할 성격이 아니었다. 애나벨라는 남편과 시누이의 관계
를 계속 추적하기 위해 바이런이 해외에서 오거스타에게 보낸 편지까지 검
열하는 등 신경을 곤두세웠다. 그녀는 성장한 딸에게 아버지와 고모의 관
계를 정직하게 알려주면서 진실을 은폐하지는 않았다.

애나벨라는 런던에서 열린 세계 반노예운동 대회(The World Anti-Slavery
Convention, 1840. 6. 12 ~ 6. 23)에도 참여하는 등 진보적 인도주의 활동을 하
다가 유방암으로 1860년 5월 16일에 세상을 떠났는데, 자신보다 먼저 죽
은 남편이나 딸의 곁이 아닌 런던의 켄잘 그린 묘지(Kensal Green Cemetery)
에 묻혔다. 이곳에는 각계의 진보적인 남녀 개혁가들의 기념비(Reformers

Monument)가 1885년에 세워졌는데, 여기에 그녀는 '노엘 바이런 부인(Lady Noel Byron)'이라는 이름으로 올라 있다. 화가·공예가·건축가이면서 사회개혁 운동가였던 윌리엄 모리스, 미국 독립운동에 크게 기여했던 토머스 페인, 공리주의 사상가로 유명한 존 스튜어트 밀, 공상적사회주의 운동가 로버트 오언 등도 이 기념비에 올라 있다.

유럽에서 바이런이 유랑했던 길을 일일이 따라다닐 수야 있겠냐마는 그래도 빼놓고 이야기할 수 없는 곳이 메리 셸리(Mary Wollstonecraft Shelley, 1797~1851)의 소설 『프랑켄슈타인(Frankenstein: or, The Modern Prometheus)』 (1818)을 탄생시킨 제네바 호(Lake Geneva, 레만 호Lac Léman로도 부름) 부근의 빌라 디오다티(Villa Diodati)다. 바이런은 1816년 6월부터 11월까지 여기에 기거하면서, 그 부근에 머물렀던 자신과 비슷한 처지의 불행한 혁명적 낭만주의 시인 퍼시 비시 셸리(Percy Bysshe Shelley, 1792~1822) 일행과 함께 낮엔 호수에서 배를 타고 밤에는 이 집에 모여 문학론을 펴기도 했다.

국회의원의 아들인 퍼시 셸리는 옥스퍼드 대학에 재학 중인 1811년 『무신론의 필요성(The Necessity of Atheism)』이라는 팸플릿을 제작했다가 퇴학당한 뒤 여동생의 친구인 해리엇 웨스트우드(Harriet Westwood)와 엉겁결에 결혼했으나 수준이 안 맞아 곧 별거에 들어갔다. 셸리는 개혁운동에 투신하여 맹활약하던 중 목사 출신의 지도급 원로 운동가인 윌리엄 고드윈(William Godwin, 1756~1836)에게서 사사하다가 스승의 둘째 딸 메리와 눈이 맞았다. 그들은 아들을 낳은 뒤 두 번째 유럽 여행을 떠났는데, 바로 이때 (1816) 바이런 일행과 만나게 된 것이다.

서로 가까운 데서 머물며 일정을 거의 함께하던 이들 일행은 6월 18일 비 내리는 밤에도 바이런의 숙소에 모여들었다. 여기서 바이런이 불쑥 유령문학을 한 편씩 써보자고 제안한 말이 계기가 되어 정직한 메리는 괴기

소설 『프랑켄슈타인』을 써서 익명으로 출간했고, 의사 폴리도리는 『뱀파이어(The Vampyre)』(1819)를 써서 펴냈다. 메리는 5년 뒤 재판再版을 펴낼 때에야 자신의 실명을 밝혔다.

별거 중이기는 해도 셸리의 본처는 남편과 메리의 로맨스가 탐탁지 않았을 것이다. 그녀에게는 다른 남자가 있었고 임신한 몸이었지만 1816년 12월 10일 하이드 파크의 연못(Serpentine, Hyde Park)에서 익사했다. 그로부터 20일 뒤 셸리와 메리는 정식으로 결혼했는데, 화가 난 고드윈은 2년간 딸과 말도 하지 않았다.

더 고약한 이야기도 전한다. 메리에게는 배다른 여동생 클레어 클레어몽(Claire Clairmont, 1798~1879)이 있었는데, 바이런은 그녀를 장난감처럼 데리고 놀다가 잔혹하게 버렸다는 것이다.

바이런, 셸리, 폴리도리, 메리, 클레어가 벌이는 디오니소스적 광란의 밤은 영화 〈메리 셸리: 프랑켄슈타인의 탄생(Mary Shelley)〉(2017)에 잘 그려져 있다. 내가 보기에는 영화 속의 바이런이 너무 늙고 못났으며 셸리도 혁명 시인으로서의 기백을 탈색시킨 듯하나, 스위스 남서부, 특히 프랑스와 국경을 맞댄 제네바 호수 쪽으로 여행을 간다면 여행 전이나 여행 중에 감상할 만하다. 바이런이 머물러서 유명해진 빌라 디오다티는 계속 주인이 바뀌다가 지금은 철책이 둘러쳐진 주택이 되어 여행객의 출입이 자유롭지 못하다고 한다.

광란의 밤을 보내고 닷새 뒤, 바이런 일행은 레만 호반의 유명한 시옹 성(Chillon Castle, Château de Chillon)을 관람했다.

시옹 성은 멀리서 바라보는 것만으로도 피곤이 싹 가시는 선선한 자극과 감동을 준다. 성의 규모는 대단하지 않으나 주변의 아름답고 평화로운 풍경과 내부의 음침한 감옥이 극단적 대조를 이루고 부조화하여 지하 감옥의

시옹 성 스위스 남서부의 보(Vaud) 주에 위치하며 제네바(레만) 호숫가에 있다. 그림과 같은 아름다운 외부 모습과 정반대로 내부 지하에는 감옥이 있다.

잔혹성과 살벌성이 증폭된다. 성의 다른 시설이야 그렇고 그런데, 바이런에게 전율을 안긴 곳은 프랑수아 보니바르(François Bonivard, 1493~1570)가 4년간(1532~1536) 갇혀 있던 감옥이다. 보니바르는 이 감옥에 오기 전 2년 동안 다른 곳에서 비교적 편하게 억류당하고 있다가, 이 감옥을 본 통치자가 그를 이곳으로 이감시켰기 때문에 여기엔 4년간 있었다. 그는 사보이 통치 (Charles III, Duke of Savoy, 집권 1504~1553) 아래서 투옥되었는데 그 세력이 이 지역에서 힘을 잃자 풀려났다. 이후 그는 관직에 나가 영광을 누렸으나 네 차례나 결혼하는 등 그리 명예롭지만은 않은 후반생을 살았다.

바이런은 보니바르가 쇠사슬에 묶여 있던 투옥 현장에서 받은 충격과 추방당한 자신의 처지가 겹쳐져 상념에 젖었을 것이다. 이를 소재로 392행짜리 이야기 시 『시옹의 죄수(The Prisoner of Chillon)』(1816)를 썼는데, 그 서두

시옹 성의 지하 감옥 바이런은 1816년 6월에 이곳을 방문했다. 감옥에 갇혔던 보니바르의 운명을 생각하면서 쓴 시 『시옹의 죄수』에서 그는 자유를 노래했다. 돌기둥에 새겨진 바이런의 이름이 보인다.

의 「시옹성 소네트(Sonnet on Chillon)」는 이렇게 노래한다.

> 사슬 없는 지성의 영원한 혼이여!
> 땅굴 속의 감옥에서 가장 빛나는 그대 자유여!
> 거기에서 그대의 집은 심장이기에,
> 그대를 사랑하는 마음만이 그대를 구속할 수 있는 심장이기에,
> 자유여, 그대의 자식들이 쇠사슬에 묶이고,
> 쇠사슬에, 그리고 햇빛 한 번 들어오지 않는 눅눅한 지하 감방에 갇혀 있을 때,
> 그때에 그들의 조국은 그들의 순교로 승리할지니,
> 그리하여 자유의 명성은 바람을 타고 도처에 널리 퍼진다.
> 시옹이여! 그대의 감옥은 성스러운 곳.

그리고 그대의 비참한 땅바닥은 제단이다.

보니바르는 마치 그대의 차디찬 돌바닥이 잔디밭이기라도 하듯

밟아서 자국을 냈기에

보니바르에게 맹세코, 아무도 이 자국들을 지우지 말기를!

이 자국들은 신에게 폭압을 드러내 보이고 있지 않은가.

—『라오콘의 고통』, 230~231쪽.

시용 성 지하의 일곱 번째 방이 감옥이고, 그 방의 세 번째 기둥에서 바이런의 이름을 볼 수 있다. 보니바르는 다섯 번째 기둥에 묶여 있었다고 전한다.

바이런은 빌라 디오다티에 머물면서 스위스의 알프스 지역을 일컫는 베르너 오버란트(Bernese Highlands, Berner Oberland)에 다녀왔다. 지구상에서 가장 고지대인 산악의 대자연 앞에서 바이런은 프로메테우스적인 자신의 영혼을 가장 잘 불살랐다고 할 만한 작품인 극시 『만프레드(Manfred)』(1817)를 구상했다.

주인공 만프레드는 속죄도 용서도 안 되는 죄(기독교의 원죄와는 다르다)로 인해 알프스에서 고뇌에 싸인 절망 상태가 되었다. 누이 아스타르테(Astarte)와 근친상간의 관계를 갖다가 결국 그녀가 자살함으로써 죄책감과 절망에 빠진 것이라 하지만, 사실 바이런이 창조해낸 주인공의 고뇌는 그 정도의 차원에만 머물지 않고 형이상학적인 인간 존재가 지닌 모든 행위에 대한 참회와 존재의 불안 의식을 포괄한다. 그는 알프스 산속의 정령에게 고뇌 자체를 잊어버리도록 망각을 요구했으나 뜻을 이루지 못했고, 다른 어떤 신통력을 가진 상대도 만프레드를 달래주지 못했다. 죽음의 신이 가까이 오려 하자 그는 알프스 계곡에서 스스로 장렬한 최후를 장식한다.

〈만프레드와 알프스 정령〉 영국의 화가 존 마틴(John Martin)이 1837년에 그린 작품이다. 그는 성서나
문학작품에서 주제를 구해 웅대한 자연경관을 묘사한 작품을 많이 그렸는데, 이 그림은 바이런의 극시
『만프레드』에서 영감을 얻었다고 한다.

러셀은 이렇듯 파우스트적이면서도 메피스토펠레스적인 만프레드 같은
바이런을 "삶을 이루는 요소라면 죄도 찬양한다" 『러셀 서양철학사』, 951쪽라는 한
문장으로 축약했다. 바이런은 파우스트적 고뇌와 상통하면서도 천국 같은
개념을 아예 사양해버림으로써 오히려 니체에게 감동을 주어 그로 하여금
〈만프레드 명상곡〉(피아노 듀엣)을 작곡하게 만들었다. 슈만 또한 예술적 영
감을 얻어 극음악 〈만프레드〉를, 차이콥스키는 〈만프레드 교향곡〉을 작곡
했다.

바이런을 높이 평가한 괴테는 이런 "무모한 행동 때문에 결국 그는 영국
에서 추방당했고, 만약 계속 살아 있었다면 아마 유럽에서도 쫓겨났을 거
야" 요한 페터 에커만 지음, 곽복록 옮김, 『괴테와의 대화』, 동서문화사, 2007, 150쪽라고 말했다.

이탈리아, 연애와 창작의 천국

스위스의 빌라 디오다티에 이어 유럽에서 바이런의 발자취를 찾는다면 단연 이탈리아다. 그는 1816년 말경부터 1823년 7월 13일 그리스를 향해 제노바를 떠날 때까지 7년간 이탈리아에 머물렀다. 그에게는 연애의 천국이라 할 만큼 바람둥이로서 이탈리아 곳곳을 휘젓고 쏘다녔는데, 대개는 연인을 쫓아다닌 것이었다. 사귄 여인들이 매우 많아서 이루 다 기록하기가 벅찰 정도다. 그 이유를 그는 이렇게 해명했다.

> 이탈리아의 관습에 따라, 당신이 아내를 잃고 싶지 않다면 아내의 어떤 이탈도 허용하여야 하는 일을 마음에 두어야 합니다. (…) 이탈리아 여자들은 부모를 위하여 결혼하고, 자신들을 위하여 사랑을 합니다. 그들은 애인의 정절을 명예로 강요합니다. 그리고 그들은 남편을 하나의 장사꾼으로 대합니다. 한 사람의 인품은, 남자든 여자든, 그들이 그의 남편이나 아내에 대하는 그들의 행동에 따라서 평가받는 것이 아니라 그들의 애인이나 연인에 대하는 행동에 따라 평가를 받습니다.
>
> —바이런이 출판업자 머레이에게 보낸 편지, 『꿈꾸는 시인들』, 189쪽.

아무려면 이랬을까 싶다가도 『데카메론』의 나라답다는 생각도 드는 한편, 바이런 자신의 방종을 변호한 것이 아닐까 하는 의구심도 든다.

바이런이 이탈리아에서 접촉했던 여인들을 모두 밝힌 연구서를 쓰기가 불가능하다고 할 만큼 그의 연애는 문란해서 200명설까지 제기될 정도다. 이탈리아에서 만난 여인 중 가장 잘 알려진 인물은 라벤나(Ravenna) 출신의 테레사 구이치올리 백작부인(Teresa, Contessa Guiccioli, 1800~1873)이다. 라벤

나는 단테가 피렌체에서 추방당해 만년을 보낸 곳이자 그의 진짜 묘지가 있는 도시다. 그녀는 늙은 백작의 삼취 부인이었는데, 남편의 철통 같은 감시를 뚫고 1819년 베네치아에서 바이런을 처음 만난 순간부터 사랑에 빠져 결국은 남편과 별거하고 바이런의 공공연한 애인으로 지냈다. 바이런은 「포 강에 부쳐(Stanza to the po)」에서 그녀와의 사랑을 "나의 피는 펄펄 끓는 남구南歐의 피. / 그렇지 않다면, 나는 내 고국을 떠나지도 않았을 것이다. / 또한 결코 잊을 수 없는 무수한 고난을 겪고서도 / 다시 사랑의 — 적어도 당신의 — 노예가 됐겠는가."『라오콘의 고통』, 220쪽라고 했다. 또한, 이 무렵 바이런은 그녀의 아버지와 오빠를 통해 이탈리아 독립운동 지하조직인 카르보나리(Carbonari)를 지지하기도 했다.

사랑 타령은 이쯤에서 접고 바이런의 작품을 살펴보자. 추방된 이 시기에 바이런은 엄청난 걸작과 문제작들을 쏟아냈다. 이들 책은 출간되자마자 거의 베스트셀러에 올라 그는 시인으로서 황금기를 누렸다. 그중 내가 걸작으로 뽑는 세 편은 『마제파(Mazeppa)』(1819), 『마리노 팔리에로(Marino Faliero)』(1821), 그리고 『돈 주안(Don Juan)』(1819~1824, 미완)이다.

이반 스테파노비치 마제파(Ivan Stepanovich Mazepa, 1644~1709)는 우크라이나 카자크 족장으로, 러시아에 맞서 싸우다가 폴타바 전투(1709)에서 패퇴한 투사다. 푸시킨도 그를 소재로 서사시 『폴타바(Poltava)』(1828~1829)를 썼는데, 바이런의 『마제파』와 푸시킨의 『폴타바』는 강대국의 굴레에서 벗어나려는 영웅에 대한 예술적 찬가라는 공통점이 있으면서도 미묘한 차이가 있다. 우크라이나의 입장에서 마제파는 독립의 영웅일 수 있으나 러시아의 관점으로 보면 반란자가 되기에 푸시킨은 그의 비윤리적인 측면(친구의 딸과 동거)을 부각했고, 바이런은 폴란드 왕실의 시종이었던 그가 간통을 저질러 발가벗겨진 채로 말 위에 묶여서 추방당하는 장면을 부각했다.

<마리노 팔리에로 통령(총독)의 처형>
<민중을 이끄는 자유의 여신>으로 유명한
들라크루아가 팔리에로의 참수 장면을 그
린 것이다.

바이런이 묘사한 이 장면은 프랑스 화가 오라스 베르네(Horace Vernet)가
그린 <늑대에게 쫓기는 마제파(Mazeppa Pursued by Wolves)>로 널리 알려
져 있다. 음악으로는 프란츠 리스트가 <교향시 마제파(Mazeppa, symphonic
poem)>(1851)로, 차이콥스키가 오페라 <마제파>(1881~1883)로 작곡할 만큼
인기였다. 실로 로맨티시즘의 열정이 묻어난다.

마리노 팔리에로(1274~1355, 마린 팔리에르Marin Falier 또는 팔리에리Falieri라
고도 불림)는 베네치아 공화국에서 귀족 출신이 아닌 신분으로 통령(Doge of
Venice)에 선출된 인물이다. 그의 두 번째 부인이 귀족 청년들에게 모욕을
당해 고발했는데, 법정은 귀족 편을 들어 가볍게 처리해버렸다. 이 일이 계
기가 되어 팔리에로는 쿠데타를 도모했지만 실패하여 결국 참수당했다. 이
런 그에 대해 바이런은 "통령을 포기하고 국가의 자유를 되찾게 하려" 했다
는 관점에서 평가했으며, 또한 "폭군(tyrants)의 피는 인간의 것이 아니다"라

는 견해를 피력했다. 『마제파』가 외세 배격을 주제로 했다면, 『마리노 팔리에로』는 귀족 지배 체제를 타도하려는 민중평등사상을 고취한 걸작이다.

프랑스의 화가 들라크루아는 팔리에로의 이야기를 소재로 〈마리노 팔리에로 통령의 처형(The Execution of Marino Faliero)〉을 그렸고, 이탈리아의 오페라 작곡가 도니체티는 바이런의 시에서 영감을 받아 오페라 〈마리노 팔리에로〉를 만들어 계급사회를 신랄하게 비판했다.

마지막으로 『돈 주안』은 바이런이 16개의 시편을 완성한 뒤 죽는 바람에 미완으로 남았다. 1819년 모국 영국에서 처음으로 2개의 시편을 출판했을 때 비평가들은 바이런에게 비도덕적이며 윤리 의식을 모른다고 비난했다. 그러자 바이런은 그들을 향해 혁명 의식을 버린 왕당파주의라고 비판했다.

이탈리아에서 바이런의 흔적을 찾아보기 가장 좋은 곳은 키츠-셸리 기념관(Keats-Shelley Memorial House)이다.

폐병으로 각혈이 심해지자 애인과 만나는 것도 금지당한 키츠(John Keats, 1795~1821)에게 이탈리아로 와서 요양하라고 초청한 이는 셸리였다. 셸리는 자신이 머물고 있는 피사로 오라고 설득했지만, 키츠와 동행했던 친구이자 미술학도 조셉 세번(Joseph Severn, 1793~1879, 왕립미술원 금상 수상, 나중에 로마 영사를 지냄)의 고집에 따라 로마로 가면서(1820. 11. 17) 이들의 만남은 어긋났다. 로마로 온 이듬해인 1821년 2월 23일, 몇 달 간의 요양도 소용없이 키츠는 26세의 젊은 나이로 세상을 떠났다. 애인인 패니 브론(Fanny Brawne)의 편지 2통과 머리칼, 여동생의 지갑과 편지를 관 속에 품고서 로마의 프로테스탄트 묘지(Protestant Cemetery, Cimitero protestante. 통칭 Cimitero degli Inglesi, Englishmen's Cemetery)에 묻혔다. 묘비명은 키츠의 생전 부탁대로 "여기에 그 이름을 물 위에 쓴 자가 누워 있다(Here lies one whose name was writ in water)"라고 썼다.

키츠의 묘 키츠는 로마의 프로테스탄트 묘지에 잠들어 있다. 이 공동묘지는 1734년 설립된 이후 비非 가톨릭의 유명 인사들이 많이 묻혀 있다. 키츠의 묘 옆에는 그를 돌보았던 조셉 세번의 묘가 나란히 있다. 왼쪽이 키츠의 묘, 오른쪽이 세번의 묘이다.

원래 셸리는 바이런과 함께 영국 내의 보수파 문학운동에 맞서고자 이탈리아에서 계간지(『The Liberal』)를 낼 계획을 갖고 있었다. 그러려면 평론가가 꼭 있어야 해서 리 헌트(Leigh Hunt, 1784~1859)도 초청했다. 바이런보다는 못하지만 셸리 역시 잘나가던 때라 1822년 아름다운 휴양지인 라스페치아(La Spezia)로 이사해 보트를 사서 즐기고 있었다. 헌트가 제노바에 도착하자 셸리는 보트를 타고 그곳으로 가서 바로 의기투합했다. 1822년 7월 8일 월요일 오후 2시, 셸리는 돌아가기 위해 그곳을 출발했는데 4시간 만에 폭풍을 만나 실종되었다. 그 열흘 뒤 토스카나(Tuscany, Toscana) 지역에서 시신이 발견되었다. 그의 저고리에는 소포클레스와 키츠의 작품집이 들어 있었다.

키츠–셸리 기념관 로마의 스페인 광장 동쪽 건물에 위치한다.(위 사진에서 계단 오른쪽의 건물. 2층 외벽에 'KEATS-SHELLEY HOUSE MUSEUM'이라 쓰인 붉은색 천 간판이 보인다) 폐결핵을 앓던 키츠가 이 집에서 요양을 하다가 죽었는데, 그 침대가 보존되어 있다(아래 왼쪽 사진). 이곳에는 키츠와 셸리의 육필 원고뿐 아니라 회화, 조각 등을 전시하고 있으며, 바이런의 기념물도 감상할 수 있다. 특히 8,000여 권의 낭만주의 문학 관련 도서를 소장한 것으로도 유명하다.

당시의 검역 규칙은 바다에서 죽은 시신을 육지로 못 들이게 했기 때문에 바이런과 몇몇 친구들이 해변에서 화장했고, 심장은 따로 그의 아내 메리에게 전했다. 그때 영국의 풍습은 부인이 죽은 남편의 장례식에 참석하는 것을 금했다. 셸리의 유해는 키츠가 묻혀 있는 로마의 프로테스탄트 묘지에 안장되었다가 나중에 웨스트민스터 사원(Westminster Abbey)에 세 낭만파 시인이 모두 수용되면서 옮겨졌다.

이런 연유로 키츠-셸리 기념관이 로마의 스페인 광장(Piazza di Spagna)에 만들어졌다. 트리니타 데이 몬티(Trinità dei Monti) 성당과 스페인 광장을 연결하는 계단 옆의 건물 2층이 키츠-셸리 기념관이다. 키츠가 폐결핵을 치료하기 위해 로마에 와서 마지막 생애를 보낸 집으로, 방에는 키츠가 임종한 침대가 그대로 있다.

이 집은 키츠 사후에 로마 보건 당국이 벽을 긁어내고 불태웠다. 결핵에 대한 당시의 공포심을 엿볼 수 있는 대목이다. 미국 시인 로버트 언더우드 존슨(Robert Underwood Johnson)의 주도로 미국·영국·이탈리아의 시민들이 모금운동을 통해 1906년 이 집을 구입했고, 1909년 기념관으로 공개했다.

그리스행, 시인의 최후

헌트는 바이런 집에 머물면서 계간지 『The Liberal』 창간호를 1822년 10월 15일 출간했으나, 독자 반응이나 판매는 기대에 못 미쳤다. 게다가 셸리까지 죽자 폐간하고 말았다.

한편 바이런은 오스만제국의 지배에서 벗어나려는 그리스 독립운동에 적극 동조했다. 1823년 4월 '런던 주재 그리스 해방운동위원회(London Greek

바이런이 그리스의 독립 전쟁을 지원하고 전투에도 직접 참여했던 까닭에 그가 숨을 거둔 미솔롱기에는 바이런 관련 기념 시설이 많다. 사진은 그리스 독립 전쟁의 영웅들을 기리는 공원 (Garden of Heroes)에 세워진 바이런 동상이다.

Committee)'로부터 독립 전쟁을 벌이는 그리스인들을 도와달라는 요청에 후원을 마다하지 않았고 그리스를 방문하겠다는 약속도 했다. 애인 테레사의 오빠인 피에트로(Pietro Gamba)와 의사 프란체스코 브루노(Dr. Francesco Bruno) 등과 함께 바이런이 제노바에서 그리스를 향해 떠난 것은 1823년 7월 13일이었다.

바이런이 연애의 천국 이탈리아를 떠난 이유를 두고 일부 사람들은 낭만주의 시 운동을 함께 전개하려던 셸리의 죽음 및 이에 따른 그의 부인을 비롯한 여러 인물들에 대한 부양의 부담감을 거론하기도 한다. 진의는 알지도 못한 채 남의 선행을 헐뜯어야 직성이 풀리는 사람들의 고약한 심성이 아닐까.

바이런이 숨을 거둔 집터 바이런이 생을 마감한 집은 현재 건물은 없고 집터에 기념비가 세워져 있다.

8월 2일 바이런이 그리스의 세팔로니아(Cephalonia, 케팔리니아Kefallinia라고도 함)에 도착했을 때 그리스 임시정부는 혼란을 거듭했다. 그는 전투에 참가하기 위해 아르고스톨리(Argostoli)에서 남동쪽으로 약 8km 거리의 메타사타(Metaxata)에 별장을 세내어 머무르면서 출정 명령을 기다렸다. 마침내 12월 28일, 임시정부의 알렉산드로스 마브로코르다토스(Alexandros Mavrokordatos, 1791~1865) 대통령의 명을 받아 이틀 후인 12월 30일에 미솔롱기(Missolonghi)에 도착했다. 그에게는 오스만제국의 요새가 있는 레판토(Lepanto) 탈환을 위해 2,000명의 병사를 지휘할 수 있는 사령관직이 내려졌다. 그러나 레판토 공격작전에 대한 논의 도중 거품을 물고 쓰러져버렸다. 1824년 2월 15일로, 그의 나이 36세였다.

병석에 누워 계속 치료를 받았으나 호전되지 않고 결국 4월 19일 오후 6

바이런이 최후를 마친 미솔롱기로 가는 길 도
중에는 16세기 말에 벌어졌던 레판토 해전의
현장이 있다. 바로 나프파크토스(Nafpaktos,
레판토로도 불림)인데, 여기에는 1571년 레판
토 해전에 참전했던 세르반테스의 동상이 세
워져 있다.

시에 요도 독소와 신진대사 이상으로 끝내 눈을 감고 말았다. 그는 자신을
치료하던 의사에게 "나의 몸을 난도질하지 말고, 영국으로 보내지도 말고,
나의 뼈가 이곳 땅에 섞이게 해주십시오. 요란 법석을 떨지 말고, 한쪽 모
서리에 나를 묻어주십시오."『꿈꾸는 시인들』, 198쪽라고 당부했다.

심장을 담은 단지는 현지의 산 스피리디오네(San Spiridione) 교회에 안치
되었고, 내장은 4개 단지에 넣어 시신과 함께 관에 담아 모국으로 보내졌
다. 템스 강에 도착한 그의 시신은 장례용 마차 47대가 뉴스테드의 교회(St.
Mary Magdalene Church, Hucknall Torkard) 묘지로 운구하여 7월 16일 장례식
을 치렀다. 영국 왕과 위인들이 잠들어 있는 웨스트민스터 사원은 바이런
에 대한 평판이 좋지 않다며 그의 매장을 허락하지 않다가 사후 145년 후
인 1969년에야 시인 코너(Westminster Abbey's Poets' Corner)에 그의 기념석
을 세웠다.

　미솔롱기는 그리스 서쪽에 있으며, 아테네에서도 약 250km쯤 떨어져 있
어 가는 길이 멀고도 험하지만 도중에 레판토 해전(Battle of Lepanto, 1571.
10. 7)의 현장을 볼 수 있는 행운도 따르기에 기대치 이상이다. 투르크가
점령하고 있던 이 지역을 신성동맹(베네치아·제노바·에스파냐)의 함대가 격
파한 레판토 해전에는 『돈키호테』의 저자 세르반테스(Miguel de Cervantes,
1547~1616)가 참전하여 부상했던 현장이라 그의 기념상이 서 있다.

　미솔롱기는 오로지 바이런을 추억하는 마을이다. 그가 숨을 거둔 집터,
그를 추모하는 공원과 동상, 그리고 '미솔롱기 바이런 연구회(Missolonghi
Byron Society)'까지 온전히 바이런을 기린다. 이 연구회는 바이런 관련 자료
를 상당히 갖추고 있을 뿐만 아니라 연구지도 발간하는데, 한국인으로는 우
리가 첫 방문자라며 무척 반겨주었다. 문학 기행의 즐거움과 보람을 한껏
느끼게 해주는 곳이었다.

10. 로런스

: 피와 살을 믿었던 반문명론자

D. H. Lawrence

데이비드 허버트 리처즈 로런스

David Herbert Richards Lawrence

1885. 9. 11 ~ 1930. 3. 2.

첫사랑 잃은 교양녀, 얼떨결에 광부를 선택하다

미남 시인 조지 고든 바이런의 영지와 로빈 후드의 숲으로 널리 알려진 노팅엄셔(Nottinghamshire)에서 북서향 12km쯤 떨어진 곳의 언덕배기에 탄광촌이었던 이스트우드(Eastwood)가 한적하게 펼쳐져 있다. 탄광촌이었다는 선입견 때문인지 서정성이 별로 느껴지지 않는 건조로운 마을로 다가선다. 이 지역 인구는 1801년에 735명, 1841년 1,621명, 1861년 1,860명에 불과했다. 그러다가 빅토리아 시대(1837~1901)에 이곳의 탄광 사업체들이 상승세를 타면서 1860년대 절정을 이루어 1875년에 철도가 개통되고, 1891년에는 인구가 4,363명까지 늘어났다. 그러나 석탄 산업이 쇠퇴하면서 내리막길로 접어들어 1946년에는 이 지역 탄광 회사들이 국영화되었다가 1985

이스트우드 런던에서 북서향으로 약 187km 거리이고, 노팅엄셔에서는 12km쯤 떨어진 마을이다. 19세기 말에는 브린슬리 탄광촌으로 번성했으나 석탄 산업이 사양화되면서 퇴락하기 시작했다. 로런스가 태어난 곳이다.

브린슬리 탄광의 흔적 1842년경 처음 석탄 채굴이 시작되었으며, 1860년대 절정을 이루었다. 로런스의 아버지도 이곳에서 광부로 일했다. 지금은 이곳이 한때나마 광산촌이었음을 보여주는 시설(the tandem headstocks)이 남아 있을 뿐이다.

년에는 완전히 폐광되었다.

광부들은 "이엉을 얹은 초가에서 살면서, 언덕에 있는 조그마한 갱도 속에서 종일 고된 일"을 했다. "삼각 기중기 언저리를 뱅뱅 원을 그리면서 힘없이 돌아가는 당나귀가 석탄을 땅 위로 떠올리는 작업을 맡아 했다." 탄광에서 언덕에 자리 잡은 마을로 가려면 벌판을 가로지를 수밖에 없으므로, 일을 끝내고 귀가하는 광부들은 "풀밭에서 버섯을 따고 길 잃은 토끼를 사냥하여 저녁 반찬거리를 만들었다."이재우, 『D. H. 로렌스: 성을 통한 현대문명의 고발』, 건국대학교 출판부, 1996, 14쪽.

잉글랜드 남쪽에서 재단사 일을 하던 존 로런스(John Lawrence)라는 젊은이가 이곳으로 와서 광부들의 작업복인 "두꺼운 플란넬 셔츠나 내의, 맨 위에 플란넬로 안을 댄 능직綾織 무명 바지를 보급"오영진 옮겨 엮음, 『귀향: D. H. 로렌스의 자전적 에세이』, 열화당, 2014, 53쪽, 이하 『귀향』으로 약칭했다. 그런데 브린슬리 탄광(Brinsley Colliery)은 머잖아 광부들에게 제공하던 제복을 중단해버렸다. 이 때문에 그의 아들 아서 존 로렌스(Arthur John Lawrence, 1846~1924)는 생활 전선에 뛰어들어 열 살 때부터 "쓰지도 읽지도 잘 못하는 탄광부"『귀향』, 37쪽로 브린슬리 탄광에서 일했다.

하지만 광부로 일하면서 건장한 청년이 되었고, 한 처녀가 이 사람을 눈여겨보았다. 이 여인의 이름은 리디아 비어졸(Lydia Beardsall Lawrence, 1852~1910)이며, 그녀의 아버지는 노팅엄에서 레이스 제조업을 하다가 파산한 집안의 아들(엔진 설비공)이었다. 사실 리디아에게는 런던에서 대학을 나온 첫사랑 남자가 있었다. 부유한 상인의 아들인 그는 집안이 사업에 실패하자 교사가 되어 타지로 떠나버렸고, 결국 두 사람은 헤어지고 말았다. 그녀는 첫 연인이 준 성서를 평생 간직했지만 한 번도 그의 이름을 거론하지는 않았다.

그녀는 초등학교 보조 교사 경력을 가진 '프로테스탄트 교양인'으로, 첫 애인이 연상의 부자 과부와 결혼하자 그 배신감에 건장하지만 문맹인 아서 로런스를 만났고, 점차 그의 외모와 춤 솜씨에 반했다. 마침 크리스마스 파티여서 처녀가 눈이 멀기에는 안성맞춤이었다. "다음 해 크리스마스에 그들은 결혼했고, 세 달간 그녀는 완벽하게 행복했다. 다음 여섯 달 동안은 대단히 행복했다. (…) 그러나 일곱째 달이 되었을 때"정상준 옮김, 『아들과 연인 1』, 민음사, 2005, 35~36쪽부터 쪼들리는 살림으로 힘들어지는 데다 성격과 교양의 수준 차이로 부부 사이가 점점 냉랭해지기 시작했다.

이 부부가 낳은 3남 2녀 가운데 넷째가 작가 로런스다. 그가 태어날 무렵에 아버지는 4~5명의 광부를 거느린 십장什長(butty system)이었다. 회사로부

로런스 가족 1895년, 로런스가 열 살 때 찍은 가족사진이다. 뒷줄 왼쪽부터 시계 방향으로 에밀리(Emily), 맏형 조지(George), 작은형 어니스트(Ernest)이고, 아버지, 작가 로런스, 어머니 그리고 막내동생 에이다(Ada)이다.

터 탄갱 한 곳을 배당받아 자신이 책임지고 채탄한 결과에 따라 보수를 받는 구조이므로 노임이 높은 편이었지만, 아버지는 결혼 당시 맹세했던 금주 약속을 파기했다는 이유로 어머니에게 심한 냉대를 받았다. 아버지가 맥주를 마신다는 사실 때문에 어머니는 아들들에게 맥주를 비롯한 일체의 음주를 엄금하면서 일화 하나를 들려주었다. 이야기는 대강 이런 내용이다. 잔혹한 친구들이 한 소년에게 맥주를 먹이려 하자 소년은 이를 꽉 물었으나 앞니 하나가 빠진 곳으로 술이 들어가버렸다. 이에 크게 상심한 소년은 결국 죽고 말았다는 것이다. 뻔한 거짓말이었음에도 어머니는 이 이야기를 자식들에게 금과옥조로 삼게 했으며, 형제들은 이에 짓눌려 청소년 금주단에 보내졌다. 성년이 되고 나서는 맥주를 허용했는데, 아버지에게만은 사뭇 엄격했다. 그 이유를 따져 물었지만 아버지를 대하는 어머니의 냉대는 여전히 풀리지 않았다.

"도회지 출신이었고, 실제로 낮은 부르주아계급에 속했다. 어머니는 사투리 하나 없는 표준 영어를 쓰셨고, (…) 필기체로 글을 아주 잘 썼고, 내킬 경우엔 아주 재기 넘치고 재미있는 편지를 쓰기도 했다."『귀향』, 44쪽. 그러나 『아들과 연인』이나 『귀향』에 그려진 부모의 경력은 미화한 대목도 있어 꼭 정확하지는 않은 것 같다. 예컨대 위와 같이 어머니를 미화했지만 부르주아 출신이라고는 할 수 없다. 어머니는 로런스가 "교수나 목사, 아니면 글래드스턴(William Ewart Gladstone, 1809~1898) 수상 같은 인물"『귀향』, 38쪽이 되길 바랐다. 보수적인 정객이었으나 중년 이후부터 노동자·농민을 위한 정책과 인권 신장, 반제국주의 정책을 주장하여 진보 정치인의 반열에 오른 글래드스턴을 거론한 것은 완고한 신앙인인 어머니가 진보적이었기 때문이 아니라 글래드스턴이 노회찬처럼 서민들에게 인기가 있어서였을 것이다.

한편 로런스는 자신의 신분에 대해서 단호히 노동계급이라고 토로한다.

> 나는 노동계급으로 태어나 그 속에서 자랐다. 아버지는 탄광부였고, 단지 탄광부였을 뿐 어떤 칭송할 점도 없는 분이었다. 아버지는 꽤나 자주 술에 취했고, 교회 근처에는 가지도 않았으며, 탄갱의 직속상관들에게 대들었다는 점에서 심지어 존경할 만한 사람이랄 수도 없었다.
>
> 그는 채탄 청부인으로 일하던 내내 사실상 한 번도 좋은 채탄장採炭場을 맡아본 적이 없었는데, 그것은 탄광을 관리하는 바로 윗사람들에 관해 언제나 지겨우리만치 어리석은 소릴 해댔기 때문이다.
>
> ─『귀향』, 44쪽.

광산촌 마을의 코흘리개 소년

로런스는 이스트우드 탄광촌에서 태어나 27세(1912) 때 대학 은사의 부인과 눈이 맞아 독일로 줄행랑을 칠 때까지 비록 들락날락하기는 했어도 삶의 근거지는 이곳이었다. 정든 이 고향을 그는 이렇게 묘사한다.

> 그곳은 언덕진 고장으로, (…) 동쪽과 북동으로는 맨스필드와 셔우드 숲 지역을 굽어보고 있다. 그때나 지금이나 나에겐, 노팅엄의 붉은 사암砂岩과 참나무 숲, 그리고 더비셔의 차가운 석회암, 물푸레나무, 돌로 된 담장들 사이에 위치한 그지없이 아름다운 시골이다.　　　　　—『귀향』, 52쪽.

고향의 풍정을 서정미 넘치게 그리려 했겠지만, 막상 가보면 영국의 아름다운 국토 풍광에 비하여 별로다. 오히려 이런 삭막한 고장에서 인간의 영혼이 기댈 곳이라고는 육체밖에 없었던 게 아닐까 하는 엉뚱한 상상이 들었다. 어쨌든 보통사람들은 대체로 자신이 원하는 곳을 선택할 만한 여유가 없었고, 이 광부의 집안 역시 탄광 마을에 뿌리를 내리고 있었기 때문에 로런스가 아주 고향을 떠나기 전까지는 이곳 거리에서만 네 번 이사를 다녔다.

그가 태어난 집은 1976년 로런스박물관(D. H. Lawrence Birthplace Museum)으로 개관되었다. 광부였던 아버지의 신분에 걸맞게 이 집의 구조는 당시 노동자들의 질박한 생활상을 그대로 보여준다. 그러나 그 시절 광부의 집 치고는 고급스러움이 묻어난다. 붉은 벽돌로 지어진 2층 연립식 구조이며, 지금은 전깃불로 실내가 환하지만 그가 살던 시대에는 촛불이나 등잔불을 썼음을 유의하고 봐야 한다. 물은 동네의 공동 펌프에서 길어다 썼다. 그래

로런스 박물관과 광부들의 저택　로런스는 노팅엄 이스트우드 탄광촌에서 태어났는데(8a Victoria St, Eastwood, Nottingham), 현재 그곳은 생가 박물관으로 1976년에 개관했다(위 사진). 당시의 생활 모습을 그대로 재현해놓았으며, 각종 전시물이 다양하다. 로런스 생가 박물관 근처의 프린세스 거리 (Princes Street)에는 1850년대에 건축된 광부들의 연립주택이 있다(아래 사진). 오늘날까지 남아 있는 덕분에 빅토리아 시대 탄광촌의 주택 양식을 살펴볼 수 있다.

로런스박물관 내부 박물관 안에는 당시의 생활용품뿐 아니라 사진, 도서 등이 풍부하게 전시되어 있다. 위 왼쪽은 빨래하는 기구로 당시의 세탁기이고, 위 오른쪽은 밀랍 인형으로 만든 어린 로런스의 모습이다. 아래 사진은 현재도 사용하고 있는 것 같은 생생한 주방의 모습이다.

서 목욕은 매일 탄가루로 시커메진 아버지만 우리식 표현으로 하자면 목물(hip bath) 정도로 했고, 금요일에 온 가족이 전신욕을 부엌 언저리에서 했다. 생가 박물관에는 아버지가 사용했던 광산용 랜턴과 도시락 등도 전시되어 있다.

혹시나 로런스의 생가를 방문하게 된다면 광부의 집에서 매우 사치스러운 공간이자 거의 사용하지 않았을 응접실에 있는 엽란葉蘭(Aspidistra)을 각별히 주시하길 바란다. 테이블에 놓여 있는 이 엽란은 더운 여름에 냉차로 마시려고 키웠을 텐데, 찬 우유로 말끔하게 닦아 관리했을 것이다. 피아노는 어머니가 즐겨 연주했으나 둘째 아들이 죽은 뒤부터는 손을 안 댔다고 한다. 로런스에게 가르쳐보려고 했지만, 어머니의 기대와 달리 그는 이내 포기해버렸다. 어머니가 부업으로 손댔던 각종 뜨개질과 바느질로 만든 공예품들은 고급스럽지는 않지만 정감이 간다. 이것으로 집안을 장식하기도 하고 팔아서 생계에 보태기도 했을 것이다.

일가는 이 집에서 1883~1887년까지 4년간 살다가 로런스가 두 살 때 동네 아래쪽(가든 로드 28)으로 이사했는데, 작가는 이 집을 "견고하고 근사해 보였다. 그 주위를 걸어 다니면 조그마한 앞뜰을 볼 수 있었는데 그늘진 아래쪽 블록에는 앵초와 범의 귀 류가 있고 햇빛이 드는 위쪽 블록에는 패랭이꽃들이 피어 있었다."『아들과 연인 1』, 17쪽라고 상세히 묘사했다.

여섯 살 때 다시 이사한 집(워커 스트리트 8)은 동네 위쪽에 위치해 있어 전망이 좋았던 곳이었다. 여기서 열세 살 때 또다시 이사한 집(린크로프트 97)이 이스트우드에서 사는 동안 마지막 거처였다. 하지만 군이 이사한 집을 다 찾아다닐 필요는 없으며 생가 박물관을 찬찬히 관람하는 것만으로도 충분하다. 이 지역의 주택 구조가 거의 엇비슷하기 때문이다. 로런스는 광부들의 공동주택이 최하층·하층·중간층으로 나뉜다고 하면서 자기네 집은 중간층에 속하였다고 말했지만, 박물관이 된 생가와 이웃의 옆집들을 보노라면 겉모습이나 구조가 거기서 거기다.

로런스의 맏형 조지 아서(George Arthur Lawrence, 1876~1967)는 일찍 집을 떠나 노팅엄 등지를 떠돌았는데, 나중에 평신도 전도사가 되었다. 둘째 형 윌리엄 어니스트(William Ernest Lawrence, 1878~1901)는 머리가 좋아 어머니의 기대와 사랑을 독차지했지만, 런던에서 취업한 뒤 연애를 하면서 어머니와 꼬이기 시작하더니 단독丹毒(피부 질환)에 걸려 객사했다.

로런스는 어렸을 때부터 집 가까이에서만 맴돌며 또래 사내아이가 할 법한 장난질보다는 조용히 여자애들과 잘 어울렸고 사색이나 독서를 즐겼다. 보베일 초등학교(Beauvale Board School, 현재 Greasley Beauvale D. H. Lawrence Primary School)를 다닐 때(1891~1898)만 해도 로런스는 어머니의 주목을 받지 못했다. "난 누르께한 코를 한 여리고 창백한 꼬마. 사람들은 여린 아이한테 보통 그러듯 나를 상냥하게 대해주었다."『귀향』, 45쪽 그는 "다섯 살에 학교로 보내지자마자 노예화의 작업이 시작된다"『귀향』, 90쪽라고 했을 정도로 교육제도에 부정적이었으나, 1898년 노팅엄 군 의회 장학금을 받아 노팅엄 고등학교(Nottingham High School)에 들어가자 약간 달라졌다.

> 늘 허약한 체질이었지만 튼튼한 골격. 어느 광부의 아이들처럼 초등학교에 다니다가, 열두 살 때 장학금을 받고 잉글랜드에서 제일 좋은 통학제 학교(Day school, 상류층의 기숙학교가 아닌 일반 학교)라는 노팅엄 고등학교에 입학. 순전히 부르주아 학교. 꽤나 즐거운 곳이었지만 거기 장학생들은 전혀 다른 세계의 녀석들이었다. (…) 그는 본능적으로 통상적인 부르주아계급으로부터 움츠러들었다. ―『귀향』, 37쪽.

노팅엄 고등학교에 다닐 때는 급우들 사이에서 가난한 광부의 아들로 멸시를 받았지만, 현재까지는 동창 중 로런스가 최고 명사로 알려져 있다. 1901년 6월 동기생 119명 중 15등으로 졸업한 그는 외과용 의족 등을 제조하고 판매하는 회사(Haywood's surgical appliances factory)에 취업했으나 3개월 만에 결핵으로 사직했다. 이 무렵 작은형의 죽음(10월)으로 로런스는 졸지에 어머니의 각별한 애정을 받으며 촉망의 대상이 되었다. 그가 묘사한 형의 죽음, 그리고 시신을 고향으로 옮겨 들판 너머 언덕 위의 작은 공동묘지에 안장하는 장면『아들과 연인 1』, 312-317쪽은 뭉클하다. 소설에는 형의 장례식 직후에 로런스가 앓는 것으로 나온다.

구원의 여인, 제시 체임버즈

1901년 열여섯 살 때 교회에서 처음 알게 된 해그즈 농장(Haggs Farm, 『아들과 연인』의 윌리 농장Willey Farm)의 체임버즈 집에 드나들면서 로런스는 그 집 둘째 딸인 제시 체임버즈(Jessiee Chambers, 『아들과 연인』의 미리엄Miriam Leivers)와 친해졌다. 이 농장은 로런스가 자신의 '두 번째 집'이라고 일컬을 만큼 자주 드나들었던 곳이며, 청소년기의 그에게 영혼의 안식처이자 충만감을 심어준 행복의 장소였다.

계란과 우유를 주로 팔았던 이 농장은 이스트우드에서 북향으로 불과 6km 떨어진 거리지만 자연 풍광이 확 달라져서 농촌의 서정성을 듬뿍 느끼기에 모자람이 없다. 로런스는 틈만 나면 자전거를 타고 그 집엘 들락거렸고, 시간이 지날수록 자기보다 한 살 아래인 제시 체임버즈와 정이 깊어져 모든 꿈을 함께 나눠 가졌다고 할 만큼 가까워졌다.

두 젊은이는 함께 들판을 거닐며 둥지 속의 새알을 만져보기도 하고 흐드러지게 핀 들장미 넝쿨에 비낀 석양을 음미하며 자연의 신비를 호흡했다. 이들은 마을의 젊은이들과 독서회를 조직해서 많은 책을 읽으며 토론하고 그들의 지적인 지평을 넓혀갔다.

—김정매, 『로렌스와 여인들』, 태학사, 2006, 59쪽.

여자라는 이유로 학업을 중단당했던 제시는 로런스가 그녀의 부모를 설득하여 보조 교사 자격 과정의 교육을 받게 되었다. 이후 둘은 함께 고향의 초등학교에서 보조 교사로 학생들을 가르쳤다(1902~1905). 로런스의 습작을 가장 먼저 읽고 창작욕을 북돋아준 그녀야말로 그의 천재성을 가장 먼저 간파한 여인이었다. 이제 둘은 육신까지 일체감을 이룰 나이가 되었고 영혼은 이를 한껏 부추겼다.

그런데 뜻밖의 문제가 생겼다. 광부 남편에게 불만이었던 어머니는 모든 애정의 대상으로 아들을 선택했다. 로런스의 작은형이 죽은 것도 따지고 보면 어머니의 대책 없는 맹목적인 모성애 때문이라고 『아들과 연인』에서는 밝힌다. 작은형은 이 소설에서는 맏이 윌리엄 모렐(William Morel)로 등장하지만 실제로는 작은형이 모델이다. 런던으로 나가 한 여인을 만나 사랑하게 되었으나 소설에서는 그게 마치 어머니의 사랑을 배신한 것처럼 느껴져서 불안과 정신분열을 일으키다가 죽게 된 것으로 그렸다.

소설이 아닌 현실에서 작은형의 죽음 이후 어머니는 막내아들 로런스에게 사랑을 쏟아부었고, 아들 역시 어머니의 무한한 사랑을 받아들여 함께 잠자곤 했다. 그러던 중 로런스에게 제시라는 여인이 등장하자 어머니는 도저히 용납할 수 없어서 아들을 그녀로부터 떼어놓고자 다른 여인(소설에서는 클라라Clara Dawes)을 소개했다. 유부녀인 그 여인과 육체관계는 맺되 영혼만은 자신과 함께할 수 있도록 하려는 꼼수였다. 소설에서 제비꽃으로 불리는 클라라는 남편과 불화하여 친정에 머무는 동안 "육체적 수면 상태"에서 폴(Paul Morel, 로런스가 소설에서는 폴로 등장)과 향락적인 관계를 즐긴다. 그러나 폴이 어머니를 의식하면서 몸과 마음이 분리되어 있다는 걸 알아챈 그녀는 다시 남편에게 돌아가버린다.

실제로 로런스는 제시와 심리적인 갈등을 겪자 이를 극복하기 위해 약사 부인인 앨리스 닥스(Alice Dax)와 불륜 관계를 가졌다. 그녀는 클라라의 실존 모델이라고도 한다. 이스트우드의 급진적 여권주의자였던 그녀는 로런스가 시 창작이 막힌다고 하면 성관계를 통해 해소시켜줄 정도였고, 일생 동안 서신을 교환했다. 『로렌스와 여인들』, 77-80쪽.

소설 속의 클라라는 남편과 잠시 헤어져 있는 원숙한 미모의 중년으로, 폴에게는 "훌륭한 대모(Great mother)의 속성"을 지닌 여인으로 보였다. "그녀와 같이 있는 동안 내내 그의 피는 거대하고 백열된 파도가 되어 소용돌이 치고 가끔 그의 의식을 잃게 할 정도가 되었다." 어머니는 이를 알고 있으면서도 묵인했는데, 이유인즉 "클라라와 육체적인 결합에 곧 싫증을 내고 자신에게 돌아올 것으로 믿었기 때문이었다." 이재우, 『D. H. 로렌스 장편소설 연구』, 탐구당, 2000, 95-96쪽.

제시 쪽에서 볼 때는 로런스가 자신과 사랑의 달콤한 대화를 나누면서도 영혼과 육체는 어딘가로 증발해버린 양 허수아비같이 느껴졌다. 만약 로런스가 제시와 결혼했다면 그의 인생행로는 달라졌을 것이다. 제시는 소설에서 클라라와 대조적 여인인 미리엄(Miriam Leivers)으로 등장하며 일명 백합이라 불린다. 미리엄은 폴과 순결하고 뜨거운 정신적 사랑을 나누지만, 어머니에 의해 저지당하는 이 사랑은 비극적이었다.

이처럼 도착된 모성애의 예로는 프로테스탄트의 윤리 의식을 너무 강조

제시 체임버즈 로런스의 첫사랑이자 그의 작품을
읽고 창작욕을 북돋아준 여인이다.

젊은 시절의 로런스 1908년 노팅엄 대학에 다닐
때인 23세의 모습이다.

한 나머지 여성과의 육체관계를 죄악으로만 여기고 종국에는 동성애자가
되어버린 앙드레 지드(André Paul Guillaume Gide, 1869~1951)에게서도 찾을
수 있다.

로런스의 청소년기를 잘 그린 자전적 소설 『아들과 연인』은 여러 차례 영
화로도 만들어져서 입맛대로 골라볼 수 있지만 구태여 모든 영화를 섭렵할
필요는 없다.

어쨌든 로런스와 제시의 사랑은 이뤄질 듯 말 듯했지만, 둘은 함께 정규
교사 자격증을 따기 위해 노팅엄 대학(University of Nottingham)의 2년제 사
범과 과정(1906~1908)을 마쳤다. 이후 런던 근교의 크로이던(Croydon)에 있
는 한 초등학교(David Road School)의 교사로 재직하면서(1908. 10) 습작에 몰
두하던 로런스는 애인 제시 덕분에 1909년 문예지에 시가 발표되면서 문

단에서 활동 발판을 마련할 수 있었다. 제시가 로런스 몰래 그의 습작품 중 골라서 투고한 시가 문예지에 실렸기 때문이었다.

하지만 로런스는 병환 중인 어머니를 위로코자 제시와의 사랑을 포기하기에 이른다. 어머니를 달래기 위해 그는 대학 후배이자 세 살 연하의 여교사 루이 버로우즈(Loui Burrows)와 약혼했다. 어머니는 아들의 약혼녀가 제시가 아닌 것을 흡족하게 여기며 열흘 후에 세상을 떠났다(1910. 12). 이 약혼은 로런스의 건강 문제로 2년 뒤인 1912년에 파혼되었지만, 그녀는 나중에 교장으로 재직할 때 로런스의 사망 소식을 듣고 프랑스의 방스(Vence)까지 가서 멀리서 장례식을 지켜본 후 묘지에 헌화했다.

『아들과 연인』에서는 어머니가 병으로 몹시 괴로워하자 폴이 여동생과 상의하여 모르핀을 갈아 가루로 만들고 이를 우유에 타서 어머니가 마시도록 권한다. 우유가 너무 쓰다고 불평을 하면서도 다 마신 어머니는 힘겨워하다가 세상을 하직하는 것으로 그려져 있다. 『아들과 연인 2』, 357~366쪽. 그런데 이일에 대해 나중에 친지들이 로런스에게 소설의 내용처럼 정말 실제로도 어머니에게 그렇게 했느냐고 묻자, 그는 서슴없이 인정했다고 한다. 『로런스와 여인들』, 54쪽. 로런스는 1920년에 펴낸 소설 『연애하는 여인들(Women in Love)』에서 어머니를 72세의 과부로 둔갑시켜 자신의 삶을 옭아맨 부정적 인간상으로 그렸다.

제시는 농가 출신의 청년과 결혼했다. 18년의 세월이 흐른 어느 날, 그녀는 로런스가 자기 방에 있다는 느낌을 생생하게 받으며 편안과 기쁨을 느낀다. 그녀는 로런스가 "그래, 당신은 아픔만 기억하고 즐거움은 기억하지 못한단 말이요?"라고 하는 말을 선명하게 들었다. 이튿날 아침, 그녀는 로런스의 타계 기사를 읽었다. 『로렌스와 여인들』, 68~69쪽.

은사의 부인과 독일로 사랑의 도피

어머니의 죽음과 함께 로런스는 이제 한 사람의 사나이로서 어머니로부터 완전히 해방되었다. 『아들과 연인』의 끝 장면처럼 "그는 어머니를 따라서 그 방향으로 어둠을 향해 나아가지는 않을 것이다. 그는 희미하게 소음이 들리고 불빛이 타오르는 도시를 향하여 재빨리 걸어갔다." 『아들과 연인 2』, 409~410쪽.

그는 고향을, 아니 모국조차도 멀리 떠나고 싶었다. 그래서 일자리를 유럽에서 구하려고 했다. 노팅엄 대학 시절, 프랑스어를 가르쳤던 탁월한 언어학자인 위클리(Ernest Weekley, 1865~1954, 1898~1938년간 노팅엄 대학 재직) 교수는 로런스에게 "천재다운 학생"이라 칭찬했던 터라 청탁하기에 딱 좋은 은사였다. 27세의 청년 로런스가 은사를 찾은 것은 1912년 3월이었는데, 마침 교수는 부재중이어서 사모님 프리다 위클리(Frieda Weekley, 1879~1956, 결혼 전 이름은 프리다 프라인 폰 리히트호펜Frieda Freiin von Richthofen)가 그를 맞았다.

그녀는 남작 군인의 딸로 고향은 메츠(Metz)다. 16세기 이래 프랑스 영토로 프랑스어권에 속했던 이 도시는 프로이센-프랑스 전쟁(1870~1871) 때 독일로 넘어갔다가 제1차 세계대전 이후 다시 프랑스로 이양된 곳으로, 지금은 프랑스에 속해 있으며 불어로는 메스라고 부른다. 데카당(décadent) 운동의 상징적 존재인 시인 폴 베를렌(Paul-Marie Verlaine, 1844~1896)의 고향이고, 그의 생가 박물관이 있는 곳이기도 하다.

프리다는 1899년 20세 때 열네 살 연상의 위클리 교수와 결혼한 뒤 독일 동화를 영역하는 일을 하면서 3남매를 기르고 있었다. 1912년에 로런스를 처음 만났을 때 그녀는 결혼한 지 13년이 지난 유부녀로서 남성 경험이 많

프리다
1912년 프리다가 남편의 제자이자 여섯 살 연하의 로런스를 처음 만났을 때 그녀는 이미 세 아이를 둔 유부녀였다. 하지만 곧바로 사랑에 빠졌고 2년 뒤 로런스와 결혼했다. 이 사진은 1901년 그녀가 22세 때 아이와 함께 찍은 것이다.

았으며 자유분방했다. 여섯 살 연하(당시 프리다는 33세, 로런스는 27세)에 남편의 제자이기도 한 로런스의 야심과 야성에 프리다가 먼저 눈이 먼 것인지, 아니면 로런스가 먼저 추파를 던진 것인지는 따질 필요도 없다.

> 그것은 줄곧 그의 영혼은 어머니에게 바치고 육체만 타 여성으로부터 요구하여 초기의 사랑은 모두 유산되지 않을 수 없었으며, 어머니의 왜곡된 정신적 사랑에 의해 희생되었다가 관능적·성적 사랑(sensual, sexual love)을 체험했기 때문이다. ─『D. H. 로런스: 성을 통한 현대문명의 고발』, 30쪽.

1912년 5월 3일, 그들은 곧바로 프리다의 고향 메츠로 사랑의 도피를 떠났다. 그런데 그곳은 독일·프랑스·룩셈부르크 3국이 국경을 맞댄 국경도시이고 게다가 유럽의 정세가 험악하던 때라 두 사람은 스파이 혐의로 체포되고 만다. 다행히 프리다 아버지의 노력으로 석방되어 그들은 다시 뮌

피아셰리노 이탈리아 북서쪽 제노바 아래의 라스페치아 만에 있는 해변 중 하나다. 로런스와 프리다가 이곳에 와서 머물렀던 적이 있다.

헨으로 향했다.

뮌헨에는 프리다의 언니인 엘제 야페(Else Jaffé, 1874~1973, 엘제 폰 리히트호펜Else von Richthofen)가 머물고 있었다. 엘제 야페는 하이델베르크 대학의 유명한 사회학자 막스 베버의 제자인 개혁가 에드가 야페(Edgar Jaffé)와 결혼했으나, 오스트리아의 정신분석학자인 오토 그로스(Otto Hans Adolf Gross, 1877~1920)를 비롯하여 막스 베버의 동생인 알프레드 베버(Alfred Weber, 1868~1958)와도 사랑에 빠지는 등 염문을 뿌렸다. 막스 베버도 그녀에게 구애했다는 설이 있다. 프리다와 로런스가 찾아갔을 때 엘제 야페의 애인은 알프레드 베버였는데, 그들로부터 뮌헨 남쪽 근교의 오두막을 소개받아 6월 1일에서 8월 5일까지 실질적인 밀월을 보냈다.

프리다와 로런스는 독일에서 신혼 같은 시간을 보낸 뒤 이탈리아 북부의 알프스 지역 등지를 떠돌다가 이듬해 5월에 소설 『아들과 연인』의 출간을 위해 일시 귀국했다. 그 무렵 이들은 뉴질랜드 출신의 작가 캐서린 맨스필드(Katherine Mansfield, 1888~1923)와 그녀의 두 번째 남편인 평론가 존 머리(John Middleton Murry, 1889~1957)와 친교를 가졌다.

이후 다시 이탈리아로 가서 라스페치아 만(Gulf of La Spezia)의 피아셰리노(Fiascherino)에 주로 머물렀다. 라스페치아는 셸리가 1822년에 두 번째 아내 메리와 살았던 곳이자, 바이런이 이탈리아에 있을 때 수영을 즐겼던 곳이며, 더 거슬러 올라가면 단테와 보카치오도 이곳을 좋아했다고 해서 일명 '시인의 만(Gulf of Poets)'이라고도 일컫는다. 나는 아직 그곳엘 가보지 못했기에 아쉽게도 로런스 관련 흔적이 있는지조차 모르지만, 독자에게 행여 들릴 기회가 생긴다면 찾아보길 바란다.

정치와 사회문제 깊숙이 파고들기

이들은 프리다가 위클리와 법적인 이혼을 하면서 사랑의 도피에 종지부를 찍고 마침내 1914년 7월 13일 런던에서 정식 결혼을 하기에 이른다. 성대한 결혼식을 올린 게 아니라 런던의 등기부 직원 앞에서 혼인 선서를 하는 것이었으며 증인으로는 맨스필드와 머리 부부를 초대했다. 그런데 이 부부는 교통비가 없었던 탓에 걸어오느라 로런스와 프리다의 혼인선서식을 놓치고 말았다.

비록 결혼은 했지만 통념을 벗어난 부부이기에 세간에서 얼마나 쑥덕거렸는가는 충분히 상상되는데, 설상가상으로 제1차 세계대전이 발발하면서 이들 부부의 수난은 더욱 커졌다. 장편소설 『무지개(The Rainbow)』를 1915

로런스와 프리다의 결혼 1914년 7월 로런스와 프리다는 결혼함으로써 정식으로 부부가 되었다. 이 사진은 결혼식 날 축하 기념으로 찍은 것이다. 왼쪽부터 로런스, 캐서린 맨스필드, 프리다, 존 머리다.

년 9월에 출간했으나 바로 10월에 압류 처분되더니 11월에는 발매 금지당했다. 표면적 이유는 음란물이기 때문이라고 했지만 실상 반전운동과 관련된 조처였다.

로런스는 캐서린 맨스필드와 존 머리를 통해 블룸즈버리 그룹(Bloomsbury Group) 회원들과 교제하면서 당대 지성들과 교유를 넓혀 나갔다. 세칭 '케임브리지 블룸즈버리'라고 하는 이 엘리트 집단에는 버지니아 울프(Virginia Woolf, 1882~1941), E. M. 포스터(Edward Morgan Forster, 1879~1970) 등 작가와 경제학자 케인스(John Maynard Keynes, 1883~1946) 등 지식인·예술인으로 구성되어 있었다. 느슨한 예술운동 조직이지만 면면이 진보적인 인물이어서 "독재의 전횡에 반대하고 표현의 자유를 지지"하며, "정치적 입장은 페이비언 사회주의나 부르주아 자유주의로서, 유럽의 계몽주의의 전통에 서 있는

442 | 임헌영의 유럽문학기행

것이다."오영진, 「D. H. 로렌스에 관하여」, 부크크, 2017, 43쪽.

로렌스는 이 그룹으로부터 많은 영향을 받았지만 세계대전에 대한 입장은 선명하게 달랐다. 블룸즈버리 그룹의 회원들은 대체로 별다른 저항감 없이 국가의 위기와 국익 앞에서 합류하는 태세였는데, 로렌스는 버트런드 러셀처럼 "하나의 위반 행위"로 꼬집었다. 로렌스는 "전 세계에 자유를 전파하겠다는 영국의 오만 속에 바로 영국의 몰락이 있다"면서 "자유와 사랑의 수호자를 자처하고 나선 전시 영국의 선전, 즉 민주주의 원칙과 기독교적 가치를 규탄"했다. '공중의 이익'이니 '세계의 구원'이니 하는 건 "새빨간 거짓말이며 추잡한 짓"이라고 강변했다. 『당장 평화를(Peace at once)』이라는 팸플릿을 제작·배포하던 러셀 등 몇몇을 제외하고 정부의 허위 선전에 침묵을 취한 게 블룸즈버리 그룹의 지성적 한계라고 지적한 사람이 로렌스였다.

철학자로는 굉장히 파격적이고 친근감이 가는 러셀은 그의 사상이나 활동으로 볼 때 어울릴 것 같지 않은 백작의 손자(3rd Earl Russell)로서 셸리를 읽고 18세에 무신론자가 되었다. 신앙과 미모, 그리고 사랑은 아무런 함수 관계가 없다는 듯, 1894년 22세에 그는 퀘이커 교도이자 청교도적 가치관을 지닌 여성과 결혼했는데 결국 7년 만에 파경을 맞아 오랜 별거 후 1921년에 이혼했다. 별거하는 동안 그는 여러 여성과 심심찮게 철학자답지 않은 로맨스도 남겼다.

제1차 세계대전 때 러셀은 강력한 반전운동 활동으로 교직에서 쫓겨났을 뿐만 아니라 벌금을 선고받고도 납부하지 않아 투옥까지 각오했다(1916). 당국은 그의 도서를 압류하여 경매 처분함으로써 벌금에 충당했고, 그것으로 처벌을 대신했다. 하지만 이듬해 미국이 참전하려 하자 그는 이에 반대하는 강연을 했고, 결국 6개월 징역을 살았다.

이런 투사 러셀을 로런스가 처음 만난 것은 1915년 2월이었다. 둘은 곧 의기투합하여 마치 니체와 바그너처럼 서로를 추켜세우며 반전연설회를 하려고 뜨겁게 달아올랐다. 그런데 둘 다 명석하고 소신이 금강석처럼 견고한 탓에 이내 서로의 역사관·정치관·인생관의 차이가 현격함을 확인하고 대화와 편지로 논쟁을 하면서 멀어져갔다. 이 때문에 연설회에서 빠진 로런스는 징역은 면했으나 영국 지성계에서는 더 외로운 처지가 되어버렸다.

로런스에게 인간 존재의 본질을 규명하는 가장 근본적인 요소는 피의 철학, 곧 '피의 의식(Blood-consciousness)'이었다. "지성보다 더 현명한 것으로서의 피와 몸에 대한 믿음"은 그의 세계관의 초석이었다. "우리는 우리 정신에 있어 잘못을 저지를 수 있다. 그러나 우리의 피가 느끼고 믿고 말하는 바는 언제나 진실이다. 지성은 단지 재갈과 굴레일 따름이다."라는 것이 로런스의 인간관이자 인식론과 가치관의 요체다. 따라서 그는 개인의 창의성과 자아실현을 위한 과정이 중요하며, 여기서 성性의 문제는 한 인간의 전 존재에 대한 관여를 요구하는 것으로 부각된다. 이성적인 목적의식보다 피가 전하는 충동성이 오히려 더 진실에 가깝고 역사를 움직이는 힘도 강하다고 했다. 그러기에 다수를 중시하는 "민주적 지배"라는 것을 로런스는 믿지 않는다. 그는 중우정치衆愚政治 또는 폭도의 정치를 거론하며 이렇게 말한다.

> 나는 민주적 지배라는 것을 믿지 않습니다. (…) 모든 유기체가 그러해야 하듯, 결국은 하나의 진정한 수뇌부에 귀결되어야 합니다. 바보 같은 대통령이 통치하는 바보 같은 공화국은 안 될 말이지요. 그 대신 줄리어스 시저와 같은, 선출된 왕이 통치해야 합니다.
> ─『D. H. 로렌스에 관하여』, 70쪽. 위의 본문에서 인용한 구절들은 49~70쪽.

젠노어 영국 남서쪽 끝의 콘월에 위치한 작은 시골 마을이다. 제1차 세계대전 당시 로런스 부부가 이곳에 와서 살았는데, 부부를 수상히 여긴 마을 주민들이 스파이로 고발해 쫓겨났다.

피의 철학은 로런스의 후반기 소설인 『날개 돋힌 뱀(The Plumed Serpent)』 (1926), 『연애하는 여인들』(1920), 『캥거루(Kangaroo)』(1923) 등에 반영되어 있는데, 이들 소설은 그를 파시즘 지지자로 몰아세우는 근거로 인용되곤 한다.

이에 대해 러셀은 로런스의 모든 사고는 "몽상적인 특성"을 지녔다면서 "그에게는 진정으로 세상을 개선할 의사가 없고, 단지 세상이 얼마나 안 좋은가에 대해서 말만 그럴 듯한 독백에 탐닉하는 데만 관심이 있다"라고 신랄하고 정확하게 까발렸다. 서로에 대한 지적과 반론이 계속 이어졌고, 그럴수록 로런스는 인신공격에 가까운 표현도 불사하는 반격을 가하여 결국 이 고귀한 두 반전 동지는 갈라서고 말았다. 그러나 로런스는 이 사건을 통해 정치 현상과 국제 정치의 역학관계에 대해 심도 있는 견해를 세워 후반기 소설의 큰 기틀을 마련하게 된다.

교전국인 독일 출신의 아내를 가졌다는 것만으로 어딜 가나 요시찰 대상이었던 로런스 부부는 영국의 최남서단 웨일스에서도 오지라 할 만한 콘월(Cornwall)의 경치 좋은 마을인 젠노어(Zennor)로 갔다. 그런데 오지일수록 주민들의 편견은 더 심하기 마련이다. 프리다의 국적을 수상하게 여긴 주민이 신고하는 바람에 부부는 스파이 혐의를 받아 가택수색 등 수난을 겪고 끝내 추방당했다(1917). 영국에서 뿌리내리지 못한 로런스는 제1차 세계대전이 끝난 이듬해에 떠돌이 신세가 되어 유럽으로 홀가분하게 떠났다.

예술가들의 파트론, 메이블 도지 루한

1919년 11월, 로런스 부부는 이탈리아 여행길에 올라 중부 지역을 거쳐 카프리를 지나 시칠리아 섬 타오르미나(Taormina)의 폰타 베치아(Via Fontana Vecchia)에 체재하며(1920~1922), 사르디니아, 몬테 카시노 등 이탈리아와 오스트리아 및 남부 독일을 떠돌았다. 제1차 세계대전을 배경으로 영국을 다룬 『연애하는 여인들』은 1916년에 이미 탈고했으나 국내 출판을 못하다가 결국 자비로 1920년에 뉴욕에서 출간하는 등 그는 창작에 열을 올렸다.

1922년 2월, 부부는 미국으로 가기 위해 나폴리에서 배를 타고 스리랑카, 오스트레일리아, 뉴질랜드, 타히티를 거쳐 9월에 샌프란시스코에 도착했는데, 의외로 미국 출판계에서 로런스를 떠들썩하게 환영하는 분위기였다.

뉴멕시코의 레이미(Lamy) 기차역에서 처음 만난 메이블 도지 루한(Mabel Evans Dodge Sterne Luhan, 1879~1962)은 미국의 부유한 예술 파트론(Patron)이자 양성론자였다.

메이블 도지 루한 수많은 예술가들을 후원한 파트론이었으며, 타오스의 인디언 문화에 매혹되어 푸에
블로족 추장과 결혼했다. 그녀는 로런스 부부를 뉴멕시코 타오스로 초청하여 가까이 지냈다. 오른쪽
사진의 왼쪽부터 메이블 도지 루한, 프리다 로런스, 그리고 화가 도로시 브렛(Dorothy Brett)이다.

버팔로의 부유한 은행가의 딸로 태어난 그녀는 1900년 21세 때 칼 에반
스(Karl Evans, 증기선 소유자의 아들)와 결혼했으나 아들 하나를 남기고 남편
이 2년 반 만에 사냥 사고로 죽었다. 그 후 유럽 여행 여객선에서 만난 보
스턴 출신의 부유한 건축가인 에드윈 도지(Edwin Dodge)와 1904년 재혼하
여 피렌체의 호화 저택(Villa Curonia)에 거주하며(1905~1912) 앙드레 지드 등
을 비롯한 유명 예술인들과 친교를 맺고, 거트루드 스타인(Gertrude Stein,
1874~1946)과는 동성연애를 즐겼다. 1912년 두 번째 남편과 헤어지고 미국
으로 귀환한 그녀는 뉴욕의 아파트(23 Fifth Avenue in Greenwich Village)에서
예술인 파트론으로 활약하기 시작했다.

1913년 6월에는 유럽 여행 중에 사회주의혁명 신봉자인 언론인 존 리드

푸에블로 데 타오스(Pueblo de Taos) 미국 뉴멕시코 주 타오스에 있는 푸에블로족 마을이다. 이곳의 가옥은 진흙에 밀대나 풀 등을 섞어 구워낸 붉은 흙벽돌로 지어졌는데, 푸에블로 인디언의 전통 가옥이다. 1992년 유네스코 세계유산으로 지정되었다.

(John Reed, 1887~1920)를 만났는데, 바로 열애에 빠져 그해 리드가 멕시코혁명 취재를 갈 때 동행했다. 존 리드는 러시아혁명을 취재하여 쓴 르포『세계를 뒤흔든 열흘(Ten Days That Shook the World)』(1919)의 저자로 우리에게도 잘 알려진 인물이다.

그녀는 여전히 세계 굴지의 예술인들, 피카소(Pablo Picasso, 1881~1973), 루빈스타인(Arthur Rubinstein, 1887~1982) 등과 두루 친교를 나눴다. 1916년 그녀는 라트비아 출신의 화가 모리스 스턴(Maurice Sterne, 1878~1957)과 세 번째 결혼을 하고 캘리포니아의 샌타바버라에 거처를 정했다. 남편을 통해 그녀는 뉴멕시코 타오스(Taos) 일대의 스페인·인디언 문화를 접하고(1917), 그 특이함에 매료되어 일생을 그 문화의 보존에 헌신키로 결심했다. 이를 위

메이블 도지 루한의 집　타오스 일대의 인디언 문화에 매료된 메이블은 푸에블로족 추장 루한과 결혼하고, 인디언 전통 양식의 집을 짓고 살았다. 로런스와 올더스 헉슬리를 비롯한 수많은 예술가를 이곳으로 초청하여 머물게 하고 후원했다. 이 집은 1991년 미국역사기념물(National Historic Landmark)로 지정되었다.

해 그녀는 여러 작가들을 초청했는데, 그중 한 사람이 로런스였다.

　1921년 모리스 스턴과 이혼한 뒤 1923년 자신의 소신과 활동 목적에 걸맞게 푸에블로족 추장 루한(Antonio Luhan)과 결혼하고 타오스에 지은 집에서 1962년 죽을 때까지 정착했다. 죽은 뒤에는 이 지역의 킷 카슨 묘지(Kit Carson Cemetery)에 안장되었다.

　유토피아적 공동체의 이상을 가졌던 메이블 도지 루한은 프리다에게 키오와 목장(Kiowa Ranch)을 선사했는데, 현재 로런스 목장(D. H. Lawrence Ranch)으로 개명되었다. 이 목장은 로런스 문학 기행의 종착지로 삼아도 손색없다. 이곳에는 로런스와 프리다 부부가 거처했던 오두막(Homesteader's cabin)과 작가가 창작 구상을 했다는 뜰의 그늘을 만들어준 소나무(Lawrence

로런스 목장의 오두막

로런스와 프리다 부부가 1922년 타오스에 와서 살
았던 오두막이다(맨 위 사진). 메이블 도지 루한으
로부터 0.65km² 농장을 선물 받아 이곳에 오두막
을 짓고 살았다. 오두막 뒤쪽 뜰에는 큰 소나무가
있는데, 로런스가 나무 밑 테이블에서 작품 활동을
했다고 한다. 이 소나무는 일명 '로런스 소나무(Lawrence Tree)'라 일컫는데, 미국의 화가 조지아 오
키프(Georgia O'Keeffe)가 1929년 이 소나무를 주제로 그림을 그린 것이 유명하다. 이 소나무 옆에는
오키프의 그림이 걸려 있다(아래 오른쪽). 이 책에서는 그림에 대한 이해를 돕기 위해 소나무 사진을
일부러 옆으로 눕힌 모양으로 회전하여 배치했다(아래 왼쪽).

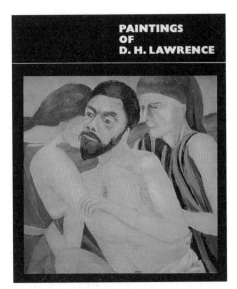

로런스의 그림
1929년에 로런스가 런던에서 펴낸 화보집
(*The Paintings of D. H. Lawrence*, London:
Mandrake Press, 1929)의 표지다. 〈부활
(Resurrection)〉이라는 제목의 그림이 장
식하고 있다.

Tree), 그리고 로런스의 묘지도 있다.

로런스와 프리다 부부는 이곳에 오두막을 짓고 정착했으나 곧 갈등이 다
반사가 되어버려 여행도 따로 다녔다. 게다가 로런스의 건강도 점점 악화
되기 시작했다. 1926년, 로런스는 멕시코에 머물렀다가 늦여름에 영국을
마지막으로 방문한 뒤 그림을 그리기 시작했다. 이 그림들은 1929년 런던
의 도로시 워런 전시장(Dorothy Warren Gallery)에서 선보였다. 이 전시회는
며칠 사이에 관람객이 1만 3,000여 명이나 몰려들어 성황을 이루었으나, 경
찰이 그림 25점 중 13점을 떼어 가버렸다. 그림의 대부분이 나체화였기 때
문이다. 모델은 이상화시킨 프리다였다. 그의 그림 중 〈보카치오 이야기
(Boccaccio Story)〉는 정원사가 발가벗은 채 자고 있는 모습을 세 수녀가 얼
굴을 붉히고 놀라면서도 쳐다보고 있는 장면이다. 여전히 로런스는 영국
귀족 사회에서 소설이든 그림이든 모든 작품이 공인받지 못한 상태여서 시

집『펜지(Pansies)』(1929)에 실린 시의 원본까지도 경찰에 압수당했다.

압수당한 로런스의 그림들은 현재 텍사스 대학과 예일 대학, 타오스의 라 폰다(La Fonda de Taos) 호텔이 소장하고 있는 것으로 알려져 있지만, 확인하지 못했다.

『채털리 부인의 사랑』, 그리고 밀봉된 묘지

1927년 2월, 피렌체에서 독감을 앓던 로런스는 7월에 각혈을 하자 죽음을 예견했던 듯 이듬해 서둘러『채털리 부인의 사랑(Lady Chatterley's Lover)』을 그곳에서 자비로 출판했다. 소설의 내용이 외설스럽다면서 타이피스트가 원고 타이핑을 거절하자 작가 올더스 헉슬리(Aldous Leonard Huxley, 1894~1963)의 부인이 자진하여 타자를 맡아준 미담은 유명하다. 이 문제적 소설은 무삭제판 완전본이 영국에서는 1960년에, 미국에서는 1959년에 나왔는데, 곧바로 필화 사건을 일으켰다. 『채털리 부인의 사랑』을 둘러싼 음란성 시비는 여러 재판 기록이 많은데, 간략한 이해를 위해서는 박원순의 책『내 목은 매우 짧으니 조심해서 자르게』한겨레출판, 1999.(2016년 『세기의 재판』으로 개정판 출간) 중「외설인가 명작인가 ─ D.H. 로런스와『채털리 부인의 사랑』재판」을 참고하기 바란다.

『채털리 부인의 사랑』은 누구나 한마디씩 할 수 있는 요소를 갖추고 있기에 문학 입문용으로 필독서에 해당한다. 소설과 관련된 재판에 얽힌 이야기도 많고, 소설론은 물론이고 영화도 다양하여 각자가 의견을 개진하며 토론해볼 만하다. 다만 여기서는 색다른 해석법을 소개하고자 한다. 그것은 클리포드 경(채털리 부인의 남편)이 현대 산업사회의 승자의 전형이라고 보

올더스 헉슬리와 로런스
올더스 헉슬리는 영국의 소설가이자 비평가
로 『크롬 옐로(Crome Yellow)』, 『연애대위
법戀愛對位法(Point Counter Point)』, 『멋진
신세계(Brave New World)』 등을 썼으며, 로
런스와 친교가 있었다. 사진은 1928년에 찍
은 헉슬리(왼쪽)와 로런스(오른쪽)이다.

는 입장이다. 하반신 불수의 자신은 그럴 능력이 없으면서도 아내에게 임
신을 소망하는 것은 소유욕의 상징이라는 것이다. 그 비윤리성은 이기적인
욕망의 하위에 놓인다. 그는 광산 개발로 얻는 수익을 해당 지역의 환경 미
화나 노동자들의 후생 복지에 환원할 생각을 추호도 갖고 있지 않다. 한편,
이 작품은 육체와 정신의 결합을 지향하며 존재와 소유의 상호 보완 및 자
연과 문명의 조화를 추구한다는 점에서 긍정적으로 평가되기도 한다.양영수,
『로런스 문학의 해부』, 한신문화사, 1990.

　『채털리 부인의 사랑』을 펴낸 로런스는 이제 지상에서의 임무를 마친 듯
병세가 악화되어 1929년 바덴바덴을 거쳐 남프랑스 쪽 리비에라(Riviera, 이
탈리아령 라스페치아에서 프랑스령 칸까지의 해안) 등지에서 요양하다가 1930년 2
월 프랑스 남부의 방스에 있는 한 요양원에 입원했다. 헉슬리 부부가 그를

찾아가 병문안하기도 했다. 로런스는 병세에 별 차도가 없자 3월 1일에 자진 퇴원하여 이튿날인 3월 2일 로베르몽 빌라(Villa Robermond)에서 눈을 감았다. 장례식에는 헉슬리 부부가 참석했고, 유해는 방스 공동묘지에 매장되었다.

사후 5년이 지난 1935년, 아내 프리다가 4년 전부터 관계를 가져오던, 돈을 많이 번 실용예술가인 안젤로 라바글리(Angelo Ravagli, 1891~1976)에게 의뢰해서 방스에 있는 로런스 유해를 화장한 후 그의 유언대로 뉴멕시코에 마련된 로런스 기념 예배당 안에 안치했다. 로런스의 유해를 노리는 세력이 워낙 많았기 때문에 프리다는 유골을 안장한 뒤 아예 시멘트로 단단히 밀봉해버렸다.

라바글리는 1931년 첫 아내와 세 아이를 버리고 로런스 목장으로 가서 프리다와 결합했으며 1950년에 결혼했다. 일설에는 로런스 생전에 시작된 그와 프리다의 불륜이 로런스로 하여금 『채털리 부인의 사랑』을 쓰게 만든 동기라고도 한다.

현재 로런스 목장의 소유권은 뉴멕시코 대학에 있다. 방스의 무덤에 있던 로런스의 묘비는 한 영국 여인이 발견하여 그의 고향 도서관으로 옮겨져 관리되고 있으며, 고향 공동묘지에는 로런스 부모의 묘지만 있고 옆의 로런스 묘지는 가묘다.

프리다는 1930년 로런스가 세상을 떠나자 타오스로 돌아와 세 번째 남편인 라바글리와 살다가 1956년에 눈을 감았다. 참회라도 하듯이 그녀는 로런스가 묻힌 예배당 밖의 입구에 묻혔다. 혹시 다른 여인들이 못 드나들게 감시하려는 건 아니겠지.

로런스와 프리다의 묘 1930년 3월 2일 프랑스 방스에서 생을 마감한 로런스는 그곳에 매장되었다가 1935년에 부인 프리다가 유해를 화장하여 미국 뉴멕시코 타오스의 로런스 목장에 안치했다. 로런스의 유골이 안치된 예배당에 그의 이니셜인 DHL이 새겨져 있다(아래 왼쪽 사진). 프리다의 묘는 예배당 바깥 입구에 있다(아래 오른쪽 사진).

작가별 생몰년과 주요 사건 일람표

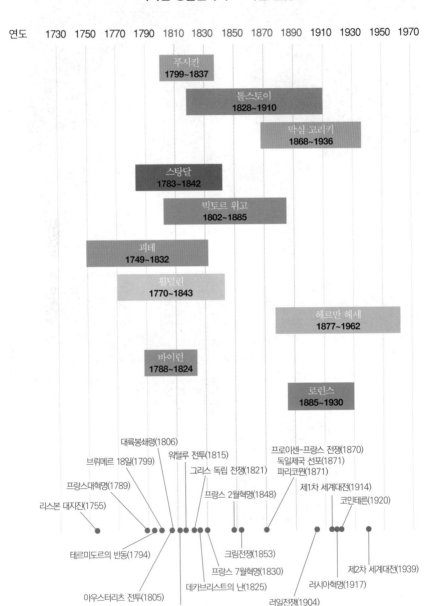

| 연도 | 1730 | 1750 | 1770 | 1790 | 1810 | 1830 | 1850 | 1870 | 1890 | 1910 | 1930 | 1950 | 1970 |

푸시킨
1799~1837

톨스토이
1828~1910

막심 고리키
1868~1936

스탕달
1783~1842

빅토르 위고
1802~1885

괴테
1749~1832

횔덜린
1770~1843

헤르만 헤세
1877~1962

바이런
1788~1824

로런스
1885~1930

대륙봉쇄령(1806)

워털루 전투(1815)

프로이센–프랑스 전쟁(1870)
독일제국 선포(1871)
파리코뮌(1871)

브뤼메르 18일(1799)

그리스 독립 전쟁(1821)

프랑스대혁명(1789)

프랑스 2월혁명(1848)

제1차 세계대전(1914)

코민테른(1920)

리스본 대지진(1755)

테르미도르의 반동(1794)

크림전쟁(1853)

프랑스 7월혁명(1830)

제2차 세계대전(1939)

데카브리스트의 난(1825)

러시아혁명(1917)

아우스터리츠 전투(1805)

러다이트운동(1811)
보로지노 전투(1812)

러일전쟁(1904)
피의 일요일 사건(1905)